COMMISSARIO PAVAROTTI
KAM NIE NACH ROM

Elisabeth Florin wuchs in Süddeutschland auf; ihre journalistische Laufbahn begann sie in den 1980er Jahren bei der RAI in Bozen. Von den Menschen in Südtirol und ihrer Geschichte fasziniert, verbringt sie seither viel Zeit in Meran und Umgebung. Sie arbeitet seit fünfundzwanzig Jahren als Finanzjournalistin und Kommunikationsexpertin in Frankfurt am Main und lebt mit ihrem Mann und ihrem kleinen Hund im Taunus. www.elisabethflorin.de

ELISABETH FLORIN

COMMISSARIO PAVAROTTI KAM NIE NACH ROM

Kriminalroman

emons:

Bibliografische Information der Deutschen Nationalbibliothek
Die Deutsche Nationalbibliothek verzeichnet diese Publikation
in der Deutschen Nationalbibliografie; detaillierte bibliografische
Daten sind im Internet über http://dnb.d-nb.de abrufbar.

© Emons Verlag GmbH
Alle Rechte vorbehalten
Umschlagmotiv: mauritius images/Glasshouse/Ainsley Kellar
Umschlaggestaltung: Nina Schäfer, nach einem Konzept
von Leonardo Magrelli und Nina Schäfer
Umsetzung: Tobias Doetsch
Gestaltung Innenteil: César Satz & Grafik GmbH, Köln
Lektorat: Carlos Westerkamp
Druck und Bindung: CPI – Clausen & Bosse, Leck
Printed in Germany 2018
ISBN 978-3-7408-0316-2
Originalausgabe

Unser Newsletter informiert Sie
regelmäßig über Neues von emons:
Kostenlos bestellen unter
www.emons-verlag.de

*Geschichten sind Überbleibsel,
Teile einer unentdeckten,
seit jeher bestehenden Welt.*

Stephen King,
»Das Leben und das Schreiben«

Mann in Schwarz

An einem Abend im Juni, der zu warm für die Jahreszeit war, wartete ein Mann im schwarzen Anzug auf den Nachtzug von Bozen nach München.

Der Mann war mittelgroß und schlank, fast hager, und mit seinem grau melierten schwarzen Haar und dem römischen Profil zog er die Blicke der meisten Frauen zwischen dreißig und fünfzig auf sich. Es schien ihn nicht zu kümmern.

Als die blecherne Durchsage aus den Lautsprechern ertönte, was stets dazu führt, dass Bewegung in die Reisenden kommt, wandten die Frauen ihre Aufmerksamkeit ihrem Gepäck und ihrer Begleitung zu, es wurden Küsse getauscht, Abschiedstränen geheuchelt, und so bemerkte fast niemand, was direkt vor ihren Augen geschah.

Der Mann im schwarzen Anzug machte einen großen Schritt über die weiße Linie, welche den Bahnsteig von den Gleisen trennt und die Gefahrenzone signalisiert, trat an die äußerste Kante und neigte seinen Oberkörper dem sich schnell nähernden Zug entgegen.

In letzter Sekunde, als der Zug auf ihn zurauschte und der Fahrtwind ihm bereits drohend durchs Haar fuhr, taumelte der Mann zurück.

Mit bleichem Gesicht blickte er sich um. Ungerührt strebte die Menschenmenge an ihm vorbei zu den sich öffnenden Türen, einige Reisende traurig, manche froh und viele in Gedanken mit den Ärgernissen und Unbequemlichkeiten der kommenden Stunden beschäftigt, in denen sie auf kleinem Raum mit anderen eingesperrt durch die Landschaft rasen würden.

Nur eine Frau war stehen geblieben und starrte ihn mit schreckgeweiteten Augen an.

Der Mann warf ihr einen Blick zu, senkte den Kopf leicht zum Zeichen des Wiedererkennens, dann wandte er sich um und schwang sich so leichtfüßig auf die Plattform des Zuges, dass die Frau einen Augenblick lang dachte, sie habe sich getäuscht, wegen des Rauschs vom Vortag, der vielleicht noch nicht ganz aus ihrem System entschwunden war. Bis sie sich erinnerte, dass sie seit einem Jahr keinen Tropfen mehr getrunken hatte.

Die Frau kannte den Mann seit über fünfzig Jahren, hatte ihn nie leiden können, auch nicht, als sie noch Kinder waren, aber ihm war es zu verdanken, dass sie bald wieder in der Lage war, ihren Beruf auszuüben. Außerdem war Blut dicker als Wasser.

Sie dachte kurz nach, dann griff sie nach ihrem Handy und wählte eine Nummer in Meran. Das Gespräch dauerte ungefähr fünf Minuten, dann legte sie auf und wählte erneut. Das Telefon klingelte in einem kleinen Dorf in der Nähe von Frankfurt am Main.

✲

Derweil schlenderte der Mann im schwarzen Anzug durch den Zug, als existiere das Gedränge bloß in der Phantasie seiner verschwitzten, atemlosen Mitreisenden. Höflich trat er beiseite, als eine Frau zwei Kinder und einen großen Koffer durch den Gang wuchtete, half einer alten Dame, ihr Gepäck auf der Ablage zu verstauen, und wartete geduldig mit einer Mischung aus Mitgefühl und Erleichterung, bis sich ein dicker Mann in seinen Sitz gezwängt hatte und mit dankbarem Blick, denn zum Sprechen fehlte ihm der Atem, zu ihm aufsah wie ein gestrandeter Wal.

Als er schließlich in der ersten Klasse angelangt war und dem Schaffner lächelnd sein Ticket überreichte, hätten ihn dieser und ein jeder der Reisenden, dessen Weg er gekreuzt hatte, als Italiener aus dem Norden bezeichnet, vielleicht aus Mailand, als einen Mann, der sich beruflich und privat mit den schönen Dingen des Lebens beschäftigte, vielleicht der Nachkomme einer alten italienischen Uhrendynastie oder möglicherweise sogar ein unbekanntes Mitglied des schwerreichen Agnelli-Clans. Trotzdem sah er nicht aus wie ein Lebemann, Gott bewahre, auch wenn es in seinen Augen immer wieder aufblitzte, aber das war kein

Mutwille, sondern pure Selbstironie. Jeder konnte erkennen, dass das ein Mann war, dem das Leben einiges abverlangt hatte. Kummer und Müdigkeit hatten ihr Werk getan und Falten auf seine Stirn gezeichnet, die Gesichtszüge verhärtet, die Wangen ausgehöhlt.

Das waren die Äußerlichkeiten. Was dem Schaffner und den Reisenden verborgen blieb, und das war gut so, war der Inhalt einer Akte, die er sich ansah, nachdem er es sich im Großraumwagen der ersten Klasse bequem gemacht hatte (was in ein paar Stunden schwieriger als jetzt sein würde, denn ein Schlafwagen war nicht vorhanden).

Dazu öffnete der Mann auf seinem Tablet ein PDF, das er schon auf dem Weg zum Bahnhof heruntergeladen hatte.

Die Akte enthielt Texte und Fotos, und auf ihnen waren weder Luxusuhren noch Entwürfe für schnittige Autos abgebildet, sondern die Markenzeichen des Todes. Die kleinen dunkelroten Kreise auf den Stirnen der zwei toten Gesichter sahen aus wie Brandmale.

Der Mann im schwarzen Anzug konnte in Anbetracht dieser Bilder nur eins von beiden sein: ein Auftragskiller auf höchstem professionellen Niveau, der für seinen Kunden das Dossier eines kürzlich erledigten Auftrags zusammenstellte – oder ein Kriminalist.

Ratternd überquerte der Zug ein Gleiskreuz und verließ das Bahnhofsgelände.

Commissario Luciano Pavarotti, der Frieden mit seinem Namen gemacht hatte, seitdem die körperliche Ähnlichkeit mit seinem Namensvetter der Vergangenheit angehörte, blickte aus dem Fenster. Fabrikhallen, Tankstellen und Elektronikmärkte zogen an ihm vorbei.

Er bereute nicht, was er vorhin getan hatte. Seit dem frühen Morgen war eine Menge geschehen, und manchmal wurde die Versuchung eben zu groß, dem ganzen Wirbel ein Ende zu setzen. Dazu kamen die Umstände des neuen Falles, die ihn zu dieser Reise nach Deutschland zwangen, ausgerechnet in den

Taunus, eine Gegend, in die er freiwillig unter keinen Umständen einen Fuß gesetzt hätte.

Doch der Mordfall, genauer gesagt handelte es sich um zwei Morde, ließ ihm keine Wahl.

In Meran war ein deutsches Ehepaar getötet worden. Eine Putzfrau hatte die Leichen heute am frühen Morgen am Pool eines Luxushotels gefunden. Jemand hatte den Mann und die Frau erschossen, präzise Treffer in die Stirnmitte, effizient, so wie Profis eine Hinrichtung ausführen. Allerdings glaubte Pavarotti nicht an einen Auftragsmörder. Die Umstände sprachen dagegen.

Er schloss die Augen. Die Frau hatte am Beckenrand gelegen, die Beine im Wasser. Sie musste gesessen haben, als es passierte, ihre Beine hatten locker im Wasser gebaumelt. Nach dem Schuss war sie nach hinten auf den Fliesenboden gefallen, und ihr blondes gewelltes Haar hatte sich auf dem Marmor auf eine Art ausgebreitet, wie es ein Regisseur nicht besser hätte arrangieren können. Sie war eine schöne Frau gewesen, ganz zweifellos, mit einem Look, der an die dreißiger oder vierziger Jahre erinnerte. Kinnlanges Haar, rote Lippen, blaue Augen mit langen Wimpern. Sie sah jünger aus, als sie eigentlich war. Anna Santer, dreiundvierzig, wohnhaft in Glashütten, einem Dorf in Deutschland.

Ihr Mann, Lex Santer, achtundvierzig, hatte auf einem Sonnenbett gelegen, die Arme hinter dem Kopf verschränkt. Er hatte entspannt ausgesehen, so als hörte er seiner Frau zu, wie sie mit den Beinen im Wasser planschte, während er über etwas Angenehmes nachdachte. In seinen toten Augen spiegelte sich keine Besorgnis, nur ein wenig Überraschung.

Pavarotti glaubte nicht, dass der Mörder ein Fremder war.

Ein anderer Reisender, in verknittertem Anzug mit schlecht geknoteter Krawatte, trat aus der Tür zum Speisewagen und setzte sich auf den Platz gegenüber Pavarotti. Eine bayerische Physiognomie, das Gesicht war feist, aufgeschwemmt, die Haut glänzte in der Dämmerung bläulich und fahl. Wohl ein deutscher Geschäftsmann auf der Rückfahrt nach München. Die Augen des Mannes huschten neugierig über Pavarottis Gesicht, seine Kleidung und das Tablet auf dem Tisch.

Pavarotti drückte das PDF weg und verstaute das Tablet in seiner Anzugtasche. Er mochte keine Gespräche im Zug, und schon gar nicht über seinen Beruf. Der Verlauf solcher Unterhaltungen war vorhersehbar. Ihr Inhalt passte zum Kaffee und zu den Speisen, die einem Menschen im Zug zugemutet werden.

Was, Sie sind Kriminalkommissar? Italiener? Das erklärt natürlich alles. Bei euch tragen sogar die Bullen Armani. Uups, Entschuldigung. Wie bitte, in Meran? Ich dachte immer, das ist ein Kurort. Na, Sie sind aber fein raus. Morgens als Erstes ein Cappuccino auf der Piazza oder auch zwei. Dann ein bisschen Papierkram und ein Aperitif. Anschließend Siesta bis um fünf. Beschaulicher Job, fette Pension, anstatt zu schuften wie wir, und wissen Sie was, ich hab noch nicht mal mehr eine Sekretärin. Ich scheiße auf die Kostensenkung. Sie haben bestimmt einen ganzen Stall voller Laufburschen, Sie Glücklicher. Mann, wie ich Sie beneide.

Pavarotti erhob sich und ging zu dem nächstgelegenen Zwischenstück zwischen zwei Abteilen. Der Zug beschleunigte, und Pavarotti griff nach einer Haltestange. Er lehnte sich an die Wand, überließ seine Kniegelenke dem Spiel der Kufen und spürte das Knirschen von Metall auf Metall unter seinen Füßen.

Einen einzigen Mitarbeiter hatte er, und der war kein Laufbursche, sondern eine Wucht. Seit Emmenegger vor einem halben Jahr zum Ispettore befördert worden war, redete ihn Pavarotti mit seinem Titel an, obwohl er Formalitäten hasste.

Mit mehr Selbstbewusstsein hätte der Mann den Rang weit früher erreichen können. Doch Emmenegger war zufrieden. Der Ispettore scherte sich weniger um die Mordrate pro Kopf, die Meran ins oberste Drittel der norditalienischen Kriminalstatistik katapultiert hatte, der Himmel wusste, wieso. Es war das persönliche Waterloo seines Chefs, das Emmenegger Kopfzerbrechen bereitete, und er betrachtete sich als Pavarottis getreuer Adjutant im immerwährenden Krieg gegen den Trübsinn.

Ganz nebenbei hatte er Pavarotti geholfen, die verstörenden Kriminalfälle der letzten Jahre zu lösen, indem er die Beinarbeit übernahm, Archive, Akten und das Internet durchforstete, Pavarottis Grobheiten ertrug und mit einem feinen Lächeln die Proportionen ihrer Zusammenarbeit geraderückte.

Pavarotti schaute auf sein Mobiltelefon. Nach dem, was er sich auf dem Bahnhof in Bozen geleistet hatte, war mit einem Anruf seines besten und einzigen Mitarbeiters zu rechnen. Doch das Telefon schwieg beharrlich.

Als Pavarotti seinen Platz im Abteil wieder einnahm, schlief sein Gegenüber. Der Kopf war nach hinten auf das Polster gesunken, der Mund stand halb offen. Pavarotti betrachtete das Gesicht des Mannes. Das Berechnende seiner Züge hatte im Schlaf einer stillen Heiterkeit Platz gemacht.

Auch das Gesicht des Toten am Pool hatte entspannt ausgesehen und ein wenig belustigt. Es war ebenfalls rund wie das des Schlafenden, aber damit endeten die Ähnlichkeiten zwischen den beiden Männern. Lex Santer war ein großer, schlanker Mann mit hervorstehenden Wangenknochen, über die sich die Haut spannte, und mit einer markanten Kinnpartie. Sein Gesicht, die Brille mit kleinen, rechteckigen Gläsern und die hohe Stirn mit einem Haaransatz, der die Schlacht gegen das mittlere Alter verloren hatte, verliehen Santer das Aussehen eines Mannes, der sich am liebsten mit Zahlen und Fakten beschäftigt.

Noch eine Stunde bis München. Es hatte wenig Sinn zu schlafen, denn in München musste er umsteigen.

Pavarotti legte den Kopf zurück und dachte an diese furchtbaren ersten Sekunden am Tatort.

Was für ein Glück, dass es einen Fotografen gab, der die Szene bis ins Kleinste dokumentiert hatte. Pavarotti hatte sich auf nichts konzentrieren können als auf das Gesicht der Toten.

Er hatte sie damals bloß aus der Entfernung gesehen und

nur für ein paar Minuten, aber manches muss man nicht aus der Nähe betrachten, um sich daran zu erinnern.

Regungslos hatte er am Pool gestanden, weil er nicht wusste, wie er sonst seinen Schrecken verbergen sollte. Alle dachten, er spiele wie immer den stummen Beobachter am Rande, der jede Einzelheit in sich aufnahm, während Gerichtsmedizin und Spurensicherung kamen und gingen.

Emmenegger hätte vielleicht das Entsetzen gespürt, das Pavarottis ganze Statur und seine steinerne Miene ausstrahlten.

Doch der Ispettore war anderweitig beschäftigt.

Emmeneggers Routine war bereits in Gang gekommen, und sie lief wie immer wie am Schnürchen. Im Nu hatte er das Hotelregister beschlagnahmt sowie Namen und Adresse der Opfer ausfindig gemacht. Er sorgte dafür, dass das Schluchzen der Putzfrau aufhörte, die die Toten gefunden hatte, und nahm ihre Aussage auf. Allerdings ergaben weder das Gestammel dieser Zeugin noch die Befragung der verstörten Gäste und des nicht minder fassungslosen Hauspersonals verwertbare Erkenntnisse. Niemand hatte etwas gesehen oder gehört.

Zum letzten Mal war das ermordete Ehepaar gegen einundzwanzig Uhr lebend gesehen worden, als die beiden in der Hotelbar einen Drink zu sich nahmen. Der Computer des Hotels, in dem ein Glas Chardonnay und ein Aperol Spritz um einundzwanzig Uhr drei auf die Suite No. 19 gebucht worden waren, bestätigte die Angaben des Barkellners Lupo Sanic, der am Vorabend Dienst gehabt hatte.

Sanic sagte aus, als die beiden die Bar verließen, habe er angenommen, dass sie zu Bett gehen würden. Die Aussage wurde von einem anzüglichen Grinsen begleitet, das Emmenegger dem Mann am liebsten aus dem Gesicht geschlagen hätte.

Frustriert (und mit einer aufkeimenden Ahnung, dass sich der Fall als schwierig erweisen würde) wandte sich Emmenegger seiner Lieblingsbeschäftigung zu: der Recherche im Internet.

Der Tote war Mitinhaber einer kleinen Agentur für Fondsanalyse gewesen. Das Unternehmen hieß FONDSpot, und auf der Internetseite, die Emmenegger mit seinen flinken Fingern aufrief, war von fünfundzwanzig Mitarbeitern und zwei geschäftsführenden Partnern die Rede. Der eine, ein Mann namens Julius Schaller, war zuständig für Marketing und Vertrieb. Der andere war der Tote, Lex Santer.

»Lex Santer verantwortete die Beurteilung und Bewertung von Investmentfonds.« Emmeneggers Augen huschten über die Webseite.

»Wie funktioniert diese Bewertung?«, fragte Pavarotti.

»Das geht aus der Seite nicht hervor«, erwiderte Emmenegger. »Keine Ahnung. Ich habe leider keine Fonds, sondern bloß ein Sparbuch. Aber Sie werden es zweifellos herausfinden, Chef.«

Pavarotti besaß ebenfalls keine Investmentfonds. Das Geld, das ihm seine Mutter hinterlassen hatte, steckte in Münzen und Barren aus Gold, dessen Kursverlauf er als einzigen aufmerksam verfolgte.

Was man sich auch immer unter der nebelhaften Tätigkeit des Beurteilens und Bewertens von Finanzprodukten vorzustellen hatte, mit ihr war zweifellos viel Geld zu verdienen. Lex und Anna Santer hatten in einem der teuersten Hotels von Meran gewohnt. Die Villa Belle Époque, deren Fassade hielt, was ihr Name versprach, war ein Boutique-Hotel mit zwanzig Zimmern auf zwei Etagen im Villenviertel Obermais, unmittelbar neben einem herrlichen Park mit Obstplantagen und einem kleinen Weinberg. Eine Nacht in der Suite, die das Ehepaar eine Woche zuvor bezogen hatte, kostete knapp vierhundert Euro.

Dass Lex Santer ein wohlhabender Mann war, hatte Pavarotti bereits in dem Augenblick geahnt, als er die tote Frau betrachtete. Noch im Tod sah sie aus wie eine Filmdiva, und der Cineast in Pavarotti erkannte sofort eine gewisse Ähnlichkeit mit Ingrid Bergmann, vor allem um die Mundpartie.

Zu dieser Frau hätte ein Mann wie Gregory Peck gepasst, und sofort musste Pavarotti an einen Film mit den beiden großartigen Schauspielern denken, dem er bei der Aufklärung einer früheren Mordserie die zündende Idee und den Durchbruch zu verdanken gehabt hatte.

Mit ihren starken Farbkontrasten – dem Blau des Pools, den blendend weißen Liegen, dem Badeanzug in schimmerndem Gold, den Anna Santer trug, und den roten Malen auf der Stirn – ähnelte die Szene einem Filmset aus der frühen Glanzzeit von Hollywood nach dem Krieg, als Männer mit ausgeprägtem Sinn für Dramatik auf den Regiestühlen saßen und sich an den ungeahnten Möglichkeiten delektierten, die der Farbfilm bot.

Nun, dieser Tote hatte nicht das düster-geheimnisvolle Aussehen eines Gregory Peck besessen, er hätte nicht einmal als zweite Besetzung getaugt. Obwohl der Körper nach dem Tod zu einer leeren Hülle wurde und das Gesicht zu einer puppenhaften Maske erstarrte, traute sich Pavarotti doch das Urteil zu, dass Lex Santer auch nicht die souveräne Männlichkeit eines Cary Grant oder die Verwegenheit eines Humphrey Bogart ausgestrahlt hatte. Lex Santer war ein nach innen gekehrter Analytiker gewesen, in dessen asketischem Gesicht keinerlei Sinnlichkeit zu spüren war, ein Mann, der lieber mit Zahlen als mit Menschen umgegangen war. Santers Foto in seinem Reisepass hatte Pavarottis Eindruck bestätigt.

Blieb also nur sein Geld.

Pavarotti schalt sich wegen seines Zynismus, aber er vermutete, dass er am Ende recht behalten würde.

Sanft glitt der Zug mit Höchstgeschwindigkeit dahin, doch Pavarotti fand keinen Schlaf. Der Mann, der ihm gegenübersaß, schlummerte tief und fest, er saß breitbeinig da, sein Kopf war gegen das Fenster gesunken, und die Leselampe schien ihm hell ins Gesicht. Pavarotti griff nach oben und schaltete sie aus. Der Lichtspot über einem Leser in der Sitzreihe schräg gegenüber sandte einen Lichtstreifen über den Gang, ansonsten lag das Abteil in bläulichem Halbdunkel.

Pavarotti starrte aus dem Fenster und sah, wie sich die Konturen der schwarzen Landschaft in der Scheibe spiegelten.

Er hatte den Ispettore nach dem Sitz von Santers Firma gefragt. Emmenegger war seinem Blick ausgewichen und von einem Fuß auf den anderen getreten.

»Nun reden Sie schon«, sagte Pavarotti.

»Königstein im Taunus«, sagte Emmenegger schließlich widerstrebend.

Das Städtchen Königstein befand sich in der Nähe von Frankfurt am Main. Der entscheidende Punkt war allerdings, dass es nur zehn Kilometer vom Haus einer Frau entfernt lag, der Pavarotti nicht begegnen wollte.

»Wenn Sie wollen, fahre ich nach Deutschland«, sagte Emmenegger.

»So weit kommt's noch, Ispettore. Ich habe kein Problem mit dem Taunus, wirklich.«

Erleichterung und Sorge zogen über Emmeneggers Gesicht wie helle und dunkle Wolkenfelder.

»Ich buche Ihnen ein Hotel in Frankfurt«, sagte Emmenegger. »Nicht nötig, im Taunus zu übernachten. Von Frankfurt brauchen Sie mit dem Wagen nur eine halbe Stunde bis zu Santers Agentur.«

»Meinetwegen«, sagte Pavarotti und nach einer kurzen Pause: »Danke.« Als ob es darauf ankäme, wo er wohnte. Allein der Gedanke, deutschen Boden zu betreten, setzte quälende Erinnerungen frei, aber er hatte nicht vor, Emmenegger darüber zu informieren.

»Kümmern Sie sich bitte um die Ergebnisse der Gerichtsmedizin und der Spurensicherung, während ich fort bin. Nehmen Sie den Wagen, Ispettore. Ich gehe zu Fuß nach Hause und packe den Koffer.«

Bitte und danke. Das war neu, genauso wie die förmliche Anrede. Wie auf Kommando leuchteten Emmeneggers Augen auf. Die Freude über die Anerkennung verdrängte die Sorge um den Chef für einen Moment, und mit federndem Schritt eilte Emmenegger nach draußen zum Wagen.

Mittlerweile ärgerte sich Pavarotti, dass er sich in Bozen dermaßen hatte gehen lassen.

Vermutlich saß Emmenegger jetzt zu Hause, rang die Hände und fragte sich, ob es vermessen wäre, anzurufen. Überlegte hin und her, ob er die passenden Worte finden würde, ohne dem Chef zu nahe zu treten.

Kurz erwog Pavarotti die Möglichkeit, dass seine Schwester den Vorfall für sich behalten hatte.

Wohl kaum.

Jetzt konnte es nicht mehr weit nach München sein. Windgepeitschte schwarze Bäume bogen sich im Oval seines Gesichts. Als der Lesende auf der anderen Gangseite plötzlich das Licht löschte, verschwand Pavarottis Gesicht von der Scheibe, als habe die Nacht es verschluckt.

✳✳✳

Sonntag, zwei Tage nach den Morden

Um fünf Uhr am Sonntagmorgen verließ der Mann im schwarzen Anzug, dessen Zustand genauso tadellos war wie am Abend zuvor, als Einziger den ICE in Frankfurt.

Er war in München in diesen Zug umgestiegen, der in wenigen Minuten weiter nach Amsterdam fahren würde, eine Destination, die für die meisten Urlauber erstrebenswerter war als die Bankenstadt Frankfurt.

An Wochentagen glich der Frankfurter Hauptbahnhof zu dieser frühen Stunde einem Ameisenhaufen. Aber nicht am Sonntag. Die große Bahnhofshalle und die Bahnsteige waren wie ausgestorben.

Deshalb sah er die Frau sofort, als sich die Türen öffneten. Sie stand etwa zwanzig Meter von ihm entfernt, fast unmittelbar am Beginn von Gleis 21, an dem der Zug zum Stehen gekommen war.

»Was willst du hier?«, fragte er.

»Deine Schwester hat mich angerufen«, sagte Lissie von Spiegel.

Sein Gesicht war weiß, als er fragte: »Was hat sie dir erzählt?«

»Ich hätte dich fast nicht erkannt. Du hast noch mal zwanzig Kilo abgenommen, seit wir uns das letzte Mal gesehen haben.«

»Was – hat – sie – dir – erzählt?«

»Das müssen wir nicht hier auf dem Bahnsteig diskutieren. Ich fahre dich zu deinem Hotel.«

»Ich nehme mir ein Taxi. Es ist nicht weit.«

»Es sind vierzig Kilometer. Dein Hotelzimmer in der City habe ich abbestellt.«

»Du hast was?« Pavarotti war so laut geworden, dass sich der Schaffner zu ihnen umdrehte, die Trillerpfeife bereits im Mund.

»Ich kenne das Hotel, das Emmenegger für dich ausgesucht hat. Die Zimmer sind nicht klimatisiert und gehen auf die Straße hinaus, der Service ist miserabel. Ich dachte, du schläfst besser woanders.«

Als sie seine Miene sah, schüttelte sie belustigt den Kopf. »Nicht bei mir, du Esel. In einem gemütlichen Zimmer in einem netten kleinen Hotel. Du hast doch im Taunus zu tun, sagt Emmenegger. Wollen wir?«

Eine Verschwörung hinter seinem Rücken. Er wusste nicht, über wen er wütender sein sollte. Über seine Schwester Editha, die sie angezettelt hatte, um ihn zu ärgern. Oder über Emmenegger, der polizeiinterne Informationen ausgeplaudert hatte. Er packte den Griff seiner Tasche so fest, dass seine Fingerknöchel weiß wurden, und folgte der Frau, die er mehr liebte als sein Leben, über eine steile Treppe nach unten zum unterirdischen Parkhaus des Frankfurter Hauptbahnhofs.

***

Sie fuhren auf der Autobahn nach Norden, aber nicht lange, vielleicht eine Viertelstunde, dann nahmen sie die Ausfahrt, die zu den Höhen des Taunus führte. Lissie redete unentwegt, zeigte auf Punkte in der vorbeiziehenden Landschaft, erzählte über den Limes und die Römer, die hier ihr Bollwerk gegen die Germanen errichtet hatten.

Pavarotti saß stumm daneben und betete, es möge ein anderes Hotel sein. Aber solche Wünsche gingen selten in Erfüllung. In stummer Ergebenheit schloss er die Augen, als Lissie am Marktplatz einer kleinen Ortschaft namens Schmitten bremste und neben einer Kirche aus grauem Stein auf einen Hotelparkplatz einbog. Das Hotel Hadrian war ein in der Sonne schimmerndes Kleinod mit einer grün-silbernen Efeufassade und glänzenden hellgrauen Holzbalken.

Der Hotelier stand mit einer weißen Schürze am Eingang, und als er Pavarotti sah, wollte er ihm schon freudig entgegeneilen, doch der machte ihm hinter Lissies Rücken ein Zeichen. Diskrete Hoteliers genießen nicht umsonst den Ruf, auf den kleinsten Wink zu reagieren, und so begnügte sich der Mann mit einem Kopfnicken zu dem neuen Gast hin, begrüßte stattdessen Lissie herzlich, fast überschwänglich, und Pavarotti so, als habe er ihn noch nie gesehen.

Das Zimmer war dasselbe wie beim letzten Mal, mit einem gut gefederten Bett, in dem man angenehm schlief, welches sich aber auch für andere Dinge eignete, und Pavarotti wünschte, man hätte ihm ein anderes Zimmer gegeben.

Er öffnete die Fenster, die Luft war warm, aber von einer angenehmen Frische, viel kühler als in Frankfurt, vor allem unter dem Glasdach des Frankfurter Hauptbahnhofs.

Lissie stand noch an der Rezeption und unterhielt sich mit dem Wirt. Das Verhör konnte ebenso gut gleich beginnen, auf der Hotelterrasse, auf der man immerhin angenehm saß, das wusste er noch.

Sie bestellte einen Caffè Latte und einen Grappa, obwohl es erst sechs Uhr morgens war.

Pavarotti nahm es schweigend zur Kenntnis. Sie auf ihre Alkoholprobleme anzusprechen würde sie als Vorstoß werten, mit dem er dem ihren zuvorkommen wollte.

Er bestellte einen Espresso und wartete.

»Früher warst du gesprächiger«, sagte sie.

»Früher hattest du kürzere Haare«, sagte er.

Sie hob die Hand zu ihren Haaren, die jetzt ihr Kinn umspielten. Früher waren sie sehr kurz gewesen, nicht länger als ein Streichholz, und hatten eng an ihrem schmalen Gesicht gelegen.

Ein apartes Gesicht, nicht so schön wie das von Anna Santer, aber so viel lebhafter. Im Moment war ihre Gesichtshaut allerdings fahl, und eine Falte auf der Stirn strafte ihren lächelnden Mund Lügen.

»Ich vermisse Meran«, sagte sie, ohne ihn anzusehen.

»Du vermisst Meran«, war alles, was ihm einfiel, und er kam sich vor wie ein Papagei.

»Ich habe den ›Südtiroler‹ abonniert«, sagte sie nach einer kurzen Weile. »Er kommt immer mit zwei Tagen Verspätung, aber das macht nichts. Außerdem hat er eine Webseite. Du siehst, ich erfahre alles. Du bist ja viel in der Zeitung. Man schreibt gut über dich. Emmenegger hat es zum Ispettore gebracht, habe ich gelesen. Das ist fein. Er ist ein prima Kerl. Er passt auf dich auf. Das hat er immer schon getan.«

»Ja, das stimmt«, sagte er nur. Und wappnete sich.

»Gibt es die Verdinser Klause noch?«, fragte sie. »Weißt du noch? Da habe ich einmal einen Salzstreuer in einen Spiegel geschleudert.« Ihre Augen blitzten, und er musste lachen.

»Natürlich weiß ich das noch. Der Spiegel war antik und hat mich ein halbes Monatsgehalt gekostet.«

Und so ging es eine Zeit lang weiter. Sie tauschten längst vergangene Histörchen aus, kramten die alten Fälle hervor, erinnerten sich gegenseitig an Ereignisse, die bei beiden keiner Erinnerung bedurften, und umrundeten vorsichtig, als gingen sie über dünnes Glas, alles, was zu schmerzhaft war, um erwähnt zu werden.

»Meine Schwester hat dir eingeredet, dass ich selbstmordgefährdet bin, nicht wahr?«, sagte Pavarotti.

Lissie umklammerte die Tischkante, ihr Blick glitt zur Seite. »Stimmt es?«

»Natürlich nicht«, sagte Pavarotti fest. »Schau mich an. Sehe ich aus wie ein Selbstmordkandidat?«

»Du siehst gut aus«, gab sie zu. »Aber auf dem Bahnhof …? Du wolltest –«

»Himmel«, sagte Pavarotti und schlug mit der flachen Hand auf den Tisch, nicht laut, aber mit Entschiedenheit. Ein Schlag, der besagte: Ich bin Herr der Lage. »Ich war einen Moment lang zu nahe an der Bahnsteigkante, bin aber sofort zurückgetreten, als der Zug kam.« Er beugte sich vor. »Du weißt doch, wie sehr meine Schwester das Dramatische liebt. Andere in Aufregung zu versetzen ist ihr Lebenselixier. Der Anruf bei dir diente nur dem Zweck, mich in Verlegenheit zu bringen und dich zu beunruhigen. Das scheint ihr ja prächtig gelungen zu sein.«

»Wie man hört, hast du es schon einmal versucht«, sagte Lissie, ohne ihn anzusehen.

»Das ist Unsinn. Das hat sich der verrückte Freund meines Sohnes ausgedacht. Der Kerl hat eine blühende Phantasie. Hat ›man‹ dir auch erzählt, was er mit meiner Wohnung angestellt hat, angeblich um mir die Selbstmordgedanken auszutreiben?«

»Si. Er hat in deinem Wohnzimmer auf einen Beutel mit Schweineblut geschossen.« Wieder dieses falsche Lächeln.

»Das war nicht komisch, glaub mir. Aber lassen wir das. Willst du denn gar nicht wissen, warum ich hier bin?«

Eine unpassende Formulierung. Sie klang neckisch, fast wie ein Flirtversuch, der die Gegenfrage »Etwa meinetwegen?« herausforderte.

Sie reagierte anders, als er erwartet hatte.

»Das weiß ich bereits. Du hast einen neuen Fall.«

Pavarottis Mund wurde schmal. »Woher hast du diese Information?«

»Da war ein kleiner Artikel im ›Südtiroler Online‹, gestern Nachmittag. Ein Mann und eine Frau, Wohnort nahe Frankfurt. Doppelmord. Keine Namen. Die habt ihr wohl unter Verschluss gehalten. Wie hießen die Toten denn?«

»Das Frankfurter Einzugsgebiet ist groß. Es ist wenig wahrscheinlich, dass du das Paar gekannt hast.«

»Ein Ehepaar?« Lissies Gesicht war blass geworden.

»Was hast du?«, fragte Pavarotti.

»Nichts, wieso? Jetzt lass mal die Katze aus dem Sack. Wie hießen die zwei?«

Pavarotti beobachtete sie scharf. »Santer.«

Ihre Hand fuhr zum Mund. Sie schluckte und fuhr sich durch ihr Haar, sodass es nach allen Seiten abstand.

Sie hatte sich nicht besonders gut im Griff, auch wenn sie das wohl nicht merkte. Das war das Tückische an der Körpersprache.

»Also, dann spann mich nicht auf die Folter«, sagte sie im Versuch, nonchalant zu klingen, aber ihre Stimmbänder gehorchten ihr nicht. »Das Ganze hört sich unglaublich aufregend an.«

✳✳✳

Sie war schon immer eine gute Zuhörerin gewesen.

Während Pavarotti ihr die Fakten auseinandersetzte, lauschte sie aufmerksam und machte nur ein paar Bemerkungen, aber die waren scharfsinnig, und er spürte bereits, wie ihre Anwesenheit sein Jagdfieber anstachelte, wie in alten Zeiten.

Er rief sich zur Ordnung. Nichts war wie früher. Sie standen auf verschiedenen Seiten, und zwischen ihnen dehnte sich ein See aus Fragen aus, und den würde keiner von beiden jemals durchqueren.

»Die beiden hatten die Angewohnheit, spätabends im Pool zu schwimmen«, sagte Pavarotti. »So spät, dass sonst niemand mehr draußen war, weil die Terrasse schon geschlossen war und die anderen Gäste sich in ihren Zimmern oder an der Bar aufhielten. Der Mörder muss das gewusst haben. Er war bestens über alle Abläufe in diesem Hotel informiert.«

»Scheint so«, sagte Lissie. »Was sagt die Gerichtsmedizin zum Tatzeitpunkt?«

»Nicht später als dreiundzwanzig Uhr«, antwortete Pavarotti. »Um diese Zeit saßen noch ein paar Gäste an der Bar. Keiner von ihnen hat etwas gehört, sagt Emmenegger. Der Täter muss einen Schalldampfer benutzt haben. Der Mord war genau geplant.«

»Glaubst du an einen Profi? Ich nicht.« Lissie schüttelte den Kopf. »Das war bestimmt kein Fremder. Bei einem Unbekannten hätten die beiden Verdacht geschöpft. Es war schließlich mitten in der Nacht und dunkel bis auf die Poolbeleuchtung und das Licht der Bogenlampe an der Hauswand.«

»Woher weißt du das?«

Das Zögern war winzig. »Ich war schon einmal in dem Hotel. Vor Jahren. Bevor wir zwei uns kennengelernt haben. Ich glaube, ich habe auf der Terrasse einen Kaffee getrunken.«

Lissie fuhr fort, ein wenig außer Atem und ohne ihn anzusehen. »Stell dir das vor. Sie saßen einfach da, sahen ihrem Mörder zu und warteten, bis er sie erschoss«, sagte sie. »Vielleicht haben die drei sich sogar unterhalten. Vielleicht war es ein anderer Gast, der lächelnd auf sie zukam, eine Hand in der Manteltasche, in der die Waffe steckte. Oder es war ein Kellner, der so tat, als wolle er nach ihren letzten Wünschen fragen.«

»Ich sehe, deine Phantasie ist immer noch so lebhaft wie früher«, sagte Pavarotti und hoffte, dass nur er selbst sein Zähneknirschen hören konnte. »Für solche Schlussfolgerungen ist es noch zu früh. Emmenegger und ich haben das gesamte Hotelpersonal befragt, zumindest alle, die in Frage kommen. Angeblich hat niemand außer zwei Kellnern, dem Barmann und dem Hoteldirektor ein Wort mit den beiden gewechselt. Ich kann mir keinen Grund denken, warum einer davon die zwei hätte erschießen sollen. Du?«

»Und die Gäste?«, wich Lissie aus.

»Gleiches Spiel. Wir konnten bei niemandem eine Verbindung zu dem Paar entdecken. Die beiden waren sowieso die einzigen Deutschen im Hotel. Und jetzt wüsste ich gern, warum du eben dermaßen erschrocken bist.«

»Erschrocken?«

»Hör auf damit, Lissie.«

Sie starrte an ihm vorbei, schwieg lange. »Ich glaube, ich kenne – kannte – die tote Frau«, sagte sie schließlich.

Erzähl mir etwas, das ich noch nicht weiß, dachte Pavarotti. Laut sagte er: »Tatsächlich?«

»Nun ja, wenn sie es wirklich ist. Ist sie … war die Frau Schriftstellerin? Mit Vornamen Anna?«

»Ja, in der Tat.«

Lissie biss sich auf die Lippe. »Dann ist sie es. Scheiße. Wir haben uns hin und wieder getroffen, auf Buchmessen oder Literaturfestivals. Wie das so ist, wenn man in den gleichen Kreisen verkehrt.« Plötzlich kicherte sie, es war ein kaputter Ton, der nach Hysterie klang. »Einmal haben wir sogar eine gemeinsame Lesung bestritten. Es war furchtbar, weil sie so unglaublich ... Oh Gott, es tut mir leid ...«

»Eine gemeinsame Lesung? Was meinst du damit?«

»Sie war Autorin, genau wie ich selber. Wir haben sogar im selben Verlag publiziert.«

»Du schreibst? Das ist ... Ich meine, wie bist du ...?«

Lissies Augen strahlten, aber die Wärme fehlte. »Da bist du baff, was?«

Pavarotti erfuhr, dass Lissie nicht nur schrieb, sondern recht erfolgreich war.

Die Idee, wahre Kriminalfälle zu spannenden Romanen zu verarbeiten, sei während ihres letzten gemeinsamen Falles entstanden. Zurück in Deutschland, hatte Lissie ihr Manuskript zunächst beiseitegeschoben, weil die Fertigstellung mühsam war und weil sie fürchtete, dass ihre Begabung nicht ausreichte. Allerdings litt sie nach wie vor an chronischen Geldsorgen, und (wie sich später herausstellte) an einem Mangel an Lebensmut.

Die Folgen einer Schusswunde, die einen partiellen Gedächtnisverlust ausgelöst hatte, wollten einfach nicht abklingen.

»Anfangs kamen viele Erinnerungen zurück. Aber das hast du ja damals noch miterlebt«, sagte sie. »Ich dachte schon, die Sache ist vorbei und ausgestanden. Tja, zu früh gefreut. Nach zwei, drei Monaten, als die ersten großen Schübe vorbei waren, ging es viel langsamer voran. Irgendwann gab es keine neuen Erinnerungen mehr, und alles blieb mehr oder weniger so, wie es war. Das größte Problem ist mein Personengedächtnis. Fakten und Ereignisse sind kein Problem, aber es ist, als weigere sich mein Kopf, Menschen, die ich in den letzten fünfundzwanzig Jahren getroffen habe, zur Kenntnis zu nehmen.«

An diesem Punkt brauchte Lissie eine Beschäftigung, die sie ablenkte, und zwar schnell. Durch puren Zufall stieß sie eines Abends (bei der Suche nach ihrer letzten Kiste Weißwein, aber das verschwieg sie) auf ihr vergessenes Manuskript.

»Du hast unseren damaligen Fall veröffentlicht?«, fragte Pavarotti.

»Tja, mittlerweile ist das Buch in fünf Sprachen übersetzt. Jetzt arbeite ich an einem zweiten Roman. Ein junges Paar, das im Bayerischen Wald spurlos verschwunden ist. Ein gruseliger Fall, entspricht aber den Tatsachen.«

Der erste Teil war eine dreiste Lüge, ihr Buch war überhaupt nicht übersetzt worden, und das würde wohl auch nie passieren. Der Roman blieb ein Achtungserfolg. Finanziell gesehen war das Beste an ihrer neuen Beschäftigung der Beitritt zur Künstlersozialkasse.

»Toll«, sagte Pavarotti. »Ich gratuliere dir. Das nenne ich ein gelungenes Comeback.«

Lissie winkte ab, mit einer kleinen, etwas gezierten Handbewegung. »Mehr Glück als Verstand.«

Pavarotti kaufte ihr die Bescheidenheit keine Sekunde ab.

»Was hat Anna Santer eigentlich geschrieben? Etwas Ähnliches wie du?«

Ein Blick streifte ihn. »Gott bewahre. Sie hat Regionalkrimis verfasst. Ihre Bücher spielen in Südtirol, meistens mit einem Schuss Zeitgeschichte aufgepeppt. Ganz okay, mehr aber auch nicht.«

»Wegen ihrer Bücher ist sie dann wohl nicht gestorben«, sagte Pavarotti und erhob sich. »Es war nett, dich wiederzusehen. Aber jetzt muss ich los. Ich hab einen Termin bei der Kripo Bad Homburg und mit dem zweiten Geschäftsführer dieser Finanzagentur. Vielleicht kennst du die Firma. Du warst ja früher mal in derselben Branche. Sie heißt FONDSpot, hat etwas mit Kapitalanlagen zu tun.«

»Nie gehört«, sagte Lissie.

»Schade. Im Internet bezeichnet sich das Unternehmen als Analysehaus für Investmentfonds. Du warst doch früher mal vom Fach. Was wird da deiner Meinung nach analysiert?«

»Tja, ich vermute, dass sie die Qualität von Kapitalanlagen bewerten, je nachdem, wie viel Rendite die abwerfen und wie hoch das Risiko ist. Die Investmenthäuser lassen sich die Bewertung eine schöne Stange Geld kosten, weil sie prima damit werben können.«

»Die Anbieter bezahlen für die Bewertung?« Pavarotti staunte. »Wie kann ich dann sicher sein, dass sie ehrlich und unabhängig ist?«

»Kannst du nicht. Das ganze System ist krank«, sagte Lissie.

»Da scheinen viel Geld und halbseidene Geschäftspraktiken im Spiel zu sein«, sagte Pavarotti. »Das macht zwei gute, handfeste Motive.«

Doch sein Bauchgefühl sagte ihm, dass er nicht so leicht zum Ziel kommen würde.

Der neue Fall war außergewöhnlich. Er war kein Mathematikfall, wie er diejenigen nannte, die sich lösen ließen, wenn man alle Fakten zusammentrug und in eine sinnvolle Beziehung zueinander setzte.

Dies hier war ein Fall des sechsten Sinns. Leider besaß er diesen nicht.

Emmeneggers Denkprozesse wurden von einem kleinen Rinnsal gekreuzt, in dem dieser sechste Sinn plätscherte. Lissie schöpfte aus einem ganzen Ozean voll mit diesem Zeug.

Doch der Ozean befand sich auf der anderen Seite der Welt.

Sie würden sich mit Emmeneggers Rinnsal begnügen müssen.

***

Lissie saß in ihrem roten Fiat 500 und beobachtete, wie Pavarotti mit einem Mann sprach, der an einem silbernen Audi mit einem Hertz-Aufkleber an der Heckscheibe lehnte. Autoschlüssel wechselten den Besitzer, dann stieg Pavarotti ein und fuhr weg, ohne sich noch einmal umzusehen.

Als er verschwunden war, startete sie den Motor.

Das Wiedersehen war besser gelaufen als erwartet. Der hungrige Blick, mit dem er sie früher so oft angesehen hatte, war verschwunden und hatte einer trägen Melancholie Platz gemacht, die unter Garantie die Frauen Schlange stehen ließ.

Er war so von seiner neuen Adonisfigur eingenommen, dass

er gar nicht merkte, wie herablassend er sich verhielt. Dennoch, alles in allem fand Lissie sein Benehmen erträglicher als die waidwunden Augen von früher, die ihr überallhin gefolgt waren, wohin sie auch ging.

Glaubte er wirklich, sie hätte sich Sorgen gemacht, dass er sich etwas antat? Wenn es darum ging, Menschen zu durchschauen, war dieser Mann blind auf beiden Augen, und das war ein unveränderlicher Faktor, den auch der neue Pavarotti nicht ändern konnte, mitsamt seiner stutzerhaften Kleidung, seinem Fitnessstick und seiner Angewohnheit, neuerdings an der Passer zu joggen, verfolgt von der Boulevardpresse, die an seinen Lippen hing, wenn er ihnen ein paar Brocken über seine Fälle hinwarf.

Luciano Pavarotti 2.0, ein eitler Fatzke, der sich von den Medien feiern ließ.

Oh ja, Lissie verschlang gierig den kleinsten Artikel, den sie über ihn veröffentlichten, druckte ihn aus, sammelte, heftete ab. Mittlerweile war der fünfte Leitz-Ordner voll.

Sie hatte jeden Online-Newsletter über Südtirol abonniert, der umsonst zu haben war, und für alles andere, das Wochenmagazin »BLIZZ« oder den »Meraner Kurier«, brauchte sie auch nicht zu bezahlen, bisher jedenfalls nicht, dank ihrer guten Quelle.

Luciano Pavarotti, der neue Medienstar von Meran, der sich in seiner Berühmtheit sonnte. Während sie nicht einmal die engsten Freunde von früher wiedererkannte. Und wer, bitte, war an allem schuld?

Die altbekannte Starrheit kroch in ihre Beine, und bevor die Lähmung sich weiter ausbreitete und ihre Fahrtüchtigkeit einschränkte, lenkte sie den Fiat auf einen Parkplatz, legte die Arme locker auf das Steuerrad, versuchte eine bequeme Stellung einzunehmen und richtete ihre Augen auf die Tannen, die sich dunkel gegen den bleiernen Himmel abzeichneten. Die Taubheit hatte inzwischen ihre Hüfte erreicht. Sie würde jetzt mindestens eine halbe Stunde lang pausieren müssen.

Sein Blick hatte Bände gesprochen. Er hatte ihr niemals zuge-traut, dass sie wieder auf die Beine kam. Und schon gar nicht als Autorin, etwas, wozu man Begabung brauchte. Er hatte sie in eine Schublade verfrachtet, die mit dem Wort »Versager« be-schriftet war.

Für ihn war sie bloß jemand, der mit seinem Leben geschei-tert war, abgestürzt von viel zu ambitionierten Höhenflügen, zu nahe an die Sonne geraten wie Ikarus. Es stimmte ja – das Wachs, das ihr ach so perfektes Leben zusammengehalten hatte, war geschmolzen, und sie war hart aufgeschlagen.

Lissie von Spiegel, Ex-Karrierefrau. Ex-Sportwagenfahrerin. Ex-vermögend. Mit einem Ex-Leben.

Von wegen, du Arschloch. Mein Rückgrat ist noch nicht ge-brochen.

Die Arme und die Zehen begannen zu prickeln. Die Schwere auf ihrer Brust zog sich zurück. Lissies Atem wurde ruhiger, und sie ließ den Wagen wieder an.

Pavarottis Schubladendenken hatte etwas für sich. Er würde nicht auf den Gedanken verfallen, dass sie etwas anderes war als das, was er in ihr sah.

Ispettore Emmenegger war in dieser Hinsicht ein anderes Kaliber, aber der war glücklicherweise nicht hier.

Unmoralische Angebote

In der Diele warf Lissie ihre Hausschlüssel auf die Kommode und kramte nach dem anderen Schlüssel. Ihre Handflächen wurden sofort feucht, als sie ihn nicht gleich fand. Schließlich stießen ihre Finger am Boden der Tasche auf eine raue Oberfläche. Da war er, der Schlüssel samt Schlüsselanhänger aus Rochenleder, ein schönes Stück in Form einer Schlaufe, die sie allerdings inzwischen als böses Omen empfand.

Das Lämpchen des Anrufbeantworters blinkte. Mit dem Schlüssel in der Hand drückte sie auf Play.

»Hör zu, hier ist Walter, dein Verleger. Bitte ruf mich so schnell wie möglich zurück. Du hast ja meine Mobilnummer. Es geht um Anna Santer.«

Sie war drauf und dran, die Nachricht zu ignorieren, doch dann überlegte sie es sich anders.

Walter Timm war sofort dran. »Liselotte?«

»Ja«, sagte sie mit gereizter Stimme. Sie hasste ihren kompletten Vornamen. Walter wusste das ganz genau und benutzte ihn trotzdem.

Walter Timm war ein boshafter Mittfünfziger mit einem Hang zum Zynismus, mit dem er jeden Schriftsteller ins Visier nahm, egal, ob Bestsellerautor oder einer unter ferner liefen.

Lissie wusste, dass sich Walter im Grunde selbst verachtete, wegen seiner Geschäftstüchtigkeit, die seiner Meinung nach eines Kulturschaffenden unwürdig war. Wie sehr ihn sein Erfolg beschämte, hatte er ihr eines Abends sturzbetrunken auseinandergesetzt, unmittelbar nach Veröffentlichung ihres ersten Romans. Sie war geschmeichelt gewesen, dass er, der bekannte Frankfurter Verleger, mit ihr zur Feier ihres großen Tages einen Scotch trinken wollte. Aus einem wurden fünf, und sie merkte schnell, dass er nur einen Vorwand gesucht hatte, um seinem verhassten Büro zu entfliehen.

Seitdem fühlte sich Lissie im Umgang mit ihm gehemmt und

verlegen, obwohl sie davon überzeugt war, dass er sich nicht an diesen peinlichen Abend erinnerte.

»Hast du es schon gehört?«, fragte er statt einer Begrüßung.

»Ja«, sagte Lissie. »Tut mir sehr leid. Anna war eine großartige Schriftstellerin.« Was rede ich denn da, fragte sie sich.

»Ja, ja«, sagte Walter kurz angebunden. »Seit drei Wochen ist unser Herbstprogramm draußen, und die Buchhändler rennen uns die Bude ein mit Bestellungen für ihr neues Buch. Der Roman wird ein Bestseller, darauf kannst du Gift nehmen, vor allem jetzt, wo sie tot ist. Eine halbe Million Exemplare und mehr, und da sind die E-Books noch nicht mit drin. Das letzte Buch einer Kriminalautorin, die das schreckliche Schicksal ihrer Figuren erlitt.«

»Schäm dich, Walter«, sagte Lissie.

Walter Timm kicherte. »Der Heiligenschein steht dir nicht, Liselotte. Du würdest deine Seele verschachern, wenn dir das eine halbe Million verkaufte Exemplare von deinem nächsten Buch einbrächte.«

»War das der Grund deines Anrufs? Mich zu beleidigen?«, sagte Lissie spitz.

»Jetzt krieg dich wieder ein«, sagte Walter. »Wir haben Annas Manuskript nicht. Den Abgabetermin vor zwei Wochen hat sie sausen lassen, aber da klingelten im Lektorat noch keine Alarmglocken. Sie war ohnehin nie die Pünktlichste. Und jetzt ist sie tot, und keiner von uns weiß, wo sie das Zeug abgespeichert hat. Stell dir vor, der USB-Stick mit dem Buch geht in dem ganzen Durcheinander verloren, oder so ein Vollpfosten bei der Polizei beschlagnahmt die Datei. Ich kriege Zustände, wenn ich bloß daran denke.«

»Und was hab ich damit zu tun?«

»Mir ist ein Plan B eingefallen«, sagte Walter. »Nur für den Fall, dass ihr Buch nicht wiederauftaucht. Du bist doch eine Schnellschreiberin. Und du kennst dich in Südtirol aus.«

»Das ist nicht dein Ernst, oder? Du willst, dass ich den Ghostwriter spiele, und dann bringst du das Buch als ihr letztes Werk auf den Markt? Abgesehen von kleineren moralischen

Bedenken – du kannst nicht ernsthaft annehmen, dass du mit dem Schwindel durchkommst. Ich schreibe komplett anders als Anna.«

»Komm schon, Lissie. Annas Stil ist etwa so schwer zu kopieren wie die Gelben Seiten. Zerbrich dir nicht meinen Kopf. Es geht hier nicht um den Pulitzerpreis. Es reicht vollkommen, wenn das Zeug einigermaßen lesbar wird. Der Roman wird so oder so ein Selbstläufer.«

»Worum geht's da überhaupt?«

Walter seufzte. »Wenn ich das nur wüsste. Sie hat ein riesiges Geheimnis draus gemacht. Die Vorschautexte, die sie uns geliefert hat, sind eine Ansammlung von Allgemeinplätzen. ›Alte Schuld‹. ›Dunkles Geheimnis‹. ›Unheilvolle Verstrickung‹. Plattitüden vom Feinsten.«

»Walter, so sehen alle eure Programmtexte aus. Mit Geheimnis hat das nichts zu tun, bloß mit der Anpassung an euer Niveau.«

»Spar dir das, Liselotte. Außerdem ist es eh egal, um welches Thema es bei ihrem Buch geht. Such dir einen Plot aus. Am besten den mit dem geringsten Aufwand.«

»Und was ist mit meinem Projekt?«

»Was soll damit sein? Arbeite halt an zweien gleichzeitig. Die achthundert Seiten deines letzten waren ohnehin dreihundert zu viel. Fass dich kurz, dann wirst du mit beiden rechtzeitig fertig. Statt einem Wälzer schreibst du zwei Bücher mit je vierhundert Seiten, dann stimmt die Rechnung wieder. Dieser Umfang verkauft sich sowieso besser, und wir sparen Druckkosten.«

»Keine Chance«, sagte Lissie.

»Ich mache dein Buch zum Spitzentitel im Frühjahrsprogramm«, sagte Walter.

Einen kurzen Moment herrschte Stille in der Leitung.

»Soll das etwa ein Bestechungsversuch sein?«

»Wo denkst du hin? Ich glaube bloß, dass es gut in unser Programm passt. Ein Truman Capote wird zwar nicht aus dir, aber den braucht heute auch keiner mehr. Die ersten fünfzig Seiten, die du uns geschickt hast, sind ganz hübsch. Verschwundene Leute verkaufen sich immer.«

Lissie war perplex. »Du liest Manuskripte deiner Autoren?«
Sie hörte Walters Kichern. »Nur ausgewählte. Warum sollte
ich meine Zeit mit Fast-Food-Literatur verschwenden?«

»Herzlichen Dank, dass du bei mir eine Ausnahme gemacht
hast«, sagte Lissie, aber die Ironie war an Walter verschwendet.

»Also, was ist jetzt? Ich muss heute noch ein paar Bücher
verlegen.«

»Ich will ein Werbebudget von hunderttausend Euro für
mein neues Buch«, sagte Lissie. »Und du gibst den Buchhänd-
lern sechzig Prozent Rabatt auf jedes Exemplar, wenn sie meinen Roman auf ihrem besten Büchertisch präsentieren.«

»Du bist ja wahnsinnig«, schrie Walter. »Willst du, dass ich
Geld verbrenne? Denn dass das klar ist: Dein Buch wird nie und
nimmer ein Bestseller. Muss ich es –«

»Walter. Stopp.«

»… dir buchstabieren? Ich streite nicht ab, dass du erzählen
kannst, aber du schreibst viel zu kompliziert. Die Leute lesen
heute Bücher eine Viertelstunde vor dem Einschlafen, falls sie
nicht gerade twittern oder ihr Profilbild bei Facebook ändern.
Die haben weder Zeit noch Geduld für deine Hakenschläge und
endlosen Rückblenden. Schreib endlich geradeaus, nach vorn,
und hör auf mit dem literarischen Brimborium. Vielleicht lasse ich
mich dann dazu hinreißen, mehr Geld in die Hand zu nehmen.«

»Walter, du bist genauso phantasielos wie ein Buchhändler«,
sagte Lissie. »Du siehst nicht weiter als bis zu deiner Nasen-
spitze. Es gibt nichts, was die Leute mehr schaudern lässt als
wahre Verbrechen direkt vor ihrer Haustür, die nie geklärt wurden.« Sie unterbrach sich. »Ich habe jetzt keine Lust, dich zu
bekehren. Entweder wir sind uns einig, oder du kannst Annas
Buch selber schreiben.«

Walter Timm stöhnte. »Und ich dachte, mein alter Hund
wäre dickköpfig und stur. Also gut. Ich erkundige mich bei der
Polizei. Wenn sich das Manuskript nicht einfindet, sind wir im
Geschäft.«

»Nicht ohne einen schriftlichen Vertrag über das Finanzielle«, sagte Lissie, aber Walter hatte bereits aufgelegt.

Lissie blieb einen Moment lang regungslos in der Diele stehen. Dann schob sie den Schlüssel mit dem Anhänger aus Rochenleder zurück in ihre Tasche und rannte zu ihrem Wagen. Mit einem Knall fiel die Tür hinter ihr zu.

··*

Der Leihwagen war von der Hertz-Zentrale am Frankfurter Flughafen geliefert worden, auf die Minute pünktlich, in diese Einöde, an einem Sonntag. Nur die Deutschen brachten so etwas fertig.

Felder, auf denen der Weizen hoch stand, zogen an Pavarotti vorbei, abgelöst durch dichten Hochwald, durch den sich die kurvige Straße schlängelte.

Sein Navigationssystem zeigte ihm an, dass er sein Ziel in wenigen Minuten erreichen würde. Er passierte ein Ortsschild, auf dem stand: »Glashütten, fünf Kilometer«.

Das Gespräch mit Lissie war besser gelaufen als erwartet. Sie hatten sich wie zivilisierte Menschen unterhalten, keiner von ihnen war aus der Rolle gefallen. Sie hatte es vermieden, ihn mit Fragen über die Szene am Bahnhof zu löchern. Und er hatte seinen Zorn bezähmt.

Der glomm immer noch in ihm, auch nach Monaten, und er wusste nicht, was ihn mehr schmerzte: dass Lissie ihn niemals lieben würde oder die Erkenntnis, dass sie ihm die ganze Zeit etwas vorgemacht hatte.

Zum wiederholten Mal an diesem Tag nahm er sich vor, die Ermittlungen in Deutschland zügig abzuschließen. Die Unnachgiebigkeit, mit der er seine Müdigkeit ignorierte, hatte sich ausgezahlt. Die dringendsten Punkte waren bereits abgehakt, auch dank der deutschen Kriminalpolizei. Bald konnte er von hier verschwinden und diese Gegend, die ihm so zuwider war, hinter sich lassen.

Die Deutschen hatten nicht lange gefackelt. Das Anwesen der Santers in Glashütten war polizeilich abgesperrt. Emmenegger hatte den Leiter der zuständigen Mordkommission angerufen, während Pavarotti im Zug saß, und so erwartete ihn im Kommissariat von Bad Homburg, der nächsten größeren Ortschaft, bereits die Zustimmung der deutschen Polizei, dass er als Italiener auf deutschem Boden ermitteln durfte, natürlich unter der Bedingung, dass er die deutschen Kollegen auf dem Laufenden hielt.

Der deutsche Hauptkommissar, ein Mann namens Klaus Foliari, der einen italienischen Namen und deutsche Gründlichkeit besaß (die Großeltern waren in den fünfziger Jahren nach Deutschland ausgewandert), händigte ihm ein Dossier mit dem Hintergrund der beiden Toten aus.

Beide Toten hatten einen Studienabschluss in Mathematik gehabt. Lex Santers Mutter war zweimal verheiratet gewesen und wohnte heute allein in der Nähe von München. Sie war von den bayerischen Kollegen benachrichtigt worden.

Anna Santer, geborene Winterling, stammte aus Wien; von ihrer Familie lebte niemand mehr.

Das Dossier enthielt keine Anhaltspunkte für die Tat, ein Umstand, für den sich Foliari wortreich entschuldigte.

Von Bad Homburg aus war Pavarotti nach Ruppertshain gefahren, ein Dorf unweit von Königstein.

Julius Schaller bewohnte den gesamten obersten Stock in einem Flügel des sogenannten Zauberbergs in Ruppertshain, einer früheren, mittlerweile luxussanierten Lungenheilanstalt. Neben vermögenden Yuppies residierten dort inzwischen Rechtsanwaltskanzleien, Psychotherapiepraxen für gestresste Banker und Steuerberatungsfirmen.

Die Wohnung (umlaufende Terrasse und eigener Rooftop-Pool) war in Porzellantönen eingerichtet, viel Weiß und Creme, mit einer Spur Rosa und einem ganz hellen Türkis, einer Menge Sofas und Kissen und surrealistischen Bildern in Aluminiumrahmen. Pavarotti fand, dass es sich eher um die Wohnung einer Frau als die eines Mannes handelte, und er fragte sich, wer die Einrichtung ausgesucht hatte. Schaller war nicht verheiratet.

Der Mann begrüßte Pavarotti mit einem Händedruck, der eine Spur zu fest war. Es war ein Händedruck, der Bedeutsamkeit und das Wissen um den Ernst der Situation ausdrücken sollte.

Schaller war ein vierschrötiger Mann, dessen Beine im Vergleich zu seinem Körper zu kurz geraten waren. Wenn er sich setzte, entstand der Eindruck eines hochgewachsenen Menschen, wenn er aufstand, verwandelte er sich in einen gedrungenen Mann, eine Wirkung, die so verblüffend wie komisch war.

Allerdings sah Schaller nicht aus, als wäre mit ihm zu spaßen. Unter seinem Designer-Shirt zeichneten sich dicke Muskelstränge ab. Sein breiter Oberkörper verschlankte sich zur Taille hin, die so schmal war wie die einer Frau. Pavarotti fragte sich, welchen Leistungssport der Mann wohl in seiner Freizeit ausübte. Vielleicht boxte er. Wenn ja, dann war es bestimmt Kickboxen, ein Sport, in dem fast alles erlaubt war.

Julius Schaller war für den Verkauf von Lex Santers Fondsanalysen verantwortlich, was so viel hieß wie eine raffinierte Form der Erpressung.

Schaller versuchte erst gar nicht, das Geschäftsmodell von FONDSpot zu bemänteln. Seine Erklärungen klangen kalt und nüchtern, ungefähr so wie die Stimme der Meraner Gerichtsmedizinerin Sara Landers, wenn sie die Ergebnisse ihrer Sektion auf Tonband diktierte. Hin und wieder glaubte Pavarotti einen verächtlichen Ton herauszuhören.

Die Firma analysierte neben den eigentlichen Fonds auch die fachliche Kompetenz der Anbieter, und dieses Urteil über die Eignung, Finanzprodukte für Privatkunden anzubieten, floss in Santers Beurteilung der Produkte mit ein. Daran fand Pavarotti im Grunde nichts auszusetzen. Allerdings konnten diese Kompetenzurteile, anders als die Bewertungen der Produkte, nur unter Mithilfe der Analysekandidaten erstellt werden, und wer sich dagegen wehrte und nicht dafür bezahlen wollte, wurde mit einer niedrigen Punktzahl für fachliche Kompetenz bestraft.

»Lex hat immer gesagt, das lässt sich nicht anders machen.

Ohne die erforderlichen Informationen sei er außerstande, gute Noten zu vergeben.«

»Die Fonds der Verweigerer erhalten ganz automatisch eine viel schlechtere Note als die anderen, die mitmachen und zahlen?«

»So ist es.«

Pavarotti hatte nicht geglaubt, dass sich seine Verachtung für die Methoden der Finanzindustrie noch steigern ließe.

Julius Schaller besaß ein Alibi für die Mordnacht. Er hatte an einer Veranstaltung der Fondsbranche in Mannheim teilgenommen. Pavarotti würde es natürlich überprüfen, hatte aber keinen Zweifel, dass sich das Alibi als hieb- und stichfest erweisen würde. Der Mann hatte kein Motiv für die Tat. Sein Partner, der Analyst, war das Herz der Firma gewesen, und ohne seine Arbeit und seinen Ruf gab es nichts mehr, was Schaller verkaufen konnte.

»Sobald alle wissen, dass Lex tot ist, verliert die Firma rapide an Wert«, sagte Schaller. »Ohne seinen Biss sind wir für die Haie da draußen kein ernst zu nehmender Gegner.«

Feinde? Nun, die hatte Lex Santer zweifellos reichlich gehabt. Dass Fondsgesellschaften nicht erfreut waren, wenn sich ihre Produkte aufgrund Santers Beurteilung schlecht verkauften, konnte sich Pavarotti lebhaft vorstellen. Eine Investmentgesellschaft hatte vor Kurzem eine Unterlassungsklage eingereicht, aber das schien Schaller nicht zu berühren. »Die werden vor Gericht den Kürzeren ziehen, wie alle anderen auch.«

FONDSpot hatte im Laufe des fünfjährigen Bestehens der Firma Hunderte schlechter Beurteilungen veröffentlicht. Das bedeutete eine Menge Mordmotive, und Pavarotti bat Schaller um eine Liste aller bewerteten Fonds und ihrer Anbieter.

»Na, da haben Sie sich ja einiges vorgenommen«, sagte Schaller. »Kommen Sie morgen Mittag in die Firma, gegen ein Uhr. Dann habe ich die komplette Übersicht auf dem Tisch. Aber wenn Sie mich fragen, ist das vergebene Liebesmüh. Ich kann nicht glauben, dass irgendein Trottel Lex bloß wegen einer schlechten Beurteilung umgebracht hat.«

Pavarotti hatte ebenfalls Zweifel, aber es war dennoch unumgänglich, die Unternehmen zu durchleuchten. Gottlob war seine Anwesenheit in Deutschland dazu nicht notwendig. Klaus Foliari und sein Team würden die Herkulesarbeit übernehmen.

Er bog nach rechts ab und passierte das Ortsschild von Glashütten.

***

Das Anwesen der Santers befand sich am Ortsrand von Glashütten, am Ende einer Sackgasse. Es lag auf einer kleinen Anhöhe unmittelbar am Waldrand.

Im Schutz eines dicken Baumstamms beobachtete Lissie das Haus. Es war totenstill. In den riesigen Fensterscheiben spiegelten sich die schwarzen Silhouetten der Fichten, und es wirkte so, als habe die Dunkelheit von dem Anwesen Besitz genommen.

Das Haus bestand praktisch nur aus Glasflächen, die mit schwarzen Holzbohlen und weißem Verputz zusammengehalten wurden. »Ich lebe in der Perversion eines Fachwerkhauses«, hatte Anna einmal gesagt. Sie sprach immer öfter von ihren Träumen, in denen sie in einem richtigen Fachwerkhaus wohnte, mit schiefen Wänden und einem krummen Giebel und ohne ihren Mann, der mit einer Welt außerhalb des Neunzig-Grad-Winkels nicht zurechtkommen würde.

Jetzt würde Annas Traum niemals wahr werden.

Das Auto von Annas Nachbarn stand unter einem Carport, ansonsten war die Straße leer.

Lissie hatte ihren Wagen wie immer auf einem Wanderparkplatz abgestellt. Sie hob den Feldstecher an die Augen. Nichts regte sich hinter den zugezogenen Vorhängen des Nachbarhauses auf der anderen Straßenseite, zu dem der Carport gehörte. Der Herr Professor, über den sich Anna mit Genuss lustig gemacht hatte, befand sich mit seiner jungen Frau auf einer Kreuzfahrt in die Südsee, die er sich nicht leisten konnte.

Lissie zog die Baseballkappe tief ins Gesicht und überquerte die wenigen Meter bis zur Grundstücksgrenze. Sie schritt zügig aus, aber nicht zu schnell. In dieser Gegend rannte außer Einbrechern niemand.

Sie öffnete die Gartentür auf der Rückseite des Grundstücks und stieg über das rot-weiße Absperrband, das akkurat um das gesamte Anwesen gespannt war. Den Schlüssel an der Schlaufe aus Rochenleder hatte sie bereits in der Hand, und das Schloss der kleinen Kellertür ließ sich geräuschlos öffnen. Anna hatte es eigenhändig geölt. Es war das einzige im Haus, das sich mit einem herkömmlichen Schlüssel öffnen ließ. Anna hatte darauf bestanden, weil sie dem ganzen elektronischen Klimbim nicht traute.

Lissie schlüpfte ins Haus.

Alles befand sich an seinem Platz, die Winterstiefel aufgereiht in einem Wandregal, die Türen der Waschmaschine und des Trockners halb geöffnet, wie es sich gehörte. Die Packungen und Flaschen mit Waschmitteln waren blitzsauber, ein Zustand, der üblicherweise nach der ersten Benutzung durch normale Sterbliche verschwindet. Hier jedoch waren die Flaschen sorgfältig abgewischt und auf Hochglanz poliert.

Der Deckel des Waschpulverkartons war exakt abgetrennt, die Kanten so messerscharf, dass man sich daran schneiden konnte. Kein Pulverkorn hatte sich auf die Ablagefläche verirrt, oder, Gott bewahre, auf den grauen, glänzenden Fliesenboden.

Die Putzfrau der Santers, die früher als Aufseherin im Frankfurter Gefängnis Klapperfeld gearbeitet hatte, bekam genaue Anweisungen von Lex Santer und hielt sich buchstabengetreu daran. Die Schirinka ließ sich nur mit dem Nachnamen anreden, ohne Frau, und sprach gerne von »säubern« statt von »putzen« und »sauber machen«.

Genauso wie Lex Santer konnte es ihr nie blank genug sein, und Anna hatte vermutet, dass sie den Stock oder Schlimmeres benutzt hatte, um die Ordnung im Gefängnis wiederherzustellen, falls es einer wagte, aus der Reihe zu tanzen.

Mehrfach hatte Anna versucht, die Frau loszuwerden, aber sie erreichte nur, dass die Schirinka sie noch mehr hasste.

Die Alte und Lex waren aneinandergekettet gewesen, als wären sie Mutter und Sohn.

Das Erdgeschoss besaß nicht ganz dieselbe Perfektion wie der Keller. Anna hatte sich einen Spaß draus gemacht, die Ordnung zu beseitigen. Sie räumte Bücher aus der Bibliothek und ließ sie auf den Boden fallen, warf hie und da eine Bodenvase um, ohne aufzuwischen, sodass sich ein hässlicher Fleck auf dem hellgrauen Teppich ausbreitete. Oder sie lief mit ihren Gartenschuhen, an denen Erde klebte, absichtlich über das elfenbeinweiß gebeizte Eichenparkett.

Lissie warf nur einen Seitenblick auf die teure Einrichtung.

Fünf Minuten später erklomm sie die Wendeltreppe zu Annas Studio auf dem Dachboden des Hauses. Anna hatte das Zeltdach des Hauses öffnen lassen und an zwei Seiten durch Glasfenster ersetzt. Ganz oben, auf der Spitze des Dachs, thronte eine kleine Glaspyramide.

Auf dem Boden stapelten sich Papier- und Bücherberge. Der halbmondförmige Glasschreibtisch, neben einem weißen Drehstuhl und einem Futon der einzige Einrichtungsgegenstand, war mit Manuskriptseiten und Zeitungsartikeln bedeckt. Einzig und allein der große weiße Computerbildschirm behauptete mühelos seinen Platz in der Tischmitte, wie die weiße Fluke eines Wals, der seine Schwanzflosse aus den wogenden Papierfluten gen Himmel streckt.

Der beherrschende Eindruck war der des ungezügelten Chaos. Dieser Eindruck trog allerdings, denn die Unordnung diente einem ganz bestimmten Zweck.

Lissie nahm die Mütze ab und wischte sich über die Stirn. Ihr war es rätselhaft, wie Anna es geschafft hatte, während der Sommermonate in dieser Treibhausatmosphäre zu arbeiten.

Mit einem Summen erwachte der Computer zum Leben. Lissie setzte sich auf den Drehstuhl und gab das Passwort ein. Innerhalb kurzer Zeit hatte sie festgestellt, dass das Manuskript von Annas neuem Buch nicht auf der Festplatte gespeichert war. Es gab zwar einen Ordner mit dem Titel »Südtirol 12«, aber er enthielt kein einziges Dokument über das zwölfte Werk ihrer Südtirol-Reihe.

Fieberhaft durchwühlte Lissie die beiden kleinen Schubladen aus Glas. Kein USB-Stick.

Lissie sprang auf und stieß aus Versehen einen Papierstapel um. Wenn der Datenträger unter einen der Papierberge gerutscht war, würde Lissie ihn niemals vor der Polizei finden. Sie musste schnellstens …

Plötzlich hörte sie ein Geräusch. Ein leises Knirschen, das von ganz unten kam, dann ein Schaben.

Ein dumpfer Knall.

KELLERTÜR

Lissie rannte zu einem der beiden großen Fenster, die auf die Straße hinausgingen. Ein silberner Audi stand vor dem Haus.

Jetzt kam er die Treppe herauf. Wild blickte sie umher. Hier gab es keine Versteckmöglichkeiten. Bis auf …

Der Zwischenraum zwischen dem Bett und dem Fußboden war so schmal, dass es eine weniger knabenhafte Person nicht geschafft hätte, sich unter den Futon zu zwängen.

Sie lag ganz still, starrte auf den Lattenrost, der sich nur wenige Zentimeter vor ihrer Nase befand, und zwang sich, an nichts zu denken.

Gerade als ihr einfiel, dass ihr Rucksack noch auf Annas Schreibtisch lag, hörte sie das verräterische Knarzen auf der letzten Stufe der Wendeltreppe. Es war zu spät. Jetzt blieb ihr nichts übrig, als den Dingen ihren Lauf zu lassen.

***

Das große Halbrund der Eingangstür war eine Schnitzerei aus dunklem Holz, antik und zweifellos kostbar. Ein winziger Teil der Tür war allerdings ganz und gar nicht alt. Wo normalerweise das Schlüsselloch zu finden war, saß ein kleiner schwarz glänzender Kasten.

Ein Schlüsseldienst würde hier nichts nützen. Laut der Kripo Bad Homburg verfügte die Santer-Villa über ein elektronisches Sicherheitsschloss. Ohne den richtigen Code würde man die Haustür aufstemmen müssen.

In Kürze würden sich die Spurensicherung und Foliaris Männer Zugang verschaffen, koste es, was es wolle, und eine gründliche Durchsuchung vornehmen.

Pavarotti hatte eine halbe Stunde, um sich ungestört umzusehen.

Er streifte Überschuhe und Schutzhandschuhe aus Latex über und blickte nach oben. Die Villa sah genauso aus, wie er sie in Erinnerung hatte. Die Konstruktion sollte transparent wirken, doch tatsächlich vermittelte sie einen pompösen, unaufrichtigen Eindruck, wie ein Lügner, der unablässig die Wahrheit seiner Worte beteuerte.

Er umrundete das Haus. Seiner Erinnerung nach gab es auf der Rückseite des Hauses eine schmale Stahltür. Siehe da, der kleine Schlüssel, den die Polizei in der Suite der Santers gefunden hatte, ließ sich ganz leicht im Schloss drehen.

Pavarotti lächelte. Er durchquerte einen großen Keller und stieg als Erstes ganz nach oben, zu einem ausgebauten Dachboden.

Der Raum war stickig. Er trat an eins der Fenster und stellte es schräg, vermied dabei sorgfältig den Blick auf die Rasenfläche hinter dem Haus. Stattdessen blickte er in die Ferne und genoss einen Moment lang die atemberaubende Aussicht auf dunkle Wälder und das grün-gelbe Schachbrett der Wiesen und Weizenfelder.

In dem Zimmer herrschte ein solches Durcheinander, dass garantiert niemand in dieser Umgebung einen klaren Gedanken fassen konnte. Er fragte sich, wie Anna Santer es zuwege gebracht hatte, ihre Bücher zu schreiben. Vermutlich waren ihre Manuskripte genauso chaotisch wie ihr Arbeitsplatz, und ihr Lektor verfluchte den Tag, an dem sie in sein Leben getreten war.

Der Computer blinkte. Ein kleiner rosafarbener Rucksack lag daneben. Pavarotti runzelte die Stirn. Der Rucksack sah billig aus und passte nicht zum Stil der Toten. Pavarotti wollte danach greifen, doch just in diesem Moment gab sein Telefon ein leises »Ping« von sich.

»Hallo, Chef«, textete Emmenegger. »Ich hoffe, Sie sind bei den Deutschen in guten Händen.« Was natürlich auf die Frage hinauslief, ob er bei Lissie in guten Händen war. Pavarotti kniff die Lippen zusammen. »Bei den beiden Handys der Opfer fehlen die SIM-Karten, und die Telefonspeicher der Geräte sind gelöscht«, schrieb der Ispettore weiter.

»Fingerabdrücke auf den Telefonen?«, schrieb Pavarotti zurück.

»Nur die der beiden Toten«, kam die prompte Antwort.

Pavarotti ließ das Handy sinken.

Der Täter hatte die Leichen durchsucht und die SIM-Karten entwendet. Warum?

Die Puzzleteile fügten sich nicht zusammen.

Einerseits musste der Mörder die Santers gekannt haben, zumindest flüchtig. Er musste in irgendeiner Weise ein Teil ihrer Welt sein. Auf der anderen Seite war er äußerst kaltblütig, und das passte nicht zu den Kreisen, in denen die Santers verkehrten. Es passte zu jemandem, der so etwas schon einmal getan hatte.

Auf einmal beschlich Pavarotti das eigenartige Gefühl, dass er nicht allein war. Ein feiner herber Geruch lag in der Luft. Er stand reglos da und lauschte. Es war ruhig im Haus, und trotzdem fühlte er eine unbestimmbare Gegenwart, die ihm einen Schauer über den Rücken jagte.

Pavarotti zwang sich, das Gefühl abzuschütteln. Es war nur diese verfluchte Villa.

In Gedanken versunken stieg er ins Erdgeschoss hinunter. Es bestand aus einem einzigen weitläufigen Raum auf zwei Ebenen, und Anna Santers kurvige, farbenprächtige Schönheit hatte sich unter Garantie unter all den weißen und silbergrauen, auf ihre Funktion reduzierten Möbeln ausgezeichnet gemacht.

Wie konnte ein intelligenter Mann wie Lex Santer, ein Kopfmensch wie Pavarotti selber, in einer Umgebung leben, die so unwirklich aussah wie die Kulisse in einem Film? Pavarotti sah Anna Santer die Regie in einer Ehe führen, in der ihr Mann Lex in den Kulissen seines eigenen Hauses umherstolperte, bis sein Stichwort erklang. Vielleicht war Santer nichts anderes übrig geblieben, als seinen Kunden das Geld aus der Tasche zu ziehen, weil Anna ihn sonst durch einen anderen Hauptdarsteller ersetzt hätte.

Pavarotti öffnete Schubladen voller Krimskrams. Afrikanische Masken. Tierfiguren. Inuit-Püppchen. Wer weiß, vielleicht stammt das alles von einem Internethändler, dachte er. Ein paar Klicks, und schon war Anna Santer in der Lage, ihren Gästen erfundene Geschichten zu erzählen.

Er konnte sie in einem weißen Ledersessel sitzen sehen, mit leuchtenden Augen, von einer Reise berichtend, die nie stattgefunden hatte. Bestimmt war sie eine gute Erzählerin gewesen, und guten Erzählern glaubte man.

In Lex Santers Arbeitszimmer herrschte das übliche Weiß vor. Der riesige Baumtisch mit einer Platte aus Ahorn war das einzige Stück, das einem Mann gefallen konnte, vermutlich ein Zugeständnis, um das Lex Santer hart gekämpft hatte.

Pavarottis Blick blieb an einer dunklen Öffnung hängen, die in der Wand hinter dem Tisch gähnte.

Ein Safe. Er fasste hinein. Leer.

Der kleine Tresor besaß ein Display und eine kleine schwarz glänzende Box.

Pavarotti wurde einiges klar. Haus und Safe ließen sich mit den Handys der Santers öffnen. Deren SIM-Karten spurlos verschwunden waren.

Hier war kein Amateur am Werk.

Kommissar Foliari ging sofort an sein Telefon, als habe er auf den Anruf gewartet.

»Der Mörder ist in die Santer-Villa eingebrochen«, sagte Pavarotti. »Die elektronischen Sicherheitssysteme wurden geknackt und der Safe ausgeräumt. Die Santers waren IT-Nerds und ihr Mörder auch, wie es scheint. Vielleicht hat er Informationen gesucht. Bitte lassen Sie die gesamte IT im Haus checken. Computer, Tablets, USB-Sticks. Alles. Möglicherweise haben wir ja Glück, und er hat es nicht gefunden.«

»Wird gemacht«, sagte Kommissar Foliari. Als er von Pavarottis Vermutung hörte, der Täter könne einen professionellen Hintergrund haben, schlug er vor, das BKA in Wiesbaden einzuschalten, aber Pavarotti lehnte ab.

»Später vielleicht.«

Als er auflegte, hörte er, dass ein Wagen vor dem Haus hielt.

∗∗∗

Lissie atmete auf. Nach einer schieren Ewigkeit war er endlich weg.

Sie zwängte sich unter dem Bett hervor und spitzte die Ohren.

Jetzt telefonierte er. Zu verstehen war nichts, er befand sich im Erdgeschoss, und die Worte verschmolzen zu einem undeutlichen Gemurmel.

Das Gemurmel wurde lauter, abgehackter. Sie kannte diesen Ton. Er war verärgert.

Warum, war nicht schwer zu erraten. Er hatte den Safe gesehen.

Allerhöchste Zeit, zu verschwinden.

Sie hörte das »Wumm« einer zuschlagenden Autotür. Sie rannte zum Fenster. Pavarotti ging auf einen altersschwachen weißen Kleinwagen zu, der neben seinem Audi zum Halten gekommen war.

Das Auto der Schirinka.

Lissie flog die Treppen hinunter, Richtung Keller. Eine aufgebrachte weibliche Stimme, deren Gezeter sich näherte.

In der Sekunde, als Pavarotti und die Schirinka die Halle

betraten, rannte sie über den rückwärtigen Rasen, bog um die Ecke und war verschwunden.

* * *

Pavarotti war übel gelaunt. Die Ermittlungen gingen für seinen Geschmack viel zu schleppend voran. Die Sektion der beiden Opfer war auf den folgenden Tag verschoben worden, weil die Gerichtsmedizinerin erkrankt war. Foliaris Leute hatten nichts von der Existenz der Schirinka gewusst, und Pavarotti ärgerte sich über die untypische Schlamperei der deutschen Kollegen.

Aber am meisten haderte Pavarotti mit sich selber, wie immer am Beginn einer Ermittlung, weil er den richtigen Rhythmus nicht finden konnte. Alles war verworren, noch fehlten wesentliche Fakten, um ein Muster zu erkennen, und er fühlte sich außerstande, den richtigen Blickwinkel auf die Ereignisse einzunehmen.

Er rief sich zur Ordnung. Das Wichtigste zu Beginn war Unvoreingenommenheit, auch wenn die Spuren in verschiedene Richtungen wiesen. Ein Detektiv durfte niemals zu früh mit der Deutung beginnen, sonst würde er in die Irre gehen.

Manchmal waren Lügen auch Spuren.

Helena Schirinka, Putzfrau der Santers, gibt an, sie denke nicht, dass in der Villa außer dem Inhalt des Safes etwas fehlt.

Nun, ganz so hatte sich die Schirinka nicht ausgedrückt. »Was wollen Sie von mir? Ich säubere bloß das Haus. Woher soll ich wissen, ob etwas fehlt? Glauben Sie vielleicht, ich mache hier jede Woche Inventur?«

»Wer sollte es sonst wissen, wenn nicht Sie?«, sagte Pavarotti, doch der Versuch, das Herz dieses Drachens mit Wohlwollen zu erobern, schlug gründlich fehl.

Manche Frauen mittleren Alters hatten Haare auf den Zähnen. Sie waren eigentlich verkappte Männer, denen der Penis im Mutterleib auf geheimnisvolle Weise abhandengekommen war. Das musste auch der Schirinka passiert sein. Die Frau war ein kompaktes Stück zorniger Energie, und wie sie so dastand, die

Hände in die Hüften gestemmt, und ihre schwarzen Knopfaugen auf sein Gesicht heftete, wusste er, dass er nichts aus ihr herausbekommen würde, es sei denn eine Irreführung oder eine Lüge.

Zornbebend wartete sie, bis die Forensiker aus Bad Homburg, die kurz nach ihr auf der Bildfläche erschienen waren, einen Weg aus Brettern legten. Dann marschierte sie durchs Haus (ohne ein einziges Mal stehen zu bleiben, um sich umzusehen). »Da fehlt nichts«, sagte sie. »Soweit ich weiß.« Um ihre Mundwinkel zuckte es boshaft. »Aber sicher sein kann man natürlich nicht.«

»Was meinen Sie damit?«

»Jetzt tun Sie doch nicht so. Sie haben das Frauenzimmer doch gesehen«, höhnte die Schirinka. »Ihr armer Mann hat jetzt wenigstens ausgelitten. Wie leid der mir getan hat. Er hat der Frau jeden Wunsch von den Augen abgelesen, ihr geschenkt, was immer sie haben wollte, und ein paar Tage später waren die Sachen nicht mehr da. Wahrscheinlich hat sie sie auf eBay an den Meistbietenden verhökert. Würde dem undankbaren Weibsstück glatt ähnlichsehen.« Sie holte Luft. »Die hatte ihn gar nicht verdient. Schauen Sie sich doch das Chaos in ihrem Atelier an.«

»Wissen Sie nicht, dass man über Tote nicht schlecht reden soll, weil sie sich nicht wehren können?«

»Pfhhh«, war die Antwort.

»Ist Ihnen bekannt, was Lex Santer in seinem Safe aufbewahrt hat?«

»Was denken Sie sich überhaupt?«, fauchte sie. »Glauben Sie, ich schnüffle meiner Herrschaft hinterher?«

Aber sicher tust du das.

Ihr Gesichtsausdruck war eine Mischung aus Empörung und Rechtschaffenheit. »Kann ich jetzt gehen? Unsereiner kann nicht den ganzen Tag herumstehen und die Hände in den Schoß legen.«

✳✳✳

Das boshafte Gerede der Frau verfolgte Pavarotti nicht lange. So waren manche Menschen eben. Viel mehr störte ihn das Gefühl, dass hier etwas nicht stimmte. Anstatt die Tote besser kennenzulernen, entglitt sie ihm unmerklich, wurde zu einem Chamäleon, dessen Farbe noch im Tod ständig wechselte.

Annas Verleger, mit dem Pavarotti anschließend telefonierte, zeichnete ein ganz anderes Bild als die Schirinka.

»Anna war der planvollste Mensch, den ich kenne … äh, kannte«, sagte Walter Timm. »Sie besaß einen IQ von hundertvierzig, das hat sie mir einmal erzählt, und ich glaube ihr aufs Wort. Wer denkt, dass diese Frau kein System hatte, hat es nur nicht erkannt. Sie hat es darauf angelegt, die Leute in die Irre zu führen.« Er lachte, es klang angestrengt. »Anna Santer war eine Geheimniskrämerin.«

Die Tote hatte pro Jahr ungefähr fünfzigtausend Exemplare ihrer Romane verkauft. Mit dieser Auflage war sie keine Bestsellerautorin, aber es lief nicht schlecht. Als einzige deutsche Krimiautorin konnte sie von ihren Regionalkrimis einigermaßen auskömmlich leben. Sowohl Buchhandel als auch Leser hatten diese Sparte, die mehr vom Lokalkolorit als von einer spannenden Geschichte profitierte, inzwischen abgeschrieben.

Die Fünfzigtausend schaffte Anna Santer aus zwei Gründen: wegen ihrer treuen Leserschaft und weil sie verflixt schnell produzierte. Zwei Bücher pro Jahr, jeweils pünktlich zur Frankfurter und Leipziger Buchmesse, waren ihr Soll.

Nach den üblichen Anfangsschwierigkeiten (die deutsche Buchhändlergilde zierte sich wie eine alternde Diva, die damit kokettiert, ihre Unschuld für den nächsten amerikanischen Bestsellerautor aufzusparen) gelang ihr mit dem fünften Band ihrer »Gold«-Reihe um den in Meran gestrandeten jüdischen Privatermittler Arno Gold der Durchbruch. Mittlerweile war der erste Gold-Roman verfilmt worden.

Sie war kein literarisches Naturtalent, erfuhr Pavarotti, aber recherchieren, das konnte sie, und wie. Der genau aufbereitete zeitgeschichtliche Hintergrund ihrer Romane war ihr Geheimnis, das ihr ein kleines, aber begeistertes Stammpublikum eingebracht hatte und ihre Bücher über die üblichen Wald-und-Wiesen-Regionalkrimis hinaushob.

»Woran hat sie gerade gearbeitet?«, fragte Pavarotti.

»An ihrem nächsten Buch«, sagte Timm. »Vermutlich hat sie sich deshalb in Meran aufgehalten. Sie hat jedes Mal sehr viel Zeit in die Vorbereitung gesteckt.« Ein leises Kichern, das abrupt endete. »Mehr als ins Schreiben.«

»Gibt es ein neues Werk, das bereits vorliegt?«

»Aber sicher«, erwiderte der Verleger. »Das Buch erscheint im Herbst. Das Thema ist der übliche zeitgeschichtliche Südtirol-Themenmix, nichts, das aus dem Rahmen fällt. Ich glaube nicht, dass Sie da Ihren Mörder finden.«

»Ich hätte trotzdem gern das Manuskript«, sagte Pavarotti.

»Bitte, wenn Sie wollen. Ich lasse es Ihnen zukommen.«

Pavarotti wollte schon auflegen, da sagte Timm noch etwas.

»Anna war ein reservierter Mensch. Mir fällt nur eine Person ein, der sie wirklich vertraut hat. Es ist eine andere Autorin unseres Hauses. Sie heißt Lissie von Spiegel.«

Rom ist weit

Lissie von Spiegel saß auf der roten Bank vor dem alten Wasserhaus am Waldrand.

An der schmutzigen Betonwand prangte in neongelber Sprühfarbe der Spruch »Make love, not war«. Zwecklos. Lissie war im Kriegszustand, so lange er sie kannte.

Von dieser Bank aus konnte man auf ihr Haus herabblicken. Pavarotti hatte oft genug hier gesessen, nach unten gestarrt und versucht, einen Blick auf sie zu erhaschen. Hatte sich ausgemalt, wie es wäre, als unsichtbarer Gast in ihrem Schreibzimmer zu sitzen und ihr bei ihrer Arbeit zuzusehen.

Natürlich wusste er schon lange, dass sie Bücher schrieb. Als er sie das erste Mal besuchen wollte, vor einem Dreivierteljahr war das gewesen, hatte er ihr Erstlingswerk bei sich gehabt, damit sie es signieren konnte, und er umklammerte das Buch wie ein Verehrer einen Strauß Blumen, damit die Hände nicht zittern, wenn der Moment des Antrags gekommen ist.

Sie war nicht zu Hause gewesen. Oder hatte es vorgezogen, nicht zu öffnen.

An den Sonnabenden, die danach kamen, hatte er nicht mehr geklingelt.

Stattdessen pilgerte er zu dieser roten Bank, mit einem Herz wie Blei, weil er Angst hatte, das Ziel seiner Wünsche nie zu erreichen. In seinen Gedanken begann er diesen Ort Rom zu nennen, genauso wie den Ursprung eines Glaubens, der ihm abhandengekommen war.

Stundenlang saß er so da, bis ihn Müdigkeit und Verzweiflung übermannten. Später schleppte er sich ins Hotel, wo ihm die Kellnerin ein Abendessen aufnötigte, von dem er nur ein paar Bissen herunterbrachte. Anschließend wälzte er sich schlaflos im Bett, bis es endlich Zeit war, zum Bahnhof nach Frankfurt zu fahren und den Schnellzug nach München zu besteigen.

Dieses traurige Ritual wiederholte sich jeden Monat, angefangen bei einem feuchten und nebligen Samstag im Oktober bis zu einem strahlenden Frühlingstag im letzten März, als er aus unerfindlichen Gründen (vielleicht hatte das Schicksal seine Hand im Spiel) einen anderen Wanderparkplatz als sonst ansteuerte und dort zu seinem Erstaunen Lissies roten Fiat 500 vorfand.

Von dem Parkplatz führte ein Waldweg in Richtung Hauptwanderweg. Nach kurzer Zeit zweigte ein Trampelpfad nach rechts ab. Plötzlich hörte Pavarotti laute Stimmen. Neugierig folgte er dem Pfad bis zu einem Drahtzaun, der eine Grundstücksgrenze markierte, und spähte hindurch.

Auf dem Rasen standen zwei Frauen. Das Gesicht der ersten konnte er gut erkennen, sie war eine Schönheit, und er hätte beinahe durch die Zähne gepfiffen. Da wandte sich die zweite, die ihm den Rücken zugekehrt hatte, mit einer brüsken Bewegung um. Die Frau war Lissie von Spiegel.

Plötzlich packte die Schönheit Lissie am Arm. Pavarotti dachte gerade, dass die Frau wesentlich kräftiger sein musste, als sie aussah, als die Frau zu seiner Bestürzung Lissies Kopf in beide Hände nahm und sie leidenschaftlich auf den Mund küsste.

Pavarotti taumelte zurück.

Jetzt wusste er, dass er niemals nach Rom gelangen würde, so lange er lebte.

Der Dobermann-Rüde, den Lissie seit ein paar Jahren besaß, versteifte sich, als Pavarotti näher kam. Spock hatte eine hervorragende Nase.

»Na, alter Junge, kennst du mich nicht mehr? Nach allem, was wir erlebt haben?« Pavarotti schlug einen unbekümmerten Ton an, doch seine Stimme klang falsch in seinen Ohren.

Spock war ein alter Kämpe als Ermittler in Meran, und es war ein Jammer, dass er nun deutschen Kaninchen und Rehen hinterherjagen musste, um ein wenig Abwechslung zu bekommen, anstatt sich mit menschlichem Wild zu beschäftigen.

Spocks kriminalistische Karriere fing mit der Ermordung

seines ersten Besitzers an, dem er keine Sekunde nachtrauerte. Danach war der riesige schokoladenbraune Hund mit kupierten Ohren und mit einer Schnauze, die so schlank wie die eines Windhunds war, von einer Frau adoptiert worden, die keinerlei Hundeerfahrung hatte. Die ihr bisheriges Leben in den keimfreien Büros einer Frankfurter Bank verbracht hatte, auf deren Marmorböden Hunde ungefähr so viel zu suchen hatten wie Mäuse, Kakerlaken oder anderes Ungeziefer.

Hundekenner werden sich ausmalen können, welchen Grad der Erschöpfung Lissie nach dem ersten Jahr mit dem Hund erreicht hatte. Mittlerweile war er ein treuer Kamerad, sah sich allerdings mit einer gewissen Berechtigung als Herr im Hause, der für die Sicherheit seines kleinen Rudels zu sorgen hatte.

»Was ist los mit ihm?«, wollte Pavarotti wissen.

»Vielleicht spürt er, dass du in feindlicher Absicht kommst.«

»Was soll das heißen?«

»Körpersprache«, sagte Lissie. »Setz dich hin und schau ihm nicht in die Augen.«

Spock schob seinen gewaltigen Oberkörper vor und knurrte.

»Ruhig, Junge«, sagte Lissie. »Also. Was willst du?«

»Warum konnten wir uns nicht in deinem Haus sehen?«, fragte Pavarotti scheinheilig. »Du wohnst doch hier in der Nähe, nicht wahr?«

»Bei mir ist nicht aufgeräumt«, sagte Lissie.

»So. Nicht aufgeräumt.«

Lissie wandte ihm den Kopf zu, ihr Gesicht war rot angelaufen.

»Können wir jetzt bitte zur Sache kommen?«

»Warum hast du mir nicht gesagt, dass du mit Anna Santer gut befreundet warst? Warum muss ich das von deinem Verleger erfahren?«

Lissie war blass geworden, aber diesmal hatte sie sich besser im Griff, das musste man ihr lassen. »Das stimmt nicht. Typisch Walter. Dieser Mensch liebt es, Leuten einen Köder hinzuwerfen. Wenn sie sich darauf stürzen, lacht er sich scheckig. Manchmal könnte ich ihn ermorden«, sagte sie mit einer Stimme, die nur ein klein wenig zitterte. »Anna und ich haben uns gekannt, aber das habe ich dir bereits erzählt. Ich habe sie ein einziges Mal in ihrem Haus besucht, um die Lesung vorzubereiten, die wir zusammen auf der Wiener Buchmesse hatten.« Sie nestelte an ihrem Haar, dann schaute sie ihm in die Augen. »Ich fand sie nett, aber wir waren nicht befreundet. Sie war zu kühl für meinen Geschmack.«

Viel zu viele Informationen auf einmal für die Wahrheit.

»Du hast sie besucht?«, wollte er wissen. »Wann war das?«

Lissie senkte den Blick. »Weiß ich nicht mehr. Ich müsste in meinen Kalender schauen. Was interessiert dich das überhaupt?«

Grundlagen der Befragungstechnik, Handbuch der Polizia di Stato, Kapitel 6: Themenwechsel verunsichern den Verdächtigen und bringen ihn dazu, Informationen preiszugeben.

»Der Safe in der Santer-Villa war ausgeräumt.«

Lissie machte große Augen. »Donnerwetter.«

»Was könnten die Santers in ihrem Safe aufbewahrt haben?«

Sie zuckte mit den Schultern. »Woher soll ich das wissen?« Jetzt hörte sie sich an wie die Schirinka. »Geld, Schmuck, falsche Pässe?«

»Warum hast du mir nicht erzählt, dass sie recht erfolgreich als Autorin war? Ich dachte, sie ist …«

»… ungefähr meine Kragenweite?«, sagte Lissie in beißendem Tonfall. »Dass sie mit ihren Büchern ein paar lumpige Kröten verdient, so wie ich? Hast du das gedacht?«

»Hör auf damit. Du hast auch Erfolg. Das Geld ist nicht alles.« Pavarotti stand auf. Er war am Ende. »Ich habe morgen Mittag noch einen Termin in Königstein, dann reise ich ab. Ich …« Mühsam schluckte er den Kloß im Hals hinunter. »… glaube nicht, dass wir uns wiedersehen. Lass es dir gut gehen, Lissie.«

Lissie starrte ihm hinterher, als er den Hügel hinabstieg. Ohne sich umzudrehen, hob er die Hand zu einem Abschiedsgruß.

Ihre Wangen waren nass von Tränen, aber die konnte er nicht mehr sehen.

∗∗∗

Montagmittag, drei Tage nach den Morden

Santers Analysefirma FONDSpot befand sich in dem kleinen Taunusstädtchen Königstein, etwa zehn Kilometer von Santers Wohnhaus entfernt.

Die Fachwerkhäuser links und rechts der Hauptstraße beherbergten Buchhändler, kleine Modegeschäfte und Teeläden. Ein Herrenausstatter war dabei, doch Pavarotti betrat ihn nicht, ganz gegen seine Gewohnheit.

Im Laden rührte sich nichts, auch auf der Straße gingen nur wenige Menschen, zwei Frauen unterhielten sich mit gedämpfter Stimme vor einer Bäckerei, zwei Kinder hingen an ihren Armen wie Marionettenfiguren. Das Städtchen war so still, als sei es nicht heller Tag, sondern sehr spät am Abend und jemand habe vergessen, den Passanten zu sagen, es sei Zeit, nach Hause zu gehen.

Pavarotti dachte an die Bars und Kaffeehäuser in Meran, in denen sich schon um diese Uhrzeit Trauben von Menschen um die Tresen drängten, an die Farben Orange und Rot in Aperols und Camparis auf hölzernen Tischen und an erhitzte, lachende Gesichter. Er vermisste das Stakkato italienischer Stimmen, die durcheinanderreden und sich mit den gutturalen Tönen der Südtiroler Mundart vermischen, und auf einmal konnte er seine Heimkehr kaum noch abwarten.

Über Königstein thronte eine stattliche Burgruine, und Pavarotti schlug einen schmalen Weg ein, der hinaufführte. Er streifte durch die mit Moos überwucherten Reste des alten Gemäuers, genoss das laute Schimpfen eines Buchfinkenpärchens, das in einer Mauernische nistete, und blickte auf das Städtchen hinab, das ihm einsamer schien als das entlegenste Bergdorf seiner Heimat.

Santers Firma residierte in einer weißen Gründerzeitvilla am Rand eines kleinen Parks. Auch hier, in den hohen, strahlend weißen Räumlichkeiten, war es fast völlig still, bis auf das Knarzen des Parkettbodens und die gedämpften Stimmen, die von irgendwoher zu dem Besprechungszimmer wehten, in dem Pavarotti saß und mit den Mitarbeitern sprach.

Es gab etwa zwei Dutzend Angestellte, Schaller und Santer ausgenommen, alles Fachleute auf ihrem Gebiet, und Pavarotti lernte alle kennen bis auf Schallers Sekretärin, die sich im Urlaub befand.

Lex Santer war nicht beliebt gewesen, was Pavarotti nicht sonderlich überraschte. Der Mann hatte sich auf seine Arbeit konzentriert und für die Motivation seiner Leute wenig Zeit erübrigt. Fehler hatte er streng geahndet, gute Leistungen zur Kenntnis genommen. Wer Schulterklopfen und anerkennende Worte erwartete, wurde enttäuscht.

Das Schulterklopfen erledigte sein Kompagnon Julius Schaller, er organisierte Sommerfeste und Weihnachtsfeiern und lud die Mitarbeiter zu Drinks und einem geselligen Plausch nach Feierabend ein, woran sich Lex Santer nie beteiligte.

Trotzdem zollten die Mitarbeiter ihrem toten Chef Respekt, zum Teil wegen seiner Arbeit, aber auch wegen der hohen Ansprüche, die der Mann an sich selbst stellte. Immer wieder entwickelte er Analysemethoden, mit denen FONDSpot Anlagetricks der Banken auseinandernehmen und neue Einnahmequellen erschließen konnte.

Mit der Analyse privater Rentenversicherungen hatte 2012 alles angefangen, danach hatte Santer Aktienfonds ins Visier genommen, später Immobilienfonds. Ein halbes Jahr vor seinem Tod hatte Santer einen Experten für Zertifikate und andere komplizierte Konstruktionen eingestellt, von denen Pavarotti noch nie gehört hatte.

Die Stimmung in der Gründerzeitvilla war gedrückt. Die Mitarbeiter ahnten, dass es die Firma ohne Lex Santer nicht mehr lange geben würde, und fürchteten um ihre Arbeitsplätze.

Über Santers Privatleben wussten sie wenig. Santer war allen Fragen, die über die Arbeit hinausgingen, ausgewichen, und bald hatte jeder gemerkt, dass es sich nicht auszahlte, Santer mit persönlichen Bemerkungen zu kommen. Ein paar leitende Angestellte waren bei Abendveranstaltungen Santers Frau Anna begegnet. Ein Händedruck, ein höflicher Wortwechsel, das war alles.

Als das einzige Bemerkenswerte während der Befragung, die sich bis zum späten Nachmittag hinzog, erwies sich der Bericht eines Mannes um die dreißig namens Alexander de Vlies. Er war der persönliche Assistent von Lex Santer gewesen.

De Vlies war ein kleiner, überschlanker Mensch mit kurzem, militärischem Haarschnitt, der ein Tablet umklammerte, als traue er ihm mehr als dem eigenen Gedächtnis. Widerstrebend setzte er sich Pavarotti gegenüber, trat im Sitzen von einem Bein aufs andere und machte dabei den Eindruck, als wolle er am liebsten sofort wieder aufspringen.

»Vielleicht ist es nicht wichtig«, begann der junge Mann. »Doch in den Wochen, bevor er in seinen letzten Urlaub ging, hat sich mein Chef verändert. Die anderen werden Ihnen das wohl nicht bestätigen. Aber ich habe ihn ziemlich gut gekannt, soweit man das bei ihm überhaupt sagen konnte ...« Er stockte.

»Nun?«

»Der Chef funktionierte wie ein Uhrwerk. Zu Besprechungen kam er auf die Minute pünktlich. Ich musste ihm die Themen bis ins kleinste Detail aufbereiten, damit er stets bestens präpariert war.« De Vlies verzog das Gesicht, und Pavarotti konnte sich denken, dass Santer ihn oft hart angefasst hatte.

»Auf einmal ließ er Besprechungen ausfallen. Ich wollte wissen, ob ich neue Termine ansetzen soll, aber er winkte ab.«

De Vlies starrte aus dem Fenster. Seine Finger zuckten auf dem Tisch hin und her. »Der Rest des Managements ließ mir keine Ruhe. Die brauchten Entscheidungen. Deswegen bin ich eines Abends, als alle schon gegangen waren, unangemeldet zum Chef. Er saß an seinem Schreibtisch, den Kopf in die Hände gestützt. Ich wollte mich zurückziehen, aber er hat mich bemerkt.

Als er sich nach mir umdrehte, bin ich erschrocken. Sein Gesicht sah aus, als hätte er hohes Fieber. ›Geht es Ihnen nicht gut?‹, hab ich gefragt. Da hat er angefangen zu lachen. ›Mir?‹, rief er. ›Euch wird es bald schlecht gehen, euch allen!‹ Dann stand er auf und schlug mir die Tür vor der Nase zu.«

»Was glauben Sie, was er damit gemeint hat?«

De Vlies zuckte die Achseln. »Ich hab nach seinem Tod oft darüber nachgedacht. Ich weiß nur, dass er am Ende nicht mehr so hart bewertet hat. Unsere Analysemethodik eröffnet einen kleinen Bewertungsspielraum, den der Chef früher stets ausgeschöpft hat, und zwar für mehr Härte. Seine letzten Analyseergebnisse wirkten dagegen fast wohlwollend.«

Der junge Mann zögerte. »Vielleicht wurde er von jemandem unter Druck gesetzt, wer weiß?«

»Haben Sie denn Anhaltspunkte dafür?«

Alexander de Vlies machte ein entsetztes Gesicht. »Nein, natürlich nicht. Ich dachte nur …«

»Wann haben Sie Ihren Chef das letzte Mal gesehen?«

Die Antwort kam wie aus der Pistole geschossen. »Das war am Tag vor dem Fondskongress in Mannheim. Er hielt dort jedes Jahr eine Rede, und ich wollte meinen Vortragsentwurf mit ihm durchgehen, wie immer. Ich stand in seinem Büro, das Manuskript in der Hand, da rückte er mit der Nachricht heraus, dass er nicht am Kongress teilnehmen, sondern mit seiner Frau in Urlaub fahren würde. Ich solle zu Julius Schaller gehen, der würde die Rede halten. Ich war wie vom Donner gerührt.« Alexander de Vlies' Miene drückte Verblüffung aus, unter die sich Ärger mischte, weil er es am Ende hatte ausbaden müssen. »Herr Schaller wollte nicht einspringen, und ich bekam die ehrenvolle Aufgabe, beim Veranstalter anzurufen und die Rede abzusagen.«

De Vlies konnte sich nicht mehr beherrschen. Er sprang auf und ging zum offenen Fenster, trommelte mit den Fingern auf der Fensterbrüstung.

»Setzen Sie sich bitte, Herr de Vlies.«

Widerstrebend nahm der Mann Platz. »Der Fondskongress

Mannheim ist die wichtigste Veranstaltung unserer Branche. Ich kann mir keinen einzigen Grund denken, der den Chef davon abgehalten haben sollte, seine Grundsatzrede zu halten. Außer ... War er etwa schwer krank?«, stammelte er. »Oder sind wir pleite, und keiner außer ihm wusste es? Sind Sie sicher, dass es kein Selbstmord war, Herr Kommissar?«

Pavarotti hatte genug von de Vlies und seinem unruhigen Gestammel. »Wir werden Herrn Schaller über alle Erkenntnisse, die Ihre Firma betreffen, auf dem Laufenden halten. Er wird Ihnen mitteilen, wie es weitergeht.«

Aufbruch

Ob Santer krank gewesen war, würde die Obduktion klären, deren Ergebnisse noch nicht vorlagen. In finanziellen Schwierigkeiten steckte FONDSpot jedenfalls nicht. Die Konten der Firma wiesen einen beträchtlichen Überschuss auf. Julius Schaller hatte Pavarotti einen Einblick in die Bücher gegeben. Die Bestätigung der Hausbank lag ebenfalls vor.

Nach seinem Abstecher nach Königstein stapfte Pavarotti in sein Hotelzimmer und warf seine Kleidung in den Koffer. Er war wütend auf die ahnungslose Truppe bei FONDSpot, auf Lissie, diese verdammte Lügnerin, auf sich selber und auf die ganze Welt. Er packte einen dicken Stapel Computerausdrucke und stopfte ihn in eine Seitentasche des Koffers.

Es war die komplette Liste der Firmen, deren Produkte FONDSpot analysiert hatte. »Ich schicke Ihnen das Dokument ebenfalls in elektronischer Form«, hatte Julius Schaller zum Abschied gesagt. »Viel Erfolg, Herr Kommissar.«

Der Sarkasmus war innerhalb der Grenzen der Höflichkeit, aber unverkennbar. Und berechtigt. In der Liste waren zweihundertvierundfünfzig Fondsgesellschaften aufgeführt, und beim Durchblättern überschlug Pavarotti, dass etwa ein Drittel ihrer Produkte unterdurchschnittliche Bewertungen erhalten hatte.

Er seufzte und leitete die mittlerweile per Mail bei ihm eingetroffene Liste an die Kripo Bad Homburg und an Emmenegger weiter, da er nicht beabsichtigte, sich hundertprozentig auf seine deutschen Kollegen zu verlassen. Dann rief er in Meran an und befahl dem Ispettore, eine Internetrecherche zu den Fondshäusern anzustellen. »Beginnen Sie mit den Herrschaften, die die schlechtesten Bewertungen erhalten haben.«

Emmenegger räusperte sich, wie immer, wenn er nach den richtigen Worten suchte.

»Stopp. Ich will nichts hören«, sagte Pavarotti mit einer Stimme, die keinen Widerspruch zuließ. »Stattdessen will ich, dass Sie etwas für mich erledigen. Bitte prüfen Sie, ob sich Lissie von Spiegel am Tag der Santer-Morde in Meran aufgehalten hat. Diese Recherche ist inoffiziell und taucht nicht in den Mordakten auf. Und noch etwas: Wenn ich herausfinde, dass Sie ihr davon erzählen, ist Ihre Karriere bei der Polizei zu Ende.«

Das Schweigen am anderen Ende der Leitung dehnte sich aus, und Pavarotti kam es so vor, als würde sein Handy wegen der ungesagten Worte gleich zerbersten.

»Ich habe verstanden, Commissario«, sagte Emmenegger schließlich. Seine Stimme war kalt wie Eis.

**

Etwa um die gleiche Zeit packt ein anderer Mann einen kleinen Reisekoffer. Er blickt aus den großen halbrunden Fenstern. Draußen ist es bereits dunkel, der sichelförmige Mond spendet nur sehr wenig Licht, und das ist ihm recht.

Er fährt mit dem Aufzug nach unten und verlässt das Haus. Hinter wenigen Fenstern ist Licht zu erkennen, meistens ist das Licht blau, und es zuckt über geschlossene Gardinen. Die Leute sehen fern. Sie achten nicht darauf, was draußen geschieht. Das spielt seinem Vorhaben in die Hände.

Mit einer kleinen Taschenlampe bewaffnet, schlägt er den Weg zu einem alten Trimm-dich-Pfad ein, den wegen der morschen Übungsgeräte niemand mehr benutzt. An der Station sieben – »Trainieren Sie Ihre Bauchmuskeln« – macht er halt.

Die beiden Geräte, eine Art Leiter zum Verkanten der Füße und etwas, das aussieht wie eine Rutsche in Kleinformat, sind auf einer Gummiverschalung befestigt. Der Mann fasst unter die Rutsche, löst einen Teil der Gummiverschalung ab und greift in einen Hohlraum.

Er schaut sich vorsichtshalber um, dann zieht er die Pistole, den Schalldämpfer und weitere nützliche Dinge heraus und verstaut alles in dem Rucksack, den er mitgebracht hat.

Leise vor sich hin pfeifend, kehrt er in seine Wohnung zurück, verschickt eine E-Mail, in der steht, dass er eine schwere Erkältung hat und ein paar Tage zu Hause bleiben muss, um keinen anzustecken. Er muss lächeln, als er die E-Mail durchliest. Diese Leute interessieren ihn einen Dreck.

Dann nimmt er den Reisekoffer, geht in die Garage und setzt sich in seinen Wagen. Eine halbe Stunde später, nachdem er einen kleinen, aber wichtigen Umweg gemacht hat, befindet er sich auf der A 3 in Richtung Würzburg.

Der Wagen verfügt über fast dreihundert PS und fährt zweihundertachtzig Kilometer pro Stunde in der Spitze, aber der Mann lässt sich Zeit. Es wäre nicht gut, in eine Verkehrskontrolle zu geraten. Die Mautstraßen in Österreich, auch die Brennerautobahn, wird er meiden.

Der Mann kennt den Weg genau und braucht kein Navigationssystem, und der Wagen hat auch keins, obwohl es sich um ein Luxusmodell handelt. Navigationssysteme können geknackt werden.

Außerdem weiß er auch so, dass er in knapp acht Stunden, wenn der Tag anbricht, sein Ziel erreichen wird.

Meran.

* * *

Später am Abend. Eine Frau saß auf einem Koffer und schrieb eine Textnachricht. Sie hatte ihren Hund in eine Hundepension gebracht, doch mittlerweile waren die Abschiedstränen getrocknet, und sie war wieder ruhig und gefasst.

Auf die Nachricht erhielt sie keine Antwort, und eine steile Falte erschien auf ihrer Stirn.

Sie zuckte die Achseln. Wozu hatte man Google und ein bisschen Verstand?

Google verhalf ihr zu dem Zugfahrplan für den nächsten Tag. Der Zug mit den besten Anschlussverbindungen nach Meran fuhr um acht Uhr dreizehn vom Frankfurter Hauptbahnhof ab.

Nach dem Aufruf einer weiteren Internetseite wählte sie eine

Nummer in Meran. Ja, es sei ein Zimmer frei, hieß es. So eine Überraschung, dachte sie. Ihre Insiderinformationen und ihre Hartnäckigkeit verhalfen ihr schließlich zu drei Übernachtungen in der Villa Belle Époque zum Spottpreis.

Am nächsten Morgen erwachte sie mit schwerem Kopf, brach zu spät auf, und als sie den Bahnhof erreichte, stand der Zug schon am Gleis. Einen Moment fürchtete sie, dass sie den Mann verpasst haben könnte.

Doch dann schritt er den Bahnsteig entlang, von Weitem erkennbar an seinem schwarzen, eleganten Anzug und dem gemessenen Schritt, mit dem er sich aus der Masse der hastenden Geschäftsleute abhob.

Er hatte es sich gerade im Abteil gemütlich gemacht und eine Zeitung auf seinem Schoß ausgebreitet, als sie ihren Koffer hineinwuchtete.

Sein Gesicht wurde starr.

»Was willst du denn hier?«

»Ich komme mit nach Meran.«

»Wieso das? Kannst du mich nicht endlich in Frieden lassen?«

»Ich brauche Stoff für mein neues Buch.«

Und damit sprach Lissie von Spiegel ausnahmsweise einmal die Wahrheit. Aber wenn man es genau bedenkt, wenn man es dreht und wendet und den Kern der Sache freilegt, dann war es im Grunde doch bloß wieder eine Lüge.

Zu viel der Wahrheit

Dienstagnacht, vier Tage nach den Morden

Lissie von Spiegel lag schlaflos da. Ihr Bett in der Villa Belle Époque war weitaus bequemer als ihr eigenes, das Zimmer geräumig, die Decke hoch und luftig. Trotzdem fühlte sie, wie in der Dunkelheit die Wände näher rückten. Lissie hätte gern gebetet, aber sie glaubte nicht an Gott. Nicht einmal den Beistand ihrer Mutter im Jenseits konnte sie erflehen, denn ihre Mutter hatte sie gehasst. Auch ihr Vater fiel aus. Sie wusste nicht einmal, ob er noch lebte.

Sie schwor sich, keinen Tropfen Weißwein mehr zu trinken, wenn sie heil aus dieser Sache herauskam. Wenn es dazu erforderlich war, zu lügen – geschenkt.

Die Bedeutung der Wahrheit wurde überhaupt kolossal überschätzt. Meine Güte, ganze Berufszweige konnten nur existieren, weil alle so verrückt nach der Wahrheit waren. Die Speerspitze der Wahrheitssucher bildeten Wichtigtuer wie Pavarotti, die glaubten, dass sich die ganze Welt um die Lösung ihrer Fälle drehte.

Lissie grinste verächtlich. Die Wahrheit war, dass sie bloß ihr eigenes schäbiges Jagdfieber dazu trieb und nicht der Dienst an der Gesellschaft. Am Ende war eh alles umsonst, weil die Herrschaften mit den schwarzen Roben und schlauen Sprüchen dafür sorgten, dass sich der ganze Fall in Rauch auflöste. Selbstverständlich immer im Namen der Wahrheit.

Tja, so ist das, dachte Lissie. Die Wahrheit hängt davon ab, wie man die Sache dreht und wendet. Und da sich jeder ohnehin seine eigene Version zusammenzimmert, warum dann nicht flugs etwas erfinden und den ganzen Wirbel vermeiden?

Am liebsten schrieb Lissie über wahre Kriminalfälle, die nicht aufgeklärt worden waren. Sie liebte es, am Ende eine überzeugende Lösung aus dem Hut zu zaubern, und alle waren glücklich.

Während sie sich, ungemein befriedigt über die neue Welt-ordnung, der Wahrheit abzuschwören, auf ihren Seidenlaken ausstreckte, vergaß sie eins: Früher hätte sie nicht im Traum daran gedacht, eine synthetische Lösung vorzuziehen.

Unglücklicherweise schluckte sie eines Tages eine Überdosis der Wahrheit. Sie erfuhr, dass es Luciano Pavarotti gewesen war, der sie so schwer verletzt hatte. Zuerst spielte es keine große Rolle, weil er es ja nicht absichtlich getan hatte, aber die Wahrheit kann Spätfolgen haben. Die einzige Wahrheit, an der Lissie auch heute noch interessiert war, betraf ihren Vater, der vor einem Vierteljahrhundert in Meran spurlos verschwunden war.

Ihre Mutter zog es seit fünfundzwanzig Jahren vor, sich aus-zuschweigen. Das hatte sich auch in den letzten Jahren nicht geändert, als Judith von Spiegel in einem Altersheim in Bad Soden dem Tod entgegentrieb. Trotz ihrer Demenz wusste die Achtzigjährige ganz genau, wo sie den Stachel bei ihrer Tochter ansetzen musste.

»Mutter, bitte. Versuch dich zu erinnern. Ist damals etwas pas-siert, von dem ich nichts weiß?«

»Ich weiß bloß, dass er plötzlich weg war und ich aus der Villa ausziehen musste. Du bist schuld. Du hast ihn vertrieben. Früher hatten wir Partys. Viele wundervolle Partys. Aber du hast alles versaut mit deinem schlechten Klavierspiel, und alle haben über uns gelacht. Du hast ihm das Herz gebrochen. Ich will nichts mehr davon hören! Geh, verschwinde!«

Und so ging es eins aufs andere Mal. Ihre Mutter redete sich in Rage, ihre Wangen färbten sich hochrot, ihr knochiger Zei-gefinger bohrte sich in Lissies Arm und der Speichel troff aus ihrem Mund.

In ihrem wütenden Gerede vermischten sich Tatsachen mit einer verdrehten Version der Ereignisse, wie das bei alten Men-schen oft passiert. Ihr Vater hatte ihre Mutter schon viele Jahre vor seinem Verschwinden verlassen, und dieser Scheidung war ein jahrelanger Rosenkrieg vorausgegangen, der nichts mit dem peinlichen Ereignis zu tun hatte, auf das ihre Mutter anspielte.

Aber in einem hatte ihre Mutter recht, und sie traf diesen Punkt mit der Sicherheit einer Blinden, die den Weg nach Hause findet.

Lissie glaubte ebenfalls, dass sie am Verschwinden ihres Vaters Schuld trug.

Sie hatten sich furchtbar gestritten. Vielleicht hatte er etwas Gefährliches getan, um seiner Tochter zu beweisen, dass er sie doch noch liebte.

In den letzten Wochen vor dem Tod ihrer Mutter hatte Lissie die Fragen eingestellt. Die Sterbende hatte ohnehin aufgehört zu sprechen. Nur ihre gehässigen, glitzernden Augen hatten sich unentwegt auf Lissie geheftet.

Als eines Morgens im September der Anruf aus dem Heim kam, war Lissie erleichtert.

Am selben Tag, als sie ihre Mutter auf dem Hauptfriedhof in Bad Homburg begrub, lernte Lissie Anna Santer kennen. Diese Begegnung warf ihr ganzes Leben über den Haufen.

Sie erfuhr Dinge über sich, die sie nicht gewusst hatte. Zum Beispiel darüber, wie es ist, am Abgrund der eigenen Seele zu stehen, und der Spalt zur anderen Seite ist unglaublich breit, und jemand schreit: »Spring, so tu es doch endlich! Tu's für mich!«

Und jetzt war Anna tot.

Sie würde kein Buch in Annas Namen schreiben, darauf konnte Walter Timm lange warten. Es würde ganz allein ihr Buch sein. Natürlich musste die Wahrheit etwas angepasst werden. Es kam nur darauf an, wie gut die Story war.

Sie würde eine großartige Geschichte schreiben und gutes Geld damit verdienen. Wozu, verdammt noch mal, war Literatur sonst gut?

Ein Fall des sechsten Sinns

Mittwoch, fünf Tage nach den Morden

»Haben Sie getan, worum ich Sie gebeten hatte?«

Emmenegger nickte und starrte dabei auf seine Schuhspitzen.

»Also?«

»Frau von Spiegel war in der Mordnacht in keinem Hotel in Meran und Umgebung gemeldet.«

»Frühstückspension?«

Kopfschütteln. »Keine Frühstückspension, kein Motel. Sie war nicht hier. Wollen Sie mir nicht –«

»Haben Sie die Zugverbindungen überprüft?«, unterbrach ihn Pavarotti.

»Habe ich«, sagte Emmenegger. »Ohne Ergebnis, aber das wusste ich schon vorher. Falls sie wirklich inkognito hier war, und das unterstellen Sie ihr anscheinend, hat sie ihr Ticket am Bahnhofsautomaten gezogen, anstatt im Internet unter ihrem Namen zu buchen. Sie wäre nicht so dumm, eine Spur zu hinterlassen, wenn sie nicht gefunden werden will.«

»Hm«, sagte Pavarotti. »Und danach könnte sie sofort zurückgefahren sein, mit dem gleichen Nachtzug, den ich einen Tag später genommen habe.«

»Danach? Wonach denn?« Emmenegger schaute Pavarotti an, und seine Augen weiteten sich. »Sie glauben doch nicht …? Nie und nimmer! Und wieso sollte …?« Emmenegger ließ seine eins neunzig gegen einen Büroschrank fallen. »Das kann nicht Ihr Ernst sein. Das glaube ich einfach nicht!«

Pavarotti hatte überlegt, welche Geschichte er Emmenegger vorsetzen sollte. Die Wahrheit kam nicht in Frage. »Sie hat Anna Santer gekannt«, sagte er.

»Na und? Beide waren sie Schriftstellerinnen«, sagte Emmenegger. »Haben Sie meine Mail nicht bekommen? Ihre Bücher erscheinen beim selben Frankfurter Verlag.«

»Die beiden haben sich nicht bloß gekannt. Sie waren sehr gut befreundet«, sagte Pavarotti. »Ich wette, Lissie von Spiegel hat sich an Anna Santer drangehängt. Bestimmt wollte sie wissen, was das Erfolgsgeheimnis der anderen war. Wir wissen beide, wie ehrgeizig Lissie ist. Aber irgendwann wurde Hass aus der Freundschaft. Krankhafte Eifersucht. Das ist nicht schwer zu verstehen. Die Santer hat pro Jahr fünfzigtausend Bücher verkauft, zehn Mal so viel wie Lissie.«

»Ich weiß«, sagte Emmenegger leise. »Die Aufstellung des Verlags kam heute Morgen mit der Post. Zusammen mit dem neuen Manuskript von Anna Santer. Aber trotzdem, Commissario …«

»Sie ist nicht mehr dieselbe wie früher«, sagte Pavarotti.

Und du bist daran schuld, dachte Emmenegger. Der Schmerz in seinem Magen, der gestern nach Pavarottis Anruf eingesetzt hatte, nahm an Heftigkeit zu. Pavarotti beobachtete ihn. »Alles in Ordnung?«

»Alles bestens«, log Emmenegger. »Ihre Kopfverletzung und der Gedächtnisverlust waren schlimm. Aber sie hat sich wieder gefangen. Das wissen Sie doch. Außerdem ist Frau von Spiegel nicht fähig, so etwas …« Emmeneggers Zunge stolperte. »… zu tun.«

Pavarotti verdrehte die Augen. »Nicht fähig dazu. Meine Güte, Emmenegger, diese alte Leier aus Ihrem Mund. Das hören wir doch von der Mutter oder der Schwester jedes Halunken. Jeder ist zum Mord fähig, wenn der Druck groß genug ist.«

»Frau von Spiegel ist kein Schuft«, sagte Emmenegger und ballte hinter dem Rücken die rechte Hand zur Faust.

»Nein, ist sie nicht«, sagte Pavarotti. »Aber zwei Menschen sind getötet worden. Wir müssen prüfen, ob sie etwas damit zu tun hat. Vielleicht ist sie psychisch krank. Ich fand ihr Verhalten äußerst merkwürdig, als wir uns im Taunus getroffen haben. Launisch. Grundlos streitsüchtig, viel schlimmer als früher. Fast schon exzessiv. Aber Sie können sich selbst ein Bild davon machen. Sie ist hier.«

»Was?«

»Sie hat darauf bestanden, mich nach Meran zu begleiten. Angeblich will sie ein Buch über unseren Fall schreiben.«

»Toll!«, sagte Emmenegger. »Ich sage doch, sie ist wieder ganz die Alte. Diese Freundschaft mit der Toten ist bloß ein Zufall. Sie werden schon sehen.« Emmenegger schnippte mit den Fingern, als wolle er Pavarottis Verdacht auf den Mond schießen. »Ich wette, bei dem Doppelmord ging es überhaupt nicht um die Frau. Die Tat hat jemand begangen, der mit Lex Santer beruflich zu tun hatte. Ich habe schon mit der Liste der Unternehmen angefangen. Es sind ein paar recht vielversprechende Kandidaten dabei. Der Mann hat sich eine Menge Feinde gemacht. Ich hab seine Bewertungsmethode ein bisschen durchleuchtet. Das heißt, Latazza hat das gemacht.« Pietro Latazza leitete die Abteilung für Wirtschaftskriminalität in Bozen. »Er sagt, die Methodik ist so angelegt, dass die meisten schlecht abschneiden. Soll ich's Ihnen erklären?«

Pavarotti winkte ab. »Später, Emmenegger. Jetzt muss ich mich literarisch weiterbilden. Muss dringend ein gutes Buch lesen.«

Sprach's, schnappte sich den dicken Packen aus Manuskriptseiten, der aus Deutschland gekommen war, und verschwand in seinem Büro.

Emmenegger starrte ihm hinterher. Plötzlich konnte er das teure Rasierwasser, das noch in der Luft lag, nicht mehr ertragen.

Er durchquerte den Bereitschaftsraum des Kommissariats und riss die beiden Fensterflügel sperrangelweit auf. Sofort strömte die samtige Wärme herein, die so typisch war für einen Frühsommerabend in Meran. Er setzte sich auf den Fenstersims und starrte hinaus, wie er es manchmal tat, wenn er nicht mehr weiterwusste.

Ein Mann im Straßenanzug, vielleicht ein Bankangestellter, der Überstunden gemacht hatte und auf dem Weg nach Hause war, blickte überrascht zu ihm hoch. Vermutlich würde er später kopfschüttelnd zu seiner Frau sagen, es sei kein Wunder, dass die Spitzbuben in Meran ein Ding nach dem anderen drehten, wenn die Gesetzeshüter nichts Besseres zu tun hatten, als Maulaffen feilzuhalten.

Als der Mann in den Rennweg einbog und aus Emmeneggers Sichtfeld verschwand, hatte er ihn bereits vergessen. Emmenegger schaute über die Spatzen, die nach den Überresten der Mittagsstullen pickten, und über eine lauernde Katze hinweg, sein Blick flog über einen verwaisten Zeitungsstand, schweifte über die Dächer auf beiden Seiten der Lauben bis hin zu einem ganz bestimmten Haus, das sich schräg gegenüber der berühmten Nikolaikirche befand.

Natürlich konnte Emmenegger dieses Haus, das vom Kommissariat anderthalb Kilometer entfernt war, von seinem Standort aus nicht sehen. Das brauchte er auch nicht, weil er den Anblick nie vergessen würde. Im Keller dieses Hauses hätte er einmal beinahe den Tod gefunden, wäre Lissie von Spiegel nicht gewesen. Eigentlich hatte ihr Hund Spock ihn gerettet, aber für Emmenegger kam das aufs Gleiche hinaus.

Wahrheit? Die war Emmenegger egal. Anders sah es mit der Treue aus. Die war nicht so wankelmütig wie die Wahrheit, und in seinem Fall galt sie zwei Menschen.

Bisher war das kein Problem gewesen, denn diese beiden hatten im selben Team gespielt. Was für eine verfickte Scheiße, dachte der Ispettore. Er hätte sich nie erlaubt, diesen Fluch laut auszusprechen, aber denken durfte der Mensch.

Unglücklicherweise musste er sich diesmal entscheiden, und weil er im tiefsten Inneren glaubte, dass der eine sich irrte, entschied er sich für den anderen.

Pavarotti hatte ihn nur mit der Prüfung beauftragt, ob sich Lissie von Spiegel am Tag und in der Nacht der Morde in Meran aufgehalten hatte. Emmenegger hatte die Prüfung eigenmächtig auf die letzten anderthalb Jahre ausgedehnt, seit er die Deutsche das letzte Mal gesehen hatte. Was hatte er damit beweisen wollen? Er wusste es nicht.

Lissie von Spiegel war im Frühjahr schon einmal in Meran gewesen. Emmenegger verstand nicht, warum sie sich nicht gemeldet hatte.

Er rutschte vom Fensterbrett und löschte das Licht seiner Schreibtischlampe. Als er zu Hause anlangte, und sein Heimweg war sehr kurz, hatte er beschlossen, dem Chef das Ergebnis seiner Recherchen vorzuenthalten.

∗

Nur einen Steinwurf vom Kornplatz entfernt, den Ispettore Emmenegger auf seinem Heimweg überquerte, öffnete die Stadtbibliothek Meran ihre Tür zu einer abendlichen Lesung.

Die Bibliothek war im ersten und zweiten Stock eines Altbaus am Rennweg untergebracht, dem Emmenegger den Rücken zukehrte.

Deshalb bemerkte er die Frau nicht, die auf den Bibliothekseingang zueilte.

Der Ispettore hätte sie wohl ohnehin nicht erkannt. Ganz gegen ihre sonstigen Gepflogenheiten trug sie ein Kleid mit Puffärmeln, weitem Glockenrock und Trachtenschürze, und diese ungewöhnliche Aufmachung wurde durch einen blauen Tirolerhut aus Stroh (neu und ziemlich keck, um der Wahrheit die Ehre zu geben) und eine riesige schwarze Sonnenbrille (ungefähr fünf Jahre alt, ein Requisit aus ihrer feuchtfröhlichen Phase) ergänzt.

Bevor Lissie von Spiegel in den langen Schatten des Hauses eintauchte, warf sie einen verstohlenen Blick zurück auf die Straße.

Festzustellen, ob man verfolgt wird, ist ohne ein spezielles Training immer schwierig. In Meran ist es praktisch aussichtslos, denn der Verfolger hat alle Trümpfe in der Hand. Er kann in einem der hundert Durchgänge verschwinden. Oder Schutz suchen hinter den Pfeilern eines Bogengangs. Sich in eine der zahllosen Mauernischen ducken. Schon ist er nicht mehr zu sehen.

Lissie hoffte, dass ihre Verkleidung als Ablenkungsmanöver taugte, wenn auch nur für kurze Zeit.

Nachdem sie eine Feder aus ihrem Daunenkissen unter der

Tür ihrer Suite platziert hatte, war sie im Zickzackkurs von Obermais hinunter in die Altstadt gewandert.

Es wäre sicherer gewesen, im Hotel zu bleiben. Aber ihr lief die Zeit davon.

Der Autor, der an diesem Abend sich und sein neuestes Werk – ein dünkelhaftes Buch über Südtiroler Weine – vorstellen würde, war Lissie herzlich gleichgültig.

Sie war froh, als seine ins Falsett schnappende Stimme mit ihrer vokalen Aneinanderreihung von Ausrufungszeichen (»Schöne Struktur! Feine Säure! Ein Winzer mit besonders ehrlichen Weinen!«) nach zwei Stunden endlich verstummt war.

Kein Wein war je ehrlich zu ihr gewesen, und die teuersten waren die schlimmsten Heuchler. Man zahlte viel Geld, um sich kultiviert zu betrinken, und alles, was man am Ende davon hatte, war ein grässlicher Kater am nächsten Morgen, genau der gleiche wie nach einem billigen Müller-Thurgau aus dem Zwei-Liter-Getränkekarton.

Als der Autor nach dem Verkauf von zwei Buchexemplaren enttäuscht das Weite suchte und die wenigen Zuhörer gegangen waren, blieben Lissie von Spiegel und der Bibliothekar, Lothar Marender hieß er, allein zurück.

»Na«, sagte Marender mehr zu sich selbst als zu Lissie, putzte seine Brille, erhob sich hinter dem kleinen Podium, und das Wort und die Geste enthielten eine ganze Palette von Gefühlen, angefangen bei der Enttäuschung über die vertane Zeit bis zur Erleichterung, dass der unangenehme Abend endlich vorüber war.

Lissie stellte sich ihm vor, und sein erneutes »Na!« drückte diesmal ehrliche Freude aus über den überraschenden Besuch einer Autorin, »deren Erstling ich mit Freude in unseren Bibliotheksbestand aufgenommen habe«.

Obwohl ihr die Fragen unter den Nägeln brannten, ertrug Lissie geduldig den Small Talk über seine Branche (»unsere Kulturpolitik ist das reinste Chaos«). Dann, plötzlich, lächelte er sie an, ein wenig spekulativ, aber durchaus ermutigend, und ihr ging auf: Erstens, Lothar Marender war, seiner Geschwätzigkeit zum Trotz, ein intelligenter Mann, und zweitens, er würde ihr helfen.

»Sie haben bestimmt gehört, dass Anna Santer ermordet wurde«, sagte sie.

»Ich habe mir schon gedacht, dass es darauf hinausläuft«, sagte Marender.

***

Vor seiner Haustür drehte Emmenegger um. Er wollte noch nicht nach Hause.

Seit Martha nicht mehr da war, herrschte in Emmeneggers Wohnung die Art von Stille, die er seit zwanzig Jahren herbeigesehnt hatte. Jetzt konnte er sie nicht ertragen, und er war dankbar, wenn er von weit her, irgendwo in seinem Kopf, Marthas Stimme hörte, die ihm wegen seiner Schwäche und seiner Tränen Vorwürfe machte.

Das heulende Elend überkam ihn regelmäßig wie ein Uhrwerk um vier Uhr morgens, wenn er schweißgebadet erwachte, und er konnte nichts tun, außer den Tränen freien Lauf zu lassen.

Das Leben besteht nicht nur aus Liebesschwüren und sternklaren Nächten, die zwei junge Leute im Sommer 1983 in einem Schlafsack auf der Mutspitze verbringen, das wusste er jetzt.

Jedes Mal wenn er die Haustür aufschloss, flog sein Blick als Erstes zu dem schweren Bratenwender, der schlaff an der Wand hing, als hätte er keine Daseinsberechtigung mehr. In alten Zeiten, als er sein Geld in der Kneipe durchbrachte, weil er sich selbst verachtete, war dieser Gegenstand oft genug eine Waffe gewesen, und Martha hatte ihn geschwungen wie eine kräftige kleine Amazone.

Durch die gemeinsamen Fälle mit seinem Chef und der Deutschen (manchmal nannte er sie immer noch so, obwohl sie Freunde waren) änderte sich alles, seine Selbstachtung wuchs, die Kneipenbesuche wurden weniger und hörten schließlich ganz auf.

Als Emmenegger seiner Frau eines Abends einen heimatlosen Kater schenkte, war sie das erste Mal in ihrem Leben sprachlos.

Danach wandelte sich ihre Rechthaberei zu einem komischen kleinen Ritual. Ihr wütender Vortrag klang bald wie ein Text, den sie auswendig gelernt hatte, sie lächelte beinahe dabei, jedenfalls mit den Augen, und dann kam sein Part, in dem er inbrünstig Besserung schwor und sich an die Brust klopfte (manchmal tat er das wirklich). Anschließend streichelten sie dem Kätzchen gemeinsam den Kopf und den Hals, dann sich gegenseitig, und es wurde wunderbar, jedes Mal.

Emmeneggers Augen wurden feucht.

Es hatte den Anschein, als würde er nach Martha nun auch seinen besten Freund verlieren. Emmenegger hätte nie gewagt, Pavarotti öffentlich so zu bezeichnen, und er glaubte auch nicht, dass es sich umgekehrt so verhielt, doch das änderte nichts an seinen Gefühlen.

Manchmal gondelte Emmenegger nach der Arbeit mit dem Bus durch die Stadt, um die Zeit totzuschlagen. Auch an diesem Abend saß er bereits in einem der Busse, die vom Rennweg abfuhren, da packte ihn eine eigenartige Unruhe, und er sprang auf und rief dem Fahrer zu, er solle anhalten. Der Mann weigerte sich, bis ihm Emmenegger seinen Dienstausweis vor die Nase hielt. Endlich ging die Tür auf, und ein paar italienische Flüche verfolgten den Ispettore hinaus in den Abend.

Sein Blick glitt an den Häusern des Rennwegs entlang, bis zur Ecke, dort, wo der Kornplatz anfing, er hörte ein leises Brummen, ein Motorengeräusch, und erwartete fast, den Wagen seines Chefs zu sehen, den dieser als einziger Sterblicher (bei Touristen stand darauf die Todesstrafe) direkt vor dem Kommissariat auf dem Kornplatz parkte. Doch es war nur ein Streifenwagen, der seine Runden durch das abendliche Meran drehte.

Den Beamten am Steuer kannte er nicht. Es musste einer der Leute sein, die Polizeipräsident Alberti aus Bozen angefordert hatte, um die Präsenz der Sicherheitskräfte in Meran zu erhöhen.

Der Mann warf ihm einen misstrauischen Blick zu, dann fuhr der Wagen weiter. Schuldbewusst machte Emmenegger kehrt und schlenderte den Rennweg in entgegengesetzter Richtung entlang, Richtung Vinschgauer Tor. Er merkte, dass er auf einen bestimmten Ort zusteuerte, und der war gefährlich. Aber was blieb ihm anderes übrig?

Pavarotti hatte begonnen, sich auf Lissie von Spiegel einzuschießen, und Emmenegger begriff nicht, wieso. Zugegeben, mit der Liebe hatte es nicht geklappt, aber die beiden waren als Freunde auseinandergegangen. Lissie war zu ihrer kranken Mutter zurückgekehrt, und dann war die Sache einfach … im Sande verlaufen, wie das oft geschah. Insgeheim gab Emmenegger seinem Chef die Schuld, weil dieser seine Zeit darauf verwendet hatte, sich in einen Volksliebling zu verwandeln.

An diesem Morgen hatten sie während der Fahrt zur Villa Belle Époque schweigend nebeneinander im Auto gesessen. Emmenegger hatte das erste Mal Pavarottis Angebot ausgeschlagen, das Steuer des neuen Lancia zu übernehmen, und Pavarotti hatte die Ablehnung schweigend registriert.

Der Mietwagen der Santers, ein schwarzer Porsche Cayenne, stand noch in der Garage der Villa. Pavarotti hatte es so angeordnet.

Die Garage war abgesperrt und versiegelt. Der Hotelbesitzer trat ihnen in den Weg und wollte wissen, wann es endlich so weit sei, dass die Polizei sie wieder freigab.

»Bald«, war Pavarottis einsilbige Antwort. Kopfschüttelnd trat der Mann den Rückzug an.

Sie duckten sich unter dem Garagentor durch, das sich ruckelnd öffnete. Die Garage war klein, verwinkelt, überall standen Stützpfeiler.

Der Leihwagen der Santers war in der finstersten Ecke der Garage geparkt. Um den Wagen heil aus dieser Lücke zu bewegen, musste der Fahrer drei Stützstreben ausweichen, geradezu eine Millimeterarbeit.

»Da ein- und auszuparken, ist eine Zumutung«, sagte Pavarotti. »Vermutlich hat Santer den Parkplatz akzeptiert, weil er den Wagen nicht gebraucht hat. Der steht noch so da, wie er ihn bei der Ankunft eingeparkt hat.«

»Bei allem Respekt, da muss ich Sie leider korrigieren«, sagte Emmenegger, den Blick fest auf den Porsche gerichtet.

Pavarotti starrte ihn an.

»Ich habe mit dem Hotelangestellten gesprochen, der sich um die Garage kümmert. Lex Santer war fast jeden Tag mit diesem Wagen unterwegs. Er ist meistens morgens gleich nach dem Frühstück ausgefahren und am Nachmittag zurückgekommen. Der Mann erzählte, dass er anfangs auf Santer gewartet hat, um ihn aus der Lücke zu lotsen, aber der Gast brauchte seine Hilfe nicht. Er war ein ausgezeichneter Fahrer.«

In eisigem Schweigen gingen die beiden auf den Porsche zu, der wie ein schwarzes Untier auf sie wartete. Emmenegger betätigte den Drucksensor am Schlüssel, und die gelben Augen erwachten zum Leben.

Im Innenraum hatte die Kriminaltechnik Fingerspuren von Lex Santer, von seiner Frau und zwei weitere unbekannte Abdrücke gefunden, die allerdings die Aufregung nicht rechtfertigten, die sie anfangs ausgelöst hatten. Sie gehörten zwei Männern aus dem Reinigungspersonal der Leihfirma, die den Wagen zuletzt gewaschen hatten.

Im Handschuhfach hatten eine Straßenkarte von Meran und eine Mineralwasserflasche mit Lex Santers Fingerabdrücken gelegen. Das war alles. Ansonsten war der Wagen leer und makellos sauber.

Emmenegger ließ das Handschuhfach aufschnappen und griff hinter die Wasserflasche nach dem Stadtplan. Es war ein alter Faltstadtplan von Falk, so abgegriffen und zerknittert, dass Emmenegger Mühe hatte, ihn aufzuschlagen.

»Sehen Sie das, Chef?«, sagte Emmenegger. »Da sind rote Markierungen.«

Jemand hatte mit einem Filzstift drei Stadtviertel eingekreist. Der erste Kreis war der kleinste. Sein Zentrum lag dort, wo die Lauben auf den Kornplatz stießen. Der rote Rand durchschnitt das Kommissariat und grenzte an das Vinschgauer Tor. In Emmenegger weckte das, was in der Mitte der Markierung lag, aber nicht eingezeichnet war, böse Erinnerungen.

Der zweite Kreis betraf Untermais, das Viertel hinter der Meraner Therme, und war rund um die Matteottistraße, die Weingartenstraße und die Zingerlestraße eingezeichnet.

Die dritte rote Markierung befand sich westlich vom großen Komplex des Tappeiner-Krankenhauses.

»Ein früherer Kunde der Leihwagenfirma, der eine Unterkunft gesucht hat«, mutmaßte Pavarotti.

»Die Firma sagt Nein«, widersprach Emmenegger. »Der kaputte Stadtplan wäre entsorgt worden. Ich glaube, es war Lex Santer, der etwas gesucht hat. Dazu passt, dass er jeden Tag mit dem Wagen losgefahren ist. Vielleicht weiß jemand der Angestellten, wohin er wollte. Vielleicht kann …«

Vielleicht kann Frau von Spiegel das herausfinden, wo sie doch im Hotel wohnt, hatte er sagen wollen.

»Tun Sie, was Sie nicht lassen können«, sagte Pavarotti. »Ihre Recherche wird ins Nichts führen. Bei diesem Mord geht es um Anna Santer, und die Spur führt nach Deutschland.«

Mittlerweile war Emmenegger genau in der Mitte des ersten, kleinsten Kreises auf Lex Santers Stadtplan angekommen. Er stand vor dem Burggrafen, einer Bar, die nicht so aussah, als wäre jeder Gast ein Graf.

Die Bar lag außerhalb der touristischen Belagerungszone der Stadt, in der schwere Trinker nicht gern gesehen wurden, es sei denn, sie trugen goldene Uhren und Manschettenknöpfe mit Monogramm und zahlten mit Dollars, Euros oder schwarzen American-Express-Karten.

Der Raum war dämmrig. Ein Mann hinter dem Tresen wusch Gläser. Bis auf das leise Klirren, wenn er eins auf den Tresen stellte, war es still. Der Trubel fehlte, der in anderen Bars um diese Tageszeit vorherrschte.

In solchen Etablissements wie dem Burggrafen haben die

Gäste Besseres zu tun, als zu reden. Trinken ist eine ernsthafte Beschäftigung, denn man weiß nie, wie viele Gläser einem noch bleiben, bis die Leber aufgibt. Das Gefühl, wenn der Alkohol durch die Adern und ins Hirn schießt, durch belanglose Gespräche zu ruinieren, wäre eine Verschwendung, die zum Himmel schreit.

Ein halbes Dutzend Männer und ein paar Frauen hockten da, jeder für sich über seinen Drink gebeugt. Niemand hatte aufgeblickt, als Emmenegger hereingekommen war.

Man war hier an Uniformen gewöhnt. Die Polizia di Stato war schließlich nur einen Steinwurf entfernt. Gerüchteweise kam sogar der Polizeichef selber hin und wieder hierher, um sich mit Zuträgern zu treffen.

Die Koexistenz von Kriminellen und der Polizei auf dreißig Quadratmetern bedeutete nicht, dass sich der harte Kern und die Uniformierten freundlich gesonnen waren. Keinem der Stammgäste würde einfallen, den Polizisten Respekt zu zollen. Und den Carabinieri, die abends nach ihrer Schicht einen draufmachten, war es egal, wer ihnen dabei zusah, wie sie ihr Gehalt versoffen. Für sie war die restliche Klientel im Burggrafen Abschaum, und der zählte nicht.

Für Emmenegger war das Lokal ein Schandfleck. Ständig erinnerte es ihn an seine Vergangenheit, aber es war ihm bisher nicht gelungen, den Laden zu schließen.

Der Barkellner hinter dem Tresen verzog den Mund zu einem Grinsen.

»Wen haben wir denn da«, sagte er. »Lange nicht gesehen.«

Emmenegger nickte. Der Kellner nahm eine Flasche mit Gin zur Hand und wollte eingießen, doch der Ispettore schüttelte den Kopf. Der Barmann ließ die Flasche sinken, und in seinen Blick schlich sich etwas Lauerndes.

»Was willst du hier?«

Emmenegger drehte sich um. Hinter ihm, mit verschränkten Armen, stand der Wirt persönlich, ein Ex-Knastbruder namens Scurese aus Turin, ein kleiner, stämmiger Kerl mit Ohrfeigengesicht und Glatze. Der Mann wurde verdächtigt, mit Angel Dust zu dealen. Die Droge war in letzter Zeit in großen Mengen an den Schulen aufgetaucht.

Emmenegger versuchte seit Monaten, Scurese eine Verbindung zum organisierten Verbrechen nachzuweisen. Offiziell gehörte ihm der Burggraf, das Lokal war auf seinen Namen eingetragen, aber Emmenegger bezweifelte, dass das die ganze Wahrheit war. Seiner Meinung nach war das Lokal ein Deckmantel für illegale, wesentlich lukrativere Tätigkeiten.

»Du hast hier Lokalverbot, schon vergessen?«

»Für die Polizei gibt es kein Lokalverbot, Schwachkopf«, erwiderte Emmenegger und richtete sich zu seiner vollen Größe auf. Er zog das Foto von Lex Santer aus der Tasche und zeigte es Scurese und seinem Angestellten.

»Ups«, sagte der Barmann, als er das rote Mal auf der Stirn des Toten sah.

»Kennt ihr den Mann?«

Scurese tippte mit einem durch Nikotin verfärbten Fingernagel auf die Brille des Toten. Emmenegger mit seinem Faible für Details wusste, dass Santers Brille eine Emporio Armani mit dreifach entspiegelten Gläsern und der Gravur »LS« in einem der Bügel war. »Bist du nicht ganz dicht? Was sollte einer wie der bei uns wollen?«

Aber sein Gesicht hatte sich verschlossen, und seine Augen tanzten hin und her.

»Sieh noch mal hin.«

»Zwecklos. Ich kenn den nicht.«

Emmenegger nahm das Foto an sich. Er war versucht, ein Taschentuch zu zücken und das Bild dort, wo Scurese es berührt hatte, abzuwischen, aber er ließ es bleiben.

Der Mann starrte ihm feindselig hinterher, als Emmenegger von Tisch zu Tisch ging. Die meisten Gäste schauten nicht einmal auf, als er sie ansprach.

Emmenegger wollte frustriert aufgeben, aber Martha schrie in seinem Ohr, er solle sich, verflucht noch eins, zusammenreißen und sich wie ein Mann benehmen.

Die Toilettentür öffnete sich, und eine Frau taumelte vorbei. Sie stolperte, und Emmenegger fing sie gerade noch rechtzeitig auf. Sie war ein Leichtgewicht, und er hatte keine Schwierigkeiten, sie zu einem freien Tisch zu führen und auf den Stuhl zu drücken.

Die Frau roch nach billigem Fusel und Schweiß, und er musste sich beherrschen, um nicht zurückzuzucken.

Mit ihren ungewaschenen Haaren, der zerlumpten Kleidung und einem Gesicht, das der Alkohol gezeichnet hatte, sah sie aus wie eine Sechzigjährige, doch unter den Achseln fühlte er feste Oberarmmuskeln, und ihre Haut war trotz der geplatzten Äderchen noch recht straff. Die Frau war nicht viel älter als er, vielleicht Mitte fünfzig.

Plötzlich musste er an Lissie von Spiegel denken (»die Deutsche«), wie sie in zehn Jahren aussehen könnte, wenn alles schieflief.

Als ihn die Frau aus braunen, seltsam klaren Augen anschaute, fühlte er ein Gemisch aus Faszination und Schaudern. Manchmal waren sich Vergangenheit und Zukunft so nah, dass es nur eines Wortes oder einer Geste bedurfte, und die dünne Membran zwischen Gestern und Heute zerriss.

»Wie heißen Sie?«, fragte Emmenegger mit einer Stimme, die inwendig zitterte.

»Wieso wollen die Bullen das wissen?«, sagte die Frau mit heiserer Stimme. »Na gut. Wenn Sie's interessiert. Ich heiß Liselotte Stein.«

Liselotte.

Der Wodka ließ ihre Worte verschliffen klingen, aber der Akzent war trotzdem unverkennbar.

»Sind Sie aus Deutschland?«

Das Lächeln der Frau enthüllte eine Reihe überraschend weißer Zähne. »Das merkt man immer noch, wie? Bin vor über fünfundzwanzig Jahren in Meran hängen geblieben, wegen eines Kerls. Das hat sich natürlich längst erledigt, aber wie Sie sehen, bin ich immer noch hier.«

Dieser Vorname.

Emmenegger war schon lange klar, dass es Karma wirklich gab. Alles hing zusammen.

Er holte das Foto von Lex Santer hervor.

»Kennen Sie diesen Mann? War er schon einmal hier?«

»Ich sage es Ihnen, wenn Sie einen mittrinken. Eddie, noch einen Wodka für mich. Und einen für meinen Freund hier.«

»Ich trinke nicht«, sagte Emmenegger.

Die Frau zuckte die Achseln und kippte ihren Wodka. Ihr Kopf fiel auf ihre Brust, das Schnapsglas kollerte auf den Boden.

Sie war im Niemandsland zwischen Schlaf und Bewusstlosigkeit angekommen.

* * *

»Folgen Sie mir bitte«, sagte der Bibliothekar Marender.

Er führte Lissie durch einen langen Flur in einen Lesesaal, der an beiden Seiten von hohen, altersschwachen Regalen gesäumt war, die aussahen, als könne sie ein Windstoß umwerfen.

Das Licht, das durch die bodentiefen Fenster auf die Tische und Stühle fiel und flimmernde Punkte auf das blanke Parkett zeichnete, schien eine lange Reise hinter sich zu haben. In der Luft tanzten Staubkörnchen aus Hunderten von Folianten einen nie enden wollenden Tanz. Eine Frau in den Vierzigern sortierte Bücher. Sie sah aus, als habe sie nie etwas anderes getan.

Es war ein Ort, an dem die Zeit kein relevanter Faktor war.

Lissie blieb stehen. Sie hatte damit gerechnet, dass sie den Raum kannte und die Frau ebenfalls. Manchmal fühlte es sich an, als wäre man nie fort gewesen, als hätte man all die anderen Orte und Ereignisse nur geträumt.

Die Frau war damals hübsch gewesen, ein wenig langsam von Begriff, und Lissie erinnerte sich gut an ihre eigene Ungeduld. Das Leben hatte die Frau seither hart angefasst, man sah es an den Linien um Mund und Nase und an dem grauen Haaransatz. In ein paar Jahren konnte viel passieren, wer wusste das besser als Lissie.

»Hallo, Edna. Ich dachte mir schon, dass du noch hier bist«, sagte Marender. »Ich habe hier jemanden, der Glanz in unsere Hütte bringt. Das ist Lissie von Spiegel, die das Buch ›Die Wahrheit über den Fall Johannes Zomba‹ geschrieben hat. Du erinnerst dich doch? Das Buch stand monatelang auf der Bestsellerliste.« Richtig, mein Lieber, dachte Lissie verbissen. Auf der Bestsellerliste von Südtirol.

Das Gesicht der Frau verfinsterte sich, und sie verschränkte die Arme vor der Brust. Marender, der mitbekommen hatte, dass sein Entree missglückt war, schaute unsicher von einer zur anderen.

Das fängt ja gut an, dachte Lissie.

»Es geht um den Mord an einer Kollegin von mir«, sagte sie schnell. »Anna Santer. Ich will ein Buch darüber schreiben.«

»Wollen Sie sie auch in den Dreck ziehen, so wie Sie's in Ihrem Buch mit einem ganzen Dorf gemacht haben?«

Aha, daher wehte der Wind.

»Ich möchte gerne wissen, ob Anna Santer in der vergangenen Woche hier in der Bibliothek war.«

»Ich wüsste nicht, was Sie das anginge.«

»Edna«, mahnte Marender, doch die Frau hatte ihnen bereits wieder den Rücken zugedreht.

»Erinnern Sie sich an mich?«, fragte Lissie.

»Sollte ich?« In den hasserfüllten Ton mischten sich Argwohn und auch ein klein wenig von ihrer früheren Unsicherheit.

»Ich weiß nicht«, sagte Lissie mit einem gewinnenden Lächeln. »Wir haben uns nur einmal persönlich getroffen, und es ist schon eine Weile her. Sie haben mich mit einem Mörder bekannt gemacht, der mich um ein Haar umgebracht hätte.«

Edna drehte sich abrupt um, eine Hand flog zum Mund. »Ach du liebe Zeit, Sie sind das. Ich hab mich oft gefragt …« Sie starrte auf den Boden. »Es tut mir leid wegen damals. Niemand hätte ihm das zugetraut.«

»Das tut nie jemand«, sagte Lissie.

»Ihr Buch gefällt mir deshalb kein bisschen besser.« Ihre Züge waren eine Spur weicher geworden.

Lissie verkniff sich einen Kommentar, und auch Marender merkte, dass es besser war, zu schweigen.

»Anna Santer war hier«, sagte Edna schließlich.

»Wann?«

»Keine Ahnung. Weiß nicht genau. Anfang letzter Woche oder so.«

»Dann muss es der Montag gewesen sein. Am Dienstag bist du nie hier, Edna.«

Edna warf Marender einen wütenden Blick zu.

»Was hat sie ausgeliehen?«, wollte Lissie wissen.

»Sie hat überhaupt nichts ausgeliehen!« Jetzt schrie die Frau fast. »Es waren alles Bücher aus unserem Bestand, das gleiche Zeug, das sie sich schon im letzten Frühjahr angesehen hat. Das gleiche v... verlogene Zeug.« Sie verhaspelte sich, und ihr Gesicht färbte sich rot. »Ich hab ihr damals schon gesagt, sie soll die Finger von dem Thema lassen, aber sie wollte ja nicht auf mich hören!«

»Bücher über die Rattenlinie?«, entfuhr es Lissie.

»Was fragen Sie mich, wenn Sie's eh schon wissen?«

»Hat sie sich etwas notiert? Oder haben Sie etwas für sie kopiert?«

»Zweimal Nein, und ich hätte mich auch geweigert. Letztes Mal durfte ich für die Dame stundenlang am Kopierer stehen, während sie draußen war und sich vergnügt hat. Anschließend kriegte ich nicht einmal ein Dankeschön.«

Keine Kopien. Keine Notizen. Wozu auch? Das Buch war fertig. Dieser letzte Besuch in der Bibliothek hatte einem anderen Zweck gedient.

»Die Nachkriegsthematik wird ein Hammer«, hatte Anna gesagt. »Nazis, die wie die Ratten über Südtirol ins Ausland fliehen. Freundliche Südtiroler, die ihnen dabei helfen. Und die Gutmenschen vom Roten Kreuz, die gefälschte Pässe verteilen, als seien es Rabattmarken. Das ist Sprengstoff pur, auch heute noch. Das verkauft sich dreihunderttausend Mal, du wirst sehen.«

Das Gespräch fand kurz vor dem großen Knall statt, der Lissie auf einen Schlag aus der Umlaufbahn um die Sonne hinaus in den Orbit schleuderte. Von der verhätschelten Busenfreundin zur Persona non grata in fünf Minuten. Mehr Zeit brauchte es nicht, dass in Annas Galaxie ganze Sonnensysteme in schwarzen Löchern verschwanden.

Nach dem Knall wechselten die beiden kein Wort mehr, und das Manuskript war weg. Lissie verfluchte ihre Naivität. Aber auch Anna war nachlässig gewesen. Zum Beispiel darin, ihr Passwort nicht zu ändern und den Kellerschlüssel nicht zurückzufordern.

Plötzlich fiel Lissie etwas ein. »Hat jemand sie begleitet?«

Die Frau zuckte die Achseln. »Keine Ahnung. Ich bin der Prinzessin aus dem Weg gegangen. Ich hatte keine Lust, dass sie mich fragt, wie mir ihr letztes Buch gefallen hat. Sie war ja so was von scharf darauf, dass man sie lobt und bewundert. Außerdem war es an dem Tag ziemlich voll.«

Lissie horchte auf. »Hier? Was waren das für Besucher?«

Jetzt wurde es auch Marender zu bunt. »Ich verstehe allmählich nicht mehr, wie Ihnen das bei Ihrem neuen Buch weiterhelfen soll, Frau von Spiegel.«

»Ich hab die Leute nicht nach ihrem Namen gefragt«, sagte die Frau.

»Kann ich mir die Bücher einmal ansehen, die sie studiert hat?«

Edna griff in einen Zettelkasten und schrieb aus dem Gedächtnis (Lissie staunte nicht schlecht) drei Signaturnummern auf. »Die Bücher stehen garantiert noch genauso da, wie ich sie wieder ins Regal gestellt habe, als sie ging.«

Doch in diesem Punkt irrte sie.

Im hintersten Regal, zwischen den Signaturen 2WK-X33 und 2WK-X35, klaffte eine schmale Lücke. Das Buch mit dem Titel »Südtiroler in der Waffen-SS«, geschrieben von einem Mann namens Thomas Casagrande, war verschwunden.

***

Donnerstag, sechs Tage nach den Morden

Lissie lag wach und lauschte auf die Geräusche im Hotel.

Anna Santer hatte einen gefährlichen Plan gehabt. Etwas war schrecklich schiefgelaufen, und jetzt fragte sich der Mörder, wie viel Lissie wusste.

Drei Uhr durch.

Drei Uhr morgens war die Zeit, wenn der Tod die größte Macht besaß.

Die beiden Flügeltüren am Eingang des Hotels wurden jeden Abend um zehn Uhr abgeschlossen, aber den Hotelschlüssel zu stehlen war kein großes Problem. Außerdem gab es einen Zugang über die Garage, und der Code für das Garagentor wurde garantiert nur alle Jubeljahre geändert.

Gegen halb fünf glaubte Lissie Schritte zu hören. Halb fünf war eigentlich zu spät für den Tod. Der Morgen graute bereits, man begann sich sicherer zu fühlen. Vielleicht die Putzfrau oder ein Küchenmädchen.

Mit klopfendem Herzen holte Lissie das Fleischmesser, das sie von einem Servierwagen gestohlen hatte, unter der Matratze hervor und schlich zur Tür.

Die Schritte wurden lauter, sie knirschten auf dem Marmorboden, und dann – der Atem stockte ihr –, dann waren sie vorbei. Die Geräusche wurden leiser und leiser. Schließlich verebbten sie ganz.

Um fünf Uhr schlief Lissie ein. In ihren Träumen war sie in einem dunklen Tunnel tief unter der Erde gefangen, und ein Revolvermann, der die Züge Emmeneggers trug, schoss auf einen Mann im schwarzen Anzug und rettete ihr Leben und die ganze Welt.

*   *   *

Als der Commissario und sein Ispettore am Morgen im Kommissariat am Kornplatz zusammentrafen, lag die Art von Worten in der Luft, die schwer aus der Welt zu schaffen ist.

Emmeneggers Magen revoltierte gegen das gekochte Ei, aus dem sein Frühstück bestanden hatte. Beim Rasieren hatte er sich gewünscht, für einen Tag eine Frau zu sein, um seine bleichen Wangen mit ein wenig Farbe kaschieren zu können. So, wie ihn Gott geschaffen hatte, standen ihm nur eine heiße Dusche, ein Kamillentee und sein Rasierwasser zur Verfügung, das er großzügiger als sonst auf Wangen und Hals verteilte.

Der Commissario saß zu dieser Zeit bereits am Schreibtisch, und sein Allgemeinbefinden war genauso jämmerlich wie das von Emmenegger, allerdings aus anderen Gründen.

Pavarotti war um halb sieben morgens aufgeschreckt und merkte, dass er noch am Schreibtisch saß. Mühsam erinnerte er sich an den Abend davor. Bis elf Uhr hatte er durchgehalten, obwohl die Lektüre vor seinen Augen verschwamm, danach wusste er nichts mehr.

Als er mit seinem Notfallrasierzeug auf die Toilette ging und sein Gesicht im Spiegel sah, erschrak er. Eine tiefe rote Furche zog sich von seinem rechten Mundwinkel hoch bis zum Auge. Offenbar hatte sein Gesicht auf der scharfen Papierkante des Manuskripts gelegen, und er war zu schläfrig gewesen, um es zu merken.

Pavarotti fluchte laut und gotteslästerlich. Die Pressefotografen durften ihn so auf keinen Fall erwischen.

Sein Hemd war zerknittert. Er brauchte frische Wäsche und eine Dusche, aber es war zu spät, um nach Hause zu fahren.

Dementsprechend war seine Stimmung, als Emmenegger den Bereitschaftsraum betrat.

Emmenegger starrte auf das rote Mal in Pavarottis Gesicht.

»Ispettore, Sie sehen grässlich aus heute Morgen«, knurrte Pavarotti, bevor der Ispettore etwas sagen konnte. »Kleiner Tanz mit der Flasche?«

»Commissario, ich –«

Doch Pavarotti ließ ihn nicht zu Wort kommen. Normalerweise hätte er den Ispettore mit einem ironischen Satz und einem ermahnenden, aber freundschaftlichen Schulterklopfen entlassen, doch sein Zorn über die Schramme, die als Zeichen seines persönlichen Versagens auf seiner Wange brannte, spülte seine Hemmungen hinweg.

»Jetzt geht es also wieder los. Kaum dass die Martha nicht mehr da ist, lassen Sie's krachen. Tja, jetzt haben Sie den Ispettore in der Tasche, und die Pensionsansprüche noch dazu, da können Sie ja wieder saufen gehen.«

Das war so weit von der Wahrheit entfernt, dass Emmenegger keine Worte fand.

Pavarotti hatte sich schon abgewandt und stapfte zu seinem Büro, da lief ihm Emmenegger hinterher und packte ihn an der Schulter.

»Das ist nicht wahr, und das wissen Sie! Ich war nur in dieser Bar, um Santers Foto herumzuzeigen!«

Pavarotti schüttelte Emmeneggers Arm ab. »Lassen Sie das. Und, hatten Sie wenigstens Erfolg? Ihrer Miene nach nicht.«

Unglücklicherweise entsprach das der Wahrheit.

»Da war eine Frau in der Bar. Ich dachte, sie weiß etwas über Lex Santer.«

»Sie sind ein verdammter Narr, Emmenegger. Mit Ihrer Menschenkenntnis kann es nicht weit her sein, wenn Sie sich von einer Säuferin über den Tisch ziehen lassen«, sagte Pavarotti höhnisch. »Ich sage Ihnen schon die ganze Zeit, dass diese Recherche im Nichts endet, weil es in diesem Fall nicht um Lex Santer geht. Lassen Sie das Denken, dafür sind Sie nicht geschaffen.« Sprach's und wollte die Tür zu seinem Büro hinter sich schließen.

Doch Emmenegger stieß die Tür auf und rannte hinter ihm her. Wieder packte er seinen Chef bei der Schulter, und dieser drehte sich langsam um. Pavarottis Augen waren nur noch Schlitze. »Nehmen Sie Ihre Hand da weg.«

»Sie ...«, keuchte Emmenegger und nahm die Hand weg, um sie zur Faust zu ballen. »Sie können mich mal! Ich muss mich von Ihnen nicht beleidigen lassen. Gerade von Ihnen nicht ...« Er schnaufte. »Von Ihnen ganz besonders nicht, und schon gar nicht, wenn es um Menschenkenntnis geht. Denn Ihre Menschenkenntnis, Com-mis-sari-o«, und er schwenkte seine geballte Rechte vor Pavarottis Gesicht, »... ist unter aller Sau!«

Nachdem Emmenegger dergestalt Dampf abgelassen hatte, fühlte er sich etwas besser, und in diesem Moment hätte er beinahe eine Entschuldigung gemurmelt und seinen Chef in Ruhe gelassen. Doch dann drehte sich Pavarotti weg, um dem Atem seines Mitarbeiters auszuweichen, und tat so, als müsse er erbrechen.

Das war zu viel für Emmenegger. »Sie sind ein Heuchler!«, schrie er. »Sie sind dreist genug, mir zu sagen, dass ich ein schlechter Polizist bin, dabei sind Sie die Witzfigur! Die meisten Ihrer großen Fälle haben nicht Sie gelöst, sondern Lissie von Spiegel, und das kann Ihre Eitelkeit nicht vertragen, nicht wahr? Und deswegen verdrehen Sie die Fakten, damit es so aussieht, dass sie schuldig ist! Das geschieht alles nur, damit Sie endlich einmal die Oberhand gewinnen!«

Das war kein Treffer ins Schwarze, aber der Pfeil steckte immerhin im zweiten oder dritten inneren Ring, und das war nah genug.

Pavarotti war weiß im Gesicht, bis auf die blutunterlaufene Kerbe, doch Emmenegger achtete nicht auf die Anzeichen.

»Ist es nicht so? Geben Sie es zu!«, schrie der Ispettore mit einer hohen, kreischenden Stimme, die niemand, der ihn kannte, je gehört hatte. »Sie wollen die Deutsche bestrafen, weil sie besser ist als Sie!«

Irgendetwas in Pavarottis Gesicht musste Emmenegger vorgewarnt haben, denn er wich blitzschnell zur Seite aus. Pavarottis Faust krachte in die Bürotür aus massiver Eiche, und mit einem Schrei, der in ein Gurgeln überging, sank Pavarotti zu Boden.

＊＊＊

Das fehlende Buch in der Stadtbibliothek ließ Lissie keine Ruhe. Vielleicht hatte die Polizei es unter Annas Sachen in der Suite gefunden.

Nach dem Frühstück rief sie nach längerem Zögern Emmeneggers Dienstnummer an, doch im Kommissariat nahm niemand ab.

Langsam schlenderte sie zur Hotelbibliothek hinüber.

Es war ein schöner Raum mit bodentiefen Fenstern zum Garten (Lissie konnte ein kleines Stück des Pools sehen), Ohrensesseln und runden Tischen. Regalwände säumten den elektrischen Kamin an der Schmalseite, eindeutig der Blickfang des Zimmers.

An der Wand lehnte eine Trittleiter für die obersten Fächer.

Der verfügbare Lesestoff war das Übliche. Es gab Bücher über Schlösser und Burgen, über die Gärten Trauttmansdorff, über die schönsten Rosen der Welt.

Ein Buch, das auf dem obersten Regalbrett in zweiter Reihe stand, fiel allerdings aus dem Rahmen. Das war nicht überraschend, denn es gehörte nicht zum hoteleigenen Buchbestand. Sein Titel lautete: »Südtiroler in der Waffen-SS«, verfasst von Thomas Casagrande, und es hatte eine Bibliotheksnummer auf dem Buchrücken.

Lissie schlug das Buch auf. Falls sich tatsächlich ein Hotelgast in diese schwere Kost vertiefen wollte, würde er enttäuscht.

In die Seiten hatte jemand einen Hohlraum eingeschnitten. Darin lag ein winziges rotes Mobiltelefon.

Marlowe lebt

Von dem Mann, der die Notaufnahme des Tappeiner-Krankenhauses verließ und verwirrt in die Sonne blinzelte, hätte keiner angenommen, dass er aus einem guten italienischen Stall kam.

Pavarotti ähnelte einem alternden Preisboxer, der in seinem letzten Kampf nach Strich und Faden verdroschen wurde.

So schnell können sich Dinge ändern.

Die schwarze Anzughose zierte ein langer Riss am Oberschenkel, dort, wo Pavarotti im Fallen mit dem Schlüssel eines Büroschranks kollidiert war. Seine rechte Hand steckte in einer Bandage, die bis zum Unterarm hinaufreichte. Der gebrochene Mittelfinger war in einem dicken weißen Mullverband verschwunden.

Die Kerbe in seinem Gesicht schwoll immer mehr an. Sie sah aus wie eine Platzwunde durch einen Treffer kurz vor dem Schlussgong, und niemand hatte sich mehr die Mühe gemacht, das Gesicht dieses abgehalfterten Boxers zu kühlen, der unter lautem Johlen aus dem Ring schlurfte.

Pavarotti fühlte, dass er am Ende war. Er hatte während des letzten Jahres auf diesen Tiefpunkt zugesteuert. Die Aura des Erfolgs, die coolen Manieren, alles war nur darauf angelegt gewesen, die Welt über seinen wirklichen Zustand zu täuschen.

Er schlurfte zu einer Bank am Fluss. Dass die Bank kühl im Schatten eines Apfelbaums stand, war ein kleines Geschenk des Tages, mit dem er nicht gerechnet hatte. Dann siegte die Müdigkeit über das Wundern, und er nickte ein.

Als er sich aufrappelte, war es bereits Nachmittag. Sein Handy zeigte acht verpasste Anrufe. Es war ihm gleichgültig.

***

Polizeichef Alberti kam wie immer gleich zur Sache.

»Was ist bei euch eigentlich los?«, kanzelte er Pavarotti ab.

Nach acht vergeblichen Versuchen, seinen Mitarbeiter telefonisch zu erreichen, war Albertis Laune im Keller.

»Emmenegger hat sich krankgemeldet. Säuft der Kerl wieder?«

Der Polizeichef nahm grundsätzlich das Schlechteste an und traf damit oft genug ins Schwarze.

»Und wo sind Sie? An Ihrem Arbeitsplatz jedenfalls nicht, denn da bin ich nämlich zurzeit!«

»Es dürfte sich um einen Virus handeln«, sagte Pavarotti. Er kniff die Augen zusammen. Der Schatten des Apfelbaums war weitergewandert, und die Sonne brannte auf seiner Stirn. »Emmenegger hat mich bereits angesteckt, denn ich sitze hier –«

»Schon gut«, unterbrach ihn Alberti schnell. Einige Sekunden war nur sein Keuchen zu hören. Zahllose Abendempfänge auf Kosten des Steuerzahlers hatten dafür gesorgt, dass Alberti Fett angesetzt hatte und unter Kurzatmigkeit litt.

»Eigentlich ist es ganz gut, dass Sie krank sind«, sagte er schließlich. »Bleiben Sie zu Hause, da laufen Sie der Presse nicht vor die Flinte. Dieser Doppelmord …« Ein Schnauben. »Haben Sie einen konkreten Verdacht?«

»Noch nicht, Direttore«, räumte Pavarotti ein.

»Die Deutschen sind ebenfalls dran an dem Fall?«

»Jawohl«, sagte Pavarotti. »Allerdings –«

»Nichts aber«, sagte Alberti. »Der Fall gehört nach Deutschland. Die Ermordeten waren Deutsche, der Mörder ebenfalls. Vermutlich ist er längst wieder in Deutschland.«

»Direttore, wir wissen nicht, ob –«

»Nichts da«, sagte Alberti mit fester Stimme. »Hören Sie gut zu, Commissario. Sie halten jetzt die Füße still. Sie können diesen Fall nicht lösen, weil er mit Südtirol nichts zu tun hat. Lassen Sie die Deutschen ihre Arbeit tun und halten Sie sich raus.«

»Aber –«

»Emmenegger ist doch unser Pressemann, oder?« Alberti wartete Pavarottis Antwort nicht ab. »Sobald er wieder im Dienst ist, soll er eine Pressemitteilung verteilen, in der steht, dass wir den Fall offiziell an die Frankfurter Kriminalpolizei übergeben. Wir unterstützen die deutschen Kollegen in jeder erdenklichen Art und Weise, und so weiter, sehen aber unsererseits keine Möglichkeit, in dem Fall weiterhin federführend zu ermitteln, da Indizien darauf hinweisen, dass ...«

Alberti hielt inne. »Nein, streichen Sie das mit den Indizien. Das provoziert nur Nachfragen. Emmenegger soll den Waschzettel möglichst vage halten. Sollte sich die Pressemeute nicht damit zufriedengeben, mauert er einfach. Das dürfte er schaffen. Und Sie bleiben zu Hause und hüten das Bett. Ist das klar?«

»Vollkommen, Direttore«, sagte Pavarotti.

»Ich lasse nicht zu, dass der Ruf meiner Truppe wegen eines aussichtslosen Falls beschädigt wird. Haben Sie's kapiert, oder soll ich es buchstabieren?«

Die Leitung war tot.

Pavarotti erhob sich von der Bank, das Telefon noch in der Hand. Er grinste über beide Ohren.

Er hatte gerade den Hauptgewinn kassiert.

Jetzt konnte er in aller Ruhe ermitteln. Weder der Polizeichef noch der Staatsanwalt würden hinter ihm hertelefonieren und wissen wollen, was er gerade unternahm. Keine Presse, die ihm im Nacken saß. Keine gut gemeinten Ratschläge von Emmenegger.

Er würde der Detektiv sein, der er immer sein wollte.

Einen Philip Marlowe hielt niemand auf.

***

Emmenegger war kein Philip Marlowe und wollte auch gar keiner sein.

Während er seine Haustür abschloss, fragte er sich, ob er seinen Chef je verstanden hatte.

Dass einem Mann die Faust ausrutschte, konnte passieren. Nicht weiter tragisch. Emmenegger war oft genug in eine Kneipenschlägerei verwickelt gewesen, um darüber Bescheid zu wissen. Nun … um der Wahrheit die Ehre zu geben, meistens hatte er als Erster zugeschlagen.

Das, was heute passiert war, würde er länger spüren als ein paar blaue Flecke.

Er hatte gehofft, ein nützlicher Gehilfe für Pavarotti zu sein. Doch jetzt stellte sich heraus, dass er bloß ein Hund war, der einen Fußtritt bekam, wenn sein Herr schlechte Laune hatte.

Die Enttäuschung schmerzte mehr als jeder Faustschlag, den er in seinem Leben eingesteckt hatte.

Auf einmal erinnerte er sich an eine seiner dunkelsten Nächte, als er in einer Bar in seinem Erbrochenen am Boden lag und Prügel auf seine Brust und seinen Kopf niederprasselten. Plötzlich war Pavarotti da gewesen und hatte seine Leibesfülle als Rammbock benutzt, um den Weg zu ihm frei zu pflügen, mit einem Gesicht wie eine geballte Faust. Anschließend hatte der Chef ewige Rache gedroht, falls jemand von den Anwesenden auf den Gedanken kommen sollte, zu plaudern.

Pavarotti hatte ihn herausgehauen wie einen Freund. Kann schon sein, dass ich ein Hund bin, dachte Emmenegger. Auch ein Hund kann ein Freund sein.

Ganz im Gegensatz zu Alberti war Emmenegger ein Mensch, der stets das Beste annahm. Außerdem war er Polizist, und deshalb kam es nicht in Frage, daheimzubleiben und zu schmollen.

Emmenegger schniefte, putzte sich die Nase und setzte seinen Weg zur Villa Belle Époque fort, um seinen Plan in die Tat umzusetzen.

***

Die marineblaue Jacke war zerknittert und stank nach Rauch und Schweiß. Die Hose war schmutzverkrustet, hatte einen Fleck im Schritt und roch nach Urin und Straßendreck.

Trotzdem vermittelten die Kleidungsstücke eine verblichene Eleganz und trotzige Würde, die signalisierten, dass ihr Eigentümer bessere Tage gesehen hatte.

Alle fünf Goldknöpfe an der Jacke waren sauber angenäht

und strahlten um die Wette. Die Schulterklappen waren nicht mehr vorhanden, vermutlich hatten sie den Träger zu sehr an längst vergangene glorreiche Tage erinnert, als sie auf muskulösen Schultern thronten und nach jedem Tragen sauber abgebürstet wurden.

Doch zwei Goldlitzen an der Unterseite der Ärmel hatten die Jahre überdauert und glänzten verschämt wie alte Hutbänder aus Großmutters Mottenkiste.

Pavarotti war klar, dass sein Plan hirnverbrannt war. Er verschwendete seine Zeit, schlimmstenfalls machte er sich lächerlich, falls sie ihn wiedererkannte. Er konnte bereits ihr schallendes Lachen hören, wenn sie auf ihn zuging, ihn mit ihrem Smartphone fotografierte und das Foto ins Netz stellte.

Aber er musste endlich wissen, was sie hinter seinem Rücken trieb.

Deshalb stieg er am Ende doch in die schmutzigen Hosen, und in dem Moment, als er merkte, wie gut sie ihm passten, war er schon in seine Rolle als verarmter, versoffener Seebär geschlüpft, und er spürte ein Prickeln in seiner Brust wie lange nicht mehr.

Vorsichtig streifte er die Jacke über seine Bandage. Er schaute in den Spiegel. Sein Hemd war voller Blutspritzer durch seinen Zusammenstoß mit der Tür.

Marlowe hätte ihm sicher gratuliert. Die Verkleidung war nahezu perfekt.

Nichts versaut einen Undercover-Einsatz so gründlich wie eine Garderobe aus dem Kostümverleih. Die eigene Kleidung zu zerknüllen führt auch zu nichts, weil der Blick der geschulten Zielperson die Täuschung durchschaut. Neue Kleidung trägt einen unsichtbaren Stempel. Sie strömt einen feinen, seifigen Geruch aus und sieht ganz anders aus als die Kleidung eines Bettlers, die mit seinem Träger viele Jahre auf der Straße verbracht hat.

Die Kleidung, die Pavarotti jetzt trug, war die beste Verkleidung auf der Welt, denn sie hatte tatsächlich viele Jahre auf der

Straße zugebracht, nachdem ihr Träger nicht mehr für die See taugte.

Der Offizier Emil Ladinser war ein hervorragender Schiffsingenieur gewesen, bevor er die Schlacht gegen den Alkohol verlor. Trunkenheit im Maschinenraum endet oft tödlich, nicht nur für einen einzigen Mann, deshalb hatte Ladinser auf den letzten Rest seines Verstandes gehört und die Seefahrt an den Nagel gehängt. Danach hatte er sein Leben an einer der vielen Straßenecken seiner Heimatstadt Meran mit dem Hut in der Hand gefristet oder, wenn er genug Kleingeld für seinen Fusel zusammenhatte, unter Bäumen am Fluss, mit einer Flasche in seinen Armen, die er wiegte wie einen Säugling.

Am Ende schaffte er es nicht mehr bis dorthin, seine Kraft reichte nur noch bis zu einem Hinterhof, wo sie ihn mehr tot als lebendig fanden. Pavarotti, der die Ehre hatte, ihn ein Dutzend Mal wegen Erregung öffentlichen Ärgernisses festzunehmen (meistens im Sommer, wenn er halb nackt in den Gartenanlagen der Therme lag), besuchte ihn ein paarmal im Krankenhaus, als es zu Ende ging.

In einer Klinik ist Alkohol nicht erlaubt, nicht einmal, wenn es ans Sterben geht. Pavarotti hatte ein paar Fläschchen Marillenschnaps hineingeschmuggelt und fand es hochanständig, dass das Personal Ladinsers Schnapsfahne geflissentlich ignorierte. Der alte Mann trank und spann sein letztes Seemannsgarn, und Pavarotti war froh, dass er derjenige sein durfte, der es zu hören bekam.

Eine Woche nach Emil Ladinsers Tod erhielt Pavarotti die Zustellung eines Notars. Der alte Mann hatte ihm seine Seekiste vererbt, und ganz zuoberst lag Ladinsers alte Uniform.

Er betrachtete sich in seinem halb blinden Schlafzimmerspiegel. Dann hob er die rechte Hand an die nicht vorhandene Mütze. »Gehab dich wohl, Ladinser, alter Junge«, sagte er leise.

⁎⁎

Emmenegger blieb auf der Schwelle des Hotels stehen. Er wünschte, er könnte auf dem Absatz umdrehen.

Martha und er hatten hier Silberhochzeit gefeiert. Das Rosenholz würde noch genauso poliert sein wie damals, die schweren Vorhänge würden knistern, ein ganz leichter Duft nach Lavendel und Bohnerwachs würde ihm gleich in die Nase steigen.

Er atmete tief ein. Kein Lavendel. Stattdessen roch er Staub und altes Fett.

Auf dem roten Teppich mit den goldenen Lilien im Eingangsbereich prangte ein großer Schmutzfleck. Der Empfang war nicht besetzt, ein halbes Dutzend Briefe und Zeitungen lagen auf dem Boden, die der Wind dorthin geweht hatte.

Emmenegger lauschte. Das Haus war unnatürlich still, ohne die gedämpften Stimmen, das leise Geschirrgeklapper und das entfernte Summen eines Staubsaugers – Geräusche, die aus keiner Herberge dieser Welt wegzudenken sind.

Es schien, als seien die Gäste und das Personal Hals über Kopf geflüchtet, um das Haus seinem Schicksal zu überlassen.

Die Tischdecken im Speisesaal waren abgezogen, das elegante Ambiente aus gestärktem Leinen entpuppte sich als Sperrholzplatten auf vier Beinen.

Emmenegger passierte die ausgeräumte Bar. Mit den funkelnden Flaschen war auch ihre Seele verschwunden. Die Hocker aus Messing mit Sitzflächen aus poliertem Walnussholz erzählten keine Geschichten mehr über Gelächter, verstohlene Berührungen und Liebe für eine Nacht.

Er fand sie im rückwärtigen Teil des Hotels, in einem kleinen Raum mit Bücherwänden. Lissie von Spiegel stand mit dem Rücken zu ihm. Sie hielt den Kopf gesenkt und blickte auf irgendetwas in ihrer Hand.

Plötzlich drehte sie sich um.

Sie sah älter aus als früher. Die letzten zwei Jahre waren natürlich schwer gewesen. Trotzdem war es ein Schock. Lissie von Spiegel war ihm stets alterslos erschienen, ein unveränderlicher Bestandteil seiner und Pavarottis Welt. Ein Gestirn, das Kraft aus sich selbst schöpfte, sich immer wieder neu erfand, und um das kleinere Sterne kreisten.

Und jetzt war die Sonne geschrumpft.

Was soll nur aus dem Commissario werden, dachte er.

Als sie ihn bemerkte, weiteten sich ihre Augen. Emmenegger war abgelenkt, und so sah er nur noch, wie sie ihre rechte Hand in die Tasche ihres Cardigans steckte.

»Das ist eine Überraschung«, sagte sie lächelnd und kam auf ihn zu. »Buongiorno, Ispettore. Und dazu gratuliere ich!«

Er gab ihr die Hand und schüttelte sie kräftig, wie in alten Zeiten.

Ihr Händedruck war noch so fest wie früher, und ihr Gesicht besaß immer noch diese eigenwillige, herbe Schönheit. Doch ihre Züge hatten ihre besondere Prägnanz, ihre eingemeißelte Klarheit eingebüßt und waren weicher geworden.

»Können wir reden?«, fragte er.

»Sicher«, antwortete sie und setzte sich in einen Ohrensessel neben den Kamin. »Ich kann genauso gut erst heute Nachmittag packen.«

»Sie ziehen aus?« Emmenegger ließ sich auf einem Hocker nieder.

»Haben Sie es nicht bemerkt?« Lissie stützte den Kopf in die Hände. »Das Hotel wird für ein paar Monate geschlossen. Die Gäste sind abgereist. Wer will schon hier Urlaub machen? Nach diesen brutalen Morden?«

»Tja«, sagte Emmenegger und senkte den Blick. »Wir sind übrigens raus aus dem Fall. Ich muss morgen auf Anweisung von ganz oben vor die Presse.«

»Du meine Güte«, sagte sie. »Das klingt ja furchtbar. Werden Sie's lebend überstehen?«

Er grinste, dann wurde er wieder ernst. »Die Deutschen haben den Doppelmord übernommen. Sie kennen doch Alberti. Er will nicht, dass der Fall uns die Statistik versaut.«

»Was sagt Ihr Chef dazu?«

»Keine Ahnung«, sagte Emmenegger.

»Oh«, sagte Lissie. Durch diese eine Silbe floss ihr ganzer Scharfsinn. Auch ihr spontanes Mitgefühl, wegen dem, was ungesagt blieb, und er hätte sie auf der Stelle umarmen können.

Das Schweigen dehnte sich aus. Emmenegger dachte daran, dass sie im Frühjahr zur gleichen Zeit wie Anna Santer in Meran gewesen war.

Lissie lächelte, aber so traurig, dass es Emmenegger das Herz zusammenzog. »Sie sind doch bestimmt nicht gekommen, nur um mir Guten Tag zu sagen?«

Emmenegger schluckte. »Mir ist egal, was in dieser dummen Pressemeldung steht«, sagte er schließlich. »Das sind bloß Worte auf Papier. Der Fall gehört uns. Und ich will ihn aufklären.«

Überrascht schaute sie hoch, und endlich begegneten sich ihre Blicke. Sie nickte, und er war ihr dankbar, weil sie so und nicht anders reagierte.

»Helfen Sie mir?«, sprudelte er hervor.

Sie zuckte die Schultern. »Wie denn?« Eine Frage, die der alten Lissie niemals eingefallen wäre.

»Wir müssen alles über die Opfer erfahren, dann finden wir auch ihren Mörder«, sagte Emmenegger ein wenig altklug. »Sie haben Anna Santer doch gekannt. Wie war sie?«

»Ich weiß nicht viel über Anna«, sagte Lissie. »Nur, dass sie sehr ehrgeizig war.«

Mit Ehrgeiz kennst du dich aus, dachte Emmenegger.

»Sie stammte aus Wien, nicht wahr?«

Lissie nickte langsam. »Falls der Klappentext ihrer Bücher der Wahrheit entspricht. Da steht auch, dass sie aus einer alten Verlegerfamilie stammt. Ich habe sie einmal gegoogelt, aber nichts gefunden.«

»Interessant«, sagte Emmenegger. Am interessantesten fand er, dass Lissie Anna gegoogelt hatte.

»Glauben Sie etwa, dass etwas aus ihrer Wiener Vergangenheit sie eingeholt haben könnte?«, fragte Lissie. Plötzlich waren ihre Augen riesengroß, wie die eines unschuldigen Kindes.

Königin der Nacht

ANNA

Wien, 1974 bis 2000

*Im Grunde war Mord der perfekte Abschluss für Annas Leben.
Die Aussicht, im Bett zu sterben, hätte sie als Peinlichkeit
empfunden. Ein Spießbürgertod.*

*An ihrem fünfundzwanzigsten Geburtstag berechnete Anna
Winterling die Wahrscheinlichkeit, ihren dreißigsten Geburtstag
zu erleben, mit dreizehn Prozent.*

Die Zahl dreizehn wurde ihre Glückszahl.

*Niemand, am wenigsten sie selbst, hätte einen Cent darauf
gewettet, dass sie es bis zum Alter von dreiundvierzig schaffen
würde. Vielleicht war ja ihr letzter Gedanke, als der Schuss fiel,
dass sie die Statistik am Ende doch noch geschlagen hatte.*

Anna Winterling war ein Partygirl.

*Mit Anfang zwanzig rockte sie Wien, wie knapp hundert
Jahre vor ihr Zelda Fitzgerald New York gerockt haben muss.
Annas Bühne war allerdings nicht das Plaza Hotel, sondern der
Untergrund.*

*»Winter«, wie sie genannt wurde, war die Queen der Free-
party-Szene in Wien, damals, als die illegalen Raves neu und
erregend waren. Facebook gab es noch nicht. Stattdessen waren
es Flüsterpropaganda und schlecht kopierte Zettel, die Zeit und
Ort der nächsten Freeparty ankündigten: eine aufgelassene Fa-
brikhalle. Ein einsames Waldstück. Ein Steinbruch weit draußen
vor der Stadt.*

*Anna wurde als Kind nur selten wahrgenommen. Sie war die
mittlere von fünf Schwestern, nicht alt genug, um Verantwor-
tung für die Geschwister zu tragen, aber eben auch kein Klein-*

kind mehr, um das man sich kümmerte. Anna war einfach da, wie ein Stuhl. Man rückte ihn zurecht, ohne ihn anzusehen.

Anna saß schweigend am Tisch, stopfte das Essen in sich hinein, antwortete mit gesenktem Blick, wenn sie etwas gefragt wurde, was selten geschah. Oft stand sie vor dem Spiegel und wartete darauf, dass ihr Spiegelbild verschwände.

Sie wurde immer pummeliger, lutschte ständig Daumen, auch noch als Sechsjährige, und niemand bemerkte ihren Intellekt, weder ihre Eltern noch die Grundschullehrer, denn sie schrieb reihenweise Sechsen, und einmal blieb sie sitzen. Das war nicht weiter verwunderlich, denn wenn sie keine Lust auf eine Klassenarbeit hatte, gab sie einfach ein leeres Blatt ab. Die meisten Testaufgaben fand sie kindisch. Außerdem hoffte sie, jemand würde vielleicht kommen und mit ihr reden, wenn sie auf stur schaltete.

In der fünften Klasse änderte sich alles. Sie verliebte sich in einen Lehrer, der Mathematik und Sport unterrichtete.

Nach einem halben Jahr war sie ihre Pfunde losgeworden, und Sport (vor allem der Schwebebalken) und die Mathematik wurden ihre Lieblingsfächer. Als sie in Mathematik und Sport Einsen bekam und in allen anderen Fächern auf Vier oder Fünf stand, wurde dem Lehrerkollegium klar, dass da etwas nicht stimmte.

Mathematik und Sport waren keine Fächer, die bei Annas Eltern hoch im Kurs standen. Für sie zählte bloß sprachlicher Ausdruck. Als Annas älteste Schwester in einem Schreibwettbewerb den ersten Preis gewann, wäre Anna am liebsten weggelaufen, wenn sie gewusst hätte, wohin.

Das bisschen Rechnen und Turnen war für das Ehepaar Winterling kein Grund für eine weiterführende Schule, aber am Ende gaben sie nach, weniger aus Überzeugung denn aus Gleichgültigkeit.

Als Anna aufs Gymnasium kam, war es allerdings schon zu spät. Das Kind war zu einem Teenager mit sehr geringem Selbstwertgefühl herangewachsen. Sie wusste nicht, was sie mit sich anfangen sollte. Ihre mathematische Begabung half kein bisschen, im Gegenteil. Sie hätte ihre Intelligenz am liebsten abgeschüttelt. Sie machte sie bloß noch einsamer.

Ihre erste Untergrund-Party erlebte Anna mit zwanzig Jahren, nachdem sie ihr Matura-Zeugnis bekommen hatte. Bis auf die Drei im Deutschen standen nur Einsen drauf. In Mathematik hatte sie sogar eine Eins mit Stern. Ihre Mutter warf einen Blick drauf und sagte: »Schäm dich, Anna.«

In der Nähe der Wohnung lag ein Einkaufszentrum mit billigen Geschäften, und dorthin ging sie an diesem Tag, wie so oft, um normale Menschen zu beobachten, wie sie miteinander redeten, lachten und sich ansahen. Anna Winterling war ein wunderschönes Mädchen, aber niemand warf ihr einen Blick zu, weil sie die Augen gesenkt hielt und die zerschlissene Kleidung ihrer älteren Schwestern trug.

Sie saß am liebsten auf einer Bank, neben der sich ein Springbrunnen befand, einer dieser Brunnen mit einem Dutzend oder mehr Wasserfontänen, die hoch aufschießen und plötzlich versiegen. Jemand drückte ihr einen Zettel in die Hand. Sie sah sich um, aber dieser Jemand war bereits wieder in der Menge verschwunden.

Auf dem Zettel standen eine Adresse, ein Datum und eine Uhrzeit. Anna war neugierig, was das bedeutete, und als es Abend wurde, machte sie sich auf den Weg. Ihre Mutter saß mit Sorgenfalten über der Buchhaltung und achtete nicht auf sie.

Anna musste mehrmals umsteigen und das letzte Stück laufen.

Plötzlich waren da noch viele andere, die zu Fuß unterwegs waren. Alle liefen mit gesenktem Kopf und taten so, als wären sie unsichtbar. Auf einmal fühlte sie sich wohl, als seien diese Unbekannten, die mit ihr auf alten aufgelassenen Bahngleisen dahinmarschierten, Freunde, die sie wiedergefunden hatte.

Um zehn Uhr abends stand sie vor einer riesigen Backsteinhalle, über der ein halb verfallener schwarzer Schornstein aufragte. Unvermittelt setzte laute Musik ein, ein Hämmern und Jammern, das die Luft zu zerreißen schien. Solche Musik – eine

Mischung aus wummernden Bässen und hohen Synthesizer-klängen – hatte sie noch nie gehört.

Es war, als stülpe die Musik ihr Inneres nach außen, als knackten die Bässe ein Schloss in ihrem Kopf.

Die Halle war dunkel, bis auf ein paar bläuliche Lichtquellen hier und da. Aus Dutzenden von Lautsprechern, aufeinandergestapelt zu einer turmhohen Boxenwand, dröhnte der Beat und riss alles mit sich. Hunderte von Leibern zuckten im Rhythmus der Musik, auf einem Boden aus Stahlbeton, der zu vibrieren schien.

Innerhalb kurzer Zeit geriet Anna in einen tranceähnlichen Zustand. Als sie wieder zu sich kam, wusste sie nicht, wie viel Zeit vergangen war und wie sie dort hinaufgekommen war. Sie saß auf der obersten Sprosse einer Leiter, die zu einem baufälligen Gerüst führte.

Die Musik wummerte weiter, aber die Leute tanzten nicht mehr, sondern schauten zu ihr hoch, schrien und klatschten. Sie feuerten sie an.

Sie kletterte auf das Gerüst, richtete sich auf und breitete die Arme aus.

So stand sie, wie eine Seiltänzerin, zehn Meter oder mehr über dem Betonboden, inmitten der winkenden, johlenden Menge, auf einer schmalen Strebe aus Holz, die im Dröhnen der Bässe schwankte, und ihr weißes Kleid, über das blaue Lichtblitze flackerten, bauschte sich in einem Luftstrom aus der Lüftung der Verstärker.

Der Holzbalken war nur ein bläulich dunkler Schemen, der ins Nirgendwo führte, und trotzdem setzte sie einen Fuß vor den anderen, mit den Fußspitzen nach außen, wie sie es auf dem Schwebebalken gelernt hatte.

Plötzlich schwiegen die Bässe. In der Halle war es still bis auf das Scharren von Füßen und den Atem von mehreren hundert Menschen. Sie schaute nicht nach unten. Angst spürte sie keine, obwohl ihr das Herz bis zum Hals schlug, aber nicht aus Furcht, sondern aus schierer Lebendigkeit.

Sie fühlte sich, als schwebte sie durch die Luft. Es gab keinen einzigen Moment der Unsicherheit.

Sie wusste nicht, wie lange sie dort oben unterwegs war, es war eine Reise in ihr Inneres, und da verliert jeder das Zeitgefühl. Plötzlich tauchte ein Geflecht senkrechter und waagrechter Holzbalken vor ihr auf, und sie schlug mit der Hand an einen Balken, als ob sie damit sagen wollte: »Ich bin die Erste!«

Als tosender Beifall aufbrandete, breitete sie die Arme aus, und da wäre sie beinahe abgestürzt. Ihr Fuß rutschte nach vorn, einen Augenblick lang geriet ihr Körper in eine gefährliche Schräglage, sie ruderte mit den Armen, bekam in letzter Sekunde einen Balken zu fassen.

Während sie nach unten kletterte, die Musik wieder einsetzte und die Menge sie auf ihren Schultern durch die Halle trug wie eine ägyptische Königin, nahm sie sich vor, sich beim nächsten Mal nicht ablenken zu lassen.

In dieser Nacht fing ihr Leben an. Tagsüber ging Anna zur Uni und hörte Vorlesungen über Wahrscheinlichkeitsrechnung und Algebra. Abends war sie die Königin der Nacht.

Bald tauchte die Ankündigung »Winter is coming!« auf den Flugblättern auf. Anna wurde zum Höhepunkt der Raves. Die Organisatoren fingen an, spezielle Scheinwerfer für ihre Vorstellung aufzubauen. Fortan wurde Winter vom Spotlight begleitet. Ausschließlich blaues Licht, darauf bestand sie.

Ihre Auftritte als Königin der Nacht waren legendär.

Winter wurde Teil des geheimnisvollen Netzwerks, das die Hallen ausspähte und im Untergrund die Vorbereitungen für die Partys übernahm. Sie hatte das letzte Wort, aber im Grunde war sie nicht wählerisch. Ihre einzige Bedingung war große Höhe. Wenn es nicht möglich war, mindestens zehn Meter über dem Boden zu balancieren, sagte sie Nein.

Freiliegende Leitungsrohre erfüllten ihren Zweck genauso wie Stahlstreben oder ein Gerüstbalken wie beim allerersten Mal.

Sie besorgte sich Schuhe, ein Dutzend und mehr. Ballett-

schuhe aus Satin. Ballerinas aus dem weichsten Leder, das sie finden konnte. Griffige Kletterschuhe. Schuhe mit rutschfesten Sohlen und solche mit glatten, geschmeidigen, je nach dem Untergrund, auf dem sie balancierte.

Ihrem weißen Kleid blieb sie treu. Die einzige Änderung, die sie vornahm, waren funkelnde Swarovski-Steine, die sie auf den Stoff nähte. Wenn der blaue Lichtspot über sie hinwegstrich, leuchteten die Steine auf ihrem Kleid wie Eiskristalle, und die Menge skandierte: »Win-ter! Win-ter!«

Und Winter war glücklich.

Lange ging alles gut, bis sie in einer mondlosen, bitterkalten Nacht im Dezember des Jahres 2000 wieder in der Halle auftrat, in der sie ihr Artistenleben begonnen hatte.

Als sie die alte Fabrik aus rotem Backstein betrat, ihren Umhang ablegte und ihren Blick nach oben auf das morsche Holzgerüst richtete, fror sie plötzlich in ihrem ärmellosen, strahlenden Kleid.

Zuerst war alles wie sonst, die Bässe schwiegen, sie glitt vorwärts, als würden das Holz und die Sohle ihres Schuhs voneinander angezogen wie ein immerwährendes Liebespaar.

Als sie zum Ende kam, jubilierte sie schon, machte einen letzten Schritt – und übersah, dass sich genau dort eine glatte Stelle auf dem Holz befand, ein Ölfleck, der ihr schon einmal fast zum Verhängnis geworden war.

Diesmal passierte es.

Sie rutschte aus – und fiel.

Sie hatte keine Zeit, etwas zu denken. Da war ein großer Schmerz, dann das Nichts.

Als Winter im Krankenhaus aufwachte, saß ein Mann neben ihrem Bett. Er trug einen Arm in der Schlinge.

Wie sich herausstellte, hatte er sie aufgefangen, den Sturz gedämpft und sich dabei das Handgelenk gebrochen.

Sein Name war Lex Santer.

Um der alten Zeiten willen

Donnerstagnachmittag, sechs Tage nach den Morden

»Lex und Anna Santer«, sagte Lissie. Mittlerweile hatte sie gepackt. Jetzt saß sie neben dem Ispettore am Rand des Pools, dessen Wasser längst abgelassen war. Ihre Beine baumelten über dem Beckenboden, und sie flüsterten miteinander, als seien überall im Hotelgarten Mikrofone versteckt. »Ein ungleiches Paar. Er war ein reiner Kopfmensch, sie hatte Köpfchen und Phantasie. Wer von beiden ist der Schlüssel zu dem Fall?«

»Ich glaube nicht, dass er mit Wien zusammenhängt«, sagte Emmenegger. »Es geht um den Mann. Lex.« Dann fuhr er sich mit der Hand über den Kopf, und mit dem Büschel abstehender Haare wirkte er wie ein gutmütiger, zu groß geratener Kobold. »Auch wenn der Chef das partout nicht einsehen will.«

Lissie verzog das Gesicht zu einer komisch-resignierten Clownsmiene, und wider Willen musste Emmenegger lächeln. Er spürte, dass die kleine Showeinlage nur dazu gedacht war, ihn glauben zu machen, mit ihr sei alles in Ordnung.

»Also. Wo fangen wir an?« Ein wenig von ihrer alten Begeisterung schlich sich in ihre Stimme, und auch eine Festigkeit, ja Zuversicht, die ihn an ihre große Zeit als drei Musketiere erinnerte, als das Wort »aufgeben« mit Verachtung bestraft wurde.

Etwas unbeholfen erklärte Emmenegger die Sache mit den eingekreisten Stadtteilen auf der Straßenkarte in Lex Santers Wagen. Und Lissie (ganz anders als Pavarotti) ließ ihn in Ruhe zu Ende kommen, stellte eine Zwischenfrage, als Emmenegger den Faden verlor, und verfiel dann ins Nachdenken.

»Hm«, sagte sie schließlich. »Was halten Sie davon, dass Sie die Gegend um die Manzonistraße übernehmen? Und ich höre mich am Vinschgauer Tor um? Vielleicht reden die Herrschaften im Burggrafen lieber mit einer Fremden. Das hat früher recht gut funktioniert. Wissen Sie noch?«

Emmenegger grinste.

»Die Mordakten. Haben Sie …« Lissie unterbrach sich. »Bestimmt hat er sie wieder im Chefbüro eingeschlossen.«

»Stimmt genau«, sagte Emmenegger und biss sich auf die Lippen.

Lissies Augen funkelten. »Haben Sie immer noch diesen Schlüssel zu seinem Büro, von dem er nichts weiß?«

Emmenegger legte den Zeigefinger theatralisch über seine Lippen. Er zog einen Packen Kopien aus seiner Aktentasche.

Sofort stürzte sie sich darauf. Wie immer las sie hoch konzentriert und unfassbar schnell.

Emmenegger hatte die Akten vorsorglich vor dem Kopieren überprüft. Manchmal schrieb Pavarotti mit Bleistift Bemerkungen und Fragen an den Rand. Aber die Akte war sauber gewesen. Der Chef hatte keine Notizen zu seinem Verdacht gegenüber der Deutschen angebracht.

Lissie tippte auf eine Seite in der Mordakte. »Hier. Die Vernehmung des Hotelpersonals. Da fehlen Fakten.«

»Das ist dünn, ich weiß. Aber die Leute wussten nichts.«

»Das ist Unsinn«, sagte Lissie. »An deren Stelle hätte ich auch nichts gehört und gesehen. Die meisten sind Saisonarbeiter, aus Tschechien und Polen. Nicht alle von denen haben hundertprozentig koschere Papiere.«

Emmenegger schaute sie überrascht an. »Woher wissen Sie das?«

»Gestern Abend gab's einen kleinen Abschiedsumtrunk für das Personal, der ziemlich feuchtfröhlich verlief. Ich als einziger Hotelgast war auch eingeladen. Am Schluss waren alle blau, bloß ich nicht.«

Emmeneggers Gesicht musste ihn verraten haben, denn Lissie stieß ihn in die Seite. »Glauben Sie's ruhig. Ich trinke nur noch in Maßen.«

Emmenegger glaubte kein Wort, aber er schwieg.

»Sie wissen doch, Alkohol löst die Zunge«, sagte Lissie leichthin. »Ich habe so getan, als wäre ich eine berühmte Romanautorin –«

»Was Sie auch sind«, sagte Emmenegger.

Lissie warf ihm einen ironischen Blick zu. »Jedenfalls hat es funktioniert. Lupo Sanic, dieser Barkellner aus Prag, den ihr vernommen habt, hat versucht, bei mir zu landen.« Sie schüttelte den Kopf. »Da sieht man, was billiger Grappa anrichten kann. Ein dreißigjähriger Junge. Bei mir.«

Emmenegger wollte protestieren, ließ es aber aus Angst vor Peinlichkeiten bleiben.

»Sanic hat die beiden oft in der Bar bedient. Sie haben häufig gestritten, sagt er.«

»Gestritten? Worüber denn?«

»Das wusste er nicht genau. Er konnte nur ein paar Worte aufschnappen, und die haben ihn neugierig gemacht. Einmal ist Anna Santer aufgesprungen, hat gezischt ›Lass die Finger davon‹, knallte ihr Glas auf den Tisch und ist abgerauscht.«

»Hm«, sagte Emmenegger. »Hat Sanic noch etwas gehört?«

»Lex Santer hat über seinen Vater gesprochen. Jedenfalls behauptet Sanic das. Und …«, Lissie beugte sich vor, »… einmal hat er Lex Santer gesehen, wie er allein dasaß. Angeblich hielt er ein Foto in der Hand und weinte.«

»Er hat geweint? Lex Santer war gefühlskalt, sagt der Chef.« Emmenegger schaute skeptisch drein.

Lissie überging die Bemerkung. »Wir müssen meine Zeugenaussage hier aufnehmen.«

»Das geht nicht«, sagte Emmenegger. »Das darf nur der Chef.«

Lissie verdrehte die Augen. »Das ist doch bloß eine Kopie. Von der er gar nichts weiß.«

Emmenegger seufzte. Und sah zu, wie Lissie die kopierte Seite umdrehte und ihre inoffiziellen Ermittlungsergebnisse auf verbotenem Territorium niederschrieb.

Alles in ihm sträubte sich gegen ihre Dreistigkeit, und es war egal, dass es sich bloß um die Rückseite einer Kopie handelte.

***

Lissie hatte ihre Rechnung bei der letzten Hotelangestellten bezahlt, die die Stellung hielt, und war zu Fuß in Richtung Burggraf losmarschiert. Anschließend würden sie sich in der Pension treffen und sich besprechen. So lautete der Plan.

Bevor sich Emmenegger in seinen Wagen setzte, um ihren Koffer in einer Pension in den Lauben abzuladen, machte er einen Abstecher zum Empfang. Die Frau schickte sich gerade an, den Computer herunterzufahren.

»Stopp«, sagte er. »Noch nicht ausschalten.«

Empört blickte sie auf seine Dienstmarke. »Es dauert nicht lange«, beschwichtigte er. »Es geht um die Dame, die eben ausgecheckt hat. Frau von Spiegel aus Deutschland. Ich möchte gerne wissen, ob sie Ihren Hausanschluss für Telefonate benutzt hat. Hat sie sich in Ihr WLAN eingeloggt? Oder einen Computer in Ihrem Internet-Center benutzt?«

Ein paar Tastenklicks später sagte die Frau: »Nein, hat sie nicht. Jetzt zufrieden?«

»Nein«, antwortete Emmenegger. »Lex und Anna Santer? Was ist mit denen?«

Die Frau verzog das Gesicht, als sie an die unerfreulichen Ereignisse der vergangenen Tage erinnert wurde. Sie gab die Namen in ihren Computer ein und blickte auf den Bildschirm.

»Nein, auch bei diesen beiden nichts dergleichen«, sagte die Frau. »Tut mir leid.«

»Schon gut«, sagte Emmenegger.

Er war schon bei der Tür, als sie ihn zurückrief. »Warten Sie.«

Die Empfangsdame zeigte auf die Tür, durch die Lissie verschwunden war. »Diese Frau und die Tote saßen draußen am Pool und flüsterten. Genau wie Sie beide vorhin. Da ist es mir wieder eingefallen.«

Emmenegger starrte sie an. »Das kann unmöglich stimmen. Frau von Spiegel ist erst hier angekommen, als Anna Santer schon tot war.«

»Doch nicht jetzt«, sagte die Frau, ungeduldig wegen seiner Begriffsstutzigkeit. »Das ist im Frühjahr passiert. Als Frau Santer das letzte Mal vor …«, sie biss sich auf die Lippe, »… das letzte Mal bei uns war.«

✳✳✳

Lissie lächelte und winkte, als Emmenegger sie mit seinem Wagen auf dem Winkelweg überholte.

Als er aus ihrem Gesichtsfeld verschwunden war, verlor sich ihr Lächeln. Sie holte das rote Mobiltelefon aus ihrer Jackentasche. Die ganze Zeit, während sie mit Emmenegger am Pool saß, hatte sie Angst gehabt, es würde ihr aus der Tasche kollern.

Verstohlen schaute sie sich um. Eine Frau mit einem Kleinkind an der Hand kam ihr entgegen, sonst war die Straße leer. Es war Essenszeit, und in den Villen in Obermais lässt man die Bediensteten, die das Essen auftragen, nicht warten.

Im Gehen schaltete Lissie das Telefon ein. Die Batterie war noch zu einem Zehntel aufgeladen. Sie musste sich beeilen.

GEBEN SIE DAS PASSWORT EIN.

Darüber hatte sie die ganze Zeit nachgedacht, während sie sich mit Emmenegger unterhielt. Ihr blieben drei Versuche, vergeigte sie die, würde die SIM-Karte gesperrt.

Das Passwort von Annas Computer und ihrem Handy, das sie normalerweise benutzte, lautete »ArnoGold«. So hieß der Privatdetektiv in Annas Romanen, ein versoffener rumänischer Jude, der in Meran hängen geblieben war.

Lissie tippte den Namen ein. Ihr Herz klopfte, als sie auf »Eingabe« drückte.

FALSCHES PASSWORT. NOCH ZWEI VERSUCHE.

Sie hätte sich ohrfeigen können. Anna hatte das Handy versteckt. Es enthielt bestimmt nicht bloß Telefonnummern von Literaturkritikern oder die ihres Verlegers. Wieso hätte sie das gleiche Passwort wie sonst benutzen sollen, das mittlerweile viel zu viele Leute kannten?

Ohne große Überzeugung tippte sie ihren eigenen Namen ein.

FALSCHES PASSWORT. NOCH EIN VERSUCH.

Sie war so frustriert, dass sie aufstöhnte. Wo war ihr Scharfsinn geblieben?

Warum sollte Anna nach dem Bruch ausgerechnet ihren Namen als Passwort verwenden?

Auf einmal fiel es ihr ein, und sie fragte sich, warum sie nicht gleich darauf gekommen war.

Gefahr. Annas altes Leben.

WINTER

Lissie drückte auf die Enter-Taste – und eine kleine Begrüßungsmelodie ertönte. Lissie lächelte, als sie sie erkannte. Das Stakkato der Königin der Nacht aus Mozarts »Zauberflöte«.

Sie scrollte durch die Kontaktliste.

Ein halbes Dutzend Telefonnummern. Weibliche Vornamen. Merkwürdig, jeder Nachname fing mit einem P an.

P. Erna. P. Erika. P. Maria.

Dann ein einzelner Name. K. Hochleitner, Via Anne Frank, Meran.

Und A.H. am Küchelberg, keine Adresse, keine Telefonnummer.

Kurz entschlossen wählte sie die Telefonnummer von P. Erika, und als sich jemand meldete, wusste sie Bescheid.

P. stand für »Pension«.

Bei der vierten Nummer, die zu K. Hochleitner gehörte, nahm niemand ab.

Hochleitner. Der Name kam ihr vage bekannt vor, aber ihr fiel nicht ein, woher. Ein weiterer Name, den ihr Gehirn nicht preisgab. Sie zwang sich, nicht zu grübeln. Sobald sie grübelte, blockierte ihr Kopf, und es ging gar nichts mehr.

Dafür wusste sie, was A.H. am Küchelberg bedeutete. Das Altenheim am Küchelberg lag hoch oben am Hang, mit bester Sicht auf den riesigen Komplex des Tappeiner-Krankenhauses, der von dort aussah wie ein blauer Sarg.

Sie beschloss, dem Heim jetzt gleich einen Besuch abzustatten. Der Burggraf lief ihr nicht weg.

Lissie war so in Gedanken, dass sie den Bettler in zerschlissener Uniform nicht bemerkte, der auf der anderen Straßenseite, dort, wo der Winkelweg in die Cavourstraße mündete, im Schatten einer Ulme auf dem Boden saß und eine Zigarette drehte.

Der Kopf des Bettlers war gesenkt. Seine Augen, die sich hinter einer mit Klebeband reparierten Sonnenbrille verbargen, waren nicht die trüben eines Alkoholikers. Sie waren auch nicht auf die Zigarette gerichtet, sondern beobachteten unentwegt die stille Straße, aus der sie gekommen war.

***

Was für eine herzergreifende Verabschiedung.

Emmenegger, dieser Einfaltspinsel, trug ihren Koffer so vorsichtig, als wäre er aus Meißner Porzellan. Küsschen in die Luft am Hoteleingang. Und jetzt auch noch Winke, winke. Emmenegger fuhr vorbei, ein dümmliches Grinsen auf dem Gesicht. Er hatte sich natürlich wieder von ihr einwickeln lassen.

Pavarotti beobachtete, wie Lissie den Winkelweg entlangmarschierte. Jetzt wäre ein zweiter Mann nützlich, am besten motorisiert. Aber Philip Marlowe arbeitete prinzipiell allein, und bis zu einem bestimmten Punkt konnte er sich ausrechnen, in welche Richtung sie wollte. Der Winkelweg, links und rechts von Villen in Privatbesitz gesäumt, führte zur belebten Cavourstraße, einer Einfallschneise in die Innenstadt.

Übung macht den Meister, und mittlerweile war Pavarotti ein recht ausdauernder Läufer. Er schlug einen Haken und erreichte nach fünf Minuten Dauerlauf die Einmündung des Winkelwegs in die besagte Cavourstraße.

Nach weiteren fünf Minuten kam Lissie in Sicht. Er war immer noch ein wenig außer Atem. Gut, dass der Hund nicht dabei war. Spock hätte sich nicht täuschen lassen.

Sie hielt etwas Rotglänzendes in der Hand. Ein Handy? Wohl kaum. Das Ding war klein und alles andere als flach.

Pavarotti fischte in seiner zerlumpten Jacke nach einem Feuerzeug, um die Zigarette anzuzünden. Die Finger der rechten, verbundenen Hand zitterten vor Schmerz. Er bemühte sich, wenigstens die Linke ruhig zu halten.

Jetzt. Sein linker Zeigefinger drückte auf die Kappe des Feuerzeugs, und während die Flamme hochschoss, aktivierte der Daumen einen winzigen Knopf auf der Rückseite der OctaCam, einer Full-HD-Videokamera in Feuerzeugoptik, der in diesem Moment eine Bildsequenz mit dreißig Bildern pro Sekunde auslöste.

Sie ging an ihm vorbei.

Vorsichtig drehte er den Kopf in ihre Richtung. Jetzt stand sie an der Cavourstraße. Schaute nach links und rechts, um eine Lücke im Verkehr zu erwischen – und marschierte los.

Als Pavarotti ihr folgen wollte, schob sich ein Getränkelaster in sein Blickfeld und versperrte ihm die Sicht. Der Fahrer kletterte heraus und öffnete die Ladeluke, der zweite Mann ging in aller Seelenruhe mit einem Klemmbrett hinüber zur Bar an der Ecke. Sofort ertönte wildes Gehupe. Eine Kakophonie unflätiger Beschimpfungen. Geballte Fäuste in den Autofenstern. Bedauerndes Achselzucken und Gestikulieren auf der Gegenseite.

Der alte Seebär war taub für das Gezeter, und wäre nicht jeder von dem Tumult abgelenkt gewesen, dann hätte so mancher vielleicht einen Gedanken daran verschwendet, wie es kam, dass ein alter Knabe so schnell rennen konnte.

Aber es half nichts. Als Pavarotti sich zwischen dem Laster und der Autoschlange hindurchgezwängt hatte und keuchend um sich blickte, war Lissie von Spiegel verschwunden.

So viel zu Philip Marlowe und seinen einsamen Methoden.

***

Seine Wohnung war für Pavarotti nur ein Platz zum Fernsehen, Schlafen und Essen, in dieser Reihenfolge. Er hauste nach wie vor in seiner alten Bude am Steinachplatz. Weil ein Mann im Krankenstand nichts im Büro zu suchen hat, blieb ihm nichts anderes übrig, als sein Wohnzimmer zur Einsatzzentrale zu ernennen.

Auf Pavarottis niedrigem Tisch vor dem Fernseher, sein einziger übrigens, an dem er aß und arbeitete, stand jetzt ein eingeschalteter Laptop, und die untere Hälfte der Feuerzeugkamera steckte mit ihrem USB-Anschluss im dafür vorgesehenen Port.

»Also dann«, sagte Pavarotti laut und massierte seine Hand. »Sehen wir uns einmal an, was wir haben.«

Er klickte auf das Icon der Kamera. Das Bild war überraschend scharf. Es gelang ihm, es zu vergrößern und ein Standbild daraus zu machen, ohne Emmeneggers Unterstützung, was ein angenehmes Gefühl der Befriedigung in ihm auslöste. Eine Großaufnahme von Lissies Hand erschien, pixelig, aber man konnte gut erkennen, was ihre Finger umklammerten.

Es handelte sich doch um ein Handy, ein altes Klappmodell mit einem M für Motorola auf dem Deckel. Merkwürdig. Nicht einmal er benutzte so etwas noch.

Als er die ganze Filmsequenz ablaufen ließ, sah er es.

Es fiel ihm nur auf, weil er den Lissie-typischen Stakkato-Gang kannte. Ihr Stechschritt war diesmal viel langsamer als sonst, und an einer Stelle kam sie sogar aus dem Takt und drehte ihren Kopf nach rechts.

Ein paar Sekunden später dasselbe Spiel noch einmal.

Also deshalb hatte sie nicht auf ihn geachtet. Sie wollte sehen, was sich hinter ihr abspielte. Fürchtete sie etwa, beschattet zu werden?

Die Schwere in seinem Inneren verstärkte sich und bekam scharfe Spitzen, als rotiere ein Morgenstern aus schlimmen Vorahnungen in seinem Magen. Vielleicht war alles ganz anders – und ihr drohte Gefahr?

Pavarotti wählte die Nummer der Kommandostelle der Carabinieri Meran in der Petrarcastraße.

Eine halbe Stunde später läutete ein Motorradkurier bei ihm und händigte ihm einen Umschlag aus, der eine winzige Speicherkarte enthielt.

Fünfunddreißig Minuten später hatte Pavarotti den Chip, der die Aufzeichnungen der Überwachungskameras an der Postbrücke und am Bozner Tor des heutigen Vormittags enthielt, in den Port seines Computers eingelegt.

Vierzig Minuten später hatte er Lissie in den Aufzeichnungen entdeckt. Sie wollte in das einzige Taxi steigen, das am Sandplatz stand. Als sie die Wagentür öffnete, sprang der Fahrer heraus und machte eine abwehrende Handbewegung. Sekunden später erlosch das Freizeichen auf dem Dach, und er brauste davon, in seine Mittagspause. Pavarotti konnte Lissies Wut an ihren brettharten Schultern erkennen, als sie durch das Bozner Tor verschwand.

Achtundvierzig Minuten später, nachdem er mit der Taxizentrale und dem Fahrer gesprochen hatte, lenkte Pavarotti seinen Wagen in eine schmale Gasse, die zum Küchelberg hinaufführte.

Besuch aus Deutschland

»Hunde sind hier nicht erlaubt«, sagte das gestärkte Häubchen an der Anmeldung zu einer Besucherin in den mittleren Jahren, die einen kleinen Rauhaardackel mit weißer Schnauze an der Leine führte.

»Ach geh«, widersprach ein jüngerer Mann in Soutane, der aus einem Zimmer im Erdgeschoss kam. »Nun seien Sie nicht so streng, Schwester Agnes. So ein Tier ist der reinste Jungbrunnen für alte Leute.«

Misstrauisch beäugte Schwester Agnes den Dackel. »Wenn der jemanden beißt!«

»Der tut keinem was. Ohne ihn kann ich nicht zu meiner Mutter«, sagte die Frau leise. »Mäxchen ist ihr Hund.«

Wie auf Kommando legte sich der Dackel flach auf den Boden. Der junge Pfarrer lachte. »Absolution erteilt!«

Schwester Agnes warf ihm einen wütenden Blick zu und ließ Frau und Hund passieren. Dann winkte sie Lissie heran.

Wie die Schwester wohl auf Spock reagiert hätte? Der Gedanke an ihren treuen Gefährten stimmte Lissie traurig.

»Zu wem möchten Sie?«

»Meine beste Freundin ist vor Kurzem gestorben. Ganz plötzlich, ein Unfall.«

»Das tut mir leid.« Mitfühlend schüttelte die Schwester den Kopf.

»Kurz vor ihrem Tod hat sie durch Zufall hier in Meran eine Freundin ihrer Mutter wiedergefunden. Die beiden sind als junge Frauen durch den Krieg getrennt worden. Jetzt, wo die Tochter so plötzlich gestorben ist, will ich zumindest ...«

»Sie wollen ihr die Nachricht persönlich überbringen. Ich verstehe«, sagte Schwester Agnes. »Wie ist denn der Name?«

»Das ist es ja!« Lissies Stimme klang richtiggehend verzweifelt. »Sie hat den Namen nicht erwähnt, und ich habe sie nicht gefragt. Ich dachte ja nicht ... Das Einzige, was ich weiß, ist der Name dieses Heims. Und dass Anna Santer, so hieß meine Freundin, die alte Dame hier besucht hat.«

Lieber Himmel, lass es eine Frau sein, wegen der Anna hier war, betete Lissie.

»Hmm«, machte die Schwester. »Wissen Sie, wann dieser Besuch stattgefunden hat?«

Die Zeitfrage war das nächste Problem.

»Das muss in diesem Frühjahr gewesen sein«, sagte sie so vage wie möglich.

Schwester Agnes klopfte mit einem Bleistift gegen ihre Vorderzähne, deren Nikotinfärbung die Raucherin verriet. »Warten Sie eine Sekunde«, sagte sie und nahm das Telefon zur Hand. »Konstanze? Haben Sie kurz Zeit, zur Anmeldung zu kommen?«

Und zu Lissie gewandt: »Konstanze Brunner war früher Betreuerin der alten Damen hier im Haus. Sie hat sie besucht, mit ihnen Karten gespielt, alte Fotoalben betrachtet, solche Dinge eben. Bis sie sich im vorigen Januar einen Oberschenkelhalsbruch zugezogen hat, als sie auf Glatteis ausgerutscht ist. Jetzt lebt sie ebenfalls hier.«

Lissie dachte, wie traurig für die alte Dame, die bestimmt gehofft hatte, das Schicksal ihrer Schützlinge möge ihr erspart bleiben.

Die Lifttür öffnete sich, und eine winzige weißhaarige Person schob einen Gehwagen vor sich her, hinter dem sie beinahe verschwand.

»Agnes, wie nett, dass du wegen des Hundes ein Auge zugedrückt hast. Oben sind alle ganz aus dem Häuschen wegen dem Tier. Mein Mann und ich hatten auch einmal einen, einen rothaarigen Terrier. Ein kleiner Teufel war das«, sagte sie verträumt. »So lange her ...«

Konstanze Brunner unterbrach sich und schaute erwartungsvoll von Schwester Agnes zu Lissie.

»Es geht um letztes Frühjahr«, sagte die Schwester. »Diese Dame hier möchte einer unserer Bewohnerinnen einen Gruß von einer Freundin überbringen, die sie im Frühjahr besucht hat. Eine Deutsche namens …« Schwester Agnes blickte zu Lissie hinüber.

»Anna Santer«, sekundierte Lissie.

»Können Sie sich an die Frau erinnern, Konstanze?«, fragte Agnes.

Konstanze Brunner strich sich über ihren weißen Locken. Dann schüttelte sie langsam den Kopf. »Anna Santer. Da klingelt nichts bei mir.«

Lissie war enttäuscht. Wieder eine Spur, die ins Nichts führte.

Sie wollte sich schon verabschieden, da fragte die alte Dame: »Wie sieht sie denn aus, diese Anna Santer?«

»Sie ist tot«, sagte Lissie, und Konstanze Brunner legte ihr eine Hand auf den Arm, ohne etwas zu sagen. »Sie war wunderschön. Blondes Haar. Blaue Augen. So ähnlich wie eine Filmschauspielerin aus den dreißiger oder vierziger Jahren.«

Konstanze Brunner lächelte plötzlich. »Jetzt weiß ich, wen Sie meinen. Den Namen habe ich mir nicht gemerkt. Aber eine solche Frau vergisst man nicht. Sie sah aus wie eine Eiskönigin. Ich weiß noch genau, was sie trug. So ein Kleid in ganz hellem Blau aus diesem schimmernden Stoff …« Hilfesuchend blickte sie zu Lissie hoch, die ihre Aufregung kaum bändigen konnte.

»Satin. Ja, den Stoff hat Anna geliebt. Bei wem war sie? Kann ich die Dame besuchen?«

Konstanze Brunner senkte den Blick und seufzte. »Es ist ein Jammer. Sie kommen ein paar Monate zu spät, um einen Gruß zu überbringen.« Sie wechselte einen Blick mit Schwester Agnes. »Es handelt sich um Rosa Gutwanger.«

»Oje«, sagte Schwester Agnes. »Rosa hatte im Frühjahr einen starken Schub. Ihre Demenz ist sehr weit fortgeschritten. Ich glaube nicht, dass Sie versteht, was Sie ihr mitteilen wollen.«

Lissies Herz sank. »Darf ich es trotzdem versuchen? Manchmal gibt es ja lichte Momente. Ich kenne das von meiner Mutter.«

»Ich verstehe«, sagte Schwester Agnes. »Natürlich. Konstanze wird Sie hinbringen.«

Lissie folgte der kleinen Frau, die sich überraschend behände bewegte und dabei ihre Gehhilfe entschlossen vor sich herschob (wie vielleicht als junge Frau vor sechzig Jahren einen Kinderwagen).

»Es ist gleich hier«, sagte Konstanze Brunner über die Schulter und öffnete eine Tür. »Erhoffen Sie sich bitte nicht zu viel.«

Was für ein hübsches Zimmer, war Lissies erster Gedanke. Ein bemalter Bauernschrank. Kein eisernes Bettgestell wie im Zimmer ihrer Mutter, sondern ein Bett aus Holz. Darüber hing ein einfaches Kreuz aus Messing.

In einem Rollstuhl am offenen französischen Balkon, der durch ein brusthohes Geländer gesichert war, saß eine schmale Gestalt. Vermutlich hatte sie, wie so viele Südtirolerinnen, früher einmal einen sehnigen Körper gehabt. Heute waren davon nur noch Haut und Knochen übrig.

Die weißen Haare der alten Frau waren sorgfältig gekämmt, ihre blauen Augen starrten nach draußen, auf die andere Talseite.

»Frau Gutwanger.« Konstanze Brunner berührte sie sanft am Oberarm, der schlaff über die Armlehne des Rollstuhls hing. »Ich habe Ihnen Besuch mitgebracht.«

Die Frau reagierte nicht. Ihre blicklosen Augen waren weit aufgerissen und richteten sich auf einen Horizont, den nur sie allein sehen konnte.

Lissie setzte sich auf einen Hocker, der am Fenster stand, und legte ihre Hand auf die Hand der alten Frau. Die Hand war eiskalt und zitterte leicht.

»Frau Gutwanger, ich heiße Lissie von Spiegel und komme aus Deutschland.«

Bildete sie es sich ein, oder hatte die alte Frau ihr Gesicht ein klein wenig von ihr abgewandt?

Die blutleeren Lippen bewegten sich unablässig wie ein stilles, verzweifeltes Bitten. Lissie spürte, dass Rosa Gutwanger Angst hatte.

Lissies Mutter war nicht so friedlich gewesen. Ihre Demenz hatte sich in Beschimpfungen und Wutschreien geäußert. Aber auch sie hatte große Angst gehabt. Die Augen ihrer Mutter hatten genauso weit aufgerissen ins Leere gestarrt wie die von Rosa Gutwanger, und ihre Lippen hatten ebenfalls gezittert.

Beruhigend streichelte sie die Finger der alten Frau.

Das Zittern wurde stärker.

»Ich komme aus Deutschland, Frau Gutwanger«, sagte sie, ein letzter Versuch, zu der alten Frau durchzudringen.

»Deutschland«, flüsterte die alte Frau plötzlich, und der Kopf ruckte zu Lissie, aber ihre Augen suchten nicht ihren Blick, sondern starrten an Lissies Gesicht vorbei. »Deutschland. Deutschland.« Mit jedem Wort wurde ihre Stimme lauter, und jetzt keuchte die alte Frau, ihre Brust hob und senkte sich, sie fasste sich an den Hals. »Mama! Mama!« Mittlerweile war aus ihrer anfangs sanften Stimme ein schrilles Kreischen geworden.

»Ach herrje«, rief Frau Brunner und drückte einen Knopf am Bett. »Sie haben sie aufgeregt. Wir müssen gehen, und zwar sofort.«

Schwester Agnes lief ins Zimmer und bedachte Lissie mit einem grimmigen Blick.

Konstanze Brunner zog Lissie mit einem kräftigen Griff, den sie ihr niemals zugetraut hätte, zur Tür. »Was wir beide jetzt brauchen, ist eine schöne Tasse Tee.«

Tee war das Letzte, was Lissie wollte, aber es widerstrebte ihr, sich mit Gewalt loszureißen. Die kleine Frau hielt Lissies Handgelenk eisern umklammert.

Sie fuhren mit dem Aufzug nach oben. Als sie ausstiegen, sagte Konstanze Brunner stolz: »Es gibt hier auch kleine Wohnungen. In so einer wohne ich. Ich kann mich noch ganz gut selber versorgen.«

Sie schloss eine Tür auf, und Lissie stand in einem gemütlichen Wohnzimmer mit einer Pantryküche, das im alpenländischen Stil eingerichtet war.

»Nehmen Sie Platz«, sagte Frau Brunner, und mit einem listigen Blick zu Lissie: »Ich habe auch etwas Stärkeres als Tee, wenn Sie wollen.«

Die alte Frau schob Lissie ein mit einem Edelweiß bemaltes

Schnapsglas hin. Sie schenkte eine klare Flüssigkeit aus einer Flasche ohne Aufkleber ein. »Selbstgebrannter«, sagte sie. »Marillenschnaps. Das Zeug stammt noch von meinem Mann.«

Konstanze Brunner kippte ihr Glas in einem Zug. Lissie nippte vorsichtig. Der Schnaps brannte im Magen, aber er war gut. Sie wollte gerade austrinken, da sagte Konstanze Brunner: »So. Und jetzt erzählen Sie mir die Wahrheit.«

Lissie verschluckte sich. »Wie bitte?«

»Denken Sie, ich hab den Unsinn geglaubt, den Sie uns aufgetischt haben? Über Ihre Freundin und so.«

»Ich habe Anna Santer wirklich gut gekannt«, sagte Lissie.

»Kann schon sein«, sagte Konstanze Brunner und schenkte sich großzügig nach. »Aber Sie sind nicht wegen einer alten Freundschaft hier. Ich bin nicht so dumm wie Agnes.«

Lissie überlegte fieberhaft, da sagte Konstanze Brunner: »Ich war bei dem Gespräch zwischen Frau Gutwanger und dieser Anna Santer dabei. Jedenfalls am Anfang.« Lissie starrte sie an.

»Da ging es um etwas anderes als um eine alte Freundschaft zwischen zwei Mädels«, sagte Frau Brunner. »Nämlich um ein Verbrechen. Wollen Sie auch noch einen Schnaps?«

✳ ✳ ✳

Emmenegger fuhr mit seinem Dienstwagen das dritte Mal die Galileo-Galilei-Straße entlang. Dann bog er in die Otto-Huber-Straße ab.

Die Lauben hatte er bereits abgesucht. In der neuen Pension war bloß ihr Gepäck, das er dorthin gebracht hatte.

Die Straßen rund um das Vinschgauer Tor waren voller Menschen, aber keine Lissie von Spiegel.

Es war, als sei sie vom Erdboden verschluckt.

Am liebsten hätte er die Sirene angestellt, um seiner Aufregung Luft zu machen.

Warum hatte er die Deutsche in den Fall verstrickt?

Seine Augen huschten von links nach rechts, dann zum Rückspiegel. Als die Zufahrtmöglichkeit kurz vor der Einmündung in die Lauben endete, wendete er.

Verdistraße. Karl-Wolf-Straße. Rennweg.

Auf der Via delle Corse waren viele Busse unterwegs, und Emmenegger fuhr Schritttempo, damit er die Deutsche im Gewühl nicht übersah.

Nichts.

Hinter ihm hatte sich eine Autoschlange gebildet, aber das wilde Hupen blieb aus, dank Emmeneggers Einsatzfahrzeug.

Er parkte auf der Busspur, stieg aus und drückte die Tür zum Burggrafen auf.

Er blieb an der Tür stehen und inspizierte den Raum. Ein paar Männer saßen an den Tischen. Die Barhocker waren nicht besetzt. Sie war nicht hier.

Emmenegger marschierte auf die Theke zu. »Ist eine Frau auf der Toilette?«, wollte er von dem Barmann wissen.

Es war derselbe. »Suchen Sie die Alte von neulich? Wollen Sie's ihr auf dem Klo besorgen?«, grinste der Mann.

Emmenegger holte aus und traf ihn an der Spitze seines Kinns. Der Kopf flog zur Seite, der Mann taumelte rückwärts und landete mit lautem Krachen in aufeinandergestapelten Getränkekisten.

Entsetzt über sich selbst stand Emmenegger eine Sekunde lang erstarrt.

Dann stürzte er zur Tür, begleitet von dem Toben des Mannes, der ihm Flüche und Beschimpfungen hinterherschickte.

‹ ‹ ‹

»Ein Verbrechen? Bei dem Gespräch ging es um Mord?«

Konstanze Brunners Hand, die erneut nach dem Marillenschnaps gegriffen hatte (diese zarte Person konnte eine Kompanie unter den Tisch trinken), verharrte einen Moment in der Luft.

»Nicht direkt«, sagte sie. »Sagen wir, es ging um Strafvereitelung. Fluchthilfe von Mördern.«

»Das verstehe ich nicht.«

»Rosa Gutwanger war ihr Leben lang Krankenschwester. Als ganz junges Ding hat sie kurze Zeit im Büro der Rot-Kreuz-Sektion Meran gearbeitet. Damals war sie neunzehn«, sagte Konstanze Brunner.

»Rot-Kreuz-Schwester?« Lissie begriff nicht. »Das ist doch kein Verbrechen.«

»Sie konnte nichts dafür. Sie hat Befehle befolgt so wie alle damals«, sagte die alte Dame, ohne auf die Frage einzugehen.

Lissie starrte sie an.

»Trotzdem hat sie sich ihr ganzes Leben lang schuldig gefühlt, dass so viele entkommen sind.« Konstanze Brunner hob den Kopf. »Der Besuch dieser Frau hat die Rosa furchtbar aufgeregt. Ich konnte es nicht mehr mit ansehen und bin gegangen, um jemanden zu holen, damit sie aufhörte, ihr Fragen zu stellen. Als ich mit einem Pfleger zurückkam, war die Frau nicht mehr da. Ein paar Tage nach dem Besuch hatte Rosa dann den nächsten Schub.«

»Fragen? Welche Fragen denn?«, rief Lissie.

»Fragen über falsche Pässe für deutsche Kriegsverbrecher«, sagte Konstanze Brunner.

Der Geruch des Bösen

ROSA

Meran, 1940 bis 1947

Im Dezember 1946 war Rosa Gutwanger neunzehn Jahre alt und konnte immer noch nicht richtig lesen und schreiben. Als Ausgleich dafür hatte sie eine feine Nase. Manchmal, wenn jemand in ihre Nähe kam, roch sie einen faulen Gestank, von dem ihr übel wurde.

Einmal, da war sie neun, hatte sie versucht, die Eltern vor einem Mann zu warnen, der zu Besuch war. Aber die Eltern passten nicht auf, sondern ärgerten sich über Rosa, die sich auf ihr Kleid erbrochen und sie in eine peinliche Lage gebracht hatte. Ein paar Wochen später hörte sie, wie Mutter und Vater stritten. Es ging um den Mann mit dem schlechten Geruch, und Rosa war sehr traurig.

Jetzt waren alle weg, zuerst der Vater, dann ihre Mutter und jetzt auch Toni. Rosa Gutwanger war mutterseelenallein auf der Welt, bis auf ihre Schwiegermutter in spe, aber die lag im Krankenhaus im Sterben, und sie durfte sie nicht besuchen, weil Tuberkulose ansteckend war.

Im Dezember 1946 war der Krieg längst vorbei, aber für Rosa hatte sich nicht viel geändert.

Sie fand keine Arbeit als Verkäuferin, und deswegen putzte sie von morgens bis zum frühen Nachmittag die Häuser fremder Leute. Danach streifte sie durch die Stadt, vorbei an kriegsversehrten Männern, die auf Bänken an der Passer saßen und in den Fluss starrten, als könnten sie in den Fluten ihr Leben wiederfinden. Gottlob wurden es immer weniger. Die meisten waren in ihre Heimat zurückgekehrt – was davon noch übrig war.

Am Ende ihrer langen Spaziergänge landete Rosa immer wieder am selben Ort. Vor dem ehemaligen Grand-Hôtel Meraner Hof in der Manzonistraße.

Das erste Mal war Rosa an der Hand ihrer Mutter in das Hotel gegangen. Rosa rechnete nach. Es musste 1940 gewesen sein, kurz nach Kriegsausbruch. Ihr Vater war bereits eingezogen worden.

Am Empfang gab ihre Mutter einen Brief ab. Dann setzte sie Rosa auf ein Sofa in der Lobby und befahl ihr, sich nicht wegzurühren. Kurz darauf trat ein Mann auf ihre Mutter zu, und Rosa spürte, dass sie gleich brechen musste. Diesmal siegte ihre Neugier. Sie verrenkte den Hals nach den beiden und sah, dass ihre Mutter mit dem Fremden in den Paternoster stieg und nach oben fuhr.

Das Sofa war blau mit weißem Lilienmuster. Voller Furcht saß die kleine Rosa inmitten der glänzenden Marmorsäulen und des Gefunkels der Kristalllüster. Sie schaute den Frauen zu, wie sie sich in ihren langen, raschelnden Kleidern bewegten, hörte leises Gelächter und Klirren, wenn Gläser aneinanderstießen, und wartete auf ihre Mutter.

Doch ihre Mutter kam nicht zurück.

Nach ein paar Stunden ging sie zum Empfang. Aber sie war ein kleines Mädchen, und der Mann an der Rezeption schickte sie weg. Traurig und verzweifelt ging sie nach Hause. Gottlob war die Kellertür immer offen.

Rosa kroch in ihr Bett und kniff die Augen ganz fest zu, bis sie endlich einschlief. Am nächsten Tag ging sie mit knurrendem Magen wieder in das Hotel in der Manzonistraße. Hinter dem Empfangstisch stand ein anderer Mann als am Vortag. Aber auch der Neue sagte zu ihr, sie solle sich trollen.

Kein Mensch glaubte ihr.

Rosa kroch hinter einen der schweren Seidenvorhänge der Lobby, um sich zu verstecken, und weinte bitterlich.

Da wurde der Vorhangsaum auf einmal angehoben, und ein rundes Gesicht erschien. »Was machst du denn da, Kleine?« Die

Frau sah freundlich aus. Sie hob Rosa hoch und stellte sie auf die Beine. »Wo ist deine Mama?«

Schluchzend erzählte Rosa, dass ihre Mutter verschwunden war. Die Frau nahm sie an der Hand, und gemeinsam gingen sie zur Rezeption. Rosa konnte nicht verstehen, was geflüstert wurde. Das Gesicht der freundlichen Frau war ernst geworden, als sie sich vor Rosa hinhockte.

»Es dauert wohl noch ein wenig, bis deine Mutter wieder da ist«, sagte sie. »Komm.« Sie verließen das Hotel und gingen zu einer Tür, auf der »Personaleingang« stand. Ein hoch aufgeschossener Junge, ein paar Jahre älter als Rosa, kam pfeifend heraus und zog sich im Laufen die weiße Schürze über den Kopf.

»Rosa, das ist mein Sohn Toni«, sagte die Frau, und zu Toni gewandt: »Die Rosa wird bei uns wohnen, bis ihre Mutter wiederkommt.«

Rosas Mutter wurde nicht wieder erwähnt. Die nächsten Jahre, die Rosa in dem kleinen Haus in Algund verlebte, waren die glücklichste Zeit ihres Lebens.

Der einzige dunkle Fleck auf Rosas Glück war das Hotel Meraner Hof, in dem Toni arbeitete, und Rosa spürte stets eine leichte Übelkeit in sich aufsteigen, wenn sie ihn von der Arbeit abholte.

Jetzt, mit neunzehn Jahren, trieb irgendeine innere Macht Rosa immer noch zu dem Hotel. Jedes Mal ging sie nicht sofort weiter, sondern wartete eine Weile, so als würden Toni oder die Mama jeden Moment vor die Tür treten und sie in die Arme schließen.

Mittlerweile stand das Hotel leer, wie die meisten der Häuser, die zu Lazaretten umfunktioniert worden waren. Der Palast aus Marmor und Glas war zerborsten, und all diese Leute, die darin hin und her geschwebt waren und getanzt hatten, waren ahnungslos gewesen, wie zerbrechlich alles war.

Was Toni wohl sagen würde, wenn er »seinen« Meraner Hof jetzt sehen könnte?

Er hatte es vom Küchenjungen bis zum zweiten Koch ge-

bracht. Wie stolz er gewesen war, schon mit achtzehn einen so verantwortungsvollen Posten zu bekleiden. Rosa hatte ihn beschworen, sich anderswo Arbeit zu suchen. Sie konnte ihm natürlich nicht sagen, warum. Er hätte sie ausgelacht.

Rosa erinnerte sich, wie er am letzten Tag vor seiner Abreise auf ihrer Wanderung durchs Schnalstal von seiner Laufbahn geschwärmt hatte: zuerst ein Posten als Souschef, dann als Chef de Cuisine. Währenddessen sparen, sparen – und später, vielleicht, mit dreißig ein eigenes kleines Restaurant. Noch auf dem Bahnhof, am nächsten Morgen, flüsterte er ihr ins Ohr, als sie ihn an sich drückte: »Wirst schon sehen. Es wird alles gut. Ich hab dich lieb, mein Röschen.«

Nur dass Toni nie dreißig würde. Und dass nichts gut war.

In der Kirche zündete Rosa jeden Sonntag eine Kerze für Toni an, aber insgeheim hatte sie die Hoffnung aufgegeben. Es war so am besten. Es schmerzte zu sehr, weiter zu hoffen. Ein gerahmtes Bild von ihm in Uniform steckte zuunterst in ihrer Nachttischschublade. Vielleicht lag sein Körper in Sizilien verschüttet, am Fuß des Ätna, von wo sein letzter Brief gekommen war. Vielleicht war es besser für ihn, tot zu sein, statt als Krüppel zu leben und seine Träume zu begraben.

An diesem Tag stand ein Soldat vor dem Hoteleingang. Als Rosa ihm sagte, dass ihr Verlobter hier gearbeitet hatte, durfte sie für ein paar Minuten hineingehen.

Die Marmorfliesen in der Lobby waren zerschrammt, die Seidenvorhänge fleckig und voller Blutspritzer, die Flügeltüren ausgehängt, damit die Bahren besser transportiert werden konnten. Statt der Kristalllüster hatte man Neonröhren an den Decken festgeschraubt, vermutlich weil die Ärzte bei den Operationen Licht gebraucht hatten. Das ganze Haus roch nach Eiter und Erbrochenem.

Das blaue Sofa mit dem Lilienmuster, auf dem Rosa auf ihre Mutter gewartet hatte, stand noch am selben Platz an der Wand neben dem Eingang. Bis auf einen Riss im Polster schienen die Jahre spurlos an ihm vorübergegangen zu sein.

Rosa starrte auf den Krater in der Wand, wo sich einst der Paternoster befunden hatte. Von irgendwoher hörte sie Schritte auf dem Marmor, und ein Echo trug aus weit entfernten Zimmerfluchten die Töne eines gepfiffenen Liedchens zu ihr.

Das Haus sah aus, als warte es. Darauf, dass jemand erschien und es wieder herrichtete. Rosa hoffte, das würde nie geschehen.

Sie wusste, dass sie nicht mehr herkommen sollte.

»Was soll ich nur tun«, flüsterte sie.

Gleich am nächsten Tag stellte ihr eine Dame, bei der sie putzte, Pater Lorenz vor. Er arbeitete im Rot-Kreuz-Büro in der Otto-Huber-Straße. Sie mochte ihn nicht besonders, denn seine Hände waren feucht, und er kam ihr zu nah, sodass sie gezwungen war, einen Schritt zurückzutreten.

Er wusste von ihren Lernproblemen und dass sie die Volksschule mit Müh und Not abgeschlossen hatte. Sie wurde rot vor Scham. Pater Lorenz hielt ihre Hände fest, als steckten sie in einem Schraubstock, und sagte: »Gott beurteilt dich nicht danach, ob du lesen und schreiben kannst.«

Am 2. Januar des neuen Jahres trat Rosa Gutwanger beim Croce Rossa, Sektion Meran, ihren Dienst als Bürokraft an.

Rosa war trotz ihrer Legasthenie ein kluges Mädchen, und so dauerte es nicht lange, da wurde ihr klar, dass sie den Job hauptsächlich deswegen bekommen hatte, weil sie nicht lesen konnte.

Es war Montag, der 15. September 1947.

Rosa richtete ihr gestärktes Häubchen, als sie in ihrer blauweißen Schwesterntracht die Treppen zu ihrem Arbeitsplatz hinaufstieg, und die Angst kroch wieder in ihr hoch.

Sie hatte sich ein Benehmen aus eiserner Pflichterfüllung und Geschäftigkeit zugelegt, das sie wie einen schützenden Mantel um sich legen wollte, aber es funktionierte nicht.

Mittlerweile arbeitete sie fast ein Dreivierteljahr in der Passausgabe des Roten Kreuzes, und sie hasste jeden Morgen, an dem sie das kleine Büro mit dem Fenster zum Flur betreten musste.

Besonders die Montage waren schlimm. Am Montag kamen die meisten. Die Normalen – und die ANDERE SORTE.

Die Normalen, das waren zum Beispiel die Ausgezehrten aus den Flüchtlingslagern. Vielen fehlte ein Arm oder ein Bein. Sie erschrak jedes Mal bei dem Anblick, aber Toni war nicht darunter. Ältere Paare, mehr tot als lebendig, klammerten sich so fest aneinander, als fielen noch Bomben vom Himmel. Frauen und Kinder mit Fetzen am Leib, die Kinne spitz wie Federkiele, riesige Augen, in denen der Hunger stand.

Auch wenn es voll war im Gang, herrschte eine drückende Stille.

Die Menschen warteten einfach, bis sie an der Reihe waren. Das einzige Geräusch war das Knirschen auf dem Linoleumboden, wenn die Menge vorrückte. Wenn der Nächste an der Reihe war und Rosa ihn durch das Fenster zum Flur auffordernd anschaute, vergingen meistens ein paar Sekunden, als hätte dieser Mensch schon seit Tagen kein Wort mehr gesprochen. Als wären ihm die Worte ausgegangen.

Die meisten von ihnen waren das, was sie von sich behaupteten. Heimatlose, in Meran Gestrandete, ohne Pass oder eine andere Möglichkeit, sich auszuweisen. Flüchtlinge aus den deutschen Ostgebieten, die alles verloren hatten und sich auf der anderen Seite der Welt eine neue Existenz aufbauen wollten. Italienische Soldaten, die nicht wussten, wo ihre Familie war. Südtiroler, die Hitlers Sirenengesang gefolgt waren und jetzt kein Zuhause mehr hatten. Menschen ohne Land.

Diesen Menschen hätte sie gern ein Lächeln geschenkt.

Aber das ging nicht, wegen der ANDEREN SORTE, gegen die sie sich wappnen musste, damit ihr nicht schlecht wurde. Sie hatte sich bereits einmal auf einen Aktenordner übergeben, und Pater Lorenz hatte ihr gedroht, dass er sie entlassen würde, wenn das noch mal passierte.

Auch an diesem Montagmorgen schlüpfte Rosa schweren Herzens in ihr Dienstgesicht und öffnete die Schublade, um die Antragsformulare herauszunehmen. Sie hörte bereits das Scharren der Füße auf dem Flur, das Klack-Klack von Krücken und das Husten von Soldaten, deren Lunge durch das Giftgas kaputtgegangen war.

Die ersten drei Männer am Tresen waren Normale. Sie erzählten, sie seien polnische Juden aus Ostpreußen, drei Schulkameraden aus Königsberg, die Theresienstadt überlebt hatten. Rosa hatte allerdings nicht den Eindruck, dass sie sich besonders gut kannten, und sie sahen nicht aus wie Lagerleute. Rosa wusste inzwischen, wie Leute aussahen, die Konzentrationslager überstanden hatten.

Die drei hatten sich vermutlich erst kürzlich zusammengetan, um sich gegenseitig zu neuen Pässen zu verhelfen. Sie warfen sich verstohlene Blicke zu, vermutlich aus Angst, einer von ihnen könnte sich verplappern.

Rosa prüfte die Antragsformulare. Sie konnte die drei eingetragenen Namen nicht lesen, aber sie waren bestimmt frei erfunden. Ansonsten war alles in bester Ordnung. Jeder der drei Männer hatte ein Kreuzchen bei »Staatenloser Volksdeutscher« gemacht. Die Unterschriften waren vollständig. Auf jedem Antrag prangten die der beiden anderen Männer, die bezeugten, ihren Kumpel zu kennen. Rosa nickte und reichte den drei »Freunden« Durchschläge ihrer Vorgangsnummern.

Als der Andrang abflaute, stapelte sie die Anträge, die bereits zu einem ansehnlichen Packen angewachsen waren. Pater Lorenz würde sie später unterzeichnen. Anschließend gingen sie per Post an die Zentrale des Croce Rossa in Rom. Dort wurden die Pässe ausgestellt.

In ein paar Monaten, wenn es so weit war, würden sich die drei bestimmt nicht mehr die Mühe machen, als Trio zu erscheinen, um ihre neuen Papiere in Empfang zu nehmen.

Aber das ging für Rosa schon in Ordnung.

Der Tag verlief ereignislos. Es fehlten nur noch zehn Minuten bis zwölf Uhr. Um zwölf wurde der Schalter geschlossen.

Da stand ein Mann mit sehr weißen Zähnen vor ihr und lächelte auf sie herunter. Er sah aus wie jedermann, ein Mann um die vierzig, mit umschatteten Augen, buschigen Brauen und einem großen Mund, der leicht geöffnet war.

Ohne Vorwarnung wurde ihr übel, und wie der Blitz rannte sie auf die Toilette. Als sie zurückkam, lächelte er immer noch. Es war das Zähneblecken eines Raubtiers, das ein Stück lebendes Fleisch taxiert.

»Entschuldigung«, murmelte sie.

»Ich bin staatenloser Südtiroler und möchte von meinem Anspruch auf einen Ausweis des Roten Kreuzes Gebrauch machen«, sagte er, als zitiere er einen Abschnitt aus einer Verordnung. Es wirkte, als spiele er mit seinem gezierten Dialekt eine Komödie und amüsierte sich königlich.

Rosa starrte ihn an. Der Mann zückte einen Briefumschlag. »Hier sind ein Identitätsnachweis und ein Empfehlungsschreiben der katholischen Kirche.« Sie wollte den Brief an sich nehmen, da zog der Mann die Hand zurück. »Führen Sie mich bitte zu Ihrem Vorgesetzten.«

Das hätte Rosa sowieso getan, wie immer, wenn jemand mit einem Empfehlungsschreiben kam, meistens von einem der hiesigen Bürgermeister, manchmal sogar vom Vatikan.

Einmal hatte sie Pater Lorenz darauf angesprochen, dass die Empfehlungsschreiben gefälscht sein mussten. Sie hatte einen unglücklichen Zeitpunkt gewählt, denn die Sache mit dem Brechanfall war erst ein paar Tage her.

Pater Lorenz hatte sie daraufhin mit zusammengekniffenen Augen gemustert. »Woher kennst du dich mit solchen Sachen aus? Ich an deiner Stelle würde den Mund halten. Kümmere dich lieber um deinen eigenen Kram. Solltest du in anderen Umständen sein, kannst du deine Sachen packen und gehen.«

Rosa hatte sich mit hochrotem Gesicht wieder hinter ihren Schreibtisch gesetzt. An diesem Tag hielt sie den Mund und führte den Mann mit den weißen Zähnen durch die Schwingtür zum Büro von Pater Lorenz.

Die Uhr schlug zwölf. Auf dem Flur war niemand mehr. Sie sperrte die Eingangstür ab. Dann schlich sie auf Zehenspitzen zu Pater Lorenz' Büro und lauschte an der Tür.

Pater Lorenz sprach sehr leise. Der von der ANDEREN SORTE machte sich dagegen keine Mühe, seine Stimme zu dampfen.

Rosa konnte fast alles hören, und sie sollte es ihr Leben lang nicht mehr vergessen.

Star des Abends

Donnerstag, früher Abend, sechs Tage nach den Morden

Als er seinen Wagen auf den kleinen Parkplatz des Altenheims lenkte, kam ihm ein Taxi entgegen. Pavarotti schenkte ihm keine Beachtung. Seine Gedanken beschäftigten sich mit der Frage, was Lissie hier zu suchen hatte. Ihre Mutter war im vergangenen Jahr in einem Heim wie diesem gestorben, aber es gab seines Wissens keine direkte Verbindung zwischen Judith von Spiegel und Meran.

Am Empfang löste sein Ausweis die üblichen Reaktionen aus – unwillkürliches Zusammenzucken, eine plötzliche Reserviertheit, die er früher mit Schuldbewusstsein verwechselt hätte.

Die Schwester am Empfang hatte ihren Dienst gerade erst angetreten und wusste nichts von einer Besucherin namens Lissie von Spiegel.

»Einen Moment.« Sie wählte eine Nummer. »Vielleicht erreiche ich Schwester Agnes noch.«

Auf einmal war die Empfangshalle voll mit alten Leuten. Gehwagen kurvten über den Flur und wurden als Rammböcke eingesetzt, um einen Platz in der vordersten Reihe zu ergattern. Stöcke wurden ausgestreckt, um ihren Besitzern den Weg frei zu machen. Die Anwesenheit der Polizei hatte sich wie ein Lauffeuer im ganzen Haus verbreitet.

Runzlige Frauengesichter weit in den Achtzigern taxierten Pavarottis hochgewachsene Figur, das kantige Profil und die grauen Schläfen mit diesem kritisch-herausfordernden Blick, den keine Frau verlernt. Die alten Damen standen mit offenen Mündern ohne Gebiss da, aber das störte keinen. Ihre Augen glänzten so, dass Leberflecke und Runzeln wie weggewischt waren. Die Schmerzen in der kaputten Hüfte und in dem vom Morbus Bechterew gekrümmten Rücken waren ebenfalls – Simsalabim – verschwunden.

Diese alten Mädels überlegen tatsächlich, wie sie es anstellen, mich in ihre Finger zu kriegen, dachte Pavarotti amüsiert.

Ein Mann humpelte auf ihn zu, reichte ihm eine zitternde Hand und stellte sich ihm als Max Brauneder, bis zur Pensionierung in Bruneck stationierter Carabiniere a. D., vor. Pavarotti drückte die Hand des alten Mannes fest, damit der Parkinson ein paar Sekunden Ruhe gab, und nickte ernst, als Brauneder ihm erzählte, sie hätten hier vor ein paar Jahren sogar einen Mord gehabt.

»Ich weiß«, sagte Pavarotti. »Ich habe den Fall seinerzeit untersucht.«

»Haben Sie ihn aufgeklärt?«, fragte der alte Mann zögernd.

»Ja, das habe ich«, antwortete Pavarotti. »Sie hatten nichts zu befürchten, es war eine Einzeltat. Aber jetzt muss ich mich leider verabschieden. Es gibt einen neuen Fall, bei dem mir die Zeit davonläuft.« Er verfluchte sich, weil er sich nicht zu schade war, bei dem alten Mann seine Autorität hervorzukehren.

Der alte Carabiniere hielt ihn auf. »Bitte. Einen Moment.« Aus der Tasche seines Morgenmantels zog er ein dünnes Büchlein hervor und reichte es Pavarotti. »Das ist von mir. Es geht um Carabinieri als Widerstandskämpfer gegen Hitler. Ich möchte es Ihnen schenken.«

»Das kann ich nicht annehmen«, wehrte Pavarotti ab.

»Doch, doch«, lächelte Brauneder. »Ich habe noch mehr davon, glauben Sie mir. Das Buch ist nicht im Selbstverlag erschienen, sondern in einem ordentlichen Verlag.« Er zeigte auf den Buchrücken. Da stand in golden eingestanzten Lettern:

WINTERLING VERLAG WIEN

Ein paar Sekunden fehlten Pavarotti die Worte. »Sie haben im Winterling Verlag publiziert?«, fragte er.

»Ich glaube, ich war einer der Letzten«, nickte der alte Mann. »Der Verlag ist abgebrannt. Tausende von Büchern gingen in Flammen auf. Tragisch war allerdings etwas anderes. Es war ein Familienbetrieb, wissen Sie. Der Verleger wohnte mit Frau und den Töchtern im ersten Stock des Verlagshauses. Sie kamen alle um, bis auf eine Tochter. Eine schreckliche Geschichte.«

Die Schwester am Empfang klatschte in die Hände. »Meine Herrschaften, die Show ist vorbei. Marsch, marsch, in den Speisesaal. Der Tee wird kalt!«

Folgsam drehten sie ab, aber sie ließen sich Zeit. Immer wieder verkeilten sich Gehhilfen im Durchgang zum Speisesaal, weil ein paar stehen geblieben waren, um über ihre Schulter zu Pavarotti zurückzuschauen.

Ihre Augen fragten ihn, warum er sie nicht hier herausholte, wo er doch Polizist war, und die Blicke gingen Pavarotti ans Herz.

»Commissario?«

Die Schwester hinter dem Empfangstresen berührte ihn am Arm. Ja, die Dame sei tatsächlich hier gewesen, doch sie sei bereits wieder fort.

Die Miene der Schwester war frostig und verriet Pavarotti, dass sich Lissie von Spiegel Ärger eingehandelt hatte.

»Wen hat sie besucht?«, wollte er wissen.

Eine Frau namens Rosa Gutwanger, eine an Demenz erkrankte Dame, erfuhr er, und nein, er könne nicht zu dieser Frau, sie sei zurzeit nicht bei Bewusstsein. Es sei sowieso bloß um einen Gruß von einer kürzlich verstorbenen Freundin gegangen.

Ratlos starrte Pavarotti die Frau an.

»Und wo ist Frau von Spiegel jetzt?«

»Sie hat sich ein Taxi bestellt, und weg war sie. Aber vorher hat sie noch mit unserer Konstanze gesprochen. Konstanze Brunner. Ziemlich lang, sagt Schwester Agnes.«

Eine halbe Stunde (und einen abgelehnten Marillenschnaps) später saß Pavarotti im Wagen und jagte die Straße entlang. Plötzlich schien Meran nur noch aus Taxen zu bestehen. Cremefarbene Mercedeswagen mit Taxischild, Großraumfahrzeuge, eine blaue Hotellimousine mit der weißen Aufschrift »Grand-Hôtel Meraner Hof«.

Natürlich war sie längst aus dem Taxi gestiegen. Trotzdem kurvte er eine Stunde lang planlos durch Meran, spähte in fahrende Taxis, verfolgte schließlich eines, weil er glaubte, Lissies Hinterkopf zu erkennen, zwang es zum Halten und entschuldigte sich anschließend beim Fahrer und seinem Fahrgast, einer zu Tode erschrockenen Frau in den mittleren Jahren, die keinerlei Ähnlichkeit mit Lissie von Spiegel besaß.

Als er sich auf den Fahrersitz fallen ließ, summte sein Mobiltelefon. Er hatte einen Anruf verpasst. Die Nachricht auf seiner Mailbox lautete: »Hallo, hier spricht Walter Timm. Erinnern Sie sich? Anna Santers Verleger. Wie es der Zufall will, bin ich gerade in Meran. Hätten Sie morgen früh ein paar Minuten Zeit?«

Der Buchmacher

Freitag, eine Woche nach den Morden

Walter Timm war ein untersetzter Mann in den Fünfzigern mit pausbäckigem Gesicht und Wohlstandsbäuchlein. Als Pavarotti das Grand-Hôtel Meraner Hof betrat, stand Timm von einem blauen Sofa mit Lilienmuster auf und faltete den »Südtiroler« zusammen, ihr Erkennungszeichen.

»Commissario«, begrüßte er ihn. »Vielen Dank, dass Sie sich Zeit nehmen.«

Pavarotti nickte und ließ sich neben dem Verleger nieder. Ein Kellner brachte unaufgefordert Kaffee und Gebäck in einer silbernen Etagere.

Pavarotti schaute sich um. Das Hotel galt als bestes Haus am Platz. Er war das erste Mal seit vielen Jahren hier. Seither hatte das Interieur eine Auffrischung erfahren. Die Säulen aus Marmor und die Stuckarabesken an der Decke wurden durch blaue Lichteffekte untermalt. Es sollte vermutlich modern wirken. Pavarotti fand es geschmacklos.

Der Verleger war elegant in einen hellgrauen dreiteiligen Anzug gekleidet. Als er die Beine übereinanderschlug, wurde am Saum seiner Hose ein Ölfleck sichtbar.

»Sind Sie mit dem Wagen angereist?«, fragte Pavarotti.

»Nein, wieso?«, wunderte sich Timm. »Flieger nach Innsbruck, dann Zug. Warum fragen Sie?«

Pavarotti winkte ab. »Ich war nur neugierig. Berufskrankheit. Was führt Sie nach Meran?«

»Eigentlich wollte ich *Sie* etwas fragen«, lachte Timm. »Aber gut. Ich treffe mich mit einem Kollegen, und da ich nun einmal hier bin …«

»Ein anderer Verleger?«

Timm nickte. »Es geht um eine Kooperation. Unsere Bücher sind im deutschen Buchhandel recht gut vertreten, der Kollege verfügt über die entsprechende Marketingpower in Österreich und Italien. Wenn wir uns zusammentun, profitieren wir beide.«

»Ich verstehe«, sagte Pavarotti. »Wie heißt der Verlag?«

Walter Timm rückte ein Stück ab. »Den Namen möchte ich lieber nicht preisgeben. Der Handel ist noch nicht perfekt, Sie verstehen. Wie immer geht's um das liebe Geld.«

Pavarotti beschloss, es auf sich beruhen zu lassen, obwohl ihm die unsteten Augen des Verlegers verrieten, dass der Mann etwas verschwieg.

Walter Timm nutzte die kurze Pause, um dem Gespräch eine andere Wendung zu geben. »Was ich Sie fragen wollte: Ist in den persönlichen Dingen von Anna Santer ein Notizbuch oder ein elektronisches Speichermedium aufgetaucht?«

Pavarotti schaute Timm lange an. »Sie wissen sicher, dass ich Ihnen das nicht sagen darf.«

Timm machte ein betrübtes Gesicht. »Könnten Sie nicht ein Auge zudrücken, Commissario?«

»Wenn ich nicht weiß, woher Ihr Interesse kommt, kann ich nichts für Sie tun«, sagte Pavarotti, der nicht die Absicht hatte, darauf einzugehen.

»Nun …« Timm trank einen Schluck Kaffee, bevor er weiterredete. »Anna Santer hat an einem brandneuen Buch gearbeitet, soweit wir wissen. Vielleicht gibt es ja bereits ein Manuskriptfragment, das sich zur Veröffentlichung eignet.« Er setzte die Tasse ab und wandte sich Pavarotti zu. »Die letzten Zeilen vor ihrem Tod gewissermaßen. Das wäre das Sahnehäubchen für einen Sammelband. Damit ihr Werk noch einmal zu Ehren kommt.«

Und du zu viel Geld, dachte Pavarotti.

»Ich werde mich erkundigen«, sagte er stattdessen. »Wenn Sie mir ebenfalls einen Gefallen tun.«

Der Verleger rieb sich die Hände. »Tausend Dank. Mit Vergnügen, Commissario.«

»Ich hätte gern gewusst, wie Ihre Theorie lautet.«

»Meine Theorie?«

»Genau. Warum musste Anna Santer sterben?«

Walter Timm breitete die Arme aus. »Das kann ich beim besten Willen nicht sagen, Commissario.«

»Kommen Sie. Als Annas Verleger waren Sie garantiert auch ihr Beichtvater.«

Timm krümmte sich vor Lachen. »Sie haben nicht die geringste Ahnung, was für ein Mensch Anna Santer war.«

»Dann erzählen Sie's mir.«

Plötzlich war das Lachen aus Timms Gesicht verschwunden. »Ich habe Ihnen schon alles erzählt, was ich weiß.«

»Ist mir klar. Jetzt will ich wissen, was Sie vermuten. Die Frau war Mathematikerin. Warum hat sie angefangen zu schreiben?«

Timm fuhr sich übers Kinn. »Nur Vermutungen, ja?«

Pavarotti nickte.

»Also gut. Meiner Meinung nach litt Anna Santer an einem Minderwertigkeitskomplex. Sie war hochintelligent, aber nicht besonders phantasievoll. Vermutlich war literarische Begabung das Einzige, was für ihre Eltern zählte. Sie hatten einen Kleinverlag in Wien, soviel ich weiß.«

»Sie glauben, Anna Santer wollte der Welt beweisen, dass jeder Bücher schreiben kann, sofern er einen klugen Kopf besitzt?«

»So ähnlich, ja.«

»Und, hat sie es Ihrer Meinung nach bewiesen?«

Walter Timm zuckte mit den Schultern. »Wie man's nimmt. Neben ihren Recherchefähigkeiten war eine ihrer großen Stärken die genaue Planung des Spannungsbogens. Sie hatte immer eine perfekte Übersicht über ihr Buch, kannte ihre Figuren in- und auswendig und wusste genau, wann sie die Spannung anziehen musste. Sie war die am besten organisierte Autorin, die ich jemals kennengelernt habe.«

»Wollen Sie damit sagen, dass Anna Santer Mathematik benutzt hat, um Bücher zu schreiben? Ich dachte immer, es gibt keine größeren Gegensätze als Schreiben und Rechnen.«

»Jeder Laie glaubt das«, seufzte Timm. »Die meisten Bücher funktionieren ganz ähnlich wie eine komplizierte Gleichung mit vielen Unbekannten. Es handelt sich um ein Rechenkunststück.

Die Handlungsstränge werden zum Schluss aufgedröselt, sodass alle Fragen beantwortet werden. Wenn der Leser zum Ende des Buches kommt, ergibt die Gleichung einen Sinn. Genau so sah die innere Mechanik von Annas Büchern aus.«

Pavarotti saß einen Augenblick lang still da, um Timms Worte auf sich wirken zu lassen. »Und damit kann man gutes Geld verdienen?«

Walter Timm nickte. »Für die meisten Leser genügt es, wenn die Spannung stimmt. Die Sprache ist zweitrangig.«

»Das finde ich traurig«, sagte Pavarotti. »Sie nicht?«

Walter Timm hob die Augenbrauen. »Wer hätte das gedacht, Commissario. Ein Schöngeist bei der Polizei. In meiner Branche kann man sich Idealismus leider nicht leisten.«

»Sie sagten, die meisten Bücher funktionieren so wie die von Anna Santer. Was ist mit den anderen?«

Timm lehnte sich zurück. »Tja, die anderen, das ist Literatur. Da tritt die Mathematik zurück und verneigt sich. Bei der Literatur kommen echte Gefühle ins Spiel, und die gehorchen nun mal keinen Gesetzen. Solche Bücher erinnern uns daran, warum wir auf der Welt sind. Aber ...«, Timm schnitt eine Grimasse, »wollte ich nur solche Manuskripte verlegen, wäre ich längst verhungert.«

»Hatte Anna Santer keine solchen ... literarischen Ambitionen?«

Erneuter Lachanfall. »Du meine Güte, was für eine Frage! Ich kenne keinen einzigen Autor, der die nicht hat. Jeder sieht sich als der neue Scott F. Fitzgerald oder John Irving oder als würdige Nachfolgerin einer Margaret Atwood. Natürlich lechzte Anna Santer geradezu nach einem Literaturpreis oder wenigstens wohlwollenden Kritiken. Da hätte sie allerdings lange warten können.« Er pausierte kurz. »Und deswegen glaube ich nicht, dass Anna Santer zeit ihres Lebens in den Genuss ihres Triumphs gekommen ist, den sie herbeigesehnt hat.«

Der Kellner näherte sich. »Commissario, Sie werden am Telefon verlangt. Man erreicht Sie nicht über Ihr Mobiltelefon. Bitte, gleich hier, an der Rezeption.«

Pavarotti erhob sich, und Walter Timm stand ebenfalls auf. »Sie melden sich bei mir, ja? Übrigens habe ich tatsächlich eine Autorin unter Vertrag, die einmal eine großartige Schriftstellerin abgeben wird, wenn sie hart an sich arbeitet. Ihre Texte haben dieses gewisse Etwas, das die Leute berührt. Ich glaube, Sie kennen sie bereits. Ihr Name ist Liselotte von Spiegel.«

Pavarotti schaute Walter Timm nach, wie er durch die Hotelhalle davonging, und nahm den Hörer entgegen.

Eine aufgeregte Stimme drang an sein Ohr. Als er endlich begriff, stand die Welt still.

***

Seine Beine gehorchten ihm nicht mehr. Mit unsicheren Schritten überquerte er die Verdistraße.

Da waren zwei Verkehrspolizisten und ein Krankenwagen, der neben ihm zum Halten kam, und da war auch Emmenegger, mit weißem Gesicht, der ihm etwas zurief, aber er konnte die Worte nicht verstehen.

Sie lag auf dem Rücken, die Arme und Beine ausgestreckt, als sei sie geradewegs vom Himmel gefallen.

Lissies Augen waren offen und starrten in die Wolken.

Pavarotti merkte nicht, dass er weinte. Er strauchelte und fiel neben ihr hin.

Da sah er, dass sie blinzelte.

Ein Gehirn wie ein Kaktus

»Sie können jetzt zu ihr«, sagte Professor Walter. »Sie hat Glück gehabt. Es handelt sich nur um eine leichte Gehirnerschütterung.« Er lächelte. »Ich habe mich gefreut, dieses außergewöhnlich robuste Gehirn noch einmal zu sehen. Faszinierend.«

Pavarotti starrte ihn böse an. Dieser Kerl redete von Lissie, als sei sie bloß ein Forschungsobjekt.

Da kam ihm zu Bewusstsein, wen er vor sich hatte. Professor Walter, Leiter der Neurologie im Tappeiner-Krankenhaus, war es zu verdanken, dass Lissie ihre schwere Kopfverletzung vor anderthalb Jahren überlebt hatte. Der Mann war eine der größten Koryphäen auf dem Gebiet der Neurochirurgie südlich des Brenner. Außerdem war er Neurologe und Neuropsychiater.

Was machte es schon, wenn der Mann wie ein Geck aussah und sich merkwürdig benahm?

»Haben Sie ein MRT gemacht?«

Walter lächelte, obwohl Pavarotti mit der Frage seine Kompetenz anzweifelte. »Selbstverständlich.« Er prüfte den Sitz seiner Krawatte, betastete den Windsorknoten, der perfekt gebunden war. »Die Schneise neben dem rechten Ohr, die die Kugel seinerzeit geschlagen hatte, hat sich wieder vollständig geschlossen. Die Gehirnströme sind normal bis auf eine kleine akute Veränderung, die der heutige Zwischenfall ausgelöst hat.« Walter seufzte, es klang wohlig, als komme ihm ein angenehmes Erlebnis in den Sinn. Vermutlich dachte er daran, wie er mit dem Messer in Lissies Gehirn geschnitten hatte. Pavarotti schauderte.

»Ich habe so etwas in meiner Praxis noch nie gesehen«, sagte Walter. »Das Gehirn Ihrer Freundin ähnelt einem Kaktus. Hart, widerborstig und extrem autark.«

»Ja«, sagte Pavarotti. Mehr gab es nicht zu sagen. Es war die knappste und beste Beschreibung von Lissie, die er sich denken konnte. Jedes der drei Adjektive war ein Grund, warum er sie liebte.

»Was ist mit ihrem Arm?«, fragte er.

Professor Walter machte eine wegwerfende Handbewegung. »Die Orthopädie hat sich darum gekümmert. Eine oberflächliche Fleischwunde. Prellung der linken Schulter. Ein Eingriff ist unnötig. Der Verband sollte jeden Tag gewechselt werden. Sie sollte es ruhig angehen lassen in den nächsten Wochen.«

Pavarotti schnaubte.

Professor Walter zog eine Augenbraue hoch und lächelte. »Vielleicht sorgen die Schmerzen in ihrer Schulter dafür, dass sie es tut.«

»Unwahrscheinlich.«

»Die Schwester bringt Ihnen Mullbinden und Wundsalbe. Und Schmerztabletten, vor allem für die Nacht«, sagte Walter. »In einer Woche möchte ich sie zur Nachkontrolle sehen. Richten Sie ihr das bitte aus.«

»Werde ich«, sagte Pavarotti. Auf einen Händedruck verzichtete er geflissentlich. Er mochte es, wenn man Knochen und Sehnen spürte, aber bei Walter war es, als greife man in eine Schüssel mit rohem Hack.

✳✳✳

Sie kletterte aus dem Bett, als er ins Zimmer kam.

»Bleib gefälligst liegen«, sagte er.

Lissie warf ihm einen Blick zu. »Ich bin in Ordnung.« Sie unterdrückte einen Schmerzenslaut, als sie nach einem Kleiderstapel griff. Mit den Kleidern unter dem Arm stapfte sie ins Bad.

Pavarotti setzte sich auf den Stuhl und schlug die Beine übereinander. Er würde hier nicht weggehen, bevor er ein paar Antworten hatte.

Wasser rauschte, wurde abgestellt, rauschte erneut. Dann Würgegeräusche. Bevor er aufspringen konnte, öffnete sich die Badezimmertür. Lissie wischte sich mit einem Kosmetiktuch über den Mund. Ihr Gesicht war weiß, und sie hatte Ringe unter den Augen, so violett wie das Innere einer Muschel aus Muranoglas.

Obenherum trug sie nur einen BH, ein weißes T-Shirt hielt sie gegen ihre Brust gepresst. Sofort senkte er den Kopf, damit sie nicht sah, dass er rot geworden war.

»Kannst du mir mal helfen?«, fragte sie. »Allein schaff ich es nicht, das Teil über den Kopf zu ziehen.«

Sie drehte sich um und hob zuerst den rechten Arm über den Kopf, dann, ganz langsam, den linken, der dick bandagiert war. Sie stieß einen Jammerlaut aus, als er vorsichtig ihren Arm bewegte, um ihn durch die Ärmelöffnung zu zwängen.

In diesem Moment war Pavarotti fast erleichtert, dass es ihr schlecht ging. Sonst hätte er nicht widerstehen können, sie an sich zu ziehen, sie zu küssen und …

Grundgütiger, was war los mit ihm? Wollte er einen Narren aus sich machen?

»Setz dich hin«, befahl er. »Kannst du dich erinnern, was passiert ist?«

»Was glaubst du denn? Mein Kurzzeitgedächtnis funktioniert bestens.«

Sie krabbelte zurück ins Bett und ließ sich stöhnend ins Kissen sinken. Er wollte sie zudecken, aber sie winkte ab.

»Lass dir Zeit«, sagte er.

»Viel gibt es nicht zu erzählen«, sagte Lissie. »Ich höre, wie ein Motor aufheult, schaue mich um, und da rast ein Wagen auf mich zu. Ich hab mich noch zur Seite drehen können. Sonst hätte er mich frontal erwischt. Dann war ich weg. Das Nächste, was ich sehe, bist du, wie du neben mir sitzt und flennst.«

Pavarotti kniff die Lippen zusammen.

»Was war das für ein Wagen?«

»Er war schwarz.«

»Fabrikat?«

»Keine Ahnung. Das Auto war groß. Bullig. So wie diese neuen SUVs. Die schauen für mich alle gleich aus.«

»Hast du den Fahrer gesehen?«

»Nein. Es ging viel zu schnell.«

»Ist dir irgendetwas aufgefallen? Mach die Augen zu und denk nach.«

Gehorsam schloss Lissie ihre Augen.

»Der Motor heult auf, und der Wagen kommt näher und näher. Gleich erwischt er dich«, sagte Pavarotti. »Was siehst du?«

Panik breitete sich auf ihrem Gesicht aus, und sie fing an zu zittern. Er sprang auf und nahm ihren Kopf in beide Hände. Lissies Wangen glühten. Sie öffnete die Augen und sah ihn an. Er ließ die Arme sinken.

»Ganz schön schräge Ermittlungsmethode. Habt ihr neuerdings einen Seelenklempner als Berater?«

»Manchmal funktioniert es«, sagte Pavarotti.

»Kann sein«, sagte Lissie langsam. »Vielleicht war da etwas.«

Pavarotti wartete.

»Ich glaube, das Nummernschild war schwarz.«

»Bist du sicher?«

»Nein, leider nicht.« Lissie schüttelte den Kopf. »Vielleicht hält mich mein Gedächtnis ja doch zum Narren. Ich trau ihm nicht mehr …« Ihre Stimme versickerte, und ihre Augen bekamen den Tausend-Meter-Blick eines Menschen, der auf etwas starrt, das er verloren hat.

»Es ist mir eben erst eingefallen. Ich wäre mir sicherer, wenn ich es gleich gewusst hätte …« Der Ton klang zaghaft und schnitt ihm ins Herz.

»Hör auf damit«, sagte Pavarotti. »Du warst bewusstlos und hattest einen Schock. Es ist völlig normal, dass die Erinnerungen erst Stunden oder Tage später zurückkehren.«

Er holte sein Mobiltelefon hervor und ging nach draußen, um Emmenegger die Beschreibung des Wagens durchzugeben. Die Sache mit dem Nummernschild behielt er für sich.

Als er das Zimmer wieder betrat, war sie aus dem Bett und angelte nach ihren Schuhen.

»Du musst deinen Arm schonen. Ich mach das schon.«

Pavarotti kam sich lächerlich vor, wie er vor ihr kniete. Gleich würde sie seinen Kopf tätscheln.

Er wusste genau, was sie dachte, und prompt hörte er ihr heiseres Kichern.

Pavarotti richtete sich auf. »Lissie. Jetzt sag mir endlich, was los ist. Wer ist hinter dir her?«

Sie stemmte sich hoch. »Lass uns von hier verschwinden. Der Laden hier deprimiert mich.«

Er konnte sie verstehen. In einem Raum drei Türen weiter hatte sie monatelang im Koma gelegen. Niemand, außer vielleicht Professor Walter, hatte geglaubt, sie würde aufwachen und wieder ein normales Leben führen.

Im Auto schlang sie ihren gesunden Arm um ihren Körper.

»Ist dir kalt?« Er drehte die Heizung auf.

»Lass das. Ich bin bloß wütend, das ist alles.«

»Was wolltest du eigentlich vor dem Kabuff?«, fragte er.

Das »Kabuff« war das Nikolausstift, ein riesiges Haus in der Verdistraße, das Pavarottis Adoptivsohn Justus geerbt hatte. In grauer Vorzeit war der düstere Bau ein Wohnheim für alte Jungfern aus gutem Hause gewesen, die von ihren Familien abgeschoben wurden. Als später eine Pension daraus wurde, blieb der Name aus unerfindlichen Gründen erhalten.

Pavarotti hasste das Haus. Er nannte es nie Nikolausstift. Bei ihm hieß es bloß Kabuff oder Kasten. Am liebsten vermied er es, darüber zu sprechen.

Leider war zu Pavarottis Missvergnügen sein Adoptivsohn mit seinem besten Freund Paul dort eingezogen und hatte es zu einer Mischung aus Kommune, Veranstaltungszentrum und Experimentiertheater umfunktioniert.

Lissies Antwort auf seine Frage kam eine halbe Minute zu spät.

»Ich wollte Justus und Paul Guten Tag sagen.« Sie warf ihm einen Blick zu.

»Woher weißt du eigentlich, dass die beiden dort wohnen? Wenn du so gut informiert bist, dann muss dir klar sein, dass sie gar nicht hier sind. Paul macht ein Regiepraktikum am Stadttheater Bruneck, und Justus besucht die Fachoberschule für Tourismus in Bozen. Aber vermutlich erzähle ich dir damit nichts Neues.«

Lissie verschränkte die Arme und antwortete nicht.

Im Wagen war es heiß. Pavarotti öffnete das Seitenfenster. Kindergeschrei und das Geräusch schwerer Wanderschuhe, die im Gleichschritt marschierten, drangen herein. Mittlerweile war es Anfang Juli, die Morde waren über eine Woche alt, und er besaß nicht den geringsten Anhaltspunkt, sondern nur Lügen und Heimlichkeiten. Er seufzte und wünschte sich weit fort.

✳✳✳

Zehn Minuten später saßen sie sich in einer Milchbar unweit des Krankenhauses gegenüber. Kein Wort fiel darüber, dass sie schon einmal in dieser Bar gewesen waren.

Es war derselbe Tisch wie damals. Der Tisch war klein, seine Größe reichte für zwei Tassen, und so geschah es, dass Pavarottis rechte Hand ganz in der Nähe von Lissies linkem, verletztem Arm zu liegen kam. Ihr linker Daumen zitterte (als Nachwirkung des Schocks oder wegen der Schmerzen), und er hätte diesen Daumen gern berührt. Nur zehn Zentimeter trennten ihn von Rom, aber der Streifen aus hellblauem Resopal war so breit wie der Po, und er wusste, er würde Rom nie erreichen.

Lissies Augen folgten dem befrackten Kellner, der geziert hin und her eilte und sein Tablett vor sich hertrug, als handle es sich um ein Samtkissen mit einer Krone obendrauf statt um zwei Kaffeetassen, eine mit Sprung, die andere mit einem Aufdruck, der aussah, als sei er wirklich einmal eine kleine goldene Krone gewesen.

Die Einrichtung erinnerte an einen italienischen Badeort der siebziger Jahre: Leuchtreklame am Fenster, silberne Tapete mit kleinen gelben Quadraten, gelbe Plastikstühle mit Holzbeinen. Aus den Boxen über der Eingangstür dröhnte Adriano Celentano.

Lissie fing an zu summen: »Azzurro, il pomeriggio è troppo azzurro e lungo per me …«

»Sag endlich, was mit dir los ist«, sagte Pavarotti.

»Der Nachmittag ist viel zu lang für mich, und beinah, beinah steig ich dann in den Zug, denn ich liebe dich«, sang Lissie unerschüttert weiter.

»Hör auf damit«, brüllte Pavarotti.

Der Kellner erschrak und ließ das Tablett fallen. Die Tasse mit dem Krönchen purzelte auf den Boden und zersprang.

Lissie warf Pavarotti einen vernichtenden Blick zu und stand auf, um dem Kellner beim Einsammeln der Scherben zu helfen. Sie fasste sich an ihren Verband und schüttelte den Kopf, damit alle Anwesenden wussten, wie groß ihre Schmerzen waren und wer schuld an dem Malheur war.

Pavarotti rührte sich nicht vom Fleck.

Als sie wieder zurück an den Tisch kam und sich hinsetzte, sagte er so ruhig wie möglich: »Also.«

Sie zog einen Flunsch wie ein Kind. »Was soll sein? Da hatte es jemand eilig, und ich war im Weg.«

»Du willst mir einreden, dass das bloß Fahrerflucht war und kein Mordanschlag? Das ist kompletter Schwachsinn. Wir haben eine Augenzeugin, die aus dem Fenster geschaut hat. Der Wagen kam direkt auf dich zu, und er hat beschleunigt.«

Lissie zuckte die Achseln.

Pavarotti stand auf und packte Lissie am rechten Arm. »Hopp, hopp, zurück ins Krankenhaus. Professor Walter hat sich geirrt. Du bist nicht bei Verstand.«

»Nein!« Das Wort klang wie ein erstickter Schrei. »Nicht zurück«, setzte sie hinzu, leiser. Nach einer Minute hob sie den Kopf. »Anna hatte irgendwas herausgefunden, aber ich weiß nicht, was.«

»Wie meinst du das?«

»Irgendwas, das mit Nazis zu tun hat, die über Meran ins Ausland geflüchtet sind. Es muss mit ihrem neuen Buch zusammenhängen, das nicht mehr aufzufinden ist.«

»Was redest du da? Der Verlag hat mir das Manuskript geschickt. Ich habe es fast durch.«

»So, so. Wovon handelt es denn?«

Pavarotti dachte nach. »Grundstücksspekulationen. Irgendjemand kauft Grundstücke in Meran auf, und dann –«

»… wird er umgebracht«, unterbrach ihn Lissie. »Was du liest, ist das Vorgängerbuch. Der Verlag verarscht dich. Das Manuskript ihres neuen Buchs ist spurlos verschwunden, aber das soll keiner wissen. Ich soll es an Annas Stelle schreiben.«

»Deshalb bist du also hier«, sagte Pavarotti.

»Unsinn«, sagte Lissie. »Denkst du wirklich so von mir?«

»Ich weiß nicht, was ich denken soll.«

Lissie wich seinem Blick aus. »Ich will mein eigenes Buch schreiben«, sagte sie. »Herausfinden, was passiert ist.« Jetzt schaute sie ihn an. »Hätte ich rundweg abgelehnt, hätte mein Verleger jemand anders angeheuert. Und dieser Jemand wäre auf der Bildfläche erschienen und hätte mir dazwischengefunkt.«

Das war auf die Schnelle gut ausgedacht. Die Wahrheit klang anders.

Jemand war tatsächlich in Meran aufgetaucht, aber dieser Mensch war kein Schriftsteller, sondern ein Mörder.

Plötzlich fühlte Pavarotti eine Berührung. Lissies Hand lag auf seiner, und ohne dass er etwas dagegen tun konnte, schlossen sich seine Finger um ihre kleine Hand und drückten sie.

»Ich hab dich angelogen«, sagte sie mit heiserer Stimme.

In so vielen Dingen, dachte er, und sein Herz krampfte sich zusammen.

»Ich habe Anna nicht bloß flüchtig gekannt«, sagte Lissie. »Sondern sogar ziemlich gut.«

Pavarotti zog seine Hand weg.

»Alles in Ordnung?«, fragte Lissie.

»Alles bestens. Erzähl.«

»Nach unserer gemeinsamen Lesung haben wir uns angefreundet. Die Veranstaltung war ein kompletter Misserfolg, weil Anna so affektiert vortrug und der Funke nicht übersprang. Ich war neugierig, was hinter dem Theater steckte.«

Das kaufte Pavarotti ihr unbesehen ab. Lissie hatte eine Schwäche für verlorene Seelen.

»Sie war furchtbar einsam und unglücklich mit ihrem Mann«, fuhr Lissie fort. »Ich habe nicht lange gebraucht, um es aus ihr herauszuholen. Anfangs ging es bloß um das Haus. Wenn etwas herumlag, wurde Lex verrückt. Alles musste im rechten Winkel angeordnet sein. Damit konnte Anna halbwegs umgehen. Sie hatten ja eine Putzfrau.«

»Helena Schirinka«, sagte Pavarotti.

Lissie nickte. »Mich konnte die Schirinka genauso wenig leiden wie Anna. Für die waren wir Bazillen in der keimfreien Atmosphäre dieser Villa.«

Ihre Augen verdunkelten sich. »Ein Jahr nach der Hochzeit ging es mit den Kontrollen los. Anna musste ihren Tagesablauf dokumentieren. Lex wollte genau wissen, wann sie sich mit wem traf. Bald reichte ihm das nicht mehr. Er fing an, ihr alles Mögliche zu verbieten. Harmlose Dinge. Treffen mit ihrem Verleger, Besuche im Fitnessstudio.« Sie schüttelte den Kopf, als Pavarotti etwas sagen wollte. »Sie hatte kein Verhältnis. Lex hatte keinen Grund, eifersüchtig zu sein. Für ihn war es ein Machtspielchen, er wollte die totale Kontrolle über sie.« Lissie stockte. »Irgendwann hat sie mir dann ihre blauen Flecke gezeigt.«

»Ihr Mann hat sie geschlagen?«

Lissie nickte. »Bei jeder Kleinigkeit setzte es Schläge. Nicht ins Gesicht, das hätte ja Fragen aufgeworfen. Das Schwein hat sie in den Bauch geboxt.«

Pavarotti konnte es nicht fassen. »Warum hast du mir das nicht früher erzählt?«

»Weil ich mich geschämt habe, dass ich ihr nicht helfen konnte«, schniefte Lissie. »Ich hab sie immer wieder angefleht, dass sie sich von Lex trennt, bevor er sie totschlägt. Aber sie hat es nicht fertiggebracht.« In ihren Augen standen Tränen. »Ich hätte ihr helfen sollen. Ich war überhaupt keine Freundin. Ein Scheiß war ich.«

Dann hob sie den Kopf und sah ihn an. »Ich kann Frauen nicht verstehen, die sich schlagen lassen. Deshalb bin ich wohl zu wenig auf sie eingegangen. Stattdessen hab ich sie angeschrien. Das war das Ende unserer Freundschaft. ›Lass mich in Ruhe‹, hat sie gesagt. Das war das letzte Mal, dass ich mit ihr geredet hab.«

Pavarotti überlegte. Das warf ein neues Licht auf den Fall.

Er rief in der Meraner Gerichtsmedizin an. »Nein«, sagte Landers' Assistent. »Die Frau Doktor ist leider immer noch krank. Der Kollege aus Bozen ist in Urlaub. Wir haben die Autopsien der beiden Deutschen noch nicht durchführen können.«

Pavarotti legte auf, bevor er beleidigend wurde. Die Landers war eine Katastrophe. Ihre Vorgängerin, Pavarottis Schwester Editha, war angetrunken zum Dienst erschienen, aber sie obduzierte mit zwei Gläsern Wein im Kopf besser und schneller als die Landers.

»Lex Santer war ein schwer gestörter Mensch mit einem Hang zur Gewalt«, sagte Lissie. »Ein Jammer, dass er ebenfalls ermordet wurde. Sonst hättest du den Fall so gut wie gelöst.«

Der Sohn des Querulanten

LEX

Frankfurt, 1969 bis 2000

Manche Menschen haben das Unglück, sich an jemanden zu binden, der das Schlimmste in ihnen zum Vorschein bringt. Dem wilden Reiz, der von einer solchen Beziehung ausgeht, können sie nicht widerstehen. Sie tun so, als wäre es Liebe, aber in Wahrheit ist es bloß eine Sucht. Bald zappelt jeder am Haken des anderen, und je mehr er sich wehrt, desto tiefer gräbt sich die Spitze in sein Fleisch.

Lex besaß nur sehr wenig Empfindungsvermögen für andere Menschen. Seine Kindheit war im Alter von zehn Jahren, zwei Monaten und einem Tag vorbei, in dem Moment, als seine Mutter starb.

Sie hatte alles getan, was sie konnte, um ihn vor seinem Vater zu beschützen, aber Tod und Teufel verhinderten, dass sie ihrem Sohn zur Seite stehen konnte, bis seine Gefühle gefestigt waren.

So, wie es kam, hatte Lex seinem Vater nichts entgegenzusetzen.

Rudolf Santer war ein Mann mit dumpfen Augen und einem Gesicht, in dem es ununterbrochen arbeitete. Er hatte eine Stellung als Busfahrer bei den Frankfurter Stadtwerken, bis sie ihn schließlich entlassen mussten.

Rudolf Santer schlug seinen Sohn nicht, Gott bewahre, und er hätte jedem Lehrer, der das wagte, einen zornigen Vortrag gehalten.

Zornige Reden schwingen, das konnte er. Es war sein Lebensinhalt.

Sein Lieblingsthema waren die Nazis.

Wenn er davon anfing, schüttelten die Leute den Kopf, denn schließlich waren die Braunhemden längst im schwarzen Loch der Geschichte verschwunden, und alle wollten sie diese Zeiten vergessen, lieber heute als morgen. Es hieß: Was will er denn, der Alte. Der soll bloß den Mund halten und Ruhe geben. Doch statt abzuflauen, wurde seine Wut im Laufe der Jahre immer größer. Das Kriegsende war nie weiter von ihm entfernt als eine kurze Zeitspanne zwischen gestern und heute.

Es war nicht mehr zu ertragen, wie er darüber sprach. Diese leiernde Stimme, als drehe sich eine Trommel in seinem Inneren.

Als Eichmann 1962 in Israel hingerichtet wurde, hatte er bloß mit den Schultern gezuckt. Sein letzter Freund bei den Stadtwerken, der ihm noch geblieben war, verstand ihn nicht. Er müsse doch Genugtuung empfinden, sagte er. Doch Eichmanns Tod ließ ihn kalt.

Was der Freund nicht wusste: Es gab einen ganz bestimmten Grund für Rudolf Santers Zorn, und der hatte sich mit Eichmanns Tod nicht erledigt. Dieser Grund hieß Luis Santer und war Rudolfs Vater, der für den kleinen Rudolf der Größte gewesen war.

Luis Santer war ein waschechter Südtiroler, ein Bergführer der speziellen Sorte, der die meiste Zeit damit verbrachte, Flüchtlinge über die Pässe zu führen. 1947, zwei Jahre nach Kriegsende, verschwand er und wurde nie mehr gesehen. Nach ein paar Jahren übersiedelte seine Frau mit ihrem Sohn nach Frankfurt. Dort lebten entfernte Verwandte, die vor dem Krieg ausgereist waren.

»Diese verdammten Nazis haben meinen Vater auf dem Gewissen«, sagte Rudolf Santer Jahrzehnte später zu seinem Sohn Lex, in einem Ton, der keinen Widerspruch zuließ. Einer von denen hat ihn umgebracht, um seine Spuren zu verwischen.

Angesichts dieser Paranoia verstand sich von selbst, dass Rudolf Santer immer wieder nach Südtirol fuhr. Seine Versuche, herauszufinden, was passiert war, scheiterten ein ums andere Mal. Rudolf Santer war ein einfacher Mann, er war weder phantasievoll noch organisiert genug für eine solche Suche. Er wusste sich nicht zu benehmen und hatte keine Ahnung, wie er mit den italienischen Behörden umgehen sollte.

Als sein Sohn zehn Jahre alt war und seine Frau ihn nicht mehr stoppen konnte, wenn die Tiraden begannen, sah Rudolf die Zeit gekommen, sein Vermächtnis an Lex zu übertragen. Mittlerweile beherrschte ihn der Wahnsinn komplett, und er sah Nazis an jeder Ecke. Überall witterte er dunkle Mächte. Er schrieb Hassbriefe an die örtliche Zeitung, beschuldigte den alten Holzhändler vom Bauhof, er sei ein glühender Verehrer Hitlers, und beschmierte das Fenster des Metzgers, von dem er sich übervorteilt fühlte, mit Hakenkreuzen.

Mit seinem Sohn im Schlepptau reiste Rudolf Anfang der achtziger Jahre das letzte Mal nach Meran, ein hilfloses, vor Wut zitterndes Herumstreifen in der Geburtsstadt seines Vaters, das im Nichts endete und ihn noch verzweifelter und hasserfüllter zurückkehren ließ.

Der zwölfjährige Lex hatte sich vorher schlaugemacht, um seinem Vater zu helfen, und schleppte ihn am letzten Tag ihres Aufenthalts zur Meraner Sektion des Roten Kreuzes, weil dort angeblich Vermisstenlisten geführt wurden. Sie wurden nicht gerade mit offenen Armen aufgenommen, konnten aber schließlich mit einem freiwilligen Helfer im Aktenarchiv sprechen, einem alten Mann namens Pater Lorenz.

Als der alte Pater zugab, dass er 1947 die Fluchthilfe für das Rote Kreuz Meran organisiert hatte, wurde Rudolf Santer ganz aufgeregt, doch dem Mann war der Name Luis Santer nicht geläufig.

»Schlagen Sie es sich aus dem Kopf«, sagte Lorenz und legte Lex' Vater eine Hand auf die Schulter. »Damals, nach dem Krieg, verschwanden so viele. Die Stadt war voller Flüchtlinge. Die meisten waren nicht gemeldet und hatten nicht einmal Papiere. Glauben Sie ernsthaft, dass die Carabinieri die Zeit hatten, jeder Vermisstenmeldung nachzugehen?«

»Aber mein Vater war doch kein Flüchtling!«, begehrte Rudolf Santer wütend auf.

Pater Lorenz seufzte. »Verstehen Sie doch. Es herrschte das

reinste Chaos. Die Polizei war überfordert. Ich konnte nicht einmal einer Mitarbeiterin von mir helfen, die immer noch nach ihrer Mutter suchte. Die Mutter hat sie als Kind, während des Krieges, in einer Hotelhalle abgesetzt und ist nicht wiederaufgetaucht. Es blieb ihr nichts anderes übrig, als sich in ihr Schicksal zu fügen. Ich kann Ihnen nur raten, das auch zu tun. Fahren Sie mit Ihrem Sohn nach Hause und blicken Sie nach vorn.«

Unter dem Schatten von Luis Santer gingen Lex' Kindheit und Jugend dahin. Da, wo Rudolf Santers Liebe zu seinem Sohn hätte sein sollen, da existierte nur ein dunkler Keller voller zorniger Erinnerungen.

Allerdings hatte Lex in zweierlei Hinsicht Glück: Er hatte seine Mutter lang genug gehabt, um zu wissen, was Liebe war. Der zweite Glücksfall war seine Intelligenz, und er stürzte sich auf die Schule, weil sie ihn am Leben hielt.

Mitte der Achtziger fing Rudolf Santer an, wirre Hassparolen zu murmeln, sobald er morgens die Augen aufschlug. In Lex' Schule fiel die Verwahrlosung des Jungen auf, und das Jugendamt zog die Notbremse. Lex wohnte fortan bei einer Pflegefamilie und legte ein Einser-Abitur hin.

Er schien seine Kindheit im Großen und Ganzen heil überstanden zu haben. Von den Jahren unter der geistigen Vormundschaft seines Vaters blieb eine gewisse Pedanterie, ein ausgeprägter Ordnungssinn zurück, der im Laufe der Jahre zunehmen sollte. Und sein Unvermögen, starke Gefühle für andere zu entwickeln.

Alles änderte sich, als er im Alter von einunddreißig Jahren, bei einer Stippvisite in Wien, eine junge Mathematikstudentin namens Anna Winterling vor dem Tod bewahrte.

Ein sicheres Haus

Freitagnachmittag, eine Woche nach den Morden

Pavarotti stellte seinen Wagen auf dem Kornplatz ab. Während er die Stufen zum Kommissariat hinaufeilte, tippte er eine kurze Mail an Polizeichef Alberti, in der er mitteilte, dass er wieder gesund sei.

»Ich bin sicher, dass ich Ihr Einverständnis habe, eine Fahrerflucht zu untersuchen, bei der eine deutsche Touristin verletzt wurde«, schrieb er. Als er die Tür aufschloss, hatte er bereits die Antwort.

»Finden Sie den Täter, und presto, wenn ich bitten darf! Wir haben sowieso schon sinkende Besucherzahlen.«

Irgendetwas ließ Pavarotti keine Ruhe. Je intensiver er darüber nachdachte, umso unschärfer wurde seine Erinnerung. War es das Gespräch mit Lissie? Von der Unterhaltung hatte er nur zwei Dinge behalten: dass Lex Santer seine Frau geprügelt hatte – und Lissies Hand, die sich auf seine legte.

Erst als er hinter seinem Schreibtisch Platz nahm und sein Blick auf den Packen Manuskriptseiten fiel (dem er seine immer noch sichtbare Scharte auf der Wange verdankte), fiel der Groschen.

»Emmenegger«, brüllte er.

✳✳✳

Walter Timms feiste Wangen brannten vor Zorn. »Ihretwegen habe ich meinen Rückflug verpasst!«, rief er. »Ich will auf der Stelle mit meinem Anwalt telefonieren. Das wird Konsequenzen für Sie haben!«

»Es steht Ihnen natürlich frei, Ihren Rechtsbeistand zu kontaktieren«, sagte Pavarotti gleichmütig. »Obwohl Sie ja nicht festgenommen sind, sondern nur zu einer Befragung einbestellt wurden. Deshalb sehe ich momentan keine Notwendigkeit für einen Anwalt. Noch nicht.« In diesen letzten Worten schwang allerdings etwas Drohendes mit, was Timm nicht entging.

Der Ausbruch schien Timms Energie erschöpft zu haben. Stattdessen schlich sich ein boshaftes Funkeln in seine Augen. Es schien fast, als genieße der Verleger das Verhör als willkommene Ablenkung von seinem Bücheralltag.

»Ihre Anzüge werden zurzeit erkennungsdienstlich behandelt«, informierte ihn Pavarotti. »Vielen Dank übrigens für die Überlassung. Woher stammt eigentlich dieser Ölfleck?«

»Welcher Fleck?« Um Timms Mundwinkel zuckte es.

»Als wir uns im Meraner Hof begegnet sind, fiel mir ein Ölfleck auf Ihrer Anzughose auf, als Sie die Beine übereinanderschlugen«, sagte Pavarotti geduldig. »Also noch einmal: Woher stammt dieser Fleck?«

Walter Timm zuckte mit den Schultern. »Keine Ahnung. Ich habe nichts bemerkt. Worum geht es hier überhaupt? Was werfen Sie mir vor?«

»Überhaupt nichts, zum jetzigen Zeitpunkt. Beantworten Sie einfach meine Frage, Herr Timm.«

»Ich habe keine Ahnung, wie ein Ölfleck auf meine Hose kommt. Woher wissen Sie überhaupt, dass es sich um Öl handelt? Vielleicht ist es kalter Kaffee.«

»Weil Motoröl, auch in kleinen Dosen, ein ganz typisches Aroma ausströmt. Ich wundere mich, dass Sie nichts gerochen haben.«

Timm tippte mit dem Zeigefinger an seine Nase. »Die ist ausschließlich bei Geschäftlichem fein, Herr Kommissar. War es das? Kann ich jetzt gehen?«

»Wo waren Sie, bevor wir uns an diesem Morgen im Hotel getroffen haben?«

»Ich verstehe nicht, was die Frage bezweckt.«

Pavarotti wartete.

Timm gab vor, sein Gedächtnis zu durchforsten, er drehte den Kopf, kippelte mit dem Besucherstuhl, sodass ihn nur der Griff nach einem Stromkabel, das er fast aus der Steckdose riss, vor dem Fallen bewahrte. Als er sich aufrappelte, blieb sein Blick an dem Manuskriptstapel hängen.

»Oje. Ah, das letzte Werk der großen Anna Santer. Hat es Ihnen gefallen?«

Keine Antwort.

»Also nicht. Dachte ich mir schon. Wo ich war? Bei einem zeitigen Frühstück mit meinem Verlegerkollegen. Um die Einzelheiten unserer Zusammenarbeit durchzugehen. Sie erinnern sich vielleicht?«

»Ich habe mir schon gedacht, dass Sie mir damit kommen würden. Diese angeblichen Kooperationsgespräche haben Sie samt und sonders erfunden«, stellte Pavarotti fest. »Mein Kollege hat bereits mit den entsprechenden Verlagen in Südtirol gesprochen. Alle bestreiten, mit Ihnen in Verhandlungen zu stehen.«

»So, tun sie das.« Timms Augen glitzerten. »Meine Güte, wie ehrlich und anständig von den Kollegen hierzulande. Ich hätte gedacht, dass dem einen oder anderen Kandidaten bei der Aussicht das Wasser im Mund zusammenläuft, sodass er bei mir anruft und mich beim Wort nimmt. Im Grunde keine so schlechte Idee, das Ganze.«

»Schluss mit dem Theater. Wo waren Sie an dem fraglichen Morgen?«

»Fraglicher Morgen. Diesen Ausdruck gibt es wirklich? Ich dachte immer, meine Autoren hätten den erfunden.«

»Herr Timm. Wenn Sie nicht auf der Stelle damit aufhören, lasse ich Sie vierundzwanzig Stunden in der Zelle schmoren. Dann wird Ihnen das Lachen schon vergehen.«

Timm seufzte. »Ich bin ein wenig am Fluss spazieren gegangen. Hatte furchtbar schlecht geschlafen.« Theatralisch rieb er sich die Augen. »Und dann war ich tanken. Richtig! Wahrscheinlich habe ich mir dort diesen verflixten Ölfleck zugezogen.«

»Welche Tankstelle?«, fragte Pavarotti müde.

»Puh, da fragen Sie mich was«, sagte Timm und spitzte die Lippen. »Es war irgendwo in der Innenstadt. Ich kenne mich in Meran leider nicht gut aus.«

»Zeigen Sie mal die Quittung her.«

»Oh, das tut mir jetzt aber leid«, flötete Timm. »Die habe ich weggeworfen.«

»Und Sie haben natürlich bar bezahlt?«

»Richtig, Herr Kommissar.«

»Mit was für einem Wagen sind Sie in Meran unterwegs?«

»Mit einem Leihwagen von AVIS. Ein schwarzer BMW X5.« Er verzog das Gesicht. »Die Kiste ist sagenhaft untermotorisiert. Man kommt kaum vom Fleck. Das nächste Mal gehe ich wieder zu Hertz.«

»Besitzt der Wagen schwarze Nummernschilder?«

»Wie bitte?« Das erste Mal machte Timm einen unsicheren Eindruck. »Äh ... ich weiß nicht. Schwarz? Nein, ich glaube, die sind weiß. Wie daheim in Deutschland.«

»Ich gratuliere. Damit haben Sie das erste Mal während dieser Unterhaltung die Wahrheit gesprochen«, sagte Pavarotti trocken. »Alles andere gehört ins Reich der Dichtung. Warum schreiben Sie nicht selber einen Roman?«

»Vielleicht habe ich das ja schon getan«, grinste Timm. »Aber das darf keiner wissen. Schließlich bin ich Geschäftsmann und schwebe gewissermaßen über den Wassern. Stellen Sie sich vor, das Buch floppt. Wie stehe ich dann da? Wer soll mich noch respektieren?« Bester Laune schlug sich Timm auf die Schenkel, strahlte mit der Sonne um die Wette. »Sie nehmen mein Geheimnis doch mit ins Grab, Herr Kommissar?« Timm blickte auf einmal ganz treuherzig drein.

»Das andere Geheimnis auch?«

»...?«

»Dass Sie Ihre Leser betrügen wollen.« Pavarotti deutete auf das Manuskript auf dem Tisch. »Das ist Schnee von gestern. Es gibt kein neues Manuskript. Das Buch, das Sie in Kürze auf den Markt bringen wollen, ist leider spurlos verschwunden, und Lissie von Spiegel soll Ihnen aus der Klemme helfen. Sie ...«, er zeigte auf Timm, »... haben mir einen Bären aufgebunden. Ein letztes Fragment als Zugabe für einen Sammelband, ja? Blödsinn! Ihnen fehlt ein komplettes Buch!«

Pavarotti hatte sich in Rage geredet, aber Timm gab sich unbeeindruckt, zupfte nur ein wenig an seiner messerscharfen Bügelfalte.

»Na und?«, sagte er lächelnd. »Dann läuft das Buch eben unter zwei Autoren. Anna hatte die Idee, Lissie hat es zu Ende geschrieben. Ein übliches Vorgehen. Kein Autor ist unersetzbar, einzigartig, eine unverwechselbare Stimme und so weiter, auch wenn sie das alle felsenfest glauben. Übrigens, danke für die Information. Dass Sie Bescheid wissen, spart mir eine Menge Geld.«

»Wovon reden Sie?«

Timm winkte ab. »Verschwiegenheit und solche Sachen.«

Das Telefon klingelte. »Das Motoröl auf der Anzughose ist nicht identisch mit dem Schmutz auf der Kleidung des Unfallopfers«, sagte Arnold Kohlgruber, der Leiter der Spurensicherung. »Außerdem haben wir uns den Wagen, der auf dem Parkplatz vom Meraner Hof steht, von außen angesehen. Der Portier war so frei, uns hinzuführen, gegen ein kleines Trinkgeld, versteht sich. Keine sichtbaren Schäden vorhanden. Mehr konnten wir ohne Durchsuchungsbeschluss nicht tun.«

»Ich besorge den Beschluss.« Pavarotti war enttäuscht, ließ sich jedoch gegenüber Timm nichts anmerken.

»Für heute sind wir fertig«, sagte er. »Sie können gehen. Aber Sie halten sich bitte bis auf Weiteres zu unserer Verfügung. Und Ihren Wagen lassen Sie stehen, bis ich ihn freigebe. Der Durchsuchungsbeschluss geht Ihnen zu.«

Timm klatschte in die Hände. »Herrlich! Staatlich verordnete Ferien hatte ich noch nie.« Wieder legte er einen Finger an die Nase. »Und vielleicht fahre ich sogar mit einem Deal nach Hause, wer weiß?«

Pavarotti wartete, bis Timm an der Tür war und ihm den Rücken zukehrte. Dann sagte er: »Eine Frage hätte ich noch. Warum sind Sie eigentlich hier?«

Der Rücken versteifte sich. Langsam drehte sich Timm um. Auf seinem Gesicht erschien ein schalkhaftes Lächeln, aber seine Augen waren schmal. »Na, was glauben Sie wohl, Herr Kommissar? Natürlich um zu sehen, wie meine neue Star-Autorin mit dem Buch vorankommt! Aber das konnte ich Ihnen ja kaum auf die Nase binden, oder?«

Und mit einem kleinen, gezierten Winken mit der rechten, über den Kopf erhobenen Hand marschierte Timm aus dem Büro und durch den Bereitschaftsraum, vorbei an einem verdutzten Emmenegger, der den Kopf nach ihm drehte, und hinein in seinen Überraschungsurlaub in Meran.

✳✳✳

»Was war denn das?«, wollte Emmenegger wissen.

»Er hält sich für ungemein witzig«, sagte Pavarotti. »Für ein Geschenk Gottes an die Menschheit. Ich bezweifle, dass er unser Mann ist. Aber man kann nie wissen. Wir müssen abwarten, ob sein Leihwagen sauber ist.«

Er trat hinter Emmeneggers Schreibtisch, auf dem ein aufgeklappter Laptop neben dem PC stand.

»Es tut mir leid, Ispettore«, sagte er. Um ein Haar hätte er ihm die Hand auf die Schulter gelegt. »Es war unverzeihlich, wie ich Sie behandelt habe.«

»Schon gut«, sagte Emmenegger und tat so, als erforderten der Bildschirm und die Tastatur seine ganze Aufmerksamkeit.

Nach einem getippten Befehl erschien das bläuliche Bild einer Überwachungskamera, die den Eingangsbereich einer Villa zeigte. Ein Carabiniere mit Schirmmütze stand breitbeinig davor und rauchte eine Zigarette.

»Der Mann soll nicht rauchen, sondern aufpassen«, ereiferte sich Pavarotti.

»Das macht er, vertrauen Sie mir«, gab Emmenegger zurück. »Das ist Cavalle, ihr bester Mann.« Emmenegger zeigte auf einen Punkt auf dem Schirm. »Sehen Sie, hier. Seine rechte Hand schwebt über seinem Holster. Der Mann ist ein exzellenter Schütze und extrem schnell.«

»Wenn Sie es sagen«, brummte Pavarotti. »Was macht unser Gast?«

»Ich glaube, sie schläft«, sagte der Ispettore. »Aber sehen Sie selbst.« Er gab eine Tastenkombination ein, und auf dem Bildschirm erschien ein Zimmer. Die Kamera war auf ein breites Doppelbett gerichtet. Auf dem Bett lag Lissie von Spiegel, in einer seitlich zusammengekrümmten Haltung wie ein Embryo. Am linken Rand des Bildausschnitts war das weiße Viereck eines vergitterten Fensters zu sehen.

Pavarotti starrte auf den Bildschirm. »Haben Sie das Haus noch einmal genau überprüft, Ispettore? Wir haben es schließlich noch nie benutzt.«

Emmenegger drehte sich zu ihm um und nickte. »Selbstverständlich. Ich komme gerade vom Winkelweg. Sechs Überwachungskameras im Außenbereich, allein vier im hinteren Teil des Gartens, zwei vorne am Haupteingang. Im Innenbereich noch einmal sechs Kameras. Sensoren im Garten und rund um das Haus. Ein hochempfindliches Alarmsystem, das mit uns und der Notrufzentrale der Carabinieri verbunden ist. Ich habe alles getestet, direkt vor Ort und dann noch einmal hier, vom Laptop aus.«

Weil Pavarotti noch nicht überzeugt aussah, fügte Emmenegger hinzu: »Als die früheren Eigentümer die Villa seinerzeit der Stadt übereignet haben, hat Alberti persönlich dafür gesorgt, dass nur das Beste eingebaut wurde. In die Fenster wurde Panzerglas eingesetzt, außerdem jedes einzelne von ihnen zusätzlich mit Gittern aus Schmiedestahl gesichert, die auch ein Laser nicht so einfach durchschneiden kann.«

Natürlich erinnerte sich Pavarotti. Es war nur so, dass diese Villa am Winkelweg, dieses düstere, efeuüberwucherte Haus mit Fenstern, die Schießscharten glichen, nicht den Eindruck vermittelte, als könne es jemanden gegen das Böse schützen. Diese Villa hatte nie etwas Gutes beherbergt.

Pavarotti war dagegen gewesen, dieses Gebäude zu dem einzigen sicheren Haus der Polizei in Meran umzubauen.

Dass die Stadt mittlerweile wegen der rapide zunehmenden Bandenkriminalität eine Einrichtung wie diese benötigte, stand außer Zweifel. Doch Pavarotti verstand nicht, wie jemand glauben konnte, in diesem Haus könne irgendjemand sicher sein. (Natürlich hatte er diese Gedanken mit niemandem teilen können, ohne sich lächerlich zu machen.) »Sie ist sicher, Chef«, sagte Emmenegger nachdrücklich. Er schien zu ahnen, was in dem anderen vorging.

»Was gibt es sonst?«, fragte Pavarotti.

»Mit dem Wagen bin ich bislang nicht weitergekommen«, antwortete Emmenegger. »Hat sich Frau von Spiegel noch an etwas erinnert? Vielleicht an das Fabrikat? Schwarze SUVs gibt es in Meran wie Sand am Meer.«

»Ja«, sagte Pavarotti. »Da ist noch ein Detail. Aber ich bin nicht sicher, wie zuverlässig ihr Gedächtnis funktioniert.«

Emmenegger beugte sich vor.

»Sie glaubt, der Wagen hatte ein schwarzes Nummernschild.«

Emmeneggers Augenbrauen schossen in die Höhe. »Schwarz? Seit Mitte der Achtziger werden in Italien keine Neuwagen mit schwarzen Nummernschildern mehr zugelassen, wenn ich richtig informiert bin. Sollte Frau von Spiegel recht haben, kann es sich nicht um einen Leihwagen handeln. Keine Mietwagenfirma verleiht dreißig Jahre alte Autos. Was sagt die Zeugin, diese Nachbarin, die aus dem Fenster geschaut hat? Hat sie das Kennzeichen gesehen?«

»Nein. Die Frau ist achtundsiebzig, ihre Augen sind nicht mehr die besten. Sie erinnert sich weder an eine Ziffernkombination noch an die Farbe des Autokennzeichens. Auch nicht daran, ob das Kennzeichen einen blauen Balken hatte wie bei den deutschen Nummernschildern. Den Namenszug einer Leihwagenfirma hat sie auch nicht bemerkt. Für sie war es einfach ein großer schwarzer Wagen. Vorne habe er silbern geglänzt, also vielleicht ein silberner Kühlergrill. Keine Ladefläche. Die Schnauze war angeblich ziemlich lang. Damit scheidet ein Van aus, ebenfalls ein Pick-up. Es war definitiv ein SUV oder ein Geländewagen und keines der Kompaktmodelle. Vielleicht ein Range Rover, ein Jeep oder etwas Ähnliches.«

Die Finger des Ispettore flogen über die Tasten. »Liechtenstein ist das einzige Land in Europa, in dem es heute noch«

Autokennzeichen mit weißer Schrift auf schwarzem Grund gibt.«

Pavarotti stöhnte. »Liechtenstein ist eine Steueroase. Vielleicht haben die Morde und der Anschlag auf Lissie doch einen finanziellen Hintergrund.«

Er hielt inne. »Haben wir schon Ergebnisse aus Deutschland? In Bezug auf die Unternehmen, die aufgrund von Santers Analysen besonders schwer geschädigt wurden?«

Emmenegger raschelte mit einem Papierstapel. »Ja. Es handelt sich um ein Dutzend Fondsgesellschaften. Drei davon haben geklagt und verloren. Die anderen haben es erst gar nicht versucht. Die Kripo in Bad Homburg hat die Alibis überprüft.«

»Alibis von wem?«

»Die der Vorstände, des oberen Managements und der jeweiligen Sicherheitschefs.« Der Ispettore zog eine Grimasse. »Ja, mir ist klar, dass das verflucht unbefriedigend ist. Ein paar der Unternehmen sind groß. Die beschäftigen mehrere hundert Mitarbeiter. Von den Chefs war es jedenfalls keiner. An dem Abend, an dem die beiden Santers ermordet wurden, wurde ein wichtiger Kongress der Fondsbranche mit einem Abendempfang eröffnet. In Mannheim, das ist südlich von Frankfurt.«

»Ich weiß, wo Mannheim ist«, sagte Pavarotti.

»Bis auf drei Leute haben sich alle am Einlass registriert. Zwei waren im Urlaub und hielten sich an dem Abend nachweislich in ihren Hotels auf, und einer lag krank im Bett, ebenfalls bestätigt, diesmal durch die Ehefrau. Die Veranstaltung fing um neun Uhr abends an. Die Santers wurden nicht später als dreiundzwanzig Uhr erschossen. Es ist unmöglich, innerhalb von zwei Stunden von Mannheim nach Meran zu kommen.«

»Wie steht's um das Alibi von Julius Schaller, dem Kompagnon von Lex Santer? Er behauptet, ebenfalls bei dem Empfang gewesen zu sein.«

Emmenegger griff nach dem Ausdruck und fuhr mit dem Finger an einer Kolonne von Namen entlang. »Schaller steht auf der Liste. Mit persönlicher Unterschrift. Foliaris Leute haben sie mit seiner Originalunterschrift verglichen. Sie stimmen überein.«

»Hm. Wenn die Veranstaltung so wichtig ist, warum hat Santer nicht teilgenommen? Warum hat er seine Frau nach Meran begleitet, wo sie doch sonst immer allein gefahren ist?« Pavarotti berichtete Emmenegger von dem Gespräch mit Alexander de Vlies. »Warum hat der Mann angefangen, seine Firma zu vernachlässigen?«

»Merkwürdig«, sagte Emmenegger. »Vielleicht hatte Santer Angst. Vielleicht war es doch ein Auftragsmord. Aber irgendwie ...«

»... glauben wir beide nicht daran«, unterbrach ihn Pavarotti. »Wenn Santer das Ziel war, hätte es genügend Gelegenheiten gegeben, ihn allein zu erwischen. Warum der Overkill mit der Frau? Kein Profi tut so etwas. Übrigens – ich weiß, dass Sie mit Frau von Spiegel gesprochen haben, bevor der Unfall passiert ist«, sagte Pavarotti in nüchternem Ton. »Hat sie etwas gesagt?«

Emmenegger, dessen Hals sich gerötet hatte, berichtete stockend von den Beobachtungen des Kellners Lupo Sanic. Dass Lissie im Frühjahr mit Anna Santer am Pool des Hotels gesehen wurde, wo die Santers erschossen wurden, verschwieg er.

»Lex Santer war hinter irgendetwas her«, schloss er seinen Bericht und vermied dabei, Pavarotti anzusehen.

Der massierte seine Hand und beschloss seinerseits, seinen Undercover-Einsatz für sich zu behalten.

Dann schaute er Emmenegger ins Gesicht.

»Ich weiß, dass es ungeheuerlich klingt, Lissie von Spiegel könne etwas mit dem Verbrechen zu tun haben. Schließlich kennen wir die Frau seit vielen Jahren. Aber denken Sie daran – sie ist nicht mehr dieselbe wie damals.«

Emmenegger starrte auf den flimmernden Bildschirm.

»Ihr fehlt ein Platz in der Welt, und wenn jemand wie Anna Santer ...« Pavarotti hielt inne. »Ich bin davon überzeugt, dass jeder von uns dazu fähig ist, einen Mord zu begehen. Niemand kennt einen anderen wirklich. Wir kennen uns ja selbst nicht.«

Schweigen.

Schließlich richtete sich Pavarotti auf. »Konzentrieren wir uns auf den Wagen. Er ist der einzige konkrete Anhaltspunkt, den wir zurzeit haben. Lassen wir mal das Nummernschild beiseite.«

»Aber …«, protestierte Emmenegger.

Pavarotti stoppte den Einwand mit erhobener Hand. »Sie kann sich irren, oder nicht? Die Sache mit dem schwarzen Nummernschild fiel ihr reichlich spät ein.«

Emmenegger antwortete nicht. Er schien tief in Gedanken versunken.

»Schwarzes Nummernschild – pah«, setzte Pavarotti nach. »Emmenegger, überprüfen Sie sicherheitshalber die schwarzen SUVs sämtlicher Leihwagenfirmen in Südtirol.«

Emmenegger stöhnte. Pavarotti achtete nicht darauf. »Am besten über ihre Zentralen in Bozen. Ich möchte eine komplette Liste der Personen, die in den letzten Tagen einen schwarzen SUV angemietet haben. Gehen Sie so weit zurück wie …« Pavarotti überlegte. »Fordern Sie alle Mietverträge an, die eine Woche vor der Ermordung der Santers bis zum heutigen Vorfall geschlossen worden sind.«

Emmeneggers Antwort war ein Kopfschütteln.

»Ja, ich weiß«, sagte Pavarotti. »Das sind Hunderte. Nehmen Sie einen oder zwei Carabinieri zu Hilfe. Der Major der Kompanie gibt Ihnen die Kapazitäten frei, dafür sorge ich.«

Ein kurzes Aufbegehren flackerte in Emmeneggers Augen auf. »Und Sie? Was tun Sie, Chef?«

Pavarotti war schon fast aus der Tür. »Ich bin beim Weißen Kreuz.«

»Jetzt? Jetzt, wo wir in Arbeit ersticken, gehen Sie in aller Ruhe Blut spenden?«, rief Emmenegger entgeistert.

Der Ispettore hätte seinen Chef außerdem noch gern gefragt, warum er der Deutschen schon wieder misstraute, obwohl sie das Opfer gewesen war. Aber er ließ es sein, und das war besser so, denn Pavarotti wäre ihm die Antwort sowieso schuldig geblieben.

Die Wette des Ispettore

Der Mann mit der Blutgruppe Null negativ, ein bei allen Blutbanken dieser Welt heiß begehrter Lebenssaft, marschierte am Eingang des Blutspende-Dienstes der Sektion Weißes Kreuz Meran vorbei. Vor einer Tür mit der Beschilderung »Sektionsleitung« machte er halt.

Nach einem kurzen, nicht eben freundlichen Wortwechsel mit dem Sektionschef fand er sich in einem großen, staubigen Raum mit Eisenregalen wieder, die bis zur Decke reichten und mit verblichenen Aktendeckeln vollgestopft waren. Eine Glühbirne baumelte von der Decke. Es gab einen Tisch und einen Stuhl, der keinen sehr stabilen Eindruck machte. Das war alles.

Seine Vorstellung, wonach er suchen sollte, war mehr als vage, und die Sektion würde ihm keine Hilfe sein.

Was ihn nicht hätte wundern dürfen. Das erst weit nach dem Krieg gegründete Weiße Kreuz hatte kein Interesse daran, in die Machenschaften der italienischen Schwesterorganisation Croce Rossa verstrickt zu werden. Das Internationale Komitee vom Roten Kreuz hatte Pässe an Staatenlose ausgegeben und im Zuge dieses fraglos bewundernswerten Dienstes an der Menschlichkeit leider auch einer ganzen Reihe deutscher Kriegsverbrecher zur Flucht verholfen, die in den Strömen der Flüchtlinge mitgeschwommen waren.

Trotzdem war der Mann, der nicht Blut spenden, sondern Informationen abzapfen wollte, hier richtig. In diesem Haus hatte das Croce Rossa, Sektion Meran, unmittelbar nach dem Krieg seinen Sitz gehabt. Seine Archive lagerten immer noch hier.

Emmenegger als Begleitung wäre eine sinnvolle zeitliche Investition gewesen. Der Ispettore stammte von alteingesessenen Meraner Wein- und Obstbauern ab. Emmenegger hatte Pavarotti einmal in angetrunkenem Zustand mitgeteilt, sein Stammbaum ließe sich fast bis zu Andreas Hofer zurückverfolgen. Der

Mann kannte jeden in Meran, den zu kennen sich lohnte, und er kannte die dunklen Punkte seiner Stadt, auch wenn er es vorzog, nicht darüber zu sprechen, wenn es nicht unbedingt sein musste.

Pavarotti dagegen war aus Bologna, und von seiner Familie – von der nur noch seine Schwester am Leben war – hatte niemand miterlebt, wie es in Südtirol nach Kriegsende zugegangen war. Die Familie Pavarotti hatte mit ihren eigenen Gespenstern gekämpft, die zwischen den Seiten eines Familienalbums klebten.

Die Bilder zeigten das von den Alliierten ausgebombte Elternhaus seines Vaters. Zerstörte, unter Schutt begrabene Straßen. Seinen Großvater Arno, der bei der Schlacht um den Monte Cassino den linken Arm verloren hatte.

Unter einem Foto mit bewaffneten Soldaten, die in die Kamera grinsten, stand in der steilen Handschrift seines Großvaters »suini polacchi«, Polenschweine. Die Polen waren an der Eroberung Bolognas maßgeblich beteiligt gewesen und hatten die italienische Bevölkerung spüren lassen, was sie durch deren frühere Bundesgenossen erlitten hatten.

Pavarotti hasste dieses »suini polacchi«, obwohl ihm klar war, dass damals das Augenmaß aus der Welt geflohen war. Wer an einer Schweinerei wirklich und wahrhaftig Schuld hatte, war in dem Moment gleichgültig, in dem einem jemand ans Leder wollte.

Er warf einen kurzen Blick hinüber zu den Ordnern unter B. Brixen. Bruneck. Bozen.

Hier waren keine Unterlagen über Bologna vorhanden, das viel weiter südlich in der Emilia Romagna lag, natürlich nicht.

Entschlossen trat er auf ein Regal am Ende des ersten Ganges zu. Das M. benötigte die komplette Reihe, und es war ausschließlich einer Stadt gewidmet. Seiner Stadt, mit der er mittlerweile so verwachsen war, dass er oft vergaß, dass er erst seit ein paar Jahren hier lebte.

Für ihn war Meran das Pflaster eines erwachsenen Mannes, keine Stadt aus Kindertagen, und deshalb wusste er nur aus Büchern, was damals passiert war.

Während sich die Bologneser in den Trümmern ihrer Stadt

wiederfanden, entwickelte sich das weitgehend unbeschädigte Meran zu einem Durchgangslager für Flüchtlinge. Die meisten von ihnen hatten es eilig, die norditalienischen Häfen zu erreichen. Sie wollten weg aus dem vom Krieg gezeichneten alten Europa.

Die kleine Kurstadt Meran platzte aus allen Nähten, Nahrungsmittel waren knapp, viele Felder lagen brach, weil die Bauern nicht aus dem Krieg heimgekehrt waren, und an allen Ecken mangelte es an Unterkünften. Obwohl ein paar der Hotels, die zu Lazaretten umfunktioniert waren, bereits leer standen, war ihre Verwendung nach wie vor dem Militär vorbehalten. Der Standortkommandant hielt seine Hand darüber. Es kam nicht in Frage, Zivilisten dort unterzubringen, schon gar nicht solche, die sich nicht ausweisen konnten.

Die Flüchtlinge saßen fest, ohne Papiere und ohne Möglichkeit zur Weiterreise. Das Croce Rossa war ihre einzige Hoffnung.

Es war im Grunde egal, womit er anfing. Ein Ordnungsprinzip schien es nicht zu geben, oder falls ja, würde es ihm der Sektionschef garantiert nicht verraten.

Er begann mit den Aktendeckeln auf Brusthöhe. Der erste enthielt eine Liste der Gründungsmitglieder des Weißen Kreuzes Meran aus dem Jahr 1962. Pavarotti griff nach dem nächsten. Gefahrene Rettungseinsätze aus den Jahren 1963 bis 1970. Die ersten Bergrettungsflüge mit dem Hubschrauber. Plakate mit dem Aufruf zum Blutspenden aus dem Dezember 1972.

Alte Akten waren nicht dabei. Er bückte sich. Weiter unten stapelten sich Unterlagen aus den Achtzigern und Neunzigern

Sein Blick wanderte nach oben. Die Aktendeckel auf dem obersten Regal waren von einer dicken Staubschicht bedeckt und unerreichbar, und es half auch nichts, dass er sich auf die Zehenspitzen stellte.

Kurz entschlossen packte Pavarotti den Tisch, rückte ihn ans Regal und schwang sich auf die Tischplatte. Als er die erste Akte herunterzog, musste er husten, so dick war die Staubwolke, die sich erhob.

Treffer. Sie war mit einem großen runden Stempel markiert – rotes Kreuz auf weißem Grund. Und sie betraf das Jahr 1945.

Nach einer halben Stunde stieß er in einem Ordner mit der Aufschrift »Personal/1947« auf Gold.

Gutwanger, Rosa, neunzehn Jahre alt.

Funktion: Passstelle, Assistenz.

Einstellungsdatum: Jänner 1947.

Austritt zum 30. September 1947.

War ihr gekündigt worden, oder hatte sie ihre Anstellung aus eigenem Antrieb aufgegeben?

Er betrachtete das Schwarz-Weiß-Foto. Ein hübsches Mädchen mit dunklen, kinnlangen Locken und einem entschlossenen Zug um den Mund. Die Augen blickten den Betrachter forschend an, als fragten sie sich, ob sie ihm trauen konnten. Sicher eine Nachwirkung des Krieges, aber in diesem Blick lag mehr als das. Rosa Gutwanger machte den Eindruck einer tüchtigen jungen Frau, die ihre Arbeit ernst nahm und sich nicht so leicht beeindrucken ließ.

Er sah sich um. Kein Kopierapparat. Zweifellos würde er eine Kopie im Sekretariat des Sektionsleiters anfertigen können, aber er hatte nicht vor, den Mann einzuweihen. Kurz entschlossen faltete er Rosa Gutwangers Personalakte zusammen und steckte sie in die Innentasche seines Jacketts.

Wenn Rosas Arbeit bei der Passstelle des Croce Rossa der Schlüssel war, dann engte das seine Suche auf die ersten neun Monate des Jahres 1947 ein.

Hustend und fluchend fuhr er fort, sich durch die Stapel zu wühlen, pustete den Staub von kartonierten Oberflächen, blätterte durch vergilbte, mit Schreibmaschine getippte Seiten, überflog zahllose Antragsformulare für Pässe, abgestempelt und genehmigt durch das Croce Rossa in Rom.

In ganz Südtirol waren es weit über hunderttausend neue Pässe, die ausgegeben wurden, allein in Meran Zigtausende. Genau wusste das keiner. Die Formulare waren nicht einmal alphabetisch geordnet, sie waren einfach übereinandergestapelt, so wie die Nazis das mit den Leichen von dreihundert italienischen

Zivilisten getan hatten, nachdem sie sie in den Ardeatinischen Höhlen südlich von Rom erschossen hatten.

Er war erschöpft, sein Hals schmerzte. Trotzdem machte er weiter. Betrachtete Fotos, die von billigen Fotografen in Meran aufgenommen worden waren, und erkannte die Hoffnung auf ein besseres Leben in den leidgeprüften Gesichtern, auf denen der Staub von siebzig Jahren lag.

Keiner der Männer kam ihm bekannt vor.

Er wusste natürlich, wie Eichmann und Mengele ausgesehen hatten. Doch es hatte so viele andere Kriegsverbrecher gegeben, die eine Fluchtroute über Meran genommen und sich hier neue Pässe beschafft hatten.

Sein Blick fiel auf ein zugemauertes Viereck an der Wand. Das war kein früheres Fenster; die Wand war innenliegend. Unterhalb des Vierecks ragte ein Stück Marmor aus der Wand, das wie eine Art Fensterbrett aussah. Eine Durchreiche oder ein Tresen? Vielleicht war die Passstelle, in der Rosa Gutwanger gearbeitet hatte, genau hier gewesen.

Da entglitt eine Akte seinen Händen. Dutzende von Blättern segelten durch die Luft. Der Aktendeckel landete mit einem lauten Klatschen zu seinen Füßen. Stöhnend stieg er vom Tisch herunter, hob die Papiere auf – und erstarrte.

Vor ihm lagen Dutzende von Blättern mit Namenslisten von Menschen, die einen Pass beantragt hatten. Die eng beschriebenen Seiten waren mit einer Büroklammer an der Innenseite der Akte befestigt gewesen, und er hätte sie um ein Haar übersehen.

Die Liste begann mit Dienstag, 1. Januar 1946. Sie enthielt Namen, Nationalitäten, Antragsdaten, ein Feld mit einem Kreuzchen, ob der Antrag genehmigt worden war, die Daten der Aushändigung des Passes und Aufenthaltsorte in Meran.

Fieberhaft blätterte er weiter. Die vorletzte Seite endete mit dem 30. November 1946. Das letzte Blatt begann mit dem 4. Oktober 1947.

Er ließ die Papiere sinken. Ein komplettes Blatt fehlte.

Die Tür öffnete sich, und der Sektionsvorsteher streckte seinen Kopf herein.

»Hören Sie …« Er starrte auf die herumliegenden Unterlagen. »Was zum Teufel ist hier los?«

»Ich möchte die Besucherliste. Hier fehlen Unterlagen«, sagte Pavarotti und streckte ihm die unvollständige Akte entgegen.

»Kein Wunder!«, rief der Mann. »Sehen Sie nur, was Sie angerichtet haben! Sie haben nicht einmal die Autorisierung, hier zu sein! Ich habe eben mit Ihrem Vorgesetzten gesprochen. Er weiß überhaupt nichts von dieser Durchsuchung. Verschwinden Sie, bevor ich mich bei der Staatsanwaltschaft über Sie beschwere, weil Sie ohne Durchsuchungsbeschluss hier eingedrungen sind und unser Archiv verwüstet haben!«

Pavarotti maß ihn von oben bis unten, dann marschierte er nach draußen.

Außer Sichtweite zog er Rosas Personalakte hervor und starrte auf ihr Foto.

Was weißt du?

Jemand war in diesem Archiv gewesen und hatte den entscheidenden Teil der Liste gestohlen.

Warum? Was für ein Name stand auf dieser Liste? Um welchen dieser vielen Menschen, die in den Monaten Januar bis September 1947 einen Pass beantragt hatten, ging es bei diesem verdammten Fall?

※※※

Als Emmenegger das dritte Mal innerhalb weniger Tage dem Burggrafen zustrebte (eine geringfügige Frequenz im Vergleich zu früheren Zeiten), wurde sein Herz schwer.

Alles hatte sich verändert. Die Zeiten waren vorbei, in denen ihr Trio unzertrennlich war.

Lissie, die Kluge mit der Traurigkeit in ihrem großen Herzen. Sein Chef, der Meisterdenker, ängstlich darauf bedacht, seinen weichen Kern unter einer rauen Schale zu verbergen. Und schließlich er selbst, nicht mehr der Jüngste, solide (inzwischen), ein fügsamer Laufbursche (je nachdem) und hartnäckig (meistens), wenn er sich auf eine Fährte setzte.

Im mittleren Alter hatte Emmenegger das Internet als späte Liebe für sich entdeckt. Er war ein erstklassiger Rechercheur, jawohl, und diese Fähigkeit hatte ihm den Ispettore eingebracht, aber er hätte den Titel mit Freuden hergegeben, wenn die beiden anderen des Trios zusammenkämen oder wenigstens wieder Freunde würden. Es sah allerdings zurzeit nicht so aus, als würde das jemals geschehen.

Jeder ging eigene Wege, in die er die anderen nicht einweihte. Bei einer Zivilistin, wie Lissie von Spiegel eine war, mochte das noch hinnehmbar sein, aber wenn zwei Polizisten nicht offen zueinander waren, bedeutete das über kurz oder lang das Ende der Zusammenarbeit.

Das erste Mal, seit Martha gestorben war, machte sich Emmenegger Gedanken um seine Zukunft. Was würde er tun, wenn Pavarotti und er nicht mehr miteinander auskamen? Er müsste Meran verlassen, so viel war klar, denn außer der Mordkommission am Kornplatz gab es keine andere. Der Wechsel zu den Carabinieri kam nicht in Frage. Er war Ermittler und kein Gendarm, und in einer paramilitärischen Organisation würde er sich niemals wohlfühlen. Die heutige kurze Tuchfühlung mit zwei Angehörigen dieser Einheit hatte ihm wieder einmal genügt.

Emmenegger rief sich zur Ordnung. Sinnlos, sich den Kopf zu zerbrechen. Er konnte den Lauf der Dinge sowieso nicht beeinflussen.

Immerhin war der Berg an Nachforschungen abgearbeitet, den Pavarotti vor ihm aufgehäuft hatte.

Die Verträge der Mietwagenfirmen in dem vom Chef gewünschten Zeitraum waren unterwegs. Per Telefon hatte Emmenegger bereits eine ganze Menge Informationen eingeholt. Der Rest würde per E-Mail folgen.

Zusammengerechnet waren es knapp einhundertfünfzig schwarze SUVs – Jeep Cherokees, Range Rover, Porsche Cayennes, VW Touaregs und ähnliche Wagen –, die in den vergangenen Wochen gemietet worden waren. Bei den Mietern handelte es sich um ein bunt gemischtes Volk aus Deutschen, Holländern, Italienern, Briten und Österreichern. Auch ein paar Amerikaner und Kanadier waren dabei.

Ein einziger Name tauchte auf der Liste auf, der mit den Toten und der Deutschen in Verbindung stand – Walter Timm. An Timms BMW waren keine Mikrospuren einer Kollision zu finden, auch keine von Lissie von Spiegels Kleidung, und die Spurensicherung hatte ihn bereits wieder freigegeben.

Ansonsten – nichts.

Schwarze SUVs waren nun einmal beliebte Leihfahrzeuge in den Bergen, wenn man sich diesen Luxus leisten konnte. Lex Santer hatte selbst einen dieser Wagen gemietet, kurz bevor er starb.

Lex Santer. Der Mann und seine Exkursionen in Meran ließen Emmenegger nicht los. Und weil der Burggraf nun einmal genau in der Mitte des Kreises lag, den Santer in seinem Stadtplan eingezeichnet hatte, stand Emmenegger erneut vor seiner Tür.

Die üblichen Gestalten saßen an ihren Tischen und auf Barhockern am Tresen und stierten in ihre Gläser. Einer murmelte vor sich hin. Was, war nicht zu verstehen, weil das Gemurmel im Radiogedudel aus einem Lautsprecher über der Theke unterging.

Hinter dem Tresen hing ein großer Spiegel, in den die Trinker auf den Barhockern starrten, wenn sie von ihren Gläsern aufschauten. In dem Spiegel waren die Fensterfront und ein Stück der Straße zu sehen.

Die Chance war winzig.

Sein Magen rumorte. Das Pfund Butter, das Emmenegger intus hatte, fühlte sich an wie ein Klotz aus Beton, der auf seine Gedärme drückte.

Hocherhobenen Hauptes drückte er sich an einem Betrunkenen vorbei, nahm einen der Barhocker (die viel zu niedrig für ihn waren) zwischen die Beine wie ein Cowboy, der ein kleines Pony besteigt, um eine berittene Mörderbande zu verfolgen.

Diesmal stand Scurese selbst hinter der Theke. Er zapfte ein Bier, ohne die Augen von Emmenegger zu nehmen.

Scurese lächelte. Emmenegger gefiel das Lächeln nicht.

»Willst du Probleme?« Scurese nahm sein Handy vom Tresen und zeigte damit auf Emmenegger. »Ich brauch nur anzurufen, und schon hast du sie. Jeder weiß, wo du wohnst.«

Emmenegger hielt Scureses Blick stand. »Nein, ich will keine Probleme. Ich will ein paar Informationen.«

Scurese stöhnte auf, machte eine große Nummer aus seinem gespielten Überdruss, aber sein Blick blieb eiskalt. »Was daran hast du beim letzten Mal nicht verstanden? Der Typ, nach dem du suchst, war nicht hier.«

Emmenegger zeigte auf den Spiegel. »Vielleicht hat ihn ja doch einer gesehen. Draußen auf der Straße. Könnte ja sein.«

»Und wenn schon. Warum sollten wir den Bullen helfen?« In Scureses Blick hatte sich ein berechnender Funke geschlichen.

Emmenegger antwortete nicht, sah ihn nur unverwandt an.

»Na gut, ich sag dir was. Lass es sein, mir hinterherzuspionieren. Hör auf, mich alle vierzehn Tage einzubestellen, um mich mit dummen Fragen zu löchern, sodass jeder denken könnte, ich wäre ein Polizeispitzel. Dann könnten wir darüber reden. Eventuell.«

Der Ispettore schüttelte den Kopf. »Du weißt, dass ich das nicht machen kann.«

Der Wirt grinste. Er hatte gewusst, wie die Antwort ausfiel. Es war bloß ein Spiel, und er wusste, dass er das bessere Blatt hatte. »Na dann. Ciao, mein Freund.«

Allerdings gab es eine Menge Spiele, und einem guten Zock hatte Scurese noch nie widerstehen können, vor allem, wenn er glaubte, dass er nicht verlieren konnte. Als sechzehnjähriger Bursche, in Turin, hatte Scurese das Hütchenspiel mit ein paar neuen Tricks aufgefrischt und war prompt in den Knast gewandert.

Mit zwei Fingern zog Emmenegger das Bier zu sich heran. Was hatte er schon zu befürchten? Einen Rückfall in alte Gewohnheiten wohl kaum. Diese Phase lag hinter ihm, und daran würden ein paar Biere nichts ändern. Das Schlimmste, was ihm passieren konnte, war ein schauderhafter Kater am nächsten Morgen.

Einen Moment lang dachte Emmenegger an eine andere Wette existenzieller Natur, die der Chef vor ein paar Jahren eingegangen war, um ein Leben zu retten, und die um ein Haar tödlich für ihn ausgegangen war. Dagegen war dieses Spielchen lächerlich. Worauf wartete er noch?

Er führte das Glas zum Mund, nahm einen tiefen Zug (oh, wie gut das tat) und wischte sich den Schaum von den Lippen. Seine Kehle fühlte sich an, als sei sie mit flüssigem Gold bestrichen, und der Knoten in seinem Magen fing an, sich aufzulösen. Emmenegger schloss die Augen.

Scureses Augenbrauen waren nach oben gewandert, sein Blick hatte sich verfinstert. »Was soll das denn? Ich dachte, die Zeiten sind vorbei?«

»Dachte ich auch«, sagte Emmenegger und nahm einen weiteren Schluck. Scurese beobachtete ihn misstrauisch.

»Was hältst du von einer kleinen Wette?«, fragte Emmenegger.

»Wie? Was für 'ne Wette?« Emmenegger entging das erwartungsvolle Flackern in Scureses Augen nicht.

»Wenn ich nach zehn Bier noch stehen kann, kriege ich, was ich will.«

»Und wenn nicht?« Scurese leckte sich die Lippen. Seine Mundwinkel zuckten.

Emmenegger blies abwechselnd die eine, dann die andere Backe auf und legte den Kopf schief. »Tja, was dann? Ich hätte da einen Vorschlag. Dass ich versuche, dich am Arsch zu kriegen, solang ich hier bin, das lässt sich nun mal nicht ändern, mein Junge. Anders sieht es natürlich aus, sollte ich weg sein.«

Scurese starrte ihn an. »Was soll das denn heißen? Willst du dich ins Jenseits verabschieden?«

»Das hättest du wohl gern. Aber wir wollen nicht übertreiben.« Emmenegger lächelte boshaft. »Sollte ich die Wette verlieren, lasse ich mich woandershin versetzen. Dann bist du mich los. Ein für alle Mal.«

Scurese lachte. »Ich dachte, ihr zwei seid verheiratet, Mister Armani und du?«

Flüchtig dachte Emmenegger an die Jugendlichen, deren Gehirnzellen durch den Konsum von Engelsstaub absterben würden, bevor sie das Erwachsenenalter erreichten, wenn er nicht mehr da war, um Scurese und seine Hintermänner in Schach zu halten. Dann dachte er an die Deutsche und dass er nicht verlieren durfte.

»Du stehst frei. Kein Festhalten am Tresen. Keine Mätzchen, dass wir uns richtig verstehen«, sagte Scurese.

Emmenegger erhob sich und stellte sich breitbeinig vor den Barhocker. Flüchtig erwog er, seinen rechten Fuß unter der Messingschiene zu verkeilen, die am Tresen entlanglief. Aber er tat es nicht, weil die meisten Säufer mittlerweile nicht mehr in ihre Gläser starrten, sondern das unverhoffte Schauspiel mit Spannung beobachteten.

Er fasste über den Tresen, packte Scurese am Kragen und zog dessen Kopf ganz dicht an den seinen heran. »Wenn du mich bescheißt, machen wir dich fertig«, sagte er.

Scurese riss sich los und lachte aus vollem Hals. »Fertigmachen? Ihr? Ihr seid Bullen, schon vergessen?«

Emmenegger antwortete nicht. Er entfernte den Knopf von der Manschette seines rechten Hemdsärmels. Im Sommer trug er ausschließlich Hemden mit Manschetten. Wenn es heiß war, rollte er die Hemdsärmel bis unter die Ellenbogen auf. Das war eine äußerst praktische Lösung für einen Mann, der keine kurzen Armel tragen konnte.

Er schob den Ärmel über den Ellenbogen. In dessen Kuhle kam ein kleines Tattoo zum Vorschein. Ein grinsender Totenkopf, der einen Tirolerhut mit Feder trug, keck seitlich übers knöcherne Ohr gezogen. Es war das einzige Tattoo, das übrig war. Alle anderen hatte Emmenegger vor zwanzig Jahren entfernen lassen. Martha hatte es gekannt, natürlich. Außer ihr wusste niemand davon, bis jetzt.

Der Wirt starrte auf das Tattoo. Der Totenkopf mit Tirolerhut war das Erkennungszeichen der berüchtigtsten Biker-Gang in Südtirol.

»Das Gleiche gilt übrigens, wenn du jemandem was von dem Tattoo erzählst.« Emmenegger schob das lauwarme Bier von sich. »Frische Ware, wenn ich bitten darf.«

Scureses Blick flackerte zwischen Emmeneggers Gesicht und dem Totenkopf hin und her. Sein schmallippiges Lächeln erschien wieder, und er begann zu zapfen.

Schließlich versetzte er dem Glas, an dem der Schaum noch entlangrann, einen kräftigen Schubs. Es glitt über den Tresen zu Emmeneggers Platz wie ein Gefahrgutlaster, dem die Bremsen versagen.

»Los geht's«, sagte Scurese. »Worauf wartest du noch?«

ANNA UND LEX

Wien/Frankfurt, 2000 bis 2017

Nach dem Unfall besuchte Lex Santer Anna Winterling jeden Tag. Die junge Frau hatte sich bei dem Sturz ihr Schlüsselbein und die Kniescheibe gebrochen. Die starken Schmerzmittel lockerten ihre Zunge, und so war Lex Santer der erste Mensch, dem sie von ihrer Familie erzählte, die ein paar Monate zuvor in einem Feuer umgekommen war. Und von ihrer Angst, zu verschwinden, weil sie niemand ansah.

»Jetzt hast du ja mich«, sagte Lex.

Anna war alles, was Lex brauchte. Ihre Lebendigkeit, ihre verrückten Einfälle füllten seine Leere.

Anna merkte sehr schnell, dass Lex' IQ so hoch wie der ihre war, und ab diesem Zeitpunkt hörte sie damit auf, ihren Verstand zu hassen. Ihre Intelligenz wurde für beide eine Quelle, zu der niemand anders Zutritt hatte, aus der nur sie allein schöpften.

Mit dem Schwebebalken war es für Anna vorbei, weil sie ihr rechtes Bein nicht mehr so belasten konnte wie früher. Stattdessen fingen sie an, Computerspiele zu spielen. Die kompliziertesten Adventures, die es zu kaufen gab, spielten sie gegeneinander, als ginge es um Leben und Tod. Anna und Lex konnten unglaublich schnell denken, und die Rätsel, an denen andere tagelang zu beißen hatten, waren für die beiden die Beschäftigung für eine einzige regnerische Nacht.

Eines Nachts lud sie ein Freund zu einem freien Rollenspiel ein. Sie trafen sich mit einem Dutzend Leuten um Mitternacht im Wienerwald, unter der Absturzkante des Peilsteins, und im Laufe der nächsten Stunden verwandelten sich der Wald, die Tiere und der dunkle Himmel. Sie wurden zu Menschen in einer anderen Zeit. Man schrieb den Sommer des Jahres 1809, und sie waren Soldaten Napoleons, die raubend und mordend durch den Wienerwald zogen, um den Sieg über die österreichischen Truppen zu erzwingen.

So faszinierend dieses Spiel war, es war doch bloß ein Abklatsch der Vergangenheit. Die Musketen bestanden aus Hartplastik, die Messer aus Gummi, und die Gefallenen standen hinterher wieder auf und schüttelten sich die Tannennadeln aus der Hose.

Sie zogen nach Deutschland um, wo Lex eine Stelle als Investmentbanker in Frankfurt annahm. Anna begann als Analytikerin bei einer Lebensversicherung zu arbeiten, ein Job, der sie vom ersten Tag an langweilte. Eigentlich hatte sie Fondsmanagerin werden wollen, erhielt zu ihrer Überraschung aber keine einzige Zusage.

Einen Monat später gründete Anna ihre eigene Rollenspielgruppe, und Lex machte mit, wenn auch widerstrebend. Die Gruppe sollte vollkommen geheim sein, kein Teilnehmer durfte die wirkliche Identität der anderen kennen. Anna und Lex verbreiteten die Existenz der neuen Gruppe, die sie DARKQUEEN nannten, über das Darknet, die finstere Seite des Internets. Sie brauchten dieses Paralleluniversum und seine abgeschirmten Verbindungen, auf die kein Außenstehender zugreifen konnte. Denn DARKQUEEN war kein Spiel mehr. Es ging um das nackte Überleben in einer Zeit, die fünftausend Jahre zurücklag. Die Steinzeit.

Am ersten Wochenende des Jahres 2004 trafen sich Anna und Lex mit einem Dutzend junger Leute in einem provisorischen Lager im Bayerischen Wald unweit der tschechischen Grenze, dort, wo der Wald auch nach dem Fall der Mauer noch so dicht war, dass man kaum einen Weg hindurchfand. Wo im Winter der Tiefschnee jede Orientierung nahm und wo es noch Wölfe gab.

Proviant und moderne Hilfsmittel waren nicht erlaubt. Jeder erhielt ein Messer, eine Speerspitze und eine Flasche Wasser. Anna war dafür gewesen, dass alle ohne jegliche Ausrüstung *starteten, doch Lex wollte vermeiden, dass das Spiel zu schnell vorbei war.*

Die ersten beiden gaben nach ein paar Stunden auf. Eine Frau brach sich ein Bein, als sie einem Reh hinterherrannte. Ein zweiter stürzte in eine Schlucht. Dann ging es Schlag auf Schlag.

Nach diesem Wochenende war Lex verändert. Er vergrub sich in seine Arbeit und fing wieder mit diesem grässlichen Ordnungstick an, den sie ihm mit viel Mühe ausgetrieben hatte.

Anna hasste ihr neues Haus in Glashütten, und plötzlich wünschte sie sich zurück in die düsteren Fabrikhallen ihrer wilden Jahre, zurück zum Lärm der Musik, der durch ihren Körper drang, zurück auf den schwankenden Balken aus Holz.

Dann entdeckte sie das Schreiben. Zuerst fand sie ihr neues Hobby bloß zum Schreien komisch. Eine Mathematikerin mit schriftstellerischen Neigungen? Das hörte sich nach einem Priester an, der aus Verzweiflung den »Playboy« abonniert. Als sie ihr erstes Buch an einen Verlag verkauft hatte, war sie so zufrieden wie lange nicht mehr. Etwas in ihr war gestillt. Sie musste an das »Schäm dich« von damals denken und was ihre Mutter jetzt davon hatte, dass sie so gemein zu ihr gewesen war.

Annas sprachliche Fähigkeiten waren nicht besonders, aber sie hatte verrückte Ideen, und ihre Figuren schreckten vor nichts zurück. Sie brauchte nicht viel zu erfinden, das meiste war ein Teil von ihr selbst. Anderen Autoren hatte sie eins voraus: Sie wusste, wie Blut roch und wie es sich anfühlte.

Lex war alles andere als angetan von ihrer Schreiberei. Irgendwann begann er, ihre Manuskripte zu zensieren. Bestimmte Dinge durften nicht angesprochen werden. Anna tobte. Sie versteckte ihre Manuskripte, bevor er darin herumstreichen konnte, und rächte sich, indem sie seine peinlich aufrechterhaltene Ordnung durcheinanderbrachte. Sie zerknüllte seine Kleidung. Stellte die Möbel um. Zertrat Glas auf dem Marmorboden. Es war ein Kräftemessen, bei dem jeder die Schwächen des anderen gegen ihn richtete.

Dann, von einem Tag auf den anderen, war Anna verliebt. Plötzlich war ihr egal, was Lex tat. Sie wollte bloß noch weg von ihm.

Anna fing an, Pläne zu schmieden.

Copertura

Freitagnacht, eine Woche nach den Morden

Die Lampe über dem Bett war eingeschaltet. LED ist kein Weichzeichner, und das Licht grub Falten in Lissies Stirn und Krähenfüße unter die Augen.

Pavarotti hatte im Überwachungsprogramm eine starke Vergrößerung gewählt.

Sie trug ein Pyjamaoberteil mit kleinen roten Eichhörnchen darauf.

Ihre Augen huschten von einer Zeile zur anderen. Sie hielt ein Buch mit beiden Händen vors Gesicht, eine unbequeme Stellung, die ihn überraschte. Aber woher sollte er ihre Lesegewohnheiten im Bett kennen?

Er war allein im Bereitschaftsraum. Der Ispettore hatte sich auf dem Weg zum sicheren Haus gemacht, um Cavalle abzulösen.

Er stellte sich Emmenegger vor, wie er ihre Sachen in der Pension in den Lauben, in der sie untergekrochen war, hastig in eine Tasche gepackt hatte, und er war dankbar, dass es ihm erspart geblieben war, ihre Kleidung zu berühren.

Ihre Jeans und ein schlichtes weißes T-Shirt lagen ordentlich zusammengefaltet auf einem Stuhl neben dem Bett. Über der Lehne hing ein Ledergürtel, ein teures Markenprodukt, das sie bei ihrem ersten Aufenthalt in Meran gekauft hatte, während eines ihrer ziellosen, verschwenderischen Streifzüge.

Er hatte diesen Gürtel Jahre später ein einziges Mal geöffnet.

Und dann hatte Anna Santer dieses Privileg für sich beansprucht. Sie hatte sie entkleiden dürfen. Hatte sie gestreichelt. Die Rundungen und empfindlichen Stellen ihres Körpers erkundet. War ihr nahegekommen, nicht nur einmal, sondern immer wieder. Diese Frau hatte sie ihm

WEGGENOMMEN

Ihm wurde heiß vor Zorn, und weil ihn niemand beobachten konnte, gab er sich voll und ganz den Gefühlen hin, die in seinem Inneren tobten.

Er hätte gern ihre Gesichtszüge abgesucht, aber das Buch war im Weg. Vermisste sie Anna Santer? Litt sie so sehr, wie er sich selber quälte? Er hoffte es inständig.

Diese Frau hatte ihm etwas vorgegaukelt. Sie hatte genau gewusst, dass er sie liebte, und ihm trotzdem die Wahrheit über ihre Sexualität vorenthalten.

War es ihr peinlich gewesen? Unsinn! Pure Berechnung, das war's.

Die Frau hatte ihn nach allen Regeln der Kunst

VERARSCHT

Er stöhnte auf und dachte an die beiden Nächte, die sie in seinem Bett verbracht hatte. Dazwischen lagen fast zwei Jahre. Das erste Mal war nicht viel passiert. Sie hatte geschlafen, unruhig, und er hatte sie geküsst, um ihre schlimmen Träume zu vertreiben. Wäre sie wach gewesen, hätte er es nicht gewagt. Damals war er dick, und er hatte nicht geglaubt, dass er einer Frau jemals wieder nahekommen würde.

Aber sie waren Freunde gewesen, damals.

Plötzlich wurde ihm klar, was er am meisten vermisste.

Ihr Lachen. Schulterklopfen. Ihre Streitereien waren Weltklasse gewesen. Ihre scharfsinnige Sicht auf die Menschen. Klugheit, die ihm fehlte.

Ihre Freundschaft.

Alle Welt sprach von Liebe und dass sie dem Leben einen Sinn verlieh. Aber sie war einfach zu zerbrechlich. Ihr konnte man nichts anvertrauen, schon gar nicht das eigene Leben. Liebe überstand vieles einfach nicht, sie war für Erklärungen und Entschuldigungen und pragmatische Entscheidungen nicht gemacht. Bevor man sich's versah, hatte sie einen Sprung, und beide wussten, dass er da war, ein Schönheitsfehler, der dafür sorgte, dass das Leuchten verschwand.

Ganz anders verhielt es sich mit der Freundschaft, sie stand mit beiden Beinen auf dem Boden und konnte den einen oder anderen Rempler vertragen. Sogar den einen oder anderen Treffer, hart, aber fair. Aber eben keine Illoyalität.

Er hatte sie im Stich gelassen, so einfach war das.

Seine Liebe hatte ihre Freundschaft kaputtgemacht.

Wenn er den Stier bei den Hörnern gepackt und sie nach Anna gefragt hätte, wäre bestimmt alles anders gekommen. Stattdessen hatte er sich in seiner Arbeit vergraben. Wie konnte es sein, dass ihm die Joggingrunden mit den Schmarotzern von der Presse wichtiger gewesen waren, als sich um Lissie zu kümmern? Bloß weil sie nicht gleich das Höschen fallen ließ, wenn sie seiner ansichtig wurde.

Stattdessen hatte er selber gar nicht schnell genug aus der Hose steigen können. Am Abend, nachdem er sie und Anna beobachtet hatte, betrank er sich und nahm irgendeine Frau, die ebenfalls in der Hotelbar saß, mit aufs Zimmer. Am nächsten Morgen, als er erwachte, war sie fort.

Es wäre sinnvoller gewesen, die Kameras am Eingang oder im Garten im Auge zu behalten. Doch Pavarotti konnte sich nicht dazu durchringen, Lissies Gesicht wegzudrücken, als würde dieser Akt die letzte Verbindung zu ihr kappen.

Plötzlich nahm sie die Arme herunter, und er erschrak. Ihr Mund war ein nach unten gekrümmter Bogen, dünn und schwarz in einem kalkweißen Gesicht. Die Haare standen nach allen Seiten ab. Sie sah aus wie ein herzzerreißend trauriger Clown, der vergessen hatte, sich die Schminke aus dem Gesicht zu wischen.

Sie drückte ihre kleinen Fäuste in ihre Augen und rieb mit kreisförmigen Bewegungen, mit einer Inbrunst, als wolle sie ihre Augäpfel aus den Höhlen drücken. Ihr schlanker Hals ruckte auf und ab. Sie weinte ohne Tränen.

Der Feuerball in seinem Inneren sank in sich zusammen und wurde zu einem Häufchen Asche.

Da richtete sie sich auf, ihr Blick flog zur Decke. Einen kurzen Moment lang schaute sie direkt in die Kamera, die in der Stuckeinfassung verborgen war. Dann stand sie auf und ging hinaus.

Seine Müdigkeit war mittlerweile so groß, dass er die Augen kaum noch offen halten konnte. Er saß, oder lag vielmehr, in einer eigentümlichen Stellung am Schreibtisch, den Kopf auf den linken Arm gestützt, halb auf dem Schreibtisch ausgestreckt.

Mit dem rechten Arm tastete er nach der Maus, klickte auf das Icon »Flur, Obergeschoss« im Überwachungsprogramm und sah, wie sie die Toilette betrat. Dort waren keine Kameras installiert.

Bevor er den Eingangsbereich kontrollieren konnte, sackte sein Kopf nach unten.

Nach zehn Sekunden schlief Pavarotti tief und fest. Deshalb entging ihm, dass nicht Emmenegger, sondern Cavalle vor dem Haus stand. Der Carabiniere rauchte nicht mehr. Er hielt sein Mobiltelefon in der Hand und starrte auf das Display, das mehrmals hell aufleuchtete.

Alles Weitere verpasste er ebenfalls. Zum Beispiel, dass auf einmal der Bildschirm des Computers schwarz wurde.

Der Kontakt zwischen dem sicheren Haus und dem Kommissariat war abgerissen.

*** *** ***

Pavarotti schreckte hoch. Zuerst war er verwirrt, die Konturen in der Dunkelheit waren ihm fremd, doch dann fiel ihm ein, wo er war.

Sein Hals schmerzte, und sein linker Arm war steif. Die Zunge lag pelzig und schwer, wie ein Fremdkörper, in seinem Mund.

Stöhnend richtete er sich auf, streckte den Rücken durch und drückte auf den Lichtschalter im Bereitschaftsraum.

Nichts geschah.

Fluchend marschierte Pavarotti in sein Büro, um dort das Licht einzuschalten. Nichts.

Er hob den Hörer des Festnetztelefons ab. Kein Freizeichen.

»Scheiße!« Er hämmerte auf das Keyboard ein, damit der Bildschirm ansprang.

Doch der blieb schwarz.

Sein Magen zog sich zusammen, aber dann rief er sich zur Ordnung. Ein ganz normaler Stromausfall, so etwas kam vor.

Er griff sich sein Handy und rief Emmenegger an. Anrufbeantworter.

Mit fliegenden Fingern wählte er eine mobile Dienstnummer. Der Major der Carabinieri Meran meldete sich, und Pavarotti merkte bereits am Klang seiner Stimme, dass etwas nicht stimmte.

»Habt ihr auch keinen Strom?«

»Vor einer guten Stunde ausgefallen«, sagte der Mann grimmig. »Und das Notstromaggregat funktioniert leider auch nicht. Die Etschwerke sind schon seit einer Weile bei der Arbeit, aber wir kriegen nur ausweichende Antworten. Wenn Sie mich fragen ...«

»Was?«

»... vielleicht wollen sie nicht zugeben, dass sich jemand in ihre Systeme gehackt hat.«

Pavarotti wurde kalt. »Haben Sie irgendeine Meldung vom sicheren Haus hereinbekommen? Von Cavalle?«

»Wollte Emmenegger ihn nicht ablösen? Moment.«

Pavarotti hörte, wie der Wachhabende nach Cavalle fragte.

»Niemand hat ihn gesehen. Ist Emmenegger denn nicht vor Ort?«

»Das ist es ja. Ich erreiche ihn nicht.«

Einen Augenblick war es still in der Leitung. »Bleiben Sie kurz dran.«

»Da stimmt was nicht«, sagte der Major nach einer Minute. Er klang äußerst beunruhigt. »Andrea Cavalle ist einer unserer zuverlässigsten Männer. Er sollte sich nach der Ablösung melden. Wie ich eben erst höre, hat er das aber nicht getan.«

»Ich fahre zum sicheren Haus.« Pavarotti sprang auf.

»Soll ich jemanden –«

Aber die Leitung war schon tot.

***

Dass Ispettore Emmenegger Pavarottis Anruf nicht entgegennahm, hatte einen einfachen Grund: Er konnte nicht.

Dabei war er tatsächlich ohne fremde Hilfe zu Hause eingetroffen, taumelnd und schwankend, aber auf seinen zwei Beinen.

Sein Gehirn funktionierte noch. Er erinnerte sich an seinen Plan für hinterher, den er am frühen Abend gefasst hatte, und es gelang ihm, ihn in die Tat umzusetzen.

Seine Gedanken waren seltsam bruchstückhaft und zogen Kreise durch seinen Kopf wie Endlosschleifen, aber das war egal, sie erfüllten ihren Zweck.

Alles raus. Sofort.

Gästetoilette. Schnell.

Stolpernd und sich mit beiden Händen an der Wand entlang abstützend (er hatte vergessen, wo der Lichtschalter war), erreichte er in letzter Minute den Schauplatz seines dringenden Vorhabens. Inzwischen hatte sein Gehirn seinen Plan für hinterher zum Magen weitergeleitet, und der ging auf die ihm eigene Art damit um.

Als Emmenegger seine innige Umarmung mit der Toilettenschüssel beendet hatte, blickte er dem Pfund Butter und anderen Dingen, die mit einem Schwall Wasser in der Kanalisation verschwanden, dankbar hinterher und schlurfte in die Küche.

Er musste geschwind sein, sonst wurde es furchtbar morgen früh. Martha, verzeih mir, dachte er und trank den eiskalten Tabasco aus dem Kühlschrank direkt aus der Flasche. Sein Magen brannte wie Zunder, seine Augen tränten, aber die Nebel in seinem Kopf lichteten sich.

Mit den Resten aus der Wodkaflasche, die er aus seinen besten Zeiten noch im Schrank stehen hatte, spülte er nach.

Das Schlimmste war überstanden.

Plötzlich beschlich ihn die Angst, er könnte während der Nacht vergessen, was er erfahren hatte. Ein Kater war unberechenbar, man wusste nie, was er auffraß und nie wieder ausspuckte, während man schlief und sich nicht wehren konnte.

Nachdem er sich alles auf einem Blatt Papier notiert hatte (er las die Notizen vorsorglich noch zweimal durch, um sicherzugehen, dass er sie auch entziffern konnte), war es zwei Uhr morgens.

Im Schlafzimmer fiel ihm ein blaues Blinken auf dem Nachttisch auf. Das Blinken kam von seinem Mobiltelefon, das er sicherheitshalber zu Hause gelassen hatte.

Ein Anruf. Von Pavarotti. Um ein Uhr fünfunddreißig.

Heilige Scheiße.

Er hatte Cavalle zu einer langen Schicht bis sechs Uhr morgens überredet. Der Kerl schlief sowieso nie, da konnte er ihm genauso gut einen Gefallen tun. Verdammt, er hätte wissen sollen, dass man einem Carabiniere nicht trauen konnte.

Emmenegger steckte sich zwei Pfefferminzpastillen in den Mund und stolperte aus dem Haus.

✳✳✳

Der Winkelweg lag in wolkenverhangener, undurchdringlicher Dunkelheit. Die Laternen waren schon vor Stunden ausgeschaltet worden. Von den Nachbargrundstücken drang kein Lichtschimmer auf die Straße.

Aus seinem Versteck hinter der Einfriedung starrte Pavarotti zu der Villa hinüber und versuchte, seine Augen an die Nacht zu gewöhnen.

Unter der Lampe im Eingangsbereich sollte der Posten stehen. Die Lampe brannte nicht. Pavarotti kniff die Augen zusammen. Da war kein Umriss. Keine Bewegung. Kein Glühen dieser Zigaretten, die Cavalle ständig rauchte.

Es war totenstill. Den ganzen Nachmittag über hatte ein kräftiger Wind an den Fenstern gerüttelt. Jetzt war davon nichts mehr zu spüren. Es war, als halte die Welt den Atem an.

Seinen Wagen hatte Pavarotti bereits in der Cavourstraße geparkt. Ein guter Schachzug, denn der kräftige Motor seines Lancia hätte die nächtliche Stille zerrissen wie das Geräusch von Panzerketten auf dem Schlachtfeld, kurz bevor der Morgen graut.

Er war die Straße entlanggeschlichen, in geduckter Haltung, hatte die Taschenlampenfunktion seines Mobiltelefons benutzt, um sich in der Dunkelheit zu orientieren, den kleinen Lichtpunkt stets auf das Pflaster unmittelbar vor seinen Füßen gerichtet. Auf diese Weise hatte er sich bis zur Eingangspforte der Villa vorgearbeitet.

Eine Wolke zog vorbei, und der Mond erschien.

Da war ein schmaler dunkler Spalt zwischen der Eingangstür und der Türzarge.

Die Eingangstür zum sicheren Haus war nur angelehnt.

Pavarotti spürte keine Angst, auch keine Überraschung, bloß einen winzigen Stich in der Brust. Er hatte gewusst, dass etwas nicht in Ordnung war. Er atmete tief ein und aus, um seine Adrenalinzufuhr zu kontrollieren.

Während seiner militärischen Ausbildung war er der beste Scharfschütze seines Jahrgangs gewesen. Dreißig Jahre später war er wieder hervorragend in Form.

Jetzt kam seine spezielle Fähigkeit zum Vorschein, die ihn zu einem außergewöhnlichen Polizisten machte und die in Situationen wie dieser das Kommando übernahm. Die Kälte in ihm, die hin und wieder dafür sorgte, dass sich Menschen von ihm abwandten, diese Kälte sorgte jetzt dafür, dass sein Verstand seine Gefühle ausklammerte und mit der Präzision eines Uhrwerks funktionierte. Sein Puls ging völlig gleichmäßig.

Er setzte eine Nachtsichtbrille auf. Vermutlich hatte der andere ein professionelles Nachtsichtgerät und war ihm gegenüber im Vorteil.

Wenn er die Gruppo di Intervento Speciale rief, wäre Lissie tot, bis sie eintrafen. Die G.I.S.-Jungs waren zwar schnell, aber eine halbe Stunde würde vergehen.

Er entsicherte seine Beretta 92 FS, bevor er in Richtung Eingangstür schlich.

An der Tür hielt er inne. Nach links führte ein schmaler Kiesweg in den rückwärtigen Teil des Gartens. Er huschte von Baum zu Baum.

Auf der Rückseite des Hauses fand er ihn. Ein Fuß ragte aus einem Kellerschacht. Die Hose war aus dem steifen Stoff einer Uniform.

Er leuchtete nach unten. Nicht Emmenegger. Cavalle.

Kein Puls am Knöchel. Die Haut des Carabiniere war kalt.

Der Killer war gut. Er hatte Cavalle überrumpelt, ihn ausgeschaltet und außer Sicht geschafft. Dieselbe kaltblütig-professionelle Vorgehensweise wie bei dem Mord an den Santers.

Zurück an der Hausecke, verharrte Pavarotti einen Moment in kauernder Stellung.

Er vergegenwärtigte sich, wie das Innere des Haues aussah.

Zuerst die schmale Diele. Der gefährlichste Ort des gesamten Hauses. Keinerlei Platz zum Ausweichen.

Falls der Angreifer drinnen bereits auf ihn lauerte, würde er ihn hier erwarten. Sich neben den runden Durchgang zum Wohnzimmer an die Wand drücken. Warten. Bis ihm ein Geräusch signalisierte, dass jemand den Flur betrat. Dann eine einzige fließende Bewegung, eine Drehung aus der Hüfte heraus, die Arme in Brusthöhe ausgestreckt. Auf die Brust feuern. Danach auf den Kopf.

Geduckt rannte Pavarotti über den Rasen zu einer großen Ulme, in den Schutz ihres grauen Schattens. Er hob seine Waffe, zielte auf das Dach einer kleinen Gaube.

Die Schüsse knallten so laut, als wäre eine Granate ins Haus eingeschlagen. Das Dach knirschte, als sich ein Ziegel löste und mit einem dumpfen Geräusch auf dem Kies landete.

Pavarotti sprintete zurück zum Haus und presste sich an die Hausmauer. Jemand fluchte unterdrückt. Pavarotti hörte lautes Poltern, und da war es, das Aufblitzen des Mündungsfeuers in einem Fenster im ersten Stock. Der Killer war oben.

JETZT

Pavarottis Kopf war völlig leer, während er durch die kleine Diele stürmte. Dann nach rechts abdrehte. Hinter den großen Schreibtisch hechtete, der im Wohnzimmer stand und Deckung bot.

Jetzt war er im Vorteil. Beste Schussposition auf die Treppe. Allerdings musste er sich darauf einstellen, dass der Mann Lissie als Geisel nahm.

Pavarottis Hände waren ruhig, sein Pulsschlag ging nicht schneller als bei seinen wöchentlichen Übungen auf dem Schießstand.

Leise zog er den Schreibtischstuhl näher an sich heran, um die Sitzfläche als Auflage für die Waffe zu benutzen.

Da hörte Pavarotti durch das rückwärtige Fenster ein Geräusch. Rennende Füße draußen auf dem Trottoir, die immer näher kamen.

Scheiße.

Emmenegger.

Der ahnungslose Kerl sprintete in den Tod.

**

Emmenegger rennt, und das Klappern seiner Schuhsohlen auf dem Asphalt vermischt sich mit dem Pochen in seinem Kopf zu einem immer schneller werdenden Beat, der auf einen dramatischen Höhepunkt zustrebt.

Plötzlich fasst er sich an seinen Magen, bleibt stehen, übergibt sich in den Rinnstein. Als es erledigt ist, greift er in die Tasche, sucht ein Taschentuch, um sich zu säubern, bevor er seinem Chef gegenübertritt. In diesem Moment piepst sein Handy. Eine Kurzmitteilung. Sie besteht aus einem einzigen Wort

COPERTURA

Emmenegger wird eiskalt ums Herz. Copertura bedeutet Deckung. Das Wort wird in Scharfschützenkreisen nur im Fall höchster Gefahr benutzt, wenn ein feindlicher Sniper-Angriff unmittelbar bevorsteht. Das weiß Emmenegger natürlich nicht aus eigener Erfahrung, er war bloß ein gewöhnlicher Infanterist, sein Wissen stammt von Pavarotti. Der ist nicht besonders mitteilsam, was seine Spezialausbildung anbelangt. Wenn allerdings jemand regelmäßig den ersten Preis bei Schießwettbewerben der Polizei gewinnt, verlangt das nach einer Erklärung.

Pavarottis früheres Leben in einem Sonderkommando der Nucleo Operativo Centrale di Sicurezza kommt Emmenegger immer noch vor wie ein Schauermärchen, und die spärlichen, widerstrebend erteilten Informationen über Ausbildung, Waffen und Kampfeinsätze sind in Emmeneggers Kopf Wort für Wort gespeichert.

Die Codewörter, die die Scharfschützen, diese eingeschworene, alttestamentarische Gilde von Menschen, untereinander benützen, haben ihn in ihren Bann gezogen. Pavarotti hat ein Faible für Codes und Geheimsprachen, und Emmenegger ist schnell infiziert.

Vor allem die Copertura übt eine Faszination auf ihn aus, denn wer dieses Wort hört, der kann in der nächsten Sekunde tot sein.

Eigentlich ist es dummes Gerede gewesen, an jenem Abend. Nach dem letzten Abschied der Deutschen, Pavarotti ist so niedergeschlagen wie noch nie, versucht ihn Emmenegger auf andere Gedanken zu bringen. Er plappert etwas über Codes und dass sie die Copertura benutzen könnten, um sich gegenseitig zu warnen. Emmenegger erinnert sich nur zu gut an seinen kindlichen Eifer und an Pavarottis abwesenden Blick

Jetzt ist es so weit.

Emmenegger zweifelt keinen Augenblick daran, dass der Code echt ist und dass ihm das Wort ganz genau signalisiert, was er zu tun hat.

Er soll schleunigst in Deckung gehen. Abtauchen. Aber er kann sich nicht rühren. Erstarrt steht er da, wie Lots Weib, weithin sichtbar, vom Mondlicht übergossen, ein leichtes Ziel.

Seine Kopfhaut prickelt, als spüre sie den Luftzug der herannahenden Kugel, die jede Sekunde in seinen Schädel einschlägt und sein Gehirn durchpflügt. Die Luft ist auf einmal voller sirrender Geräusche, ein scharfes Raunen, das die Nacht durchbohrt.

Er wird nicht viel spüren, wenn es ihn erwischt, das weiß er, das ist bekannt. Nur einen Schlag gegen den Schädel, dann ist es vorbei. Vielleicht ist er ja bereits tot, und das ist der Grund für die Erstarrung seiner Glieder, die er fühlt.

Da knallt es, drei Mal, schnell hintereinander. Emmenegger wirft sich auf den Boden. Er presst die Hände gegen die Ohren und kneift die Augen so fest zu, dass es schmerzt. Erst nach ein paar Sekunden wird ihm klar, dass die Schüsse auf dem Grundstück der Villa gefallen sind.

Als hätte ihm jemand einen Schubs versetzt, kommt wieder Leben in Emmenegger. Sein Chef ist wahrscheinlich dort drin und braucht Hilfe. Er flucht, als er merkt, dass er seine Waffe nicht dabeihat. Geduckt und dicht an die Hecke gepresst, die die Villa umgibt, robbt er auf allen vieren zur Eisenpforte.

Ihm wird heiß vor Scham. Er sollte die Beine in die Hand nehmen, um Pavarotti zu Hilfe zu eilen, anstatt feige auf dem Boden herumzurutschen. Er sitzt zusammengekauert da und schluchzt, weil er sich selbst hasst, für seine Angst und für seine Kläglichkeit, mit der er sich ans Leben klammert. In diesem Moment denkt er nicht an die Deutsche, nur an seinen Chef und an sich selbst.

Jemand rennt durch die Gartenpforte – und bleibt vor ihm stehen. Emmenegger schaut aus seiner knienden Stellung hoch und blickt mit seiner ganzen verrotzten und verheulten Jämmerlichkeit in die Mündung einer Waffe. Der Mann trägt eine Strumpfmaske, die Nase ist platt gedrückt, die Augen kaum zu erkennen.

Der Tod höchstpersönlich steht vor ihm, um ihn zu holen. »Bitte …« Er möchte um sein Leben betteln, aber die Worte ersterben auf seinen Lippen.

Stattdessen schließt er die Augen und ergibt sich in sein

Schicksal. Sein einziger Gedanke, an den er sich klammert: dass er sich bloß nicht einnässt. Er will nicht so gefunden werden, mit urindurchtränkter Hose, sodass alle wissen, wie sehr es ihm an Tapferkeit gemangelt hat in seinen letzten Sekunden.

Der Schuss knallt.

Emmenegger kippt um und fällt seitlich gegen die Hecke.

Schlaff wie eine zerbrochene Schaufensterpuppe liegt er da.

***

Pavarotti senkte die Beretta und verfluchte den wankelmütigen Mond, der sich auf die Seite des Killers gestellt hatte.

Die Dunkelheit hatte den Mann verschluckt. Vermutlich war er bergan geflohen. Im Labyrinth der Weinberge würde ihn keiner so schnell finden, schon gar nicht in der Nacht.

Unbändige Wut stieg in ihm auf. Auf den Mond. Auf Emmenegger. Auf …

Selber schuld. Wieso hatte er Emmenegger bloß angerufen? Der Mann hatte seinen Dienst nicht angetreten, vermutlich besoffen.

So einer brachte sich selber und alle anderen in Gefahr.

Und der unglückselige Cavalle, der mit der Sache nichts zu tun hatte, war in die Falle getappt. Das würde Emmenegger büßen.

Pavarotti entsicherte die Waffe. Keine Ausreden. Hunderte und Aberhunderte von Stunden, die er in der Schießanlage zugebracht hatte, waren umsonst gewesen.

Der Umgang mit der Waffe war bloß Handwerk. Die Kunst bestand darin, in den Kopf des Gegners zu kriechen.

Er steckte die Waffe ein und wischte sich die Bitterkeit von der Stirn.

Der Mörder hatte sich bis zum letzten Treppenabsatz geschlichen, den Pavarotti nicht einsehen konnte, da ein Treppenlift die Sicht versperrte.

Pavarotti hatte eine Sekunde lang nicht aufgepasst, weil er die Kurzmitteilung an Emmenegger schrieb. In diesem Moment stürmte der Killer nach vorn und feuerte. Pavarotti musste sich zur Seite werfen, um nicht getroffen zu werden. Die zwei Sekunden, die er brauchte, um sich aufzurappeln und die Waffe hochzureißen, hatten dem Mann genügt, um zu entkommen.

Pavarotti setzte ihm nach, aber die letzte Salve durch die Dunkelheit war nur noch eine Verzweiflungstat.

Als er zum Haus zurückkehrte, um Lissie zu suchen, sah er ein dunkles Bündel, das an der Hecke lehnte.

Pavarotti fühlte sich unendlich geschlagen. Er stand da wie ein Befehlshaber auf verlorenem Posten, der gerade seinen letzten Getreuen in einer sinnlosen Schlacht geopfert hat.

Nun hatte sich Ispettore Emmenegger doch zu seinem Kollegen Cavalle gesellt.

Er kniete neben ihm nieder. Emmeneggers Augen waren geschlossen, und seine Stirn lehnte gegen die Hecke.

Der Kopf war unversehrt.

Keine Schusswunde.

Pavarotti berührte den Hals, und tatsächlich, da war ein Puls, sogar ziemlich kräftig. »Emmenegger!« Er versetzte dem Ispettore einen leichten Schlag auf die Wange, und prompt schlug Emmenegger die Augen auf.

Er blinzelte. »Was ist passiert?«

»Bleiben Sie liegen.« Pavarotti tastete ihn vorsichtig ab. Er fand keine Verletzungen. »Haben Sie Schmerzen?«

Emmenegger dachte kurz nach, schüttelte den Kopf. »Nicht der Rede wert. Mir tut alles weh, aber ... alles in Ordnung.«

»Bleiben Sie liegen. Ich bin gleich wieder da.« Pavarotti war schon unterwegs zur Eingangstür der Villa, die weit offen stand.

Während Pavarotti die Spurensicherung und den Krankenwagen rief und eine Fahndung nach dem Täter in die Wege leitete, zählte Emmenegger seine Gliedmaßen und kam zu dem Schluss, dass alles vollständig und einsatzfähig war.

Pavarotti beendete ein Telefonat mit der Staatsanwaltschaft und streckte Emmenegger die Hand hin, doch der Ispettore kam allein auf die Beine.

»Ich hatte wohl eine Panikattacke oder so etwas Ähnliches«, sagte er mit schiefem Grinsen, aber es war bloß eine Grimasse, und die Haut um seinen Mund herum war weiß. Emmenegger fing an, seine Finger zu massieren, als könne er damit das Zittern unterbinden. »Als ich den Schuss hörte, dachte ich, das war's.«

»Der Schuss kam von mir«, sagte Pavarotti.

»Das ist mir jetzt klar«, sagte Emmenegger. »Als es knallte, war ich auf einmal weg. Keine Ahnung, wieso.« Er ließ den Kopf hängen.

»Das kommt in den besten Familien vor«, sagte Pavarotti. Er musterte Emmenegger. »Alles klar?«

Der nickte.

»Dann los.«

Während sie auf den Eingang der Villa zuliefen, Emmenegger sichtlich noch unsicher auf den Beinen, erläuterte Pavarotti in kurzen Sätzen die Lage. Dass der Carabiniere Cavalle tot war.

Der Ispettore stieß einen heiseren Laut aus. Als sie den schmalen Flur passierten, fasste er Pavarotti am Arm. »Bevor wir da reingehen ... Es ist alles meine Schuld. Wenn ich ihn nicht überredet hätte, meine Schicht zu übernehmen, würde Cavalle jetzt noch leben. Er wusste nicht ... Er war nicht auf der Hut. Wenn ich –«

»Stopp. Mann, reißen Sie sich zusammen«, fuhr ihn Pavarotti an. »Dafür ist jetzt keine Zeit. Wir reden später.«

Plötzlich ging das Licht in der Villa an. Es war ein dramatischer Effekt, und sie stoppten jäh, bis es ihnen klar wurde: Die Etschwerke hatten den Fehler im Stromkreis endlich behoben.

Im Wohnzimmer umrundeten sie den Schreibtischstuhl, den Pavarotti umgestoßen hatte. Die Küche und die Speisekammer sahen aus wie Zimmer einer Ferienwohnung, die über Monate von niemandem benutzt worden war. Staubig, funktional und über die Maßen deprimierend. In der Speisekammer lehnte eine kleine Trittleiter an der Wand, die Pavarotti an etwas erinnerte, aber der Gedankenfetzen verschwand so schnell, wie er gekommen war.

Dann stieg er die Treppe hoch, die der Angreifer vor kaum zehn Minuten heruntergerannt war. Emmenegger folgte langsam und zögernd.

Die Tür zum Schlafzimmer stand weit offen. Pavarotti stand vor dem Bett.

Es war leer.

Emmeneggers Augen wanderten zum Badezimmer.

»Da war ich auch schon«, sagte Pavarotti. Seine Stimme war flach, so gut wie gar nicht moduliert, wie immer, wenn es ihm darum zu tun war, seine Gefühle zu unterdrücken, damit sein Verstand arbeiten konnte.

»Der Kerl hat sie«, sagte Emmenegger verzweifelt. »Sie ist in seiner Gewalt, und er wird –«

»Nein«, sagte Pavarotti. »Damit hatte ich auch gerechnet, aber er war allein, als er mir entwischt ist.«

Emmenegger starrte ihn an. »Es war dunkel. Vielleicht –«

»Nein«, sagte Pavarotti. »Er hat sie nicht.« Er sah sich um. »Ich begreife das nicht. Von hier kann man nicht verschwinden.«

Trotzdem suchten sie noch einmal jeden Winkel des Hauses ab.

Im oberen Stockwerk gab es Spuren, dass Lissie hier gewesen war. Zum Beispiel ihre Reisetasche auf dem Boden neben dem Bett. Das weiße T-Shirt und die Jeans waren weg.

Auf der Ablage unter dem Badezimmerspiegel lagen Kosmetika und eine Reisezahnbürste. Pavarotti hob ein Kleidungsstück vom Boden auf. Lissies Schlafanzug mit den kleinen aufgenähten Applikationen. Die Eichhörnchen hielten winzige Nüsse in ihren Pfoten.

Lissie von Spiegel selbst blieb verschwunden.

Schnitzeljagd

Samstag, acht Tage nach den Morden

Als der Tag graute, begann die Spurensicherung mit der Arbeit. Überall steckten gelbe Tatortkarten.

Vor der Eingangstür, wo Cavalles Zigarette gelandet war, als sie ihm beim Sterben aus dem Mund fiel.

Unter dem Baum, dessen Rinde der Täter mit seinen Füßen verkratzt hatte, als er an ihm hochgeklettert war und sich über den Elektrozaun geschwungen hatte. Nachdem er die Stromversorgung der Villa ausgeschaltet hatte.

Im Kies neben dem Eingang und im Wohnzimmer, wo die Patronenhülsen gelegen hatten. Kaliber 9 mm, mit Bodenstempel CW für Carl Walther GmbH, vermutlich eine Walther PPQ oder eine ähnliche Waffe.

Die Santers waren ebenfalls mit einer Waffe Kaliber 9 erschossen worden. Die Laboruntersuchung würde zeigen, ob es sich um dieselbe Pistole handelte. Pavarotti und Emmenegger tauschten einen kurzen Blick und nickten.

Laufend kamen Meldungen der Carabinieri-Suchtrupps herein, die die Umgebung nach dem Täter durchkämmten. Der Mörder war wie vom Erdboden verschluckt.

Die Beschreibung, die Pavarotti den Männern gegeben hatte, war nicht viel wert. Sie hatten nur eine ungefähre Körpergröße. Der Täter war kleiner als Pavarotti, unter eins achtzig.

»Wir haben uns geirrt«, sagte Pavarotti zu Emmenegger. Den Ispettore brachte er nicht über die Lippen. »Der Mann ist ein Profi. Wir sollten uns von der Auffassung verabschieden, dass er die Santers gekannt hat. Er muss sie am Pool überrumpelt haben, so wie Cavalle.«

Auch dieses Mal hatte der Angreifer alles genau geplant. Bestimmt hatte er sich längst umgezogen, die dunkle Tarnkleidung entsorgt und saß in irgendeinem Unterschlupf.

Halbherzig gab Pavarotti den Auftrag, die Mülltonnen im Radius von einem halben Kilometer um die Villa nach einer schwarzen Hose und Jacke zu durchsuchen. Es war der Vollständigkeit halber. Dieser Täter war nicht so dumm, Spuren zurückzulassen.

Pavarotti und Emmenegger betrachteten Cavalles Leiche ein letztes Mal, dann scheuchten die Männer in blauen Schutzanzügen die beiden Mordermittler weg vom Tatort und dem Toten, die jetzt ihnen gehörten.

***

Pavarotti steuerte eine Bar am Kornplatz an, die bereits um sechs Uhr geöffnet hatte, und Emmenegger folgte ihm mit gesenktem Kopf.

Pavarotti wartete den Kaffee nicht ab.

»Ich könnte Sie suspendieren lassen, das ist Ihnen klar?«

Emmenegger nickte.

»Was haben Sie sich dabei gedacht, sich zu besaufen, anstatt Ihren Dienst anzutreten?«

»Es war dienstlich, Commissario.«

Pavarottis Gelächter klang unheilverkündend. »Dienstlich, so. Das ist die dümmste Entschuldigung, die mir jemals untergekommen ist. Was Besseres fällt Ihnen nicht ein?«

»Es klingt eigenartig, das ist mir bewusst«, sagte Emmenegger tapfer. Er war nicht bereit, sich geschlagen zu geben. »Aber es ist die Wahrheit.«

Pavarotti stieß ein Schnauben aus und verschränkte die Arme.

Dergestalt ermutigt, fing Emmenegger stockend an zu erzählen, was sich am vergangenen Abend im Burggrafen zugetragen hatte, der mit seinem Riss in der Außenfassade zu ihnen herübergrinste wie das Narbengesicht eines Piraten.

»Emmenegger, Sie sind ein Esel«, sagte Pavarotti schließlich. »Sie sind doch trocken, dachte ich. Das war Ihre Gesundheit und Ihr Leben, die Sie da riskiert haben, bloß auf die minimale Aussicht hin, von diesem Abschaum etwas Substanzielles zu erfahren.«

Emmenegger wich seinem Blick aus und spielte mit dem Zuckerstreuer. »Sie hatten sich einfach dermaßen auf Frau von Spiegel eingeschossen, da dachte ich …« Er sah die aufblitzende Wut in Pavarottis Augen und fuhr schnell fort: »Außerdem war Lex Santer tatsächlich hinter irgendetwas her. Und wir haben jetzt einen Ansatzpunkt, mit dem wir weitermachen können.«

»Der Ansatzpunkt ist der Kerl, der die Santers und Cavalle auf dem Gewissen hat.«

»Aber wir haben weder seine Identität noch sein Motiv«, widersprach Emmenegger. »Wir sollten herausfinden, was Lex Santer gesucht hat. Vielleicht ist es dasselbe, was der Mörder will.«

»Meinetwegen. Haben Sie Ihre tolle neue Info schon überprüft?«

»Nein«, sagte Emmenegger. »Ich habe Ihnen alles erzählt, was ich weiß. Santer kam vor zwei oder drei Wochen, näher ließ sich der Zeitpunkt nicht eingrenzen, aus einem Hinterhof, genau gegenüber dem Burggrafen. Eine Frau hat ihn im Spiegel gesehen, der über dem Tresen hängt. Ich hab ihr sein Foto gezeigt, und sie hat Santer identifiziert.«

»Du meine Güte. War es eine von den alten Schabracken, die praktisch dort hausen?«

»Es war eine ältere Frau«, sagte Emmenegger nur.

»Und weiter?«

»Er hat die Straße überquert und die Tür zum Lokal aufgestoßen. Die Frau hat ihn beobachtet, weil er nicht dorthin passte. Sie hat ihn gefragt, ob er sich verlaufen habe. Er war schlechter Laune, behauptet sie. Santer kippte zwei Whiskey und war bereits nach fünf Minuten wieder draußen.«

»Das wundert mich gar nicht«, sagte Pavarotti.

Emmenegger feixte und fing sich einen bösen Blick ein.

»Also dann«, sagte Pavarotti. »Austrinken, Emmenegger, hopp, hopp. Sehen wir uns einmal um in diesem Hinterhof.«

✳✳✳

Wer aus dem Burggrafen tritt und die Straßenseite überquert, stößt auf einen großen Plastikpfeil in hellblauer Neonfarbe, der auf Augenhöhe an der Hausmauer prangt und unmöglich zu übersehen ist. Der Pfeil trägt die Aufschrift »Pension Erika, Garni reichh. Frühst.«. Der Pfeil hat einen Knick und weist um die Ecke in einen Durchgang, der vom Rennweg aus in einen Hinterhof führt.

»Sieht nicht gerade einladend aus«, meinte Pavarotti. »Schon mal hier gewesen?«

»Ich glaube nicht.«

Diesem ersten Eindruck zum Trotz entpuppte sich die Pension Erika als ein schmuckes hellblau gestrichenes Haus mit einem holzverkleideten Rundgiebel. Der einzige Schönheitsfehler, jedenfalls soweit sich das von außen beurteilen ließ, war der Ausblick der rückwärtigen Zimmer auf das Plaza Parking, einen riesigen Parkplatz hinter dem Gebäude, auf dem rund um die Uhr eine Menge Betrieb war.

Eine hübsche junge Frau, sicher nicht viel älter als achtzehn, stand hinter einem kleinen Empfangstisch und beschäftigte sich mit ihrem Smartphone. Als Pavarotti und Emmenegger eintraten, schaute sie auf und lächelte erwartungsvoll. An dem Schlüsselbrett hinter der jungen Frau hingen eine Menge klobiger Zimmerschlüssel.

»Nicht viel Betrieb, wie es scheint«, sagte Pavarotti nach einer kurzen Begrüßung.

Die junge Frau verzog das Gesicht. »Seit sie den Parkplatz gebaut haben, wird es immer schwieriger«, sagte sie mit einer ungekünstelten Offenheit, die sie in zehn Jahren verloren haben würde. »Feriengäste haben wir kaum noch. Meistens sind es Monteure von außerhalb. Für eine Übernachtung und so.« Sie warf einen skeptischen Blick auf Pavarottis maßgeschneiderten Anzug. »Möchten Sie zwei Einzel oder ein Doppel?«, fragte sie.

»Wir sind leider keine Monteure«, sagte Pavarotti lächelnd. Er zückte seinen Dienstausweis. »Polizia di Stato.«

»Keine Sorge«, sagte Emmenegger. »Wir brauchen nur eine Information in einer laufenden Ermittlung.«

Das Mädchen starrte ihn ängstlich an. Es hielt ihr Handy so fest umklammert, als sollte es beschlagnahmt werden.

»Wie heißen Sie, junge Dame?«

»Marika Kelly«, piepste das Mädchen. »Meiner Oma gehört die Pension.«

»Es geht um einen Mann. Wir glauben, dass er vor ein paar Wochen in Ihrer Pension gewesen ist. Das ist der Mann.« Emmenegger zog Santers Foto aus der Jackentasche und legte es auf den Tresen. Als sie das Foto sah, entspannte sie sich. Ein Abglanz des Lächelns von vorhin kehrte zurück, aber es konnte das Misstrauen in ihren Augen nicht vollständig verscheuchen.

»Ja, der war mal hier«, bestätigte sie.

»Was wollte der Mann von Ihnen?«

Sie zuckte die Schultern. »Er wollte uralte Gästebücher ansehen. Ich meine, so richtig alte. Aus der Zeit nach dem Zweiten Weltkrieg. Für ein Buch, das er schreibt.« Sie verdrehte die Augen. »Buch, von wegen. Der Typ sah aus wie einer vom Finanzamt. Oder wie der Gerichtsvollzieher, der bei uns …« Sie verstummte. Dann, trotzig: »Und außerdem, ich weiß nichts vom Zweiten Weltkrieg und auch nichts von irgendwelchen Gästebüchern von anno dazumal. Damals war noch nicht mal meine Ma geboren.«

»Und weiter?« Pavarotti schaltete sich ein.

»Ich hab ihn zu meiner Oma geschickt. Keine Ahnung, was die ihm erzählt hat. Hab sie nicht gefragt. Ich bin gleich nach oben, die Zimmer putzen.« Ihre Wangen überzog eine leichte Röte. Aha, dachte Emmenegger. Vermutlich einer der Monteure. Er hoffte inständig, dass er jung und hübsch und zärtlich zu ihr gewesen war.

Die Großmutter des Mädchens hieß Erika Kelly und war, obwohl weit in den Achtzigern, der geschäftliche Kopf der Pension. »Nicht dass es noch viel Geschäftliches geben würde, das mich in Anspruch nimmt«, sagte sie und legte die Belege zur Seite, die sie sortiert hatte.

Ihr Büro direkt neben der Rezeption war winzig, und der

riesige Schreibtisch füllte das Zimmer aus, bis auf eine schmale Gasse, damit die alte Dame mit ihrem Rollstuhl rangieren konnte.

»Ich gebe uns noch ein Jahr. Was sehr traurig ist, denn die Pension ist seit fast hundert Jahren in Familienbesitz. Meine Mutter hat mich sogar nach ihr benannt.« Sie lächelte. Es war ein Lächeln voller Erinnerungen, und ihr Blick wanderte aus dem Fenster auf den Parkplatz hinaus. »Der Pension fehlt die treibende Kraft. Ich bin alt und werde bald nicht mehr da sein. Meine Tochter hätte die Pension retten können, aber sie ist vor zwei Jahren gestorben. Ihr Mann ist schon vor Jahren – nun ja. Und meine Enkelin … Sie ist viel zu jung und hat andere Dinge im Kopf. Ich mache mir Sorgen …«

Jäh riss sie ihre Augen von der Aussicht los. »Aber deshalb sind Sie nicht hier. Ich wüsste allerdings nicht, womit ich der Polizei helfen könnte. Meine Enkelin hat gesagt, es ginge um alte Papiere.«

»Vor etwa zwei Wochen hatten Sie Besuch von einem Mann«, sagte Pavarotti. Das war Emmeneggers Stichwort, und er zückte erneut das Foto von Lex Santer.

»Ach der.« Es sollte beiläufig klingen, aber die Stimme der Frau hatte einen gepressten Klang angenommen.

Pavarotti wartete und gab Emmenegger, der zu einer Erklärung ansetzte, einen kleinen Schubs mit dem Knie.

Erika Kelly schien mit sich zu ringen, doch dann, nach einem tiefen Atemzug, heftete sie ihre Augen, die immer noch klar und scharf waren, auf Pavarottis Gesicht. »Wenn es unbedingt sein muss. Ich spreche nicht gerne über die Zeit. Das habe ich auch diesem Herrn gesagt.« Ihre Finger zupften an ihrem Dutt. »Er war äußerst hartnäckig. Ich erinnere mich noch gut an seine Augen. In denen lag so etwas … Drängendes. Es ging nicht bloß um ein Buch, sondern um etwas Persönliches, da bin ich mir sicher. Er hat mich beinahe angefleht, ihm zu helfen. Aber ich konnte nicht, wie sich herausstellte.«

»Nicht?«

Sie schüttelte den Kopf. »Er redete ständig von 1947. Er

wollte wissen, ob ich mich an etwas Besonderes erinnere, das hier im Haus passiert ist.«

Die alte Dame lachte heiser. »Tja, so können nur junge Leute daherreden, die damals noch nicht auf der Welt waren. Etwas Besonderes. Als ob ich damals Zeit gehabt hätte, mir etwas Besonderes zu merken. Die Welt war aus den Fugen. Essen und ein Dach über dem Kopf, das war das, was 1947 gezählt hat.«

Erika Kelly starrte wieder nach draußen. Voller Ungeduld setzte Pavarotti zum Sprechen an, doch diesmal war es Emmenegger, der ihm einen Schubs versetzte. Pavarotti seufzte im Stillen. Der Blinde und der Lahme, die sich gegenseitig stützen, um einen Mörder zu fangen.

Schließlich kehrte die alte Frau aus ihrem Streifzug durch die Nachkriegszeit zurück. »Als der Mann merkte, dass dieses Herumstochern zu nichts führte, rückte er mit der Sprache heraus. Jedenfalls bis zu einem bestimmten Punkt«, sagte sie. »Er wollte wissen, ob in diesem Jahr jemand in unserer Pension ums Leben gekommen sei. Nein, hab ich geantwortet. Insgeheim war ich mir nicht sicher. Ich war ein junges Mädel damals, und vermutlich hätte meine Mutter es verheimlicht.« Sie schob das Foto weg. »Am Ende wollte ich den Mann bloß noch loswerden. Er strahlte etwas Zwanghaftes aus, als wäre er nicht er selbst.«

Sie starrte wieder aus dem Fenster. »Als er weg war, fiel es mir ein. Da ist schon etwas passiert damals, was ich bis heute nicht vergessen hab. Damals war ich ungefähr so alt wie Marika. Ich habe meiner Mutter in der Pension geholfen. Mein Vater war schon zu Beginn des Krieges gefallen. Mit ihren Männern haben die Kelly-Frauen noch nie Glück gehabt.« Sie sagte es ganz sachlich, als handele es sich um eine Gesetzmäßigkeit, an der nicht zu rütteln war.

Nach dem Krieg habe die Weiberwirtschaft recht gut funktioniert. Mutter und Tochter ging es finanziell besser als vielen anderen. Die Pension warf gutes Geld ab. Die Stadt war voller Flüchtlinge, die eine Bleibe suchten. Die Pension Erika stand beim Roten Kreuz weit oben auf der Liste der Unterkünfte.

Erikas Vater war vor dem Krieg bei der Hilfsorganisation als Sanitäter beschäftigt gewesen.

»Außerdem arbeitete meine beste Freundin bei der Passstelle vom Roten Kreuz, und die hat auch dafür gesorgt, dass wir Gäste bekamen.«

»Ihre Freundin? Wie heißt sie?«

»Rosa Gutwanger. Wieso? Kennen Sie sie?« Dann wurde ihr Blick dunkel. »Nein, was rede ich denn da. Die Rosa ist schon lange nicht mehr sie selbst.«

Pavarotti schwieg und wartete.

»Meran quoll über von Flüchtlingen. Wir konnten gar nicht so viele unterbringen, wie sie uns schickten. Eines Tages, Mitte September, es war immer noch heiß, ich hatte gerade einen Anpfiff von meiner Mutter erhalten wegen einer ärmellosen Bluse vor den Gästen …«, Erika Kelly lächelte und schwieg ein paar Sekunden, »… kam Rosa mit bleichem Gesicht angelaufen. Sie sah aus, als hätte sie den Teufel persönlich gesehen. Ich hatte sie noch nie dermaßen aufgeregt erlebt. Zuerst habe ich ihr nicht geglaubt, aber dann …«

»Was war los mit ihr?«, fragte Pavarotti ungeduldig.

»Sie hatte wieder eine ihrer komischen Anwandlungen. Wissen Sie, sie war davon überzeugt, dass sie das zweite Gesicht hätte oder so. Dass sie es riechen würde, wenn jemand ein böser Mensch war. Das war natürlich Unsinn, und deshalb …« Die alte Frau biss sich auf die Lippen. »Sie redete unzusammenhängendes Zeug an diesem Tag, wie immer, wenn es sie überkam, und es dauerte eine Weile, bis ich verstand, wovon sie sprach. Wir hätten einen ganz Schlechten zugeteilt bekommen, behauptete sie. Sie habe nichts dagegen machen können, und wir sollten ihn schleunigst loswerden, bevor irgendetwas Schlimmes passiert.«

»Wie hieß der Mann?«

Erika Kelly schüttelte den Kopf. »Das weiß ich nicht. Wahrscheinlich habe ich seinen Namen überhaupt nicht erfahren. Er war ja nur ein paar Stunden im Haus, dieser Mann, vor dem sich Rosa so gefürchtet hat. Dann hat ihn meine Mutter rausgeworfen.«

»Ich dachte, Sie haben ihr nicht geglaubt?«

»Das stimmt«, gab Erika Kelly zu. »Ich schickte sie fort, obwohl sie Zeter und Mordio schrie, und sagte ihr, sie solle aufhören, so dumm zu sein. Doch dann habe ich diesen Neuen beobachtet, wie er in unserem Aufenthaltsraum herumspazierte, als gehöre ihm die ganze Welt. Er hat mich mit seinen merkwürdigen Augen, die aussahen, als wären sie aus Glas, auf eine Art gemustert, als sei ich bloß eine Maus. Ich bin dann zu Mutter und hab ihr gesagt, sie soll den Kerl auf die Straße setzen. Als sie fragte, wieso, hab ich gelogen. Ich habe behauptet, der Mann habe mich im Waschraum von hinten in die Brust gezwickt. Meine Mutter rastete vollkommen aus und hat seinen Koffer aus dem Zimmer im ersten Stock, wo sie ihn einquartiert hatte, in den Hof geschmissen. Er blieb völlig ruhig. Ich weiß noch heute, was er sagte, und bei den Worten lief es mir eiskalt den Rücken hinunter. ›Das wirst du bereuen‹, das sagte er zu mir. Ich hatte monatelang panische Angst, er würde zurückkehren und uns etwas antun. Aber er kam nicht wieder, dem Himmel sei Dank.«

Pavarottis Mobiltelefon meldete sich, und er eilte hinaus, um den Anruf entgegenzunehmen.

Emmenegger bedankte sich höflich, machte sogar die Andeutung eines Dieners. Die Enkelin, die in diesem Moment hereinkam, prustete los. Der strafende Blick ihrer Großmutter prallte an ihr ab wie ein Kiesel an einer Staumauer.

Gekränkt wollte Emmenegger den Rückzug antreten, doch Erika Kelly hielt ihn zurück. »Eins weiß ich noch. Nachdem meine Mutter den Koffer aus dem Fenster geworfen hatte, marschierte sie schnurstracks zurück zur Rezeption und zerriss den Anmeldezettel des Mannes in kleine Fetzen, wütend, wie sie war. Ein Schnipsel ist auf den Boden gefallen, und ich habe ihn aufgehoben. Da war nur ein Wort drauf zu lesen. Siegfried. Der Mann hieß Siegfried mit Vornamen.«

**

Pavarotti streckte den Kopf aus dem Autofenster und drückte auf die Hupe. »Beeilung!«

Emmenegger schwang sich auf den Beifahrersitz.

»Das war Arnold, eben am Telefon. Der Mann hat Nerven.« Arnold Kohlgruber, der Chef der Spurensicherung, war hin und wieder Pavarottis Freund. Wenn er etwas zu berichten hatte, war Kohlgruber mitunter genauso weitschweifig wie Erika Kelly.

»Lissies Fingerspuren sind im ersten Stock des sicheren Hauses überall, wie nicht anders zu erwarten«, sagte Pavarotti. »Im Erdgeschoss finden sich dagegen nur ein paar Sets, bis auf einen Raum. Aber da gibt es sie massenhaft, und sie kleben auf- und aneinander wie die Eier einer Schmeißfliege. Raten Sie mal.«

Emmenegger zuckte hilflos mit den Schultern.

»Es ist die Abstell- und Speisekammer neben der Küche. Die Fingerspuren reichen bis an die Decke.«

Der Ispettore starrte ihn an. »Ich war drin, als ich das Haus inspiziert habe. Da gibt es bloß alte Lebensmittelkonserven jenseits des Verfallsdatums und Putzmittel.«

»Wir sind ausgemachte Dummköpfe. In die Decke der Abstellkammer ist eine Art Falltür eingelassen. Das ist der Zugang zu einem versteckten Lüftungsschacht. Der Schacht ist nicht groß, aber ausreichend, dass ein schmal gebauter Mensch hineinkriechen kann. Erinnern Sie sich nicht an dieses Detail aus dem Braunhofer-Fall?«

»Leider nicht.«

»Die frühere Hausherrin benutzte diesen Schacht, um die Gespräche ihres Gatten in seinem Arbeitszimmer abzuhören. Ich gehe jede Wette ein, dass Lissie seit dieser Zeit davon weiß. Als sie gemerkt hat, dass jemand ums Haus schlich, hat sie sich da drin versteckt.«

Emmenegger machte große Augen. »Wenn Ihre Theorie stimmt, warum hat sie sich dann nicht gezeigt, als es im Haus von Polizei nur so wimmelte?«

»Weil sie nicht wusste, was sich unter ihr abspielte. Die Frau ist vollkommen verängstigt«, sagte Pavarotti. »Kein Wunder nach dem, was sie erlebt hat.«

Die Villa sah aus wie ein geschändetes Mausoleum. Ein nachlässig angebrachtes Absperrband flatterte im Wind. Der am Vortag noch so gepflegte Rasen war zertrampelt. Die Tatortkärtchen erinnerten an leere Zigarettenschachteln, die jemand zerknüllt und weggeworfen hatte.

In der Tür stand der Hausmeister mit einem Schlüsselbund in der Hand und war im Begriff, abzuschließen. Der grauhaarige Mann mit den schwarzen wimpernlosen Augen hieß Rainart und war eine von Kohlgrubers Laborratten. Rainart war dafür zuständig, den Tatort am Ende noch einmal zu begehen, sich zu vergewissern, dass alles in Ordnung war, und abzuschließen. Deshalb wurde er von allen Polizisten, sogar von der eigenen Truppe, der Hausmeister genannt. Er kam sich ungeheuer wichtig vor, und keiner mochte ihn.

»Was fällt Ihnen ein, mir eine Tatortreinigerin auf den Hals zu hetzen, bevor ich fertig bin?«, lautete Rainarts Begrüßung.

»Wie bitte?« Pavarotti verstand nicht.

»Sie hat gesagt, dass Sie sie geschickt haben.«

»Unsinn«, sagte Pavarotti. »Warum sollte ich das tun?«

»Woher soll ich wissen, warum Sie was tun?«, sagte Rainart gereizt. »Jedenfalls stand die Frau plötzlich vor mir, mit Wischmopp und Putzeimer in der Hand, und wollte den Besen schwingen. Ich hab sie natürlich auf der Stelle verscheucht und ihr gesagt, sie soll sich trollen und morgen wiederkommen.«

Pavarotti starrte den Mann an. Dann schob er Rainart zur Seite, stürmte durch die Diele, so schnell, dass Emmenegger trotz seiner langen Beine Schwierigkeiten hatte, ihm zu folgen, hatte in Windeseile das Wohnzimmer durchquert und kam vor der Küchentür zum Stehen.

Die Tür zur Abstellkammer stand weit offen. Drin lehnte eine Leiter an der Wand. In der Decke klaffte eine große viereckige Öffnung.

»Sie ist weg«, sagte Emmenegger überflüssigerweise.

In Pavarottis Miene kämpften Zorn und Belustigung miteinander.

»Sie war schon immer erfinderisch«, sagte Emmenegger. Er tat so, als untersuche er die kleine Kammer, damit sein Chef nicht bemerkte, dass er sich das Lachen kaum verbeißen konnte, vor allem, als er den Chef unterdrückt etwas murmeln hörte, das so ähnlich klang wie: »Ich finde dich schon, du kleine Kröte.«

Da standen sie nun, die beiden, etwas hilflos, ohne rechten Plan für die neue Lage. Mittlerweile fahndeten sie nicht bloß nach einem Mörder, sondern ebenfalls nach der Person, hinter der er her war. Und da war noch etwas, das Emmenegger noch nicht realisiert hatte, aber Pavarotti schon, und zwar bereits in dem Moment, als er die offene Falltür entdeckt hatte.

Suchten sie Lissie von Spiegel, brauchte sich der Mörder bloß an ihre Fersen zu heften.

Pavarotti trat zurück ins Wohnzimmer, setzte sich hinter den Schreibtisch, der einmal einem hasserfüllten alten Mann gehört hatte, und stützte den Kopf in die Hände.

Emmenegger beobachtete ihn.

»Ich bin selbst daran schuld, dass sie mir nicht mehr traut«, sagte Pavarotti leise.

Die Zustimmung zu dieser überraschenden Einsicht lag Emmenegger auf den Lippen. Stattdessen sagte er: »Wollen wir nicht anfangen, sie zu suchen? Ich glaube nicht, dass sich dieses Möbel für eine Inspiration eignet. Es strahlt –«

»Ich gebe nichts auf Schwingungen und anderen esoterischen Unsinn«, fiel ihm Pavarotti ins Wort. »Gehen Sie raus. Ich muss nachdenken.«

»Wollen wir nicht gemeinsam –«

»Nein!« Das Wort war viel lauter als nötig und hieb eine Kerbe ins Eichenparkett. Emmenegger drehte sich auf dem Absatz um und verließ den Raum.

Pavarotti starrte ihm nach. Wenn er nicht herausfand, wo sie war, dann war das der Beweis, dass er sie nicht kannte. Dass sich sein Denken immer und immer wieder bloß um seine eigenen Gefühle und Wünsche gedreht hatte, aber nie um Lissie selbst.

Wenn er das Rätsel nicht löste, reihte er sich in die Legion derer ein, die zwar die Kleidergröße ihrer Frauen, Freundinnen oder Geliebten kannten, aber nicht ihre Träume, Sehnsüchte und Gedanken.

»Hilf mir, dich zu finden«, flüsterte er. »Sonst bin ich verloren.«

* * *

Emmenegger lehnte an einem Baumstamm im Garten und vermied, den Kellerschacht zu betrachten, in dem Cavalles Leiche gelegen hatte.

Er war dankbar, dass er hier sein durfte und nicht auf Cavalles Türschwelle, im Begriff, den Klingelknopf zu drücken. Der Mann hatte Familie. Eine junge Frau und Zwillingstöchter. Zwei süße kleine Mädchen im Vorschulalter. Cavalle hatte Fotos in seiner Brieftasche gehabt, die er bei jeder Gelegenheit herumzeigte, und er platzte beinahe vor Stolz dabei.

Emmenegger schloss die Augen und wünschte, es hätte ihn getroffen. Niemand würde ihn vermissen.

Während Cavalle jeden Abend seine Frau geküsst, seine Töchter ins Bett gebracht und all das genossen hatte, was im Allgemeinen als Privatleben bezeichnet wird, gab es für Emmenegger schon seit langer Zeit nur seine Arbeit.

Er machte sich nichts vor. Er war im mittleren Alter, knochig, ungelenk, und wenn er auch nicht gerade abstoßend war, so war an seinem Aussehen doch nichts, was eine Frau anziehend finden konnte.

Es hatte eine Zeit gegeben, da hatte er Hoffnungen gehegt. Allein der Gedanke daran war ihm heute peinlich. Sie war klug, gut aussehend, schlagfertig. Ihre Fähigkeit, mit Worten umzugehen, ließ ihn immer wieder sprachlos werden. Sie benutzte Wörter, von denen er noch nie gehört hatte. Kurzum – sie lebte in einer anderen Welt als er. Und als dann klar wurde, dass der Chef ein Auge auf sie geworfen hatte … Das änderte natürlich alles. Emmenegger schnürte seine Gefühle in ein Korsett gelegentlicher Aufmunterung, freundschaftlicher Mails – die Attitüde des hilfsbereiten Dieners, der immer zur Stelle war. Er strich ihren Vornamen aus seinem seelischen Repertoire. Seither war sie für ihn insgeheim »die Deutsche«. Das schaffte ein wenig Distanz, allerdings zu wenig.

Die Stunden vergingen.

Emmenegger fuhr hoch. Jemand rüttelte ihn.

»Ich weiß, wo sie ist«, sagte Pavarotti.

Der Stachel des Skorpions

Emmenegger hatte darauf bestanden, Pavarotti zu begleiten, war aber damit nicht durchgekommen. Jemand musste die Fahndung nach Cavalles Mörder organisieren, die Ergebnisse der Forensik sichten und die neue Mordakte »Cavalle« anlegen. Diesen Fall würde Polizeichef Alberti nicht nach Deutschland abschieben können.

Der Mord an einem Polizisten würde hohe Wellen in den Medien schlagen. Emmenegger war der Pressemann.

Allerdings lief die Fahndung bereits, und die Pressekonferenz war erst für den Nachmittag angesetzt. Die angeblich so dringenden Aufgaben waren Ausreden, um die Wahrheit zu bemänteln, dass Pavarotti seinen Mitarbeiter einfach nicht dabeihaben wollte. Er brauchte Ruhe für eine Akte in seinem Kopf.

Es gibt Ermittler, die einen Fall nie abschließen. Sie bewahren Kopien jeder Akte zu Hause auf. Die Akten sind ihre Rückversicherung. Es könnte ein neuer Hinweis auftauchen – auch nach vielen Jahren. Stets gibt es lose Enden, und eine neue Information kann sie verknüpfen. Kein Fall wird jemals ganz gelöst.

Ihr wichtigstes Handwerkszeug sind die Akten in ihrem Kopf. Ihre Erinnerungen. Die Umgebung, in der sie ermitteln, ist eine Topografie aus Tatorten. Die Opfer und die Täter begegnen ihnen auf Schritt und Tritt, wohin sie auch gehen, in Bars, auf Bahnhöfen, sie sind immer da.

So ein Ermittler war Pavarotti.

Seine Erinnerungen halten ihm, seine Fälle zu lösen.

Und sie würden ihm helfen, Lissie zu finden.

Pavarotti schaltete das Autoradio aus und öffnete das Autofenster. Stille und der Duft von Wildblumen strömten herein. Längst hatte er die Außenbezirke Merans hinter sich gelassen und war von der Hauptstraße in eine schmale Seitenstraße abgebogen, die ins Schnalstal hinaufführte.

Die Erinnerungen stürmten auf ihn ein. Damals, vor anderthalb Jahren, waren sie beide, Lissie und er, diese schmale Straße zu ihrem letzten gemeinsamen Fall hinaufgefahren.

Er spähte bergaufwärts. Noch war Katharinaberg nicht zu sehen. In diesem verwunschenen Dorf hoch oben in den Bergen war Lissie ihren Dämonen begegnet. Dort hatten sie sich gefunden, um sich nach kurzer Zeit wieder zu verlieren.

Obwohl sie vollkommen erschöpft war und an Depressionen litt, hatte Lissie die entscheidende Spur zur Lösung des Falls entdeckt. In Katharinaberg hatte sie den Tod besiegt. Dort lag der Wendepunkt, der ihr den Willen zu leben wiedergab.

Deshalb glaubte Pavarotti, dass sie da oben war.

Vermutlich hatte sie den ersten Bus genommen, der in aller Herrgottsfrühe nach Katharinaberg hinauffuhr.

Als er seinen Wagen auf dem Parkplatz neben der Dorfkirche abstellte, schwand seine Zuversicht. Das Dorf wirkte verlassen. Nichts rührte sich, nicht auf dem Friedhof neben der Kirche und auch nicht in den verwilderten Gärten. Niemand befand sich auf der Hauptstraße, die weiter in das Tal hineinführte.

Die Balkone der Häuser waren nackt, ohne die bunten Blumenkästen, mit denen in anderen Dörfern schmucke Bauernhäuser miteinander wetteifern.

Die Dorfkirche stand trotzig da wie eh und je, als wüsste sie, dass das Unterfangen, sich dunklen Heerscharen entgegenzustellen, hier oben vergeblich war. Die Fenster des Pfarrhauses sahen nicht so aus, als seien sie in den letzten zwei Jahren geputzt worden.

Der Tag war warm und schön, doch über dem Talschluss tauchten bereits Wolken auf. Es schien, als würden die Sonnenstrahlen von den dunklen Holzverkleidungen der alten Bauernhäuser aufgesogen. Es war, als wäre die Sonne hier oben nur dazu da, tiefe Schatten zu erzeugen.

Wo sollte sich Lissie verstecken? Das einzige Gasthaus war mittlerweile geschlossen. Es gab ein paar Privatunterkünfte für die wenigen Wanderer, die es hierher verschlug, doch soweit er wusste, hatte Lissie zu diesen Leuten keine Beziehung.

Da hörte er ein Geräusch und drehte sich um.

Eine schwarz gekleidete Gestalt war aus dem Pfarrhaus getreten und kam auf ihn zu. Die Person war groß und schlank und schritt trotz der Soutane, die um ihre Beine schlenkerte, kräftig aus, mit dem ganzen Körper, wie nur junge Männer unter dreißig das tun, weil ihnen die Welt gehört.

Eine Sekunde lang hatte Pavarotti das Gefühl, die Zeit laufe rückwärts und es wäre wieder November vor anderthalb Jahren.

Doch als der Mann näher kam, verflüchtigte sich dieser Eindruck.

Dieser Pfarrer von Katharinaberg war nicht schlank, sondern hager und bereits weit in den Vierzigern.

»Guten Morgen! Sie sehen aus, als hätten Sie sich verfahren. Kann ich Ihnen behilflich sein?«

Pavarotti betrachtete ihn nachdenklich. »Ich suche jemanden«, sagte er. »Eine Frau. Nicht von hier. Eine Fremde.«

Die Miene des Pfarrers wurde abweisend. »Und warum suchen Sie diese Frau, wenn ich fragen darf?«

Pavarotti merkte, dass er den Pfarrer sympathisch fand.

Er zeigte ihm seinen Dienstausweis und bereute, dass er dazu gezwungen war, weil der Mann sich Sorgen machen würde. Prompt fuhr sich der Pfarrer mit der Hand über den Mund. »Polizei? Oh Gott, nicht schon wieder.«

»Es hat nichts mit dem Dorf zu tun«, beruhigte ihn Pavarotti. »Die Frau ist eine Zeugin in einem Mordfall in Meran. Ich vermute, dass sie mit dem ersten Bus heute Morgen hierherauf gefahren ist.«

Meran, das Zauberwort. Der Mann beruhigte sich sofort.

»Ich bin selber mit dem ersten Bus gekommen«, erwiderte er.

Pavarotti schaute ihn erstaunt an.

»Ich brauchte ein paar Tage Auszeit. Ich kann nicht ununterbrochen hier leben«, antwortete der Pfarrer auf die unausgesprochene Frage. »Dieser Ort ist …«

»Ich verstehe«, sagte Pavarotti. »Und? War eine Frau mit Ihnen im Bus?«

Der Pfarrer nickte. »Wir waren die einzigen Fahrgäste.«

»Beschreiben Sie sie.«

»Ungefähr mein Alter, obwohl ich nicht viel von ihr zu sehen bekam, weil sie einen Kapuzenpulli und eine Sonnenbrille trug. Sehr schlank.« Der Pfarrer lachte leise. »Ich saß schon im Bus. Als sie an mir vorbeikam, zögerte sie kurz, als mustere sie mich. Einen Moment lang dachte ich, sie wolle mich ansprechen, und fühlte mich geschmeichelt. Ich war in Zivilkleidung, verstehen Sie? Aber dann war sie an mir vorbei, und ihren Schritten zufolge ging sie ganz nach hinten. Ich habe mich nicht umgedreht.«

»Sie wollte Sie nicht ansprechen. Sie wollte wissen, ob von Ihnen eine Gefahr ausgeht«, sagte Pavarotti. »Haben Sie beim Aussteigen gesehen, wohin sie gegangen ist?«

»Sie ist nicht zusammen mit mir ausgestiegen, Commissario«, sagte der Pfarrer. »Sie blieb sitzen und ist weitergefahren, weiter ins Tal hinein, hoch zum Stausee. Sie war der letzte Fahrgast im Bus.« Er zeigte an Pavarotti vorbei auf die schmale Straße, die sich weiter den Berg hinaufschlängelte und nach ein paar hundert Metern im Nebel verschwand, der während ihrer Unterhaltung vom Ende des Tales auf die ersten Häuser von Katharinaberg zukroch.

Das Wetter schlug um.

»Ich stand da und sah ihr nach«, sagte der Pfarrer. »Und da drehte sie ihren Kopf und drückte ihr Gesicht an die Scheibe des Rückfensters, als wollte sie mir noch etwas zurufen. Doch dann war der Bus schon hinter der nächsten Biegung verschwunden.«

Pavarotti sah die Sorge in seinem faltigen Gesicht. Der Unterschied zu seinem Vorgänger hätte größer nicht sein können. Er entschied sich.

»Herr Pfarrer, könnten Sie mir einen Gefallen tun?«

***

Wenn die Knochensäge am Kopf ansetzt, das Gehirn aus dem Schädel entnommen wird und wenn anschließend der Brustkorb geöffnet und das Herz von der Aorta, von den Arterien und Lungenhohlvenen getrennt wird, die einst das Blut durch den Körper pumpten, erst dann tritt für manche Ermittler der Tod dieses Menschen ein.

Jetzt ist der Tod ein Fakt. Wenn die Sektion beginnt, verschwindet die Seele, die vorher vielleicht noch wahrnehmbar war (am Tatort oder im Gesicht des Opfers), endgültig in die Schattenwelt.

Der Mensch reduziert sich auf seine Körperteile, die ausgeschlachtet werden, um Spuren zu sichern.

Manche Ermittler kommen damit schwer zurecht. Sie fühlen einen Schmerz, der so scharf ist wie das Messer des Gerichtsmediziners, das die tote Haut durchschneidet.

Doch der Schmerz reinigt. Und etwas Neues fängt an.

Für diese Ermittler tritt nach der Sektion die Jagd nach dem Mörder in eine neue, unerbittliche Phase ein.

So ein Ermittler war Ispettore Emmenegger.

Als Emmenegger aus der Tür der Gerichtsmedizin trat, fühlte er sich wund an Leib und Seele. Er hasste es, Sektionen beizuwohnen, vor allem, wenn es sich um Menschen handelte, die er gekannt hatte.

Cavalle war durch einen einzigen Schuss in den Hinterkopf getötet worden. Das Projektil hatte den Kopf zwei Zentimeter oberhalb des Nackens getroffen und war im Bereich von Cavalles Nasenwurzel wieder ausgetreten. Die Austrittswunde hatte großen Schaden angerichtet; die Nase und ein Auge des Carabiniere waren zerfetzt.

Ein kurzer Moment der Unaufmerksamkeit hatte Cavalle das Leben gekostet. Seine Frau, die nicht schlafen konnte und sich Sorgen machte, hatte den falschen Zeitpunkt gewählt, um ihrem Mann eine WhatsApp zu schicken.

Sara Landers, die Gerichtsmedizinerin, war an diesem Samstagmorgen wieder am Arbeitsplatz erschienen. Ein Carabiniere kam nicht alle Tage in Ausübung seiner Pflicht zu Tode. Der Verteidigungsminister persönlich hatte angeordnet, die Sektion Cavalles vorzuziehen. Im Gegensatz zu dem Ehepaar Santer, deren Fall im Niemandsland zwischen Deutschland und Italien versandete, war dieser Fall frisch. Und das Opfer ein italienischer Beamter, wohlgemerkt.

Emmenegger war die Nationalität von Mordopfern herzlich egal.

An der Imbisstheke der besten Metzgerei Merans in den Lauben wartete Arnold Kohlgruber bereits auf ihn. Statt einer Begrüßung reichte der Chef der Spurensicherung ihm ein Brötchen mit heißem Leberkäse, aber Emmenegger winkte ab. »Danke, dass du gekommen bist. Ich wusste sonst niemanden, mit dem ich reden kann.«

Kohlgruber warf ihm einen prüfenden Blick zu. »Hält er dich wieder auf Abstand?«

Emmenegger nickte unglücklich.

»Wo ist er überhaupt?«

»Die Deutsche ist verschwunden.«

»Ich weiß.«

»Er durchkämmt ganz Meran nach ihr.«

Kohlgruber nahm einen kräftigen Bissen und stützte seinen Ellenbogen auf den Stehtisch. »Aha. Und du glaubst, dass du in der Zwischenzeit den Fall für ihn lösen kannst. Träumst davon, ihm die Lösung zu bringen, so wie ein Hund seinem Herrn einen Hasen vor die Füße legt. Hör auf damit, zu katzbuckeln. So kriegst du seinen Respekt niemals.«

Emmenegger schlug die Augen nieder. »So ist es nicht.«

Kohlgruber schwieg.

»Kann ich dir trotzdem sagen, was wir bisher wissen?«

Kohlgruber machte eine weit ausholende Geste mit den Armen, die so viel bedeuten sollte wie: »Nur zu.«

Als Emmenegger nach einer Viertelstunde fertig war, hatten sich zwei steile Falten auf Kohlgrubers Stirn gebildet, und seine Stimme war heiser vor unterdrücktem Zorn.

»Du weißt genau, dass ich nicht gern über diesen Nachkriegsscheiß rede. Ich hasse es, wenn das alles aufgerührt wird.« Er warf seine fettige Serviette in einen Abfalleimer. »Und du bist ein Arschloch, Emmenegger. Fast wäre ich drauf reingefallen, auf deine Lügen, dass du jemanden zum Reden brauchst. Von wegen. Ich bin bloß hier, weil ich im Beirat vom Weißen Kreuz sitze.«

»Das ist nicht wahr«, widersprach Emmenegger. »Ich habe dich nicht belogen, Ehrenwort. Ich komme einfach nicht dahinter, wie alles zusammenhängt.«

Kohlgruber hatte sich halb weggedreht, starrte an Emmenegger vorbei, irgendwohin.

»Mit dem Doppelmord an den Santers hat alles angefangen«, sagte Emmenegger. »Lex Santer lässt den wichtigsten Kongress im ganzen Jahr sausen. Stattdessen begleitet er seine Frau nach Meran, was er noch nie getan hat. Bevor er ermordet wird, klappert er ein Dutzend Straßenzüge und Stadtviertel ab. Ich glaube, er hat systematisch alle Pensionen und Gasthäuser aufgesucht, die es bereits in den Nachkriegsjahren gegeben hat. Vermutlich um einen ganz bestimmten Mann ausfindig zu machen, der sich in Meran einen falschen Pass und eine Unterkunft besorgt hat.«

Kohlgruber zuckte mit den Schultern. »Was soll das bringen? Von damals sind doch praktisch alle tot. Was soll Santer überhaupt mit dem Krieg zu schaffen haben? Wie alt war der Mann? Mitte, Ende vierzig?«

Emmenegger nickte. »So ungefähr.«

»Eben. Er war gar nicht auf der Welt damals.« Kohlgruber trank seine Cola aus. »So oder so brauchst du einen Hinweis. Wenn du keinen Hinweis hast, wer dieser Kerl war, nach dem dein Santer gesucht hat, kannst du's aufgeben.«

Er wischte sich die Hände ab, warf Plastikbecher und Serviette in den Müll. Checkte sein Mobiltelefon, schaute hin und her, wobei er den Blickkontakt mit Emmenegger sorgfältig vermied.

»Von den Rot-Kreuz-Akten brauchst du dir jedenfalls keine Erleuchtung zu erhoffen«, sagte er schließlich. »Da ist in den

Fünfzigern und Sechzigern ziemlich viel ... bereinigt worden, wenn du verstehst, was ich meine.«

Sprach's und ging davon.

**

Es existiert immer eine gewisse Hoffnung, dass sich die Dinge im Laufe der Zeit von selber bessern, und manchmal, ganz selten, passiert das sogar.

Am Kornplatz warteten eine Mail und eine Besucherin auf den Ispettore. Marika Kelly, die junge Frau aus der Pension Erika, stand mit einer Schachtel unter dem Arm vor dem Eingang, den Finger auf dem Klingelknopf für »Publikumsverkehr«.

»Wollen Sie zu mir?«

Sie wollte. Er setzte sie an einen der freien Schreibtische im Bereitschaftsraum und drückte ihr ein Faltblatt mit der Überschrift »Vorsorge gegen Einbruch – was die Polizei rät« in die Hand.

»Geben Sie mir fünf Minuten«, sagte er.

In seinen Mails fand er einen Bericht von der Dienststelle Diebstahl der Carabinieri Bozen, die Antwort auf Emmeneggers Anfrage vom Vortag.

Ja, es gab tatsächlich eine Anzeige, die Nummernschilder betraf. Ein achtundsiebzigjähriger Rentner aus Bozen hatte die Kfz-Schilder seines uralten Lieferwagens als gestohlen gemeldet.

Die Schilder hatten so viele Jahre auf dem Buckel wie der Wagen selbst. Emmenegger sah sich die Fotos an. Ein klappriger roter Fiat, mindestens dreißig Jahre alt. Der Mann gab an, der Wagen werde kaum noch benutzt und parke in einer schlecht beleuchteten Seitenstraße einer Kleingartensiedlung, wo er lebte.

Es dürfte ein Leichtes gewesen sein, die Schilder im Schutz der Nacht abzumontieren.

Der entscheidende Punkt war ihre Farbe – weiße Schrift auf schwarzem Grund.

Emmenegger druckte den Bericht aus, überflog ihn ein zweites Mal – und stopfte ihn in seinen Eingangskorb. Es tröstete ihn wenig, dass er etwas in der Art vermutet hatte.

Das Kennzeichen nützte ihm überhaupt nichts. Der Mann, der Lissie von Spiegel umbringen wollte, hatte die gestohlenen Schilder längst wieder gegen die Originale ausgetauscht.

Das Mädchen beobachtete ihn, während es mit dem Karton auf seinem Schoß herumspielte.

»Bitte sagen Sie meiner Oma nicht, dass ich hier war«, bat Marika Kelly. »Sie ist klasse, aber in einem Punkt ist sie wie alle anderen. Ältere Leute wollen mit damals nichts mehr zu tun haben. Mit dem Krieg und so.«

Ihre Finger waren andauernd in Bewegung. Jetzt zupfte sie an ihrer Lippe.

»Als Sie weg waren, habe ich mich heimlich auf den Dachboden geschlichen. Da oben steht doch tatsächlich eine Kiste mit alten Aufzeichnungen«, sagte sie triumphierend und wischte sich unsichtbare Staubpartikel von ihrer Bluse. »Raten Sie mal, was ganz unten in der Kiste war? Der hier.« Sie tippte auf den kleinen Karton und förderte daraus ein Dutzend vergilbter Papierstreifen zutage. Ihre Hände waren geschickt, und in kurzer Zeit hatte sie das Blatt bis auf einen kleinen Rest wieder zusammengesetzt.

Beide beugten sie sich über den Tisch. Das Blatt war von einem vorgedruckten Anmeldeblock abgerissen. »Pension Erika. 15. September 1947«, las Emmenegger.

In der Zeile darunter stand der Name eines Gastes, in verblasster blauer Tintenschrift, aber einwandfrei lesbar.

Emmenegger starrte darauf, und die Buchstaben verschwammen vor seinen Augen.

✳✳✳

Der Winter war trocken gewesen, und der Wasserspiegel hatte sich stark gesenkt. Der Stausee sah alt und hässlich aus, eine Monstrosität inmitten der Hochgebirgslandschaft, genauso hässlich wie die Geschichte seiner Entstehung.

Über der kleinen Kapelle und der Gedenkstätte für die Dörfer, die beim Bau des Vernagter Stausees überflutet worden waren, lag der riesige Schatten der Staumauer. Aus dem See stieg Nebel auf.

Die Bank neben der Kapelle war leer. Natürlich würde sie hier nicht sitzen, als lebende Zielscheibe, die jeder von Weitem sehen konnte.

Pavarotti kehrte dem See den Rücken und ging zu einem der Häuser auf der anderen Seite der Uferstraße.

Neben der Tür hing ein großes Schild mit dem Äskulapstab in einem großen weißen V auf rotem Grund, daneben ein Namensschild. Dr. Dulsao.

Auf sein Klingeln hin passierte eine ganze Weile nichts, dann knackte die Gegensprechanlage, und eine energische Frauenstimme sagte: »Wir haben geschlossen.«

Dann eine andere, wohlbekannte Stimme. »Ist schon gut. Alles in Ordnung. Ich kenne ihn.«

Die Tür öffnete sich, und vor ihm stand Lissie, einen kleinen fuchsroten Terrier mit verbundener Pfote auf dem Arm.

»Na, wen haben wir denn da?«, sagte Pavarotti und streichelte den Kopf und die spitzen Ohren des Hundes.

»Eine Promenadenmischung, vermutlich steckt ein Norwich Terrier mit drin. Wie er heißt, wissen wir nicht«, sagte Lissie. »Er stromerte am See herum. Bestimmt wurde er ausgesetzt. Jetzt hat er niemanden mehr auf der Welt.« Sie warf der Tierärztin einen Blick zu. »Die Pfote sieht schlimm aus. Wir wissen nicht, ob wir sie retten können.«

»Tapferer kleiner Bursche«, sagte Pavarotti und gab dem Tier einen Klaps. »Können wir reden? Irgendwo, wo ich die Straße im Auge behalten kann?«

»Drüben im Wartezimmer«, sagte Dr. Dulsao und nahm Lissie den Hund ab. »Eins der Fenster geht zum See hinaus. Heute kommt niemand mehr.«

Das Wartezimmer bestand aus einem Dutzend Plastikstühlen, die mit dem Boden verschraubt waren, und einem Zeitungsständer mit Informationsbroschüren über Katzen- und Hunde-krankheiten.

Pavarotti schob die Vorhänge ein wenig zur Seite. Die Straße war kaum noch zu sehen. In einer halben Stunde würde der Nebel alles einhüllen und die Sicht unmöglich machen.

Er entsicherte seine Pistole und legte sie aufs Fensterbrett.

»Er kommt nicht hierher«, sagte Lissie. »Er weiß nichts von diesem Ort.«

»Er hat die Firewall der Etschwerke geknackt und die Strom-versorgung im sicheren Haus unterbrochen«, sagte Pavarotti. »So jemand ist in der Lage, alles über dich herauszufinden.«

Lissie sog den Atem ein. Dann schüttelte sie den Kopf. »Nie-mand außer dir weiß, dass Dr. Dulsao meinem Hund das Leben gerettet hat«, sagte sie. »Das steht nicht im Internet.«

»Ach Lissie«, sagte Pavarotti müde. »Solange wir nicht mehr wissen, ist gar nichts sicher. Vielleicht kennt der Mann dich viel besser, als du denkst.« Er zögerte kurz. »Und er schreckt vor nichts zurück. Er hat die Wache getötet, die vor deiner Tür stand.«

Lissies Augen weiteten sich. Tränen strömten über ihre Wan-gen. Ihr Körper krümmte sich zusammen.

»Oh Gott.« Sie hob den Kopf, und ihr Gesicht war weiß vor Angst. »Ist es … Emmenegger?«

»Nein«, sagte Pavarotti. »Er hatte Glück.«

Sie gab einen eigenartigen Ton von sich, eine Mischung aus Klagelaut und wütendem Knurren.

Pavarotti holte tief Luft. »Wir kriegen ihn nur, wenn du mir endlich die Wahrheit sagst. Ich glaube, du weißt genau, warum dieser Mann dich töten will. Wenn du weiterhin schweigst, dann werden noch mehr Menschen sterben.«

Er hob ihr Kinn, sodass sie gezwungen war, ihm in die Augen zu blicken.

»Du machst dich mitschuldig an ihrem Tod. Wenn du nicht redest, bleibt mir keine Wahl, als dem Staatsanwalt zu empfeh-len, deine Verhaftung anzuordnen. Glaub mir, ich tu's.«

Der Staatsanwalt würde ablehnen, aber das wusste sie nicht.

Sie entzog ihr Kinn seinem Zugriff und senkte den Kopf. Weitere Tränen kullerten. Diesmal würde er sich nicht erweichen lassen.

Er wartete. Starrte durchs Fenster hinaus. Der Nebel hatte den See in einen dampfenden Krater verwandelt, und es sah aus, als reiche sein Schlund bis ins Innerste der Erde.

Die Bank neben der Kapelle strahlte eine Einsamkeit aus, die so unnachgiebig war, dass es niemand wagen würde, sie zu stören.

Kein Auto kam den Berg heraufgekrochen. Der Parkplatz am See war ausgestorben. Pavarotti war froh, den Wagen im Wald hinter dem alten Turbinenhaus abgestellt zu haben.

»Habt ihr abgeschlossen?«, fragte er. »Jede Tür, auch den Keller? Sind alle Fenster geschlossen und verriegelt?«

Lissie schniefte und nickte.

»Ganz sicher?«

»Ja-ha. Wir sind zweimal durchs Haus.«

»Was weiß diese Ärztin?«

Lissie starrte auf ihre Fußspitzen. »Bloß, dass jemand hinter mir her ist.«

»Du bringst diese Frau in Gefahr. Ist dir das nicht klar? Du hättest in Meran bleiben sollen, unter unserem Schutz.«

»Welcher Schutz?«, gab Lissie zurück. »Wäre mir dieser Lüftungsschacht nicht eingefallen, dann wäre ich jetzt tot.«

»Du wärst tot, weil du meine Ermittlungen behinderst.«

War da ein Brummen, ganz leise, ein Motor, der in der Entfernung surrte? Er öffnete das Fenster einen Spalt und lauschte. Die Dämmerung kündigte sich hinter den Bergen an.

Er hörte, dass Lissie sich bewegte, und drehte sich um. Sie stand da, die Hände in den Hosentaschen vergraben, gefangen in der Wirklichkeit, wie eine Siebzehnjährige, die ihre Eltern hasst, und die Welt, weil niemand ihre Träume kennt.

Er wollte sie in die Arme nehmen, aber da summte sein Telefon.

»Er kommt«, sagte der Pfarrer. »Schwarzer Touareg. Hielt kurz vor der Kirche, aber niemand stieg aus. Fuhr dann weiter, in Richtung See. Passen Sie auf. Der Nebel wird dichter.«

»Danke«, sagte Pavarotti.

Er wollte schon auflegen, doch dann hörte er an dem stockenden Atem des anderen, dass der Mann zögerte.

»Ja?«

»Ich bin mir nicht sicher«, sagte der Pfarrer. »Es war nur ein kurzer Moment. Eine Bewegung am rechten Seitenfenster. Ich glaube, es ist nicht bloß einer. Es sind zwei.«

***

Das Schnalstal ist eine Falle. Unterhalb des vergletscherten Alpenhauptkamms ist die Straße zu Ende. Eintausendfünfhundert Meter hohe Wände aus Gneis, Schiefer und Eis verhindern jedes Weiterkommen. Der einzige Abzweig zum Pfossental, der später hinauf zum Eisjöchl und weiter ins Passeiertal führt, endet in einem Bergpfad.

Mit dem Wagen gibt es nur einen Weg ins Schnalstal hinein und wieder heraus.

Pavarotti hatte zwei Dinge zu erledigen. Er musste die Falle zuschnappen lassen. Und er musste überleben.

Nach dem Tod von Cavalle waren die Carabinieri auf dem Kriegspfad. Ihre Zustimmung zu der Straßensperre war eine Frage von Minuten.

Es würde sogar zwei Sperren geben, eine doppelte Sicherheitskette sozusagen, mit jeweils sechs Einsatzwagen und zwölf schwer bewaffneten Sicherheitskräften. Eine unten im Vinschgau, an der schmalen Einfahrt zum Schnalstal. Und eine auf halber Strecke, hinter dem Felsentunnel. Er hatte dem Diensthabenden, der den Einsatz koordinierte, eingeschärft, Emmenegger nicht zu informieren. Der Ispettore würde ihm sofort zu Hilfe eilen. Einmal reichte Pavarotti. An der Waffe war der Mann sowieso nicht zu gebrauchen.

Pavarotti griff in seinen schwarzen Waffenrucksack. Ein Hochleistungszielfernrohr war unnötig. Die Distanz von maximal dreißig Metern bedeutete eine Herausforderung für die Beretta, aber sie war zu bewältigen. Das Problem waren die Sicht-verhältnisse. Die Kerle hatten wahrscheinlich Nachtsichtgeräte.

Kein Laser, damit würde er eine sichtbare Linie durch den Nebel ziehen.

Er entschied sich für das Trijicon und fing an, das kleine Visier und eine Nachtsichtoptik vor die Kimme seiner Beretta zu montieren.

Er stellte es auf die niedrigste Stufe ein, damit die Linse ihn nicht verriet.

Sie würden die Straßensperren nicht brauchen. Er würde die Sache hier und jetzt erledigen.

Lissie beobachtete ihn mit schreckgeweiteten Augen. »Was tust du da, um Himmels willen?«

»Ich treffe Vorbereitungen«, antwortete er, ohne den Blick vom Fenster abzuwenden.

Draußen war niemand zu sehen. Das leise Motorengeräusch hatte aufgehört.

Sie waren da.

Er hätte es wissen müssen.

Ein Scharfschütze war nur so gut wie sein Kundschafter, sein zweiter Mann, der das Umfeld überprüfte und ihm den Rücken freihielt.

Während der Sniper seine Augen auf das Ziel gerichtet hielt, seine Bewegungen verfolgte, mit der Waffe verschmolz, achtete der Spotter auf unsichtbare Feinde. Auf den Gegenangriff.

Wahrscheinlich hatte der zweite Mann die Firewall der Etschwerke gehackt und irgendwie auch Lissies Fluchtpunkt herausgefunden. Pavarotti stellte ihn sich ziemlich jung vor, mit einer fatalen Neigung zu den Mächten des Internets und seinem unheimlichen Bruder, dem Darknet.

Der Mörder selbst war kein junger Mann, davon war Pavarotti überzeugt. Er war in den Vierzigern, vielleicht sogar in Pavarottis Alter. Ein erfahrener Schütze.

In einem Schusswechsel flogen nicht nur Kugeln, sondern auch Informationen. Wie sich einer unter Stress verhielt, verriet dem Gegner oft mehr als ein Gespräch.

Dieser Mann bewertete die Situation in Sekundenschnelle neu. Er handelte kaltblütig, organisierte sofort seinen Rückzug.

Das Töten war nicht sein hauptsächlicher Beweggrund. Er hatte Emmenegger nicht erschossen, obwohl er es leicht hätte tun können. Der Killer wollte seine Zielperson ausschalten, und wenn sich jemand querstellte, räumte er ihn aus dem Weg.

Es war schwer, einem völlig Unbekannten eine Waffe an den Kopf zu halten und abzudrücken. Das erforderte mehr als die Fähigkeit, einen präzisen Schuss abzugeben. Jeder, der nicht als Psychopath geboren war, musste sich einem rücksichtslosen psychologischen Training unterziehen, um die natürliche Hemmschwelle zu überwinden, die ihn daran hinderte, sofort und ohne die kleinste Regung des Gewissens zu töten. Und am Ende dieses Trainings war ein Teil dessen, was einen Menschen ausmachte, für immer verschwunden.

Der Mörder hatte ohne Zweifel irgendeine Form militärischer oder paramilitärischer Ausbildung genossen.

Pavarotti gurtete die Kevlarweste fest und schnallte sein Holster um.

Der Griff der Beretta lag rau und kühl in seiner Hand.

»Hör mir genau zu«, sagte er zu Lissie. »Hat diese Doktorin ein Auto?«

Lissie nickte. Ihr Gesicht war weiß wie Wachs, aber sie wirkte jetzt gefasster.

»Wo steht es?«

»In der Gasse zwischen ihrem Haus und dem Nachbarhaus.«

»Wie weit ist es von dort bis zur Straße?«

»Zwanzig Meter«, sagte Dr. Dulsao, die plötzlich in der Tür stand.

»Wie parken Sie den Wagen? Mit der Schnauze zur Straße oder müssen Sie wenden?«

Die Ärztin schüttelte den Kopf. »Nicht nötig.« Die Frau nahm das Ganze überraschend gelassen.

»Wie sieht's mit Ihren Fahrkünsten aus?«

Dr. Dulsao grinste. »Ich bin Italienerin. Scheißt der Bär in den Wald?«

»Ich werde die Kerle da draußen beschäftigen. Wenn ich weg bin, wartet auf eine WhatsApp von mir. Dann steigt ihr aus dem Fenster, so wie ich gleich. Benutzt nicht die Tür. Zieht die Köpfe ein und fahrt sofort los, und zwar mit der größten Beschleunigung, die der Wagen schafft. Schert euch nicht um den Lärm. Sie werden euch sowieso hören. Die erste Straßensperre dürfte jetzt stehen, sie befindet sich auf halber Strecke, direkt nach dem Tunnel. Wenn ihr die erreicht, seid ihr in Sicherheit.«

»Und was ist mit dir?«, fragte Lissie mit angstvollen Augen.

»Mach dir um mich keine Sorgen. Die Kerle halten sich für schlauer, als sie sind.«

»Es ist mehr als einer?«

»So wie's aussieht, sind's zwei. Los, macht euch jetzt fertig. Aber setzt euch auf keinen Fall – unter keinen Umständen! – ins Auto, bevor ich es sage!« Er durchbohrte Lissie mit seinen Augen, weil er Widerstand erwartete, aber überraschenderweise kam keiner.

Dr. Dulsao berührte Lissie am Arm. »Kommen Sie. Es wird Zeit.«

Pavarotti öffnete das Fenster des Behandlungszimmers und stieg hinaus zu der schmalen Gasse zwischen den Häusern. Die Dämmerung und die Nebelschwaden hatten sich zu einer schier undurchdringlichen Textur verwoben.

Er duckte sich hinter einen schnittigen Alfa Spider und verharrte reglos.

Hinter der ersten Häuserreihe steilte sich das Gelände auf. Zwischen den Häusern und dem Waldrand, der sich etwa fünfzig Meter hangaufwärts befand, breiteten sich Wiesen und Pferdekoppeln aus, die durch Gatter und schmale Fahrwege voneinander getrennt waren. In diesem Bereich gab es kaum Baumbestand.

Er presste sich an die Hauswand und rückte vor. Kurz vor

der Rückseite des Hauses hielt er inne und spähte durch die einbrechende Nacht.

Oben am Waldrand, im Schutz der dichten Bäume, da parkten sie vermutlich. Es war die beste Wahl, eigentlich sogar die einzige. Von dort hatten sie gute Sicht auf die Häuser, bis hin zur Uferstraße und zum Seeufer. Mit Nachtsichtgeräten würde ihnen nicht die geringste Bewegung entgehen.

Pavarotti dachte, dass sie vielleicht eine Viertelstunde oder so abwarteten, ob Lissie vor die Tür trat. Jeder erfahrene Schütze wartete auf seine Chance.

In dem Fall wären sie weg, bevor jemand Alarm schlagen konnte.

Den Standortvorteil hatten sie auf ihrer Seite. Ihr erster Nachteil war, dass sie nichts von seiner Anwesenheit ahnten.

Ihr zweiter Nachteil war der zweite Mann. Er war vermutlich ein Amateur, ein Technikfreak, aber das Internet war nicht alles. Ein erfahrener Spotter hätte die Gegend mit der Gitternetzmethode abgesucht. Wenn sie den Wagen gefunden hätten, würden die Kerle nicht dort oben sitzen und abwarten.

Konzentriert blickte er durch sein Visier und suchte den Waldrand ab, langsam und systematisch. Er hatte das Ende der Baumreihe fast erreicht, da blinkte ein rötlicher Lichtpunkt im Nebel auf, nur eine halbe Sekunde lang, dann war er weg.

Pavarotti grinste. Die Handschrift eines Lasers in der Nacht war unverkennbar.

Diese Kerle glaubten, es mit zwei schutzlosen Zivilistinnen zu tun zu haben, nicht mit einem ebenbürtigen Gegner.

Er schlich durch die Gasse zurück zur Vorderseite, lief an den Häusern vorbei, wobei er darauf achtete, nicht ins Sichtfeld der Angreifer zu geraten. Als die östliche Spitze des Sees vor ihm lag, hörten die Felder auf, und der Bewuchs wurde dichter, das Gelände unwegsamer. Er schlug einen schmalen Fahrweg ein, der bis zum Waldrand hochführte, vorbei an einer alten, aufgelassenen Apartmentanlage.

Im Schutz der Büsche tastete er sich vorsichtig bergan. Das Geräusch eines kollernden Steins konnte das Ende bedeuten.

Sie waren unmittelbar über ihm. Er konnte sie beinahe spüren.

Als er die dunklen Umrisse der Anlage vor sich sah, blieb er stehen, um seinen Atem zu beruhigen.

Rechter Hand führte eine Treppe zu einer weitläufigen Terrasse hinauf. Von dort konnte man das ganze Gelände und den See überblicken. Pavarotti war ein einziges Mal hier gewesen. Am Ende des letzten Falls hatte er es sich mit einer Flasche Calvados gemütlich gemacht, nachdem Lissie abgereist war, auf dem Weg nach Frankfurt und in ein anderes Leben.

Er hoffte, dass die Brüstung noch vorhanden war.

Mittlerweile war es völlig dunkel.

Im Schutz des steinernen Treppengeländers kroch er die Stufen hinauf, wie ein großer, geschmeidiger Wolf, der das Feuer der Menschen fürchtet, auf der Suche nach einem sicheren Platz für die Nacht.

Oben angekommen, richtete er sich halb auf. Tastete nach der kleinen Scharte in der Brüstung. In die Scharte eingeklemmt, in Griffweite und windgeschützt, hatte seinerzeit die Flasche Calvados gestanden.

Er fand die Scharte so schnell, als wäre er niemals weg gewesen. Legte den Lauf seiner Beretta probehalber auf ihren glatten Untergrund. Bewegte den Lauf, schaute durch das Okular und nickte zufrieden. Die Öffnung ließ seiner Waffe genügend Spielraum, um die Wiese vom Waldrand bis zu den Häusern am Seeufer zu bestreichen.

Über ihm standen die hohen Tannen schwarz und drohend nebeneinander, eine Formation riesenhafter Soldaten, die im Begriff waren, zum See vorzurücken.

Der rote Funke erschien wieder. Sie waren nicht mehr als zehn Meter über ihm, auf zwei Uhr.

In dem diffusen grünen Licht des Nachtsichtgeräts sah er eine dunkle, massige Silhouette ganz in der Nähe der Stelle, wo der rote Funke erschienen war. Der schwarze SUV. Genau dort, wo er ihn erwartet hatte.

Eine Nebelwand wallte heran.

Jeder professionelle Schütze kennt den zwiespältigen, wankelmütigen Charakter des Nebels. Mal verhüllt und schützt er, ein anderes Mal reißt er dir die Deckung weg.

Der rote Laserstrahl des Schützen ritt auf dem Nebel wie der Tod auf einem fahlen Pferd, und Pavarottis Blick verfolgte ihn.

Der Scheißkerl zielt auf den Wagen der Frauen.

Nicht dass es Pavarotti wirklich überraschte. Der Schütze war gut. Ohne Intuition überlebte keiner lange in diesem Geschäft. Mit der linken Hand tippte Pavarotti drei Worte in sein Handy.

KOPF RUNTER LOS

Dann zielte er auf den roten Lichtfunken. Langsam atmete er aus. Beruhigte seinen Herzschlag. Ließ den Schuss kommen. Fühlte den Rückstoß, fing ihn ab. Hörte das Projektil zischen. Spürte, wie es eine Schneise durch die Luft zog.

Drückte mit links auf SENDEN.

Schoss erneut. Hörte einen unterdrückten Ruf. Rennende Schritte. Äste krachten.

Rollte sich zur Seite, hörte, wie Kugeln in die Brüstung einschlugen.

Warf sich sofort zurück zur Scharte.

Jetzt sind sie hinter dem SUV in Deckung.

Jeder Schütze ist für einen winzigen Moment ohne vollkommene Deckung. Wer den Rhythmus des Zielens und Schießens nicht beherrscht, der stirbt.

Pavarotti zielte auf eine Stelle oberhalb der Kühlerhaube. Schoss. Rollte weg. Lud nach.

Wo bleiben die Frauen, verdammt noch mal?

Endlich röhrte ein Motor. Die Silhouette eines kleinen Sportwagens schoss aus der Gasse auf die Straße hinaus.

Der kleine Wagen fuhr schnell, aber Pavarotti schien es trotzdem, als krieche er dahin. Die Entfernung betrug siebzig Meter. Keine Herausforderung für den Mann da oben, aber sich bewegende Ziele waren schwer zu treffen, und Dr. Dulsao ließ den Wagen schlingern. Klasse Frau.

Pavarotti wusste, dass der Kerl wütend sein musste, weil ihm der Ablauf der Ereignisse aus der Hand genommen war. Gut. Wut ließ die Finger zittern.

Er spürte, wie der Schütze sich konzentrierte, wie er sich anstrengte, die Wut aus seinem Körper entweichen zu lassen. Nach dem Druckpunkt suchte, um den Schuss kommen zu lassen.

Jetzt oder nie. Wenn er jetzt nicht schießt, sind sie weg.

Über der Kühlerhaube des SUV erschien ein dunkelgrüner Umriss.

Ein Gewehrlauf.

Pavarotti schoss. Die Schüsse fielen gleichzeitig. Es gab diesen typischen lauten Knall, wenn Glas zerspringt. Ein Autofenster.

Pavarottis Herz setzte einen Moment lang aus.

Doch der kleine Alfa Spider schoss tapfer vorwärts, lädiert, aber nicht geschlagen.

Dann war der Wagen hinter der Biegung verschwunden.

Pavarotti hielt den Atem an. Er stand hinter einem Vorsprung an die Backsteinmauer gepresst.

Er öffnete seine Sinne. Für den ganz leichten Hauch eines Luftzugs. Für ein verräterisches Geräusch, vielleicht vom zweiten Mann, der bestimmt kein Ass im Anschleichen war.

Es wurde brenzlig. Auf kurze Distanz war er zwei Mann nicht gewachsen.

Allein konnte er nicht die gesamte Apartmentanlage kontrollieren.

Eine Sirene. Sie kam schnell näher. Die Carabinieri waren im Anmarsch.

Pavarotti entspannte sich etwas.

Die Frauen waren in Sicherheit.

Plötzlich fiel ein Schuss.

Automatisch duckte er sich. Aber da war kein Einschlag in seiner Nähe. Das Geräusch war von weiter oben gekommen. Wie ein Echo in den Bergen.

Es waren zweiundzwanzig Männer. Sie gehörten zu einem Spezialkommando aus Bozen.

Und sie waren schnell. Bereits nach wenigen Minuten hatten zwei Scharfschützen auf der Terrasse der Apartmentanlage Pavarottis Platz eingenommen. Die übrigen zwanzig begannen, die Gegend zu durchkämmen.

Der letzte Trupp nahm Pavarotti nur widerstrebend mit. Die Polizia di Stato ist in den Augen der Carabinieri eine Lebensform, die sich nicht groß von der zivilen unterscheidet. Staatspolizisten sind verweichlichte Kerle ohne Corpsgeist, mit einem gefährlichen Hang zum Individualismus.

Der Capitano gab nach, als er Pavarottis knappen Bericht gehört hatte, und merkte, wen er vor sich hatte.

Der schwarze Touareg stand am Waldrand. Er war nicht abgeschlossen. Der Innenraum war leer, der Kofferraum ebenfalls.

Auf dem schwarzen Lack des Wagens glänzten feuchte Spritzer. Einer der Männer richtete seine Taschenlampe darauf. »Scheint Blut zu sein. Zu wenig für eine lebensgefährliche Verletzung. Vielleicht ein Streifschuss oder ein glatter Durchschuss«, sagte er mit einem Seitenblick auf Pavarotti.

Sein Kollege ließ die Taschenlampe kreisen, rief kurz darauf: »Hier. Ein weißer Fetzen. Von einem Shirt oder Unterhemd.«

»Einer der Kerle trägt einen provisorischen Verband«, sagte der Capitano. »Sie können nicht allzu weit sein. Schwärmt aus, Leute, aber seid vorsichtig. Denkt an Cavalle.«

In diesem Augenblick war von weiter oben ein Ausruf zu hören, der wegen des Echos nicht zu verstehen war.

Sofort zogen die Männer ihre Waffen. Entsicherten sie. Einen Moment lauschten alle, aber der Berg lag wieder in völliger Stille.

»Weiter«, sagte der Capitano.

Der weglose Aufstieg durch den steilen Lärchengürtel zwischen dem Similaun und dem Monte Capello war anstrengend, vor allem bei völliger Dunkelheit. Mit hohem Tempo stieg der Trupp bergan, doch Pavarotti brauchte sich vor den Carabinieri keine Blöße zu geben. Vor fünf Jahren, als er hundertzwanzig Kilogramm auf die Waage gebracht hatte, hätte er diesen mörderischen Aufstieg niemals bewältigen können.

Durch die Bäume leuchteten die hellen Kegel sich bewegender Taschenlampen. Der dritte Trupp, der sich in einiger Entfernung bergwärts voranarbeitete.

Die Lichter brachen sich an den dunklen Baumstämmen, tanzten über dürre Äste und tauchten die entlaubten Bäume in ein geisterhaftes Licht.

Die Männer keuchten in der kühlen Nachtluft. Sonst war nur das Rascheln von Blättern und Wurzeln zu hören. Jeder schonte seinen Atem, niemand sprach, bis auf ein einziges Mal, als der Mann an der Spitze stolperte und einen unterdrückten Fluch ausstieß.

Nach einer Viertelstunde kam ihnen von oben ein Carabiniere entgegen. Schwer atmend warteten sie, bis er ihnen das restliche steile Stück entgegensprang, wie das nur erfahrene Bergsteiger können.

»Was ist passiert?«

»Da oben liegt ein Toter, Capitano.«

Die Leiche befand sich unter einem Busch, dort, wo der dichte Baumbestand endete und die Krummholzzone begann.

»Wer ist das?«, fragte der Capitano und ließ den Strahl seiner Taschenlampe über den Körper wandern.

»Nicht identifizierter Mann, schätzungsweise Anfang dreißig«, sagte einer der Männer. »Keine Papiere.«

Die Beine des Toten waren angewinkelt. Er lag verkrümmt auf der Seite, der rechte Arm, um den ein weißer, blutverschmierter Fetzen gewickelt war, ragte nach oben und verdeckte das Gesicht.

Das Einschussloch befand sich unter dem rechten Ohr. Blut war aus der Wunde gesickert und hatte den Hemdkragen rot gefärbt.

Der Spotter, dachte Pavarotti. Der Killer hat ihn erschossen. Das Muster bestätigte sich. Der Mann war kaltblütig und skrupellos. Als sein Helfer zur Belastung wurde, schaltete er ihn aus.

Pavarotti bückte sich und bewegte den Arm des Toten ein wenig zur Seite, um einen Blick auf das Gesicht zu werfen.

Als er sich nach einer Minute immer noch nicht gerührt hatte, berührte ihn der Capitano an der Schulter. »Commissario? Kennen Sie den Mann?«

Pavarotti richtete sich auf und wischte sich mit der Hand über die Stirn.

»Ja, ich kenne ihn. Der Mann heißt Alexander de Vlies.«

»Niederländer? Deutscher?«

»Er war Deutscher, soviel ich weiß.« Pavarotti nickte langsam. »Erinnern Sie sich an den kürzlichen Doppelmord an einem deutschen Ehepaar? Dieser Alexander de Vlies war ein Mitarbeiter in der Firma des Ehemanns.«

Der Capitano stieß einen Pfiff aus.

Über ihren Köpfen war das Rattern von Rotorblättern zu hören. Die Armee der Forensiker rückte an.

***

In der Nacht auf Sonntag, neun Tage nach den Morden

Am Berg wurde es hell, lange bevor der Morgen graute.

Spuren verschwinden im Dunkeln, lösen sich auf über Nacht, und deshalb bekämpft die Forensik die Dunkelheit mit starken Geschützen.

Die neueste Errungenschaft der Spurensicherung Meran waren jeweils drei Extreme-Power-LED-Spot- und Flutlichtscheinwerfer auf fahrbaren Gerüsten, die Kohlgrubers geisterhafte grüne Armee aus dem Hubschrauber auslud und aufbaute.

Jeder dieser Lichtriesen brachte eine Leistung von zwanzigtausend Lumen zuwege.

Hundertzwanzigtausend Lumen leuchten Fabrikhallen aus. Vielleicht sogar den Weltraum.

Jemand schrie: »Spot an!«

Die sechs Scheinwerfer entschieden den Wettstreit mit dem Eis des Similaungletschers, der im Mondlicht zaghaft glitzerte, spielend für sich. Ihr Licht war kälter als Gletschereis, ungefähr so kalt wie totes Fleisch.

Das Licht reichte vom Tatort bis hinunter zum Stausee. Bis zu einem Einsatzwagen, der dort stand.

Es fiel auf das Gesicht eines Mannes in Uniform und wanderte über eine topografische Geländekarte, die auf seinem Schoß ausgebreitet war.

Der Capitano wandte sich Pavarotti zu. »Also. Wo steckt dieser Scheißkerl Ihrer Meinung nach?«

Pavarotti beugte sich über die Karte. Überlegte einen Moment. »Er hat irgendeine Ausbildung genossen. Taktische Schießausbildung. Mit Sicherheit Überlebenstraining«, sagte er. »Er dürfte ein guter Kletterer sein. Steige und Hütten wird er meiden wie der Teufel das Weihwasser.«

Er tippte auf die Karte, folgte mit dem Finger einem Gebirgszug. »Vielleicht schlägt er sich an den Hängen unterhalb der Hinteren Schwärze durch, folgt dann unterhalb des Grats dem Verlauf des Pfossentals bis zur Hohen Wilde. Tja.« Pavarotti hob den Kopf. »Danach gibt es Dutzende von Möglichkeiten.«

Der Capitano schlug mit der flachen Hand auf das Armaturenbrett. »Fuck. Dafür habe ich nicht genügend Suchtrupps. Mit den paar Leuten finden wir ihn nie in den Bergen.«

»Suchtrupps sind nicht notwendig«, sagte Pavarotti. »Wir warten auf ihn.«

»Wie bitte?«

»Er kehrt zurück nach Meran«, sagte Pavarotti.

»Wie kommen Sie darauf? Ich an seiner Stelle würde über den

Gletscher nach Österreich verschwinden. Wien ist ein Sumpf. Oder er geht in die Slowakei. Da findet ihn auch keiner.«

Pavarotti schüttelte den Kopf. »Er kommt.«

»Warum sollte er zurück in die Höhle des Löwen?«

»Weil er nach etwas sucht, das er noch nicht gefunden hat.«

***

In der letzten Stunde der Nacht ging ein Mann durch die menschenleeren Straßen seiner Stadt.

Seine schwarze Cargohose war tropfnass und klebte an seinen Beinen, und er fror trotz seines Regenmantels, gegen den er seine schmutzige Sportjacke eingetauscht hatte.

Trotzdem fühlte er sich glücklich, in dem Maße, wie es ihm eben möglich war. Es war eine gute Nacht gewesen. Er hatte der Frau, die er liebte, eine kurze Atempause verschafft.

Es war allerdings nur ein Aufschub.

Sie würde nur zu retten sein, wenn es gelang, ihr ihr Geheimnis zu entreißen.

Wenn alles gut ging, würde er nach Rom pilgern, das hatte er sich geschworen, vor ein paar Stunden, unter dem Similaungletscher, als er versuchte, einen Mann zu erschießen.

Vielleicht hätte er die Pilgerfahrt vor ein paar Monaten unternehmen sollen, als noch Zeit war. Aber wozu? Niemals gingen alle Wünsche in Erfüllung, und weder Gott noch der Papst konnten daran etwas ändern.

Es war an der Zeit, sich zu entscheiden. Zwischen ihrer Freundschaft. Und ihrem Leben.

Er blieb unter einer schmiedeeisernen Straßenlaterne stehen, die sein hageres Gesicht in gelbes Licht tauchte, um sich eine Zigarette anzuzünden. Er hatte sie vom Capitano bekommen, der vor jedem Einsatz eine Zigarette rauchte, weil es jedes Mal die letzte sein konnte.

Für den Mann unter der Laterne war es die erste seines Lebens, und er hustete. Die Zigarette bedeutete eine kleine Rebellion gegen das unerbittliche Vorrücken der Zeit, ein hilfloser Versuch, den Lauf der Welt zu ändern. Wenn es ihm gelang, dem beißenden Rauch etwas abzugewinnen, dann gab es noch Hoffnung, dass auch andere Dinge nicht unumstößlich waren.

Er war sich plötzlich nicht mehr sicher, ob dies hier tatsächlich seine Stadt war – oder bloß eine Ansammlung von Häusern, in denen Verbrechen geschahen. Das Gitternetz des Bösen war engmaschig geworden in den letzten Jahren. Er war kaum noch in der Lage, einen Pflasterstein zu betreten, ohne dass sein inneres Pendel ausschlug.

Der Mann wurde alt, und in dieser Stadt starben Männer neuerdings jung. Wer weiß, vielleicht würde dieser Fall sein letzter sein. Er sah hoch zu den Sternen. Hier unten im Tal war die Nacht völlig klar, keine Spur von Nebel. Seine Blicke folgten dem Rauchkringel, der sich im Wind auflöste. Über ihm, in dem schmalen Stück Himmel, das zwischen den eng beieinanderstehenden Häusern zu sehen war, stand hell und leuchtend der Stachel des Skorpions, des Mörders, der einst den größten aller Jäger getötet hatte.

Hochmut machte unvorsichtig. Sein Dünkel war Orion zum Verhängnis geworden. Nun hingen die beiden wie aufgespießte Exemplare einer seltenen Spezies am Firmament, Millionen von Lichtjahren voneinander entfernt, auf dass sie sich niemals wieder begegneten.

Und doch erschienen sie immer und immer wieder. Das Universum fand die Geschichte viel zu gut, um sie nur einmal aufzuführen.

Und diesmal würden die beiden auf Erden aufeinandertreffen. Wer auch immer dabei draufging, er würde nicht in den Himmel aufsteigen. Sondern einfach am Horizont der menschlichen Erinnerung immer kleiner und kleiner werden und schließlich ganz verschwinden.

Keine große Sache.

Kurzschluss

Sonntagmorgen, neun Tage nach den Morden

»Ich kündige«, sagte Emmenegger. Der Mann hatte im Büro geschlafen, das war offensichtlich, denn sein Atem roch sauer, und sein Hemd war zerknittert.

»Haben Sie getrunken?«

Emmenegger gab keine Antwort. Er wirkte nüchtern. Die Augen blickten klar, sogar mehr als das, sie blitzten vor Zorn. Es gab keinen Alkoholdunst. Keinen Pfefferminzgeruch, der mitunter genauso verräterisch sein konnte.

Pavarotti starrte auf das Kündigungsschreiben, das vor ihm lag, fein säuberlich an den Kanten des Schreibtischs ausgerichtet. Er hob den Kopf.

»Was hat das zu bedeuten, Ispettore?«

Emmenegger stand starr, sein Blick ging über Pavarottis Kopf hinweg.

»Sie vertrauen mir nicht mehr«, sagte er. »Deshalb kann ich nicht länger mit Ihnen arbeiten.« Emmenegger gab einer kleinen Schachtel, die neben dem Kündigungsschreiben stand, einen Schubs mit der geballten Faust. »Sie sind der Richtige für solche Denkaufgaben. Dafür bin ich zu dumm. Den Fall lösen Sie besser ohne mich.«

Emmeneggers Ausbruch war aus dem Nichts gekommen. Pavarotti hatte den Ispettore eine halbe Stunde lang über die Ereignisse unter dem Similaungletscher informiert, was Emmenegger (nun, das war allerdings auffallend) schweigend zur Kenntnis genommen hatte. Ein wenig Anerkennung, vielleicht sogar ein Anflug von Besorgnis angesichts der ausgestandenen Gefahren wäre angebracht gewesen, fand Pavarotti, aber nichts dergleichen kam.

Stattdessen berichtete Emmenegger kurz, dass er Lissie von

Spiegel (mangels Alternativen) bis auf Weiteres in einer Gefängniszelle untergebracht hatte.

Danach wechselte der Ispettore abrupt das Thema. Er zog einen kleinen Karton unter seinem Stuhl hervor, mit der müden Gestik eines schlecht gelaunten Zauberers, der keine Lust mehr hat, die Leute mit seinen Faxen zu unterhalten, und stellte ihn neben Pavarottis Computer. »So, das war's. Den Rest finden Sie in den Mordakten. Meine Pflicht ist erledigt.«

Dann, mit einem kleinen Anflug von Theatralik: »Ich kündige.« Emmenegger platzierte einen Computerausdruck (die Seite endete mit seiner Unterschrift, die merklich größer als sonst war) neben dem Karton und machte auf dem Absatz kehrt.

»So bleiben Sie doch hier, Sie Hornochse!«, rief Pavarotti ihm nach.

Die Schritte des Ispettore hallten auf der Treppe ins Untergeschoss.

Was wollte der Mann dort unten? Da gab es nur Kellerräume, den Heizungsraum und die frühere Kantine des Kommissariats, die im vergangenen Jahr vom Gesundheitsamt geschlossen worden war.

Die Tür zur Kantine stand offen. Eine flackernde Neonröhre an der Decke tauchte den schlauchförmigen Raum alle paar Sekunden in ein grünliches Licht, dann erlosch es wieder.

Der Ispettore stand am Kaffeeautomaten, der funktionierte und dies wohl auch in hundert Jahren noch tun würde, weil alle ekelhaften Sachen etwas an sich hatten, das der Zeit trotzte. Niemand, der bei Sinnen war, würde diese Maschine benutzen. Emmenegger war zweifellos verrückt geworden.

»Lassen Sie das, Mann!«, rief Pavarotti. »Das Ding produziert den schlechtesten Kaffee der Welt. Außerdem ist das Wasser da drin über ein Jahr alt und stinkt.«

»Dann passt das ja.« Emmenegger trat auf Pavarotti zu und schüttete ihm den lauwarmen Inhalt eines Pappbechers ins Gesicht. »Vielleicht wissen Sie jetzt, wie ich mich fühle.«

Pavarotti wischte sich mit dem Hemdsärmel das Gesicht ab und packte Emmenegger am Arm, der an ihm vorbeiwollte.

»Sind Sie noch bei Sinnen?« Er schüttelte ihn. »Was ist los mit Ihnen?«

»Was los ist? Das wissen Sie nicht?« Emmenegger lachte, aber in dem Lachen steckte kein Funken Humor. »Sie sind wirklich unglaublich. Sie sind kalt wie ein Fisch, und Sie merken es nicht einmal. Und jetzt lassen Sie mich los. Ich will nach Hause.«

Aber Pavarotti dachte nicht daran, seinen Griff um Emmeneggers Arm zu lockern.

»Ich verstehe kein Wort. Was bitte schön habe ich Ihnen getan?«

»Zum Beispiel heute Nacht. Sie legen sich mit einem Killer an, ohne Ihrem Kollegen Bescheid zu geben. Lassen mich vor den Carabinieri wie ein dummer kleiner Junge aussehen. Können Sie sich vorstellen, wie die hinter meinem Rücken gegrinst haben? Ich darf Ihnen die Schuhe putzen, aber zu mehr bin ich wohl nicht zu gebrauchen. Ich dachte immer, wir wären Partner. Wie konnte ich nur so ein verdammter ...« Emmenegger verzog das Gesicht, als wollte er in Tränen ausbrechen. »... Idiot sein.«

»Ich habe Sie nicht informiert, weil ich befürchtete, dass Sie getötet werden«, sagte Pavarotti leise. »Es war eine unübersichtliche Situation da draußen. Sie wären unter Garantie angerückt und zwischen die Fronten geraten.«

»Blödsinn«, schrie Emmenegger und wollte Pavarotti wegstoßen, aber der ließ es nicht zu. »Alles bloß Ausreden!«

»Jetzt hören Sie mir mal zu.« Pavarottis Stimme war ruhig, aber bestimmt. Er drückte den Ispettore auf einen der Kantinenstühle, die aufgereiht nebeneinander an der Wand standen, bereit zu einer neuen Verwendung, die es nie geben würde. Emmenegger wehrte sich, doch dann sank er nieder, ließ es geschehen. Sein langer Körper wurde schlaff wie der einer großen Stoffpuppe.

Seine rechte Gesichtshälfte lag im Dunkeln, über die linke flackerte das grünweiße Neonlicht und vertiefte die Schrunden und Einkerbungen in seinen Wangen. Wie er zusammengesunken dasaß, mit der blassen Gesichtshälfte und dem dunklen Augenring, da glich er einem Pandabären, den der Mut verlässt, nachdem er für ein paar Minuten die Freiheit gespürt hat.

Pavarotti setzte sich ihm gegenüber und lehnte seinen Kopf an eine Betonsäule. Er war unsagbar erschöpft. »Ispettore. Sie sind ein emotionaler Mensch, und das ist gut so. Sie finden dort Zugang, wo er mir verwehrt ist. Aber heute Nacht …« Er legte Emmenegger eine Hand auf die Schulter. »… in einer Nacht wie heute können Gefühle gefährlich sein. Deshalb, und nur deshalb, wollte ich Sie nicht dabeihaben. Verstehen Sie?«

Emmenegger suchte kurz Pavarottis Blick, dann schaute er wieder weg.

»Ich hätte Sie natürlich informiert«, sprach Pavarotti weiter, »wenn ich hundertprozentig davon überzeugt gewesen wäre, dass Sie meine Anordnungen befolgen. Aber das war ich leider nicht, Ispettore. In letzter Zeit neigen Sie zu eigenmächtigen Handlungen, das müssen Sie doch zugeben.«

Emmenegger blinzelte ein paarmal, aber er sagte nichts.

»Anstatt Cavalle abzulösen, haben Sie eine eigene, mit mir nicht abgesprochene Ermittlung angestellt, in deren Verlauf Sie sich betrunken haben. Dann sind Sie alkoholisiert und komplett diensttauglich in einen Schusswechsel geraten, in dessen Verlauf Sie um ein Haar getötet worden wären. Also mal ganz ehrlich: Was hätten Sie bei dieser Vorgeschichte an meiner Stelle getan?«

Keine Antwort. Die Stille dehnte sich aus.

Plötzlich flackerte die Neonröhre an der Decke mehrmals kurz hintereinander – und erlosch.

»Scheiße«, rief Emmenegger. »Was ist hier los?«

Pavarotti packte ihn am Arm. »Kommen Sie. Irgendwas stimmt da nicht.«

Auf der Kellertreppe rochen sie ihn, den Geruch nach verschmorten Plastikteilen.

»Schnell!« Pavarotti riss den Feuerlöscher von der Wand und hoffte inständig, dass er noch funktionstüchtig war.

Sie stürmten in den Bereitschaftsraum. Schwaden grauen Qualms quollen unter Pavarottis geschlossener Bürotür hindurch. Sie rissen die Tür auf, husteten, hielten sich die Hände vor den Mund. Flammen schlugen aus Pavarottis Computer. Das Computerkabel brannte lichterloh. Aus der Steckdose in der Wand sprühten Funken. Der Geruch war ekelerregend.

»Stellen Sie den Strom ab!«

Emmenegger rannte hinaus, zum Sicherungskasten.

Pavarotti keuchte, drückte sich einen Zipfel seines T-Shirts auf Mund und Nase. Betätigte den Feuerlöscher. Löschschaum spritzte hervor und ergoss sich auf die brennenden Elektrogeräte.

Nach ein paar Minuten war alles vorbei. Pavarottis Schreibtisch hatte sich in eine Müllhalde verwandelt. Der Fußboden darunter stand unter Wasser, in dem Papiere schwammen, darunter auch das Kündigungsschreiben, was das einzig Gute an dem Vorfall war. Die Wand hinter Pavarottis Computer war rußgeschwärzt, der PC hatte sich in dampfenden Elektroschrott verwandelt, die Platte seines ehemals weißen Akazienschreibtisches, eine teure Anschaffung und aus Pavarottis eigener Tasche bezahlt, war verkohlt.

Pavarotti starrte auf das Möbel, dessen Maserung ihn an Harmonien und Schwingungen aus fernen Welten erinnert hatte, ein für alle Mal in feste Materie gebannt. Jeden Morgen hatte er als Allererstes mit dem Finger der schrägen Baumkante entlanggestrichen, um das Wachstum seiner Gedanken zu spüren.

»Was für ein Glück, dass Ihr alter Schreibtisch noch im Keller steht«, sagte Emmenegger boshaft. Er bückte sich, um eine kleine Pappschachtel aufzuheben, die auf der Wasserlache schwamm und munter hin und her schaukelte wie ein Schiffchen aus Papier. Emmenegger öffnete den Karton und fischte ein paar feuchte Papierfetzen heraus. Vorsichtig verstaute er sie in einem Briefumschlag.

Pavarotti beachtete ihn nicht. Er war immer noch ganz von dem Chaos in Anspruch genommen, das ein Kabelbrand innerhalb von Minuten anrichten kann.

Dann horchten beide Männer auf. Da war ein Wummern, das ganz aus der Nähe kam.

»Scheiße, das ist Frau von Spiegel«, rief Emmenegger.

Sie rannten auf den Flur und in den Seitentrakt, in dem sich drei provisorische Gefängniszellen befanden, für Häftlinge, bevor sie ins Gefängnis nach Bozen gebracht wurden.

Sie hörten sie schreien, bevor sie in Sichtweite kam.

Lissie rüttelte mit schreckgeweiteten Augen an der Zellentür. »Lasst mich hier raus! Lasst mich raus! Hier brennt's irgendwo, ich kann es riechen!«

Pavarotti griff nach ihrer Hand. »Jetzt beruhige dich doch. Alles unter Kontrolle. Das war bloß ein Kabelbrand. Die Elektrik in diesem Kasten ist uralt.«

»Sperr auf! Ich will hier raus!«

Pavarotti machte eine Kopfbewegung hin zu Emmenegger, und der holte den Bund mit den Zellenschlüsseln aus seiner Uniformhose.

»Emmenegger, rufen Sie den Hausmeister und den Polizeichef an, in dieser Reihenfolge, und melden Sie den Kabelbrand und die Sauerei. Ich komme hier alleine klar. Wir treffen uns im Bereitschaftsraum.«

Der Ispettore warf ihm einen bitterbösen Blick zu und drehte sich auf dem Absatz um.

»So. Und jetzt gibst du mir deine Handys«, sagte Pavarotti. »Alle beide.«

»Nein!«

»Verdammt noch mal, Lissie!«

Sie kniff die Lippen zusammen. Schüttelte den Kopf.

Pavarottis Gesicht wurde hart. »Gut, dann eben auf meine Weise.« Er zog Handschellen hervor, ließ sie um ihre Handgelenke einschnappen und kettete sie an.

»Du Schwein«, schrie sie. »Mach mich sofort los! Ich hasse dich!«

»Erzähl mir etwas, was ich noch nicht weiß«, sagte er. »Wenn du anfängst, mich mit den Füßen zu treten, dann kette ich die auch an. Du hast die Wahl.«

Als er sie abtastete, heulte sie vor Zorn.

Er brauchte nicht lange. Ihr Smartphone und das kleine rote Klapphandy steckten in der Innentasche ihrer Jacke.

»Der Kerl kennt deine Nummer«, sagte Pavarotti. »Woher?«
Lissie sah ihn bloß hasserfüllt an.

»Anscheinend konnte er dich jederzeit orten.« Pavarotti
schnippte mit den Fingern. »Einfach so.« Er befreite sie und
duckte sich rechtzeitig, um ihren Fäusten auszuweichen, mit
denen sie auf ihn loswollte.

»Stopp. Stopp! Hör mir zu. Der Kerl wird nicht aufhören,
bis er dich erledigt hat. Ist dir das klar?«

Sie sagte nichts, stattdessen durchbohrten ihn ihre Augen wie
Flammenwerfer.

»Ich bin kein IT-Freak wie Emmenegger, aber ich kann mir
einiges zusammenreimen. Vermutlich hast du den Anhang einer
infizierten E-Mail geöffnet. Worauf sich eine Ortungs-App auf
deinem Smartphone installiert hat. Das dürfte der zweite Mann
erledigt haben, bevor es ihn erwischt hat.«

»Noch ein Toter?«

»Der Killer hat seinen Helfer erschossen, bevor er uns über
die Berge entwischt ist. Der Tote war übrigens ein Mitarbeiter
in Santers Firma. Alexander de Vlies.«

»Den Namen hab ich schon mal gehört«, flüsterte Lissie.

Pavarotti nahm den Akku und die Speicherkarte aus Lissies
Smartphone und zertrat die Einzelteile auf dem Steinboden.

»Tatsächlich? Vor einer Woche hast du angeblich nicht einmal den Namen der Firma gekannt, in der Santer und de Vlies
gearbeitet haben. Du hast dreimal hintereinander Glück gehabt.
Wie oft willst du das noch strapazieren? Mir ist egal, wie wütend
ihr zwei auf mich seid, Emmenegger und du.«

Er öffnete die Zellentür. »So. Wir setzen uns jetzt zusammen
und finden raus, was hier gespielt wird. Jetzt auf der Stelle.«

Kriegsrat in Chinatown

»Du Armer«, sagte Lissie mit einem Lächeln auf den Lippen, von dem sich nur einfältige Zeitgenossen hätten täuschen lassen. »So ganz ohne Büro. Da bleibt dir wohl nichts übrig, als deinen Lebensmittelpunkt in eine Spelunke zu verlegen.« Sie legte den Kopf schief. »Du siehst ungefähr so aus, wie ich mir Sam Spade als alten Sack vorstelle.«

»Ich bin kein gottverdammter Säufer wie dieser Kerl«, sagte Pavarotti verbissen und fuhr sich über sein unrasiertes Kinn. Er mochte Sam Spade nicht.

Und das Forstbräu war keine gottverdammte Kaschemme, auch wenn frühe Morgenstunden die Gewohnheit haben, über Orte einen bizarren Schleier zu werfen, der die Umrisse von Menschen und Gegenständen verändert.

Um sechs Uhr morgens öffnet das Forst normalerweise für nichts und niemanden, aber Emmenegger kannte den Wirt auf eine Weise, wie man nur jemanden kennt, mit dem man eine gemeinsame Geschichte hat, die vor mehr als zwanzig Jahren begann, eingeritzt auf dem ledrigen Sattel einer Maschine, die längst nicht mehr existiert. Eine Bruderschaft, die Haut und Seele zeichnet, für länger, als die Ewigkeit dauert.

Deshalb waren die drei um sechs Uhr an diesem Morgen die einzigen Gäste.

Die roten Lampenschirme, die von der hohen Decke bis knapp über die Tische hingen, tauchten alles in ein rötliches Licht, auch die Gesichter der drei und die helle, starke Flüssigkeit in ihren Gläsern.

Sie saßen in der Bierschwemme, direkt gegenüber dem längsten Tresen der Stadt, an dem ein Dutzend Zapfhähne für gewöhnlich um die Wette schimmerten.

Die Zapfhähne standen zwar tapfer in Reih und Glied wie immer, aber in dem roten Licht ähnelten sie Weinflaschen von Betrunkenen, die ein Pfandjäger aus dem Rinnstein oder einem

Abfallhaufen unter der Brücke hervorgezogen hat, in die sie im Laufe der Nacht gekollert sind. Da half es nichts, dass der einzige Kellner, der arme Kerl, der Frühdienst hatte, den Edelstahl mit einem Eifer polierte, als hinge sein Glück davon ab.

So wie sie zusammenhockten, bewegungslos, die Köpfe tief über den Tisch gebeugt, hätten sie sich genauso gut in einem der vielen Chinatowns dieser Welt befinden können, tausend Meilen entfernt, vielleicht in L.A., Philadelphia oder in Chicago, wo man am frühen Morgen im Schein der Lampions und blinkenden Leuchtreklamen mit zitternden Fingern den ersten Schnaps des Tages trinkt.

Der Nebel hatte Meran erreicht. Feuchte Schwaden und Küchendünste wehten durch ein weit geöffnetes Fenster herein. Die Abfalltonnen wurden geleert. Das Scheppern und die Geräusche von Metall auf Asphalt klangen, als würde die Stadt geschleift.

»So«, sagte Pavarotti (der mehr und mehr Gefallen an dem Wort fand). »Wir haben einen toten Analysten aus Frankfurt. Was uns wieder zurück zu FONDSpot, der Firma von Lex Santer, führt.«

»Die Verbindung zur Frankfurter Finanzszene haben wir doch bereits ein Dutzend Mal durchgekaut«, widersprach Emmenegger. »Die Leute, mit denen FONDSpot Geschäfte gemacht hat, haben Alibis für den Abend des Mordes an Anna und Lex Santer, erinnern Sie sich?«

Er blätterte fieberhaft in den Mordakten, nickte, als er die Stelle fand, und schob Pavarotti den Ordner über den Tisch, aber der rührte ihn nicht an. »Danke, ich brauche keine Gedächtnisstütze. Dann ist eben eins der Alibis falsch. Alexander de Vlies war doch auf dieser Großveranstaltung?«

Das klang wie eine rhetorische Frage, und Pavarotti war auch nicht auf eine Antwort aus. »Natürlich war er dort, aus gutem Grund. Er sollte dem Mörder, der längst auf dem Weg nach Meran war, ein Alibi für diese Nacht geben. Prüfen Sie mal, wessen Aussage de Vlies bestätigt hat, Emmenegger.«

»Das ist hier nicht aufgeführt.«

»Deutschland ist auch nicht mehr das, was es einmal war. Rufen Sie bitte nachher bei den Kollegen in Bad Homburg an. Ich vermute, wenn wir auf diese Frage eine Antwort haben, dann wissen wir den Namen, den wir suchen.«

»De Vlies hat mit Sicherheit Dutzende von Personen genannt, Commissario. Wie wollen wir das eingrenzen?«

Pavarotti schaute Emmenegger mit dem Blick an, den er für Dummköpfe reserviert hatte. »Denken Sie nach, dann kommen Sie drauf, Ispettore.«

»Hör auf mit diesem Zirkus«, sagte Lissie. »Was ist mit dem Motiv? Willst du allen Ernstes behaupten, es geht um diese Fondsverrisse, mit denen dieses Arschloch Santer das Geschäft anderer Leute kaputtgemacht hat? Das ist kompletter Blödsinn.«

Beide Männer starrten Lissie überrascht an. Bis auf ihre Eingangsbemerkung hatte sie stumm dagesessen und ihr Gesicht verschlossen, als wappne sie sich gegen etwas. Die Worte waren aus ihr herausgebrochen, mit einem beißenden Unterton, der in den Ohren schmerzte.

»Woher willst du das wissen?«, sagte Pavarotti. »Was hat dir Lex Santer eigentlich getan, dass du so über ihn herziehst?«

»Wie oft soll ich es dir noch sagen? Der Kerl hat seine Frau verprügelt!«

»Warum haben Sie mir das nicht gesagt?« Emmeneggers Empörung kochte wieder hoch. »Verdammt noch mal, Sie müssen mich in solche Dinge einweihen! Wie soll ich denn sonst die Mordakten führen?«

»Weil es nicht stimmt«, sagte Pavarotti. »Unsere verehrte Frau Dr. Landers hat endlich die Zeit gefunden, das Ehepaar Santer zu obduzieren. Die Berichte sind erst gestern Abend eingetroffen«, sagte er mit einem Seitenblick auf Emmenegger.

»Ha!«, knurrte der, aber Pavarotti sprach weiter, als habe er nichts gehört.

»Bei Anna Santer wurde ein einziges Hämatom am Oberarm gefunden, Durchmesser zehn Zentimeter, eher oberflächlicher Natur. Ansonsten gab es nur kleinere Prellungen am Körper, die sich jeder von uns hin und wieder zuzieht. Größere, tiefer gehende Verletzungen, wie sie bei Schlägen entstehen, sind nicht vorhanden.«

»Dann sind sie eben ausgeheilt«, sagte Lissie störrisch.

»Nein, unmöglich. Wer systematisch geprügelt wird, zieht sich Schädigungen im Gewebe, manchmal sogar der inneren Organe zu. Es bleiben Verhärtungen oder sogar Narben zurück. Sie hat dich angelogen, Lissie.«

Lissie starrte ihn an, ihr Mund zuckte, doch dann glättete sich ihre Miene. Da war keine Wut oder Enttäuschung mehr, sondern eine Art Frieden, wie er sich einstellt, wenn die Dinge sich klären. Noch etwas hatte sich in ihre Augen gestohlen, etwas Unergründliches, das zu dieser Abgeklärtheit nicht ganz zu passen schien.

»Und wenn schon, dann hat sie eben gelogen«, sagte sie und verschränkte die Arme vor der Brust. »Soll ich mich jetzt über eine Tote aufregen oder was?«

»Die entscheidende Frage ist, warum Anna Santer gelogen hat«, sagte Pavarotti.

»Das ist doch egal«, sagte Lissie und schaute aus dem Fenster auf die Straße hinaus, den scheppernden Abfalltonnen hinterher, deren Inhalt im Bauch des Müllwagens verschwand.

»Worum ging's eigentlich bei eurer Freundschaft? Was war das mit Anna und dir? Was ist mit diesem roten Telefon?«, insistierte Pavarotti und merkte zu spät, dass er sich hinreißen ließ. Trotzdem konnte er nicht umhin, noch eine letzte Frage hinterherzuschicken. »Warum wolltest du es mir nicht geben?«

»Weil du unverschämt und anmaßend bist und ich gar nichts muss.«

»Ich geh dann mal austreten«, sagte Emmenegger und stand auf.

»Sie bleiben gefälligst sitzen!« Pavarotti war so laut geworden, dass der Kellner seinen Kopf nach ihnen drehte.

Pavarotti zog das rote Telefon hervor. »Wem gehört das Ding?«

»Anna Santer.« Lissie starrte an ihm vorbei. »Hab's gefunden. Da sind nur ein paar Adressen von Pensionen drauf.«

»Du hast ein Beweisstück verschwinden lassen.« Pavarotti war außer sich vor Zorn. »Das ist eine Straftat, verflucht!«

Zu Emmenegger gewandt: »Wenden Sie mal Ihren IT-Zauber darauf an, Ispettore. Aber passen Sie auf, dass sie es nicht wieder in die Finger kriegt. Ich muss mal an die frische Luft.«

»Verhafte mich doch, wenn du kannst!«, schrie ihm Lissie hinterher, als er den riesigen Schankraum durchschritt. Der Kellner grinste.

Lissie und Emmenegger sahen Pavarotti nach, sorgfältig darauf bedacht, dass sich ihre Blicke nicht trafen. Als er durch die Tür verschwunden war, sagte Lissie kläglich: »Es ist wirklich nichts drauf außer diesen Adressen. Prüfen Sie's nach. Das Ding ist eingeschaltet. Ich habe es vorsichtshalber immer wieder aufgeladen. Ich kenne das Passwort nicht mal.«

Emmenegger erwiderte, ohne die Augen vom Telefon zu nehmen: »Das mag schon sein, Frau von Spiegel. Vielleicht haben Sie ein paar Sachen gelöscht. Und jetzt haben Sie Angst, dass der Chef die Daten durch die IT-Abteilung wiederherstellen lässt. Profis können das meiste retten, und das ist Ihnen natürlich klar.«

Emmenegger schaute sie an. »Es ist mir egal, ob privater Kram drauf ist, den der Chef nicht sehen soll. Ich will nur eins wissen: Haben Sie etwas mit dem Mord an Anna und Lex Santer zu tun?«

»Nein«, flüsterte Lissie. »Bitte glauben Sie mir, Ispettore.«

Emmeneggers Augen ruhten lange auf ihrem Gesicht.

»Ich glaube Ihnen«, sagte er schließlich.

Schritte auf den Fliesen. Pavarotti zog den Stuhl mit einem kratzenden Geräusch zurück, der die beiden anderen zusammenfahren ließ, weil ihr stummer Dialog noch nicht zu Ende war.

Emmenegger reichte dem Chef das Telefon. »Das Ding ist fast antik, trotzdem gibt es überall noch Originaleinstellungen des Herstellers. Ich glaube, dass Anna Santer das Telefon bloß als elektronisches Schreibheft genutzt hat. Zu viel mehr ist es im Übrigen auch nicht zu gebrauchen. Es gibt tatsächlich nur ein paar Namen und Adressen von Pensionen, unter der Notizbuchfunktion abgelegt.« Er legte das Gerät auf den Tisch. »Die Santers haben offensichtlich versucht, irgendjemanden aufzuspüren, der sich nach dem Krieg hier eingemietet hat. Vermutlich war es diese Suche, die sie das Leben gekostet hat. Ich glaube nicht, dass der Täter aus der Frankfurter Finanzszene kommt.«

Der Ispettore griff in seine Tasche. »Und dann das hier.« Er öffnete einen Briefumschlag und legte ein halbes Dutzend Papierstückchen auf den Tisch. »Das habe ich Ihnen vorhin noch geben wollen. Überreste eines Eintrags aus dem Gästebuch der Pension Erika vom 15. September 1947. Der Gast bekam das Zimmer am Ende doch nicht, und der Eintrag wurde zerrissen. Gut, dass Marika Kelly eine neugierige junge Frau ist. Sie hat die Schnipsel auf dem Dachboden gefunden.«

Emmenegger schob die Buchstaben mit nervtötender Langsamkeit hin und her, und als sie sich schließlich zu einem Namen formten, wirkte das Ganze wie ein billiger Zaubertrick, bei dem die Zuschauer maßlos enttäuscht sind, weil sie ein weißes Kaninchen erwartet haben und keine tote Maus.

Pavarotti starrte verständnislos auf siebzig Jahre alte Buchstaben aus verwaschener blauer Tinte, die einen Namen bildeten, den sie kannten.

SANTER

***

Der Mann, der in wenigen Stunden den fünften Mord seines Lebens begehen würde (wenn man seine Abschüsse in Bosnien und dem Kosovo nicht mitrechnete), querte im Halbdunkel des frühen Morgens die Südwand der Hinteren Schwärze.

Er rechnete sich aus, dass sie die Grenze überwachen würden. Aus gutem Grund hatte er den Similaun und den österreichischen Teil der Ötztaler Alpen gemieden. Was ein Jammer war, weil er sich dort noch besser auskannte als in diesem Scheißland.

Bei völliger Dunkelheit, nur mit Stirnlampe und seinem Instinkt ausgerüstet, hatte er weglos die Faulwand passiert, war dann in Richtung Marzellspitzen gestiegen und befand sich jetzt, seiner Rechnung nach, mehr als tausend Höhenmeter oberhalb des Pfossentals.

Er hatte Hubschrauber und Suchmannschaften erwartet und war immer wieder stehen geblieben, um den Geräuschen der Nacht zu lauschen, darauf gefasst, in Minutenschnelle einen Felsvorsprung oder eine Spalte zu suchen, die ihm Deckung gaben.

Suchmannschaften und Hubschrauber verursachen Lärm, den auch der erfahrenste Trupp nicht ganz vermeiden kann, aber da war nichts. Nur die erdrückende Stille, die im Hochgebirge herrscht, vor allem in der Nacht, wenn die Berge sich über dich beugen und über dein Schicksal bestimmen.

Er war ein hervorragender Kartenleser, aber er brauchte die Karte im Grunde nicht. Er hatte gelernt, das Gelände zu lesen, und die Sterne waren besser als jeder Kompass. Kein Problem für ihn, zehn Stunden oder mehr am Stück zu steigen, ohne innezuhalten. Sein Körper hatte gelernt, ohne Wasser und Nahrung auszukommen, zumindest für eine Weile.

Seine Ausbildung war eine Häutung für ihn gewesen, ein krasser Widerspruch zu dem, was er als bloßen Protest gegen sein bisheriges geregeltes Leben geplant hatte. Das Training war unglaublich hart gewesen, an manchen Tagen sogar extrem bis hin zum geschlossenen Arsch, wie sie den Tod im Laufe einer Übung nannten.

Trotzdem. Die Ausbildung hatte ihm das Leben gerettet, auf mehr als eine Weise.

Ohne Basra, wo er sich jahrelang bis zur totalen körperlichen und psychischen Erschöpfung geschunden hatte, wäre er längst tot.

Wenn es vorbei war, würde er in den Nahen Osten zurückgehen.

Falls er am Leben blieb. Der Plan war gewesen, Anna auszuschalten, ihre Notizen an sich zu bringen und die Große Sache zu finden, der sie auf der Spur war.

Doch dann war die Angelegenheit außer Kontrolle geraten. Er wurde alt. Es war Zeit, sich zur Ruhe zu setzen. Den zivilen Job wollte er schleunigst an den Nagel hängen. Der Job war entwürdigend und peinlich. Er trug einen teuren Anzug dabei, doch es war und blieb Schweinkram.

Aber jetzt?

Anna hatte nicht teilen wollen. Sie hatte partout eine Berühmtheit werden wollen. Wozu? Sein Ziel war stets das Gegenteil gewesen. Mit dem Hintergrund verschmelzen. Abtauchen. Doch dazu brauchte er Geld.

Und da geht die Kuh her und beschließt, ein Buch aus der Großen Sache zu machen. Einen Bestseller.

Er hatte sie zur Rede gestellt, aber an ihrer Reaktion gemerkt, dass sie ihm frech ins Gesicht log.

Seine Berufsehre erforderte allerdings, dass er auf Nummer sicher ging, bevor er sie liquidierte. Von Meran aus hatte er Alexander in Marsch gesetzt. Flüchtig dachte er an den Jungen. Ein Jammer, Alexander war richtig gut gewesen. Den passwortgeschützten USB-Stick aus dem Safe hatte er problemlos geknackt. Und siehe da, das Manuskript war kein harmloser Südtirol-Krimi, sondern ganz was anderes.

Ein letzter kleiner Mord als Abschiedsvorstellung, was war schon dabei?

Leider war Anna nicht allein gewesen, und er hatte den anderen ebenfalls töten müssen. Unglücklicherweise fing Annas Busenfreundin, diese halbe Portion, ebenfalls an zu spionieren. Sie auszuschalten hätte kein Problem sein dürfen. Stattdessen spielte dieses Luder Katz und Maus mit ihm, und das wurmte ihn. Es wuchs sich zu einer persönlichen Sache aus.

Schließlich schlug er eine eiserne Regel in den Wind, die er sein ganzes Leben lang beherzigt hatte: Wenn eine Sache außer Kontrolle gerät, hör auf und verschwinde. Eins führt zum anderen, du kannst solche Dinge nicht wieder einfangen. Am Ende fegen sie dich hinweg. Das war der Grundsatz der Macht der Dinge über den Menschen.

Diesmal war er emotional beteiligt, und er hatte den Fehler gemacht, die Macht der Dinge in den Wind zu schlagen. Und jetzt war es zu spät, um zu verschwinden.

Mittlerweile war es später Nachmittag, aber er gestattete sich keine Rast, kein Nachlassen seiner Aufmerksamkeit. Er näherte sich schnell dem Einzugsgebiet des Passeiertals. Der Aufstieg zum Hinteren Seelenkogel, unter dessen Gipfel er sich jetzt befand, war eine wenig begangene Route, aber man konnte nie wissen.

Sein Instinkt trog ihn nicht. Am Hang, etwa fünfzig Meter unterhalb seines Standorts, bemerkte er eine Bewegung und ein kurzes Aufblitzen. Sofort warf er sich flach auf den Boden und setzte das Fernglas an die Augen.

Wir kriegen Besuch.

Einzelner Wanderer. Zivilist. Er erlaubte sich ein kurzes Aufatmen.

Der Mann stieg auf dem schmalen, aber unschwierigen Pfad bergan, der zum Hinteren Seelenkogel hinaufführte. Vermutlich war er unten in Pfelders auf tausendsechshundert Metern gestartet. Der Wanderer kam sehr langsam vorwärts, jetzt blieb er stehen.

Er holte das Gesicht nah heran. Mann mittleren Alters. Keuchend. Nahm die Brille ab, um sich das Gesicht mit einem Taschentuch abzuwischen. Wie wollte der die zweite Hälfte der knapp zweitausend Höhenmeter bis zum Gipfel schaffen?

Wieder einer der Kerle, die weit oberhalb ihrer Leistungsgrenze im Hochgebirge unterwegs waren. Für solche Leute hatte er bloß Verachtung übrig.

Er dachte kurz nach. Es wäre kinderleicht, diesem Typen auszuweichen. In seiner Verfassung hatte der keinen Blick für seine Umgebung. Und sein keuchender Atem übertönte leise Geräusche sowieso. Andererseits – vielleicht war das Zusammentreffen sogar ein Glücksfall.

Er querte den Hang, bis er nach einer Viertelstunde auf den Bergpfad stieß. Nach einer weiteren Viertelstunde traf er auf den Mann, der schon wieder eine Verschnaufpause einlegte. Er saß auf einem Felsbrocken und trank gierig aus einer Plastikflasche, die er anschließend wütend auf den Boden warf. Was für ein Arschloch, dachte der Mann.

»Hallo, Kumpel!«, rief er beim Näherkommen und setzte eine freundliche Miene auf. »Gibt's Probleme?«

»Kann man so sagen«, brummte der andere. »Hab wohl zu wenig Wasser dabei.«

»Das war gerade Ihr letzter Tropfen? Auweia!« Er machte eine mitfühlende Miene.

»Ist es noch weit?«

Er lachte. »Ein kleines Stück haben Sie schon noch vor sich. So ungefähr tausend Höhenmeter, und ohne Schatten. Zweieinhalb Stunden, aber nur, wenn Sie wirklich zügig vorwärtskommen.« Er musterte ihn. »Wahrscheinlich eher vier.«

»Scheiße!«

»Wo sind Sie denn losgegangen?«

»In Pfelders.«

Also doch.

»Ist Ihr Auto dort?«

»Ja, aber wieso interessiert Sie das?«

Der Mann zuckte mit den Schultern. »Mein Wagen steht im Schnalstal.« Was keineswegs gelogen war. »Ich muss irgendwie dahin zurück. Ich habe gehofft, Sie würden mich vielleicht mitnehmen.«

Der andere schüttelte den Kopf. Er hievte sich von dem Felsbrocken hoch und stierte nach oben. »Vielleicht sollte ich in der Zwickauer Hütte übernachten.«

»Die ist belegt«, sagte der Mann.

»Was?«

»Voll. Kein Bett mehr frei. Ich komme gerade von dort.« Der Mann schaute auf die Uhr. »Den Hin- und Rückweg packen Sie heute nicht mehr vor Einbruch der Dämmerung. Und oben, auf dem Grat, gibt es ein paar Kletterstellen, die sind nicht ohne.«

Der Ältere machte eine zornige Bewegung. »Mist. Mist!«

»Was halten Sie von einem Deal?«

Der Kerl schaute ihn verständnislos an.

»Sie wollen doch da rauf, oder? Heute – keine Chance. Ruhen Sie sich ein paar Tage aus, und nächste Woche führe ich Sie hoch. Und schieße ein paar tolle Fotos mit Ihnen als Gipfelstürmer. Als Gegenleistung chauffieren Sie mich heute zurück zu meinem Auto. Wie klingt das?«

»Wieso tun Sie das? Sie waren doch schon oben.«

»Na und?«, sagte der Mann. »Ich war hier schon überall. Bin Bergführer, aber zurzeit ohne Anstellung.« Das Fabulieren machte richtig Spaß. »Ein paar Euro als Trinkgeld könnte ich gebrauchen.«

Der andere grinste. »Und gute Fotos, ja?«

»Gute Fotos«, bestätigte der Mann. »Kommen Sie, steigen wir ab. Wo steht Ihr Auto eigentlich?«

»Auf dem Parkplatz neben der Bushaltestelle.«

»Verstehe«, sagte der Mann. »Geben Sie mir mal Ihre Wasserflasche. Ich fülle Ihnen von mir ein wenig Wasser nach, damit Sie den Rückweg schaffen.«

»Danke«, sagte der andere und drehte sich weg, um sich nach der Flasche zu bücken.

Der Mann hob einen großen Stein auf und schlug damit mehrmals auf den Hinterkopf des anderen ein. Der Kerl zuckte ein paarmal, dann lag er still. Ausweis, Führerschein und Autoschlüssel waren in der Vordertasche seines kleinen Wanderrucksacks.

Der Mann nahm alles an sich. Auch den Kfz-Schein. Weißer Hyundai, M-SL 156, zugelassen auf Richard Lassner.

Er schleifte die Leiche an den steil abfallenden Berghang und stieß sie hinunter. Zwei Stunden, maximal zweieinhalb, dann würde er wieder in Meran sein.

Sorry, Rich, old pal. Shit happens.

Keine große Sache.

✳✳✳

Mittlerweile saß das Trio in Emmeneggers riesiger Küche um einen runden Esstisch aus schwerem Holz mit geschwungenen Füßen. Der Tisch war antik, so wie die ganze Wohnung, aber nicht in diesem ironischen Sinn, der mitschwingt, wenn man im Grunde über Gerümpel spricht. Es handelte sich wirklich und wahrhaftig um Antiquitäten, und um das zu erkennen, brauchte es nicht viel Kunstverstand.

Zwei Bauernschränke aus der Zeit der Jahrhundertwende standen in der Küche, handgeschnitzt, wie Emmenegger stolz betonte, und dann waren da noch Kommoden aus kunstvoll gemasertem Walnussholz und überall, wohin man auch schaute, verschnörkelte Konsolentische und Spiegel mit Goldrahmen und schließlich eine doppelstöckige Anrichte, die sich grimmig über die beiden Eindringlinge beugte. Die ganze Wohnung war ein fein gesponnener Kokon aus Möbelpolitur und Staubpartikeln, fernab von Gegenwart und Zeit.

»Erbstücke meiner Frau, mütterlicherseits«, sagte Emmenegger und beantwortete damit eine Frage, die im Raum stand.

Das war ein kluger Schachzug, denn damit nahm er den beiden anderen den Wind aus den Segeln, weitere Fragen zu stellen: wie er sich mit seinem Polizistengehalt die Miete einer Wohnung in bester Lage leisten konnte, einer Wohnung, die (Lissie überschlug gerade die Zahl der Türen, an denen sie vorbeigekommen waren) mindestens hundertfünfzig Quadratmeter umfassen musste. Und warum Emmenegger (und das interessierte Pavarotti am meisten) in den ganzen Jahren ihrer Zusammenarbeit kein Sterbenswörtchen darüber gesagt hatte, wo er wohnte.

Nun, Pavarotti hatte nie danach gefragt, das nicht. Wenn er sich die Zeit genommen hätte, darüber nachzudenken, hätte er wohl auf einen der modernen Wohnblöcke in einem der Außenbezirke getippt, vielleicht in der Romstraße, die überall hinführen mochte, aber bestimmt nicht nach Rom.

Also wirklich. Es wäre das Natürlichste gewesen, wenn Emmenegger eine Bemerkung hätte fallen lassen, dass er den kürzesten Arbeitsweg der Welt hatte. Und dass sich Emmeneggers

Wohnung und das Café, in dem sie unzählige Male eingekehrt waren und Fälle besprochen hatten, im selben Haus befanden.

Emmeneggers Behausung lag am Kornplatz, schräg gegenüber dem Kommissariat, und die drei saßen ein paar Minuten schweigend da, aber keineswegs in stillem Einverständnis, und beobachteten durch Emmeneggers Küchenfenster, wie die Straßenlaternen aufleuchteten und die Handwerker nach ihrer sonntäglichen Sonderschicht zusammenpackten und das Polizeihaus verließen.

Ein Tag hatte nicht ausgereicht, das Kommissariat in einen benutzbaren Zustand zu versetzen. Morgen. Möglicherweise. Unwahrscheinlich.

Der Tag war vergeudet. Pavarotti und Emmenegger hatten sinnlosen Bürokratenkram erledigt, der mit der Verwüstung ihres Arbeitsplatzes zu tun hatte. Polizeichef Alberti war höchstpersönlich erschienen, um sich das Desaster anzusehen. Wie gewöhnlich ging es ihm darum, einen Schuldigen zu finden. Wie sich durch den Bericht des Brandmeisters herausstellte, war das leider Gottes Alberti selbst, der immer wieder die längst überfällige Erneuerung der Kabel – im Grunde ging es um die gesamte steinzeitliche Elektroinstallation im Polizeigebäude – mit dem Argument abgelehnt hatte, es sei unnötig und viel zu teuer.

Wenn der Staat zur Kasse gebeten wird, müssen stets viele Seiten geschrieben werden, weil der Staat ein gefräßiger Papiertiger ist. Pavarotti und Emmenegger hatten die ehrenvolle Aufgabe, den Hergang in allen Einzelheiten zu schildern und die Gegenstände aufzulisten, die zu Schaden gekommen waren und ersetzt werden mussten. Dass die Anwesenheit Lissies dabei nicht erwähnt werden durfte, war für beide so klar, dass es nicht extra besprochen werden musste. Das hätte nur unnötige Scherereien gegeben. Und noch mehr Papierkram.

Sie hatten die Carabinieri um Asyl gebeten und es gnädig erhalten, für ein paar Stunden, für die Berichte und die Telefonate. Lissie war im Forst geblieben, unter den scharfen Augen des Wirts, aber Emmeneggers Gewährsmann konnte nicht überall sein, und je später der Nachmittag wurde, desto voller und besoffener wurde es in der Bierschwemme.

Während sie fluchend mit den Handwerkern diskutierten und wegen der Stunden feilschten, die es dauern würde, bis sie wieder normal arbeiten konnten, spürte Pavarotti ein immer stärkeres Prickeln, und je mehr der Tag fortschritt, wurde das Prickeln zu einem unangenehmen Druckgefühl in seinem Nacken, als säße da jemand, der sich nicht abschütteln ließ. Der Mörder war auf dem Weg nach Meran.

Mit Berichten und mit der Angst um einen Menschen kann man einen Tag verbringen.

Da sagte Emmenegger auf einmal: »Wir gehen zu mir.«

Es klang trotzig, verzweifelt und hoffnungsvoll, im Tonfall eines Jungen mit einer sturmfreien Bude, der sich dazu durchgerungen hat, an diesem Abend seine Unschuld zu verlieren, jetzt oder nie, und er fürchtet sich davor.

Irgendwann holte Emmenegger den Briefumschlag wieder hervor, und die drei starrten auf die Papierstückchen auf dem Tisch und auf die Tintenschrift. Schmutziges Weiß und verwaschenes Blau, unpassend und störend auf der dunklen Harmonie der Holzmaserung.

»Santer? Der Kerl hieß Santer? Was zur Hölle soll das bedeuten?«

Pavarotti hatte gewusst, dass dieser Fall kein Mathematikfall war. Alle Mathematikfälle durchliefen dieselbe Dynamik. Zuerst rollten die Fragen auf den Ermittler zu, wie Wellen, die sich am Felsen brachen. Aber irgendwann klärte sich die See, und dem Ermittler gelang es, auf den Grund zu schauen und die Umrisse eines Gesichts zu sehen.

Aber dieser Fall war ein Fall des sechsten Sinns. Er war voller unsichtbarer Strömungen, und der Wind wollte nicht abflauen.

Der sechste Sinn war Lissies Domäne. Pavarotti schaute über den Tisch zu ihr hinüber. Aber sie sagte nichts, sondern schlang ihr Bein um eines der geschwungenen Tischbeine, als suche sie etwas, an das sie sich klammern konnte. Pavarotti hätte es ihr am liebsten gleichgetan.

»Santer, mit Vornamen Siegfried«, sagte Emmenegger und tippte auf einen der Papierfetzen. »Das muss der Großvater von Lex Santer sein. Rosa Gutwanger hat vor diesem Mann gewarnt. Sie wollte nicht, dass er in die Nähe ihrer besten Freundin kam.« Er schaute auffordernd in die Runde, als wartete er ab, ob das Offensichtliche auch jemand anders auffiel.

»Ein Nazi auf der Flucht«, flüsterte Lissie. »Menschenskind. Lex Santers Opa war ein Nazi. Und Anna hat es herausgefunden.«

»Ich hole meinen Laptop«, sagte Emmenegger und stand auf. Kurz darauf hörten sie, wie sich ganz in der Nähe ein Schlüssel in einem Schloss drehte.

»Was macht er da?«, wisperte Lissie. »Wieso schließt er seine Zimmertüren ab?«

Pavarotti zuckte mit den Achseln. Dieser neue Ispettore Emmenegger, der sich nichts mehr gefallen ließ und am Kornplatz in einer riesigen Wohnung lebte, war ein Buch mit sieben Siegeln.

Wieder dieses knirschende Geräusch, dann erschien Emmenegger mit einem silbern funkelnden, ultraflachen Laptop unter dem Arm, den er vorsichtig auf der Tischplatte absetzte. Pavarotti starrte auf das teure Gerät. »Ist das etwa auch ein Erbstück?«, fragte er. Lissie kicherte, aber es klang viel zu hoch, mit einem Widerhaken am Ende.

Emmenegger würdigte die beiden keines Blickes, sondern fuhr den Laptop hoch und fing an zu tippen, und in seinen Augen tanzte der Widerschein des Bildschirms. Schlagartig erschien auf seinem Gesicht dieser seltsame Ausdruck, eine Mischung aus Konzentration und Abwesenheit, so wie immer, wenn er sich in den Strudel sinken ließ, der zum Internet hinausführt.

Lissie war schon vor einer Weile aufgestanden, um ihre verkrampften Beine zu lockern, und hatte aus einem Impuls heraus, den sie nicht hätte erklären können, das Licht gelöscht. Das blaue Leuchten des Computerbildschirms war nun die einzige Lichtquelle. Stumm saßen die drei im Dunkeln, und das einzige Geräusch war das unregelmäßige, von Pausen unterbrochene Klappern der Tastatur, das so klang, als würfe ein Mann kleine Steine ins Wasser und beobachtete die Wellen, die dabei entstanden.

Schließlich, nach ungefähr einer Stunde, tauchte Emmenegger wieder auf.

Er schaltete das Deckenlicht ein, dann blickte er von einem zum anderen.

»Ich kann ihn nicht finden«, sagte er und klappte den Laptop zu, was bedeutete, dass es nichts zu finden gab, wenn Emmenegger, der ungekrönte König der Internetrecherche, dazu nicht imstande war. »Merkwürdig, oder? Der Kerl war mit Sicherheit aktenkundig, sonst hätte er nach Kriegsende nicht aus Deutschland flüchten müssen. Also Mitglied in der NSDAP, vielleicht sogar in einer der Sturmabteilungen. Ein SA- oder ein SS-Mann.«

»Vielleicht arbeitete er in irgendeiner NS-Behörde.«

Emmenegger schüttelte den Kopf. »Ich war im Berliner Bundesarchiv.« Es klang, als sei er noch vor einer Minute in Berlin gewesen. »Kein Eintrag über einen Mann namens Santer. Dasselbe im Simon-Wiesenthal-Archiv in Wien. Nirgendwo taucht dieser Name auf.«

»Vielleicht war Santers Großvater doch kein Nationalsozialist«, gab Pavarotti zu bedenken.

»Nein. Wir irren uns nicht«, widersprach Lissie. »Es passt alles zusammen. Dieser Mann war kein normaler Flüchtling wie die zahllosen Vertriebenen, einer, der einfach bloß einen neuen Pass gebraucht hat. Ich denke nicht, dass Rosa Gutwanger sich getäuscht hat. Bei manchen Menschen hat der Krieg die Wahrnehmung für das Böse geschärft. Schreckliche Zeiten sind wie ein Lackmustest. Ich glaube ihr.«

Emmenegger nickte langsam. »Aber was jetzt? Wenn das Internet nichts –«

»Das Internet kennt nicht die Antwort auf alle Fragen.« Pavarotti trat ans Fenster und blickte auf den dunklen Kornplatz hinaus. »Wir müssen die Sache vom anderen Ende aus aufziehen.« Er drehte sich um. »In der Pension Erika haben sie ihn auf die Straße gesetzt. Wohin ist er gegangen?«

Emmenegger sprang auf. »Das rote Handy!« Er zog es aus seiner Jackentasche. Lissie protestierte. »Da sind doch nur Adressen von ...« Sie verstummte.

»... Pensionen gespeichert«, ergänzte Emmenegger. Fieberhaft scrollte er durch die Einträge.

»Himmel, Arsch und Zwirn. Die anderen Namen außer der ›Erika‹ sagen mir nichts.« Er schob das Handy zu Pavarotti hinüber. »Bestimmt existieren sie heute nicht mehr. Das hilft uns nicht weiter.«

Pavarotti hörte nicht zu. Er starrte auf einen Eintrag. Dieser stammte vom 12. März dieses Jahres und lautete

KLARA HOCHLEITNER
Via Anne Frank Nr. 12
Meran

»Das kann nicht sein«, flüsterte Pavarotti.

Die beiden anderen warteten auf Erleuchtung, aber es kam keine.

Schließlich ließ Pavarotti das Handy sinken und schaute in ihre verständnislosen Gesichter. »Ich habe gehofft, dass ich den Namen nie mehr hören muss. Klingelt gar nichts bei euch?«

»Mich darfst du nicht fragen«, sagte Lissie schwach. »Mein Namensgedächtnis hat sich leider komplett verabschiedet.«

In Emmeneggers Erinnerung regte sich etwas. »Hochleitner. Hat die Frau nicht eine wichtige Rolle bei einem Mordfall gespielt?«

»Das war ihre Tochter Elsbeth. Das ...« Er hielt das rote Handy so, dass alle den Eintrag lesen konnten. »Das ist ihre Mutter, Klara Hochleitner.«

»Das Nikolausstift«, flüsterte Lissie.

Pavarotti nickte. »Angeblich war das Haus schon sehr lange im Besitz der Familie Hochleitner. Aber ich weiß seit ein paar

Jahren, dass Klara ihrer Tochter Elsbeth nicht die Wahrheit gesagt hat.«

»Ach du meine Güte«, sagte Lissie.

»Klara Hochleitner ist die Urgroßmutter von Justus«, sagte Pavarotti. »Vor ungefähr dreißig Jahren, als sie in Rente ging, hat sie die Pension an ihre Tochter Elsbeth übergeben. Und die hat das Haus an meinen Ziehsohn weitervererbt.«

»Justus' Familie ist in die Sache verwickelt?«

Pavarotti fuhr herum. »Die Hochleitners sind nicht mehr seine Familie. Elsbeth ist tot, und dass seine Urgroßmutter noch lebt, weiß er nicht. Und er soll es auch nicht erfahren!«

»Wieso das denn?«

»Was denkst du denn, wie eine Achtzehnjährige an ein Haus in der Verdistraße kommt, dessen ursprüngliche Eigentümer im KZ verreckt sind? Weil Klara Hochleitner ein verdammtes Naziflittchen war!«

Eine Leander altert nicht

Montag, zehn Tage nach den Morden

Die Frau war einundneunzig, aber nach wie vor eine schöne Frau, eines der seltenen Exemplare, die diese urgewaltige Ausstrahlung besitzen, die nie wirklich vergeht.

Mit ihrem verruchten Aussehen (jedenfalls für die damalige Zeit, heute herrschen andere, Madonna-mäßige Maßstäbe) ähnelte sie einer Schauspielerin einer längst vergangenen Epoche. Daran konnten auch ihr Gestrüpp von Falten und der weiße Haaransatz am Scheitel ihrer schwarz gefärbten Haare nichts ändern.

Ihre Lippen waren immer noch voll, auch wenn ihre Haut welk war, und sie hatten genug Substanz, um sich spöttisch zu kräuseln.

Die riesigen Zarah-Leander-Augen waren dunkel und unergründlich, von der Sorte, die nichts preisgibt. Ihr kühler Blick sagte: Was willst du, elender Erdenmensch?

Die Haare reichten ihr bis zum Kinn, lockten sich, und sie waren noch halbwegs kräftig, wenn auch sicher nicht so dick wie vor sechzig Jahren.

»Was wollen Sie?«

»Ich komme von Luciano Pavarotti.«

Ihr Mund verzog sich hasserfüllt. »Der hat mir meinen Urenkel weggenommen.«

»Dafür bin ich leider nicht zuständig«, sagte Lissie. »Wollen Sie mich nicht hereinbitten?«

»Er hat angerufen. Das erste Mal seit dem Tod meiner Tochter. Es muss wichtig sein.« Die alte Frau machte keine Anstalten, die Sicherheitskette zu lösen.

Lissie griff in ihre Tasche und holte ein Foto heraus, das Justus zeigte, mit dem für ihn typischen schiefen Grinsen und mit Paul, der ihm den Arm um die Taille legte.

Klara Hochleitner starrte mit gerunzelter Stirn auf das Foto. »Ist mein Urenkel schwul oder was?«

»Die beiden sind bloß Freunde«, sagte Lissie.

»Zu meiner Zeit hat man abartige junge Kerle eingesperrt, die sich in aller Öffentlichkeit befummeln«, sagte Klara Hochleitner. Aber ihre Stimme klang weicher, und sie griff nach dem Foto, doch Lissie hatte es bereits wieder in ihrem Rucksack verstaut.

»Also. Was wollen Sie?«

»Ich habe bloß ein paar Fragen.«

Die Frau war klein, höchstens eins sechzig, und Lissie spähte über ihre Schulter in das Halbdunkel der Wohnung, aus der ihr ein Gemisch aus abgestandenem Fett, Zigarettenrauch und menschlichen Ausdünstungen entgegenschlug.

»Kann ich eine Tasse Tee bekommen?«

Klara Hochleitner zuckte mit den Schultern. Die Kette rasselte, dann verschwand sie im dunklen Flur.

Die Wohnung war eine Müllhalde. Überall türmten sich Papierstapel, sogar in der Toilette, deren Tür weit offen stand.

Man musste über die Papierberge steigen, und Klara Hochleitner tat dies mit der Anmut einer alten Tänzerin. »Vorsicht, passen Sie doch auf«, sagte sie. »Das sind alles meine Schätze. Wenn Sie was durcheinanderbringen, werden Sie's bereuen. Dann box ich Ihre Titten grün und blau.«

Lissie glaubte ihr aufs Wort.

»Setz dich hin«, befahl die Alte, und Lissie interpretierte den plötzlichen Übergang zum Du aus gutem Grund nicht als freundschaftliche Geste, sondern als die Art, wie Wärterinnen mit verurteilten Schwerverbrechern redeten. Sie blieb, wo sie war.

Die Alte war bösartig und aggressiv. Bauernschlau außerdem, und sie wehrte sich mit allen Mitteln gegen einen Umzug ins Altenheim. »Ich kann sie nicht einweisen lassen, trotz des Mülls in ihrer Wohnung. Ich bin kein Angehöriger«, hatte Pavarotti gesagt. »Die Frau ist klar im Kopf und kann für sich selbst sorgen. Und die Wohnung gehört ihr, sie kann sie verlottern lassen, wenn sie will.«

»Aber ihr Urenkel könnte –«

»Kommt nicht in Frage. Dann müsste ich Justus ins Bild setzen«, sagte Pavarotti. »Der Junge hat schon genug durchgemacht. Er soll nicht erfahren …« Er sprach den Satz nicht zu Ende. Dann sagte er: »Emmenegger steht Wache am Eingang, dass das klar ist. Sei vorsichtig. Die Alte ist flink. Als ihr das Gericht die Vormundschaft für Justus aberkannt hat, ist sie auf mich los und hat mir das Gesicht zerkratzt, bevor ich merkte, wie mir geschah.«

»Ich pass schon auf mich auf«, hatte Lissie geantwortet.

Doch jetzt war sie nicht mehr so sicher. Als sie das boshafte Leuchten in den Augen der alten Frau sah, wich sie einen Schritt zurück.

»Ich erinnere dich wohl an deine Mutter, was?«, sagte Klara Hochleitner mit geradezu unheimlicher Hellsichtigkeit und enthüllte dabei zwei Lücken in den oberen Schneidezähnen. Plötzlich war ihr Gesicht verändert. Zarah Leander war verschwunden, und an ihre Stelle traten die wulstigen Lippen und die schlaffe Haut einer neunzigjährigen Hexe, die ihr ganzes Leben lang Kette geraucht hat.

Klara Hochleitner zündete sich eine Zigarette an der heißen Kochplatte an. Tabakkrümel glühten auf, und der Geruch verkohlten Tabaks stieg beißend in Lissies Nase.

»Also, was?«

Lissie zog ein anderes Foto aus ihrer Tasche und hielt es der Frau hin. »Kennen Sie sie?«

Klara Hochleitner warf einen kurzen Blick darauf. »Kann schon sein. Was ist mit der?«

»Sie ist tot«, sagte Lissie. »Was hat sie bei Ihnen gewollt?« Die gefärbten Augenbrauen der Frau wanderten nach oben. In ihren Augen glomm Neugierde auf und noch etwas anderes, Fieseres.

»Was springt für mich dabei raus?«

Lissie zögerte. Niemand zwang sie, ihr Wort zu halten. »Ich kann dafür sorgen, dass Sie Ihren Urenkel sehen können.«

Die Alte starrte sie an. Dann grinste sie. »Verarschen kann ich mich selber.«

Lissie legte den Kopf schief. »Glauben Sie mir oder auch nicht. Ihre Sache. Aber ohne mich können Sie's vergessen.« Sie musterte Klara Hochleitner wie ein Stück altes Fleisch, so wie die Alte vermutlich vor siebzig Jahren die Juden in der Verdistraße gemustert hatte, die so gut wie tot waren. »Aber lassen Sie sich ruhig Zeit, um drüber nachzudenken. Wobei Zeit nicht unbedingt das ist, was Sie im Überfluss haben.«

Lissie wandte sich zur Tür, dann zuckte sie zusammen.

Ein infernalischer Laut kam aus dem Mund der Frau. »Du bleibst gefälligst hier!«, kreischte Klara Hochleitner ihr hinterher.

Am liebsten wäre Lissie geflüchtet, aus der Wohnung, aus dem Haus. Aber sie machte kehrt und setzte sich. »Also?«

Klara Hochleitner lehnte am Kühlschrank, zog heftig an ihrer Zigarette. Die knochigen Hüften hatte sie herausfordernd vorgestreckt, was bedeuten sollte, dass sie bloß ein Scharmützel verloren hatte, aber fest vorhatte, den Krieg zu gewinnen.

»Ich will das Foto, wenn du gehst.«

Nur über meine Leiche, dachte Lissie. Laut sagte sie: »Einverstanden.«

»Und du bringst mir meinen Urenkel!« Befehlston. »Ich treib ihm die Abartigkeit schon aus.«

Plötzlich hatte Lissie die Vorstellung von Klara Hochleitner, wie sie ihre Unterhosen fallen ließ und Justus ihren neunzigjährigen Busch zeigte, und sie hätte sich um ein Haar übergeben.

Klara Hochleitner war weit davon entfernt, zu bemerken, was in Lissie vorging. Sie starrte auf das glühende Ende ihrer Zigarette.

»Die Frau war bei mir«, sagte sie dann.

»Und weiter?«

»Es war das Gold, hinter dem sie her war. Wie die anderen auch«, sagte Klara Hochleitner.

Brücken aus Gold

KLARA

Meran, September 1947

Geld zählen machte Klara Spaß, es war die aufregendste Beschäftigung der Welt. Allerdings mochte Klara die Lira überhaupt nicht, obwohl es immer eine Menge zu zählen gab. Zehntausend Lire klangen wie ein Vermögen, aber man kam nicht allzu weit damit. Und schlimmer noch, was man sich davon künftig kaufen konnte, stand in den Sternen.

Klara hätte ihre Lire-Bestände am liebsten in der Hauptfiliale der Cassa di Risparmio am Meraner Sparkassenplatz in Dollar umgetauscht, aber die Devisenbewirtschaftung, zu der sich Italien entschlossen hatte, ließ es nicht zu.

Trotzdem machte Klara jeden Morgen sorgfältig Kassensturz und brachte ihre Buchhaltung auf den neuesten Stand. Das war ihr zur Gewohnheit geworden. Seit Anfang des Jahres schrieb sie schwarze Zahlen. Dass sie ihre gesamte Aussteuer in den Umbau ihrer Pension hatte stecken müssen, war ihr schnurz, denn sie hatte sowieso nicht vor zu heiraten.

Wegen der Schulmanns, die früher in dem Haus gewohnt hatten, machte sich Klara keinen Kopf. Sie hatte nie Gewissensbisse wegen etwas, das sie tat.

Außerdem, sagte sie sich, konnte es den Schulmanns eh gleichgültig sein, alle vier waren tot und brauchten ihr Haus nicht mehr.

Klara hatte sie nicht gemocht, vor allem die Frau nicht, die sie ständig vorwurfsvoll angestarrt hatte wegen der feschen blonden SS-Männer, mit denen Klara verkehrte.

Jetzt war der Krieg vorbei, aber die blonden Jungs waren immer noch hier, eigentlich kamen immer mehr von ihnen, allerdings nicht mehr in Uniform, sondern in nicht mehr ganz so feschem Räuberzivil und auf dem Absprung ins Ausland.

Was sich nicht verändert hatte, war die Überlegenheit, die sie ausstrahlten, als hätten sie den Krieg gewonnen. Die meisten waren komplett verrückt, als lebten sie in einer anderen Welt, aber das störte Klara nicht, sofern sie etwas springen ließen.

Sich mit ihnen einzulassen hatte sich als gute geschäftliche Investition erwiesen. Jetzt war Klara einundzwanzig, vor drei Jahren, mit gerade einmal achtzehn, hatte sie die Pension eröffnet, auch wenn die Eltern den Kopf schüttelten. So etwas gehörte sich für ein Südtiroler Mädchen nicht, und sie hätten nicht im Traum daran gedacht, Klara Startkapital zu geben, da konnte sie noch so viel betteln.

Dem wohlhabenden Meraner Kaufmann und seiner Frau, die ihr Kurhotel (dank eines ansehnlichen Kapitals auf einem Schweizer Konto) nach dem Krieg sofort wieder öffneten, war ihr wildes Mädchen ein Rätsel.

Diese Geschäftstüchtigkeit, in diesem Alter, und dazu noch bei einem Mädchen! Klaras Mutter seufzte und legte sich den Standardspruch zu, dass ihre Tochter bestimmt schon an der Mutterbrust Berechnungen angestellt hatte, was die Milch, die sie gerade trank, auf dem freien Markt wohl wert war.

Das Einzige, was sie guthießen, war ihr Umgang mit deutschen Offizieren, denn Klaras Vater war ein glühender Verehrer von Adolf Hitler. Beinahe wäre die Familie, wie so viele Südtiroler, dem Ruf Hitlers gefolgt, sich in Deutschland eine neue Existenz aufzubauen. Aber Klaras Mutter war eine Patriotin und Dableiberin mit Leib und Seele, sodass der familieninterne Zwist die Sache verzögerte, und irgendwann war es zu spät.

Für Klara war es das Beste, was ihr passieren konnte, und sie fing an, die SS- und SA-Männer in Meran um ihre Reichsmark zu erleichtern. Schon nach einem Jahr landete sie den Haupttreffer.

Einer von den SS-Oberen, der ihr regelrecht verfallen war (ein Jammer, dass er im Bett so geschnauft hatte und dermaßen fettleibig war), hatte ihr das alte Haus in der Verdistraße geschenkt.

Sie servierte ihn behutsam ab, mit dem Hinweis auf eine angebliche Schwangerschaft, die ihn sofort in die Flucht schlug.

Dann ging sie mit ein paar Hilfskräften aus dem Hotel ihrer Eltern, die sie unter der Hand bezahlte, ans Werk, um die großzügig geschnittenen Zimmer der Familie Schulmann in kleine Parzellen umzuwandeln.

Jetzt, nach Kriegsende, brummte das Geschäft erst recht. Bei einer speziellen Flüchtlingsklientel aus Deutschland sprach sich herum, wer Klara war, und die Mundpropaganda sorgte dafür, dass ihr Haus stets voll war.

Sie war verschwiegen, und sie war vorsichtig. Klara war bewusst, dass es Unterkünfte gab in Meran, die jeden Flüchtling aufnahmen, Hauptsache, er war in der Lage, die Miete für das Zimmer aufzubringen. Da schliefen Juden Wand an Wand mit flüchtenden Nazis, ohne dass eine Partei von der anderen wusste.

Aber das konnte, verdammt noch mal (Klara fluchte für ihr Leben gern), ein übles Ende nehmen, und sie hatte keine Lust auf Mord und Totschlag in ihrem Haus. Die Flüchtlinge vom rechten Ufer konnten es nicht gebrauchen, dass die Polizei ihre Nase in ihre Angelegenheiten steckte. In dem Fall würde ihre Geldquelle auf der Stelle versiegen.

Deshalb nahm sie keine Juden auf.

Das durfte man heutzutage natürlich nicht mehr offen sagen, aber wenn das Haus angeblich voll belegt war, konnten die Juden, die an die Tür klopften, wohl kaum den Gegenbeweis antreten.

Auch ihn hätte sie beinahe abgewiesen, weil sie ihn wegen seines dunklen Haars und der umschatteten Augen für einen Juden hielt. Aber dann blickte sie in seine Pupillen, die fast farblos waren und in denen keinerlei Wärme lag, sondern das reine, unverstellte Nichts. Dieser Mann war keine jüdische Krämerseele. Die Geschäfte, denen er nachging, lagen in anderen Sphären, dort, wo der Teufel über den Preis entschied.

»Ich heiße Santer«, so stellte er sich vor, und seine Stimme passte zu seinen Augen. »Man sagte mir, dass ich bei dir richtig bin.«

Klara fiel nicht ein, sich an dem vertraulichen Du zu stören.

Etwas rastete in ihrem Inneren ein, es war das Geräusch eines kleinen Zahnrads, dessen Zähne ein größeres fanden und sich in seine Öffnungen fügten.

Der dicke SS-Mann, und alle anderen Männer vor ihm, verschwanden augenblicklich aus ihrem Sichtfeld. Sie sah nur noch diesen Mann, und sie wollte, dass er auch sie ansah.

Als sie vor ihm die Treppe zu dem letzten freien Zimmer hinaufstieg, achtete sie darauf, dass ihre Hüften stärker schwangen als sonst.

Noch in derselben Nacht wurde sie seine Geliebte.

Sie hatte ihm das Abendessen an einem separaten Tisch am Fenster serviert. Als sie den leeren Teller abräumte, sagte er: »In mein Zimmer. Um zehn Uhr. Und nenn mich gefälligst Herr Santer und nicht Signore. Ich bin kein faschistischer Lackaffe.«

»Ein bisschen siehst du aus wie Zarah Leander«, sagte er, als er später ihre Kleider auszog. »Diese gottverdammte Schwedin. Diese Ähnlichkeit finde ich nicht gerade anziehend. Ich hoffe für dich, dass du das mit der richtigen Einstellung wieder wettmachst.«

Und das tat sie.

Klara sortierte die letzte Rechnung in den Ordner und klappte ihr Geschäftsbuch zu. Die Freude, die sie normalerweise beim Anblick der Zahlen empfand, wollte sich nicht recht einstellen. Wenn man es genau bedachte, ging das schon eine ganze Weile so.

Sie zündete sich eine Zigarette an, aber der Rauch brannte höllisch in ihrem wunden Hals, und sie hustete und fluchte auf Italienisch.

Ihre Kehle schmerzte, und sanft massierte sie die blau unterlaufene Stelle, wo er sie in der vergangenen Nacht gewürgt hatte. Dieses Mal waren die Würgemale so groß, dass sie ein Seidentuch brauchen würde, um sich in der Öffentlichkeit zeigen zu können.

Das Gefühl, die Kontrolle zu verlieren, war dermaßen stark, dass sie sich zwingen musste, aufzustehen, in der Pension nach dem Rechten zu sehen und ihren Hilfskoch Rudi auf frischer Tat zu ertappen, der sich mit Sicherheit wieder an ihren Alkoholvor-räten bediente.

Bis zu einem gewissen Grad gefiel es Klara, was er mit ihr anstellte. Sie fand es erregend, einem Mann zu gehorchen, der keinerlei Widerspruch duldete. Ihr Vater ließ sich ständig von ihrer Mutter zur Schnecke machen, und sie verachtete ihn.

Aber seit letzter Nacht war ihr klar, dass die Sache aus dem Ruder lief.

Diesmal hatte er ihre Arme und Beine mit einem Strick ans Bett gefesselt, so wie man eine Kuh im Stall anband, und je mehr sie sich wehrte und an den Fesseln zerrte, desto mehr lachte er. Daraufhin verpasste er ihr ein paar Ohrfeigen, damit sie still lag. Dann griff er nach ihrem Hals.

Als sie keuchend wieder zu sich kam, hatte er bereits das Zimmer verlassen. Sie musste mehr als fünf Minuten bewusstlos ge-wesen sein. In ihren Ohren sauste es, Lichtpunkte flackerten vor ihren Augen, und ihr war speiübel.

Früher oder später würde er sie umbringen.

Tagsüber war Herr Santer zuvorkommend zu ihr, geradezu rei-zend, auch wenn seine Augen etwas ganz anderes sagten.

Er brachte ihr Geschenke und überschüttete sie mit Kompli-menten. Er führte sie zum Tanzen aus, und er tanzte überirdisch gut. Die Blicke anderer Frauen, die sie um ihren schneidigen Kavalier beneideten, der kein Bauerntölpel war wie die meisten, wärmten Klaras Herz. Bald war er im Nikolausstift eine feste Größe. Er sorgte dafür, dass die männlichen Mitarbeiter spurten, die fast alle doppelt so alt waren wie sie. Niemand wagte es mehr, ihr den nötigen Respekt zu verweigern.

Sie hatte gar nicht gewusst, dass sie einsam gewesen war.

Herr, hilf mir, die Nacht zu überstehen, betete sie jeden Abend zu einem Gott, an den sie nicht glaubte.

Klara beschloss, ihn behutsam zu ändern. In ihrer Naivität hoffte sie tatsächlich, ihm schon noch beweisen zu können, dass es im Bett auch auf normale Weise schön war.

Trotz ihrer Geschäftstüchtigkeit war sie eben doch bloß ein junges, unerfahrenes Ding.

Am zweiten Morgen nach ihrer Bewusstlosigkeit schenkte Herr Santer Klara einen Zahn aus Gold. Er musste gemerkt haben, dass sie tagelang kaum sprechen konnte, aber seine Miene war undurchdringlich wie immer. Er entschuldigte sich nicht und sagte nichts, was darauf hindeutete, dass das Geschenk die Folge seiner Entgleisung war.

Das Gold war voller Verfärbungen und roch faulig, und Klara war fasziniert und angeekelt zugleich. Der Goldzahn sei einem Juden »aus dem Mund gefallen«, erklärte Herr Santer. Gleichzeitig warnte er sie davor, den Zahn jemandem zu zeigen.

Klara war gerührt. Doch ihre Gedanken schlugen Purzelbäume.

Wo dieser Zahn herkommt, da ist noch mehr.

Gold ist eine sichere Bank, nicht bloß wertloses Papier wie die Lira.

Sie erklärte Herrn Santer, dass sie einen Mann kannte, der das ganze Gold einschmelzen könne, sodass es sich verkaufen ließ.

Den Blick, den er ihr zuwarf, interpretierte sie falsch. Sie beschloss, es zu riskieren, und fragte ihn, ob er nicht für immer bei ihr in Südtirol bleiben wolle.

»Welches ganze Gold?«, fragte er mit gerunzelter Stirn, ohne auf ihre Frage einzugehen.

Fluchtpläne

Klara Hochleitner zündete sich die nächste Zigarette an der Glut der alten an und warf ihrer Besucherin einen interessierten Blick zu. War sie jetzt schockiert?

Doch die Frau machte einen eher nachdenklichen Eindruck. Entsetzt oder fassungslos wirkte sie überhaupt nicht.

Stattdessen war es Klara Hochleitner, die Empörung spürte. Was für eine Welt! In den letzten dreißig Jahren war Sex zu einem Thema wie jedes andere auch geworden. Die Zeitungen waren voll von Rocksängern und Filmschauspielern, die sich mit Koks zudröhnten und sich anschließend beim Geschlechtsverkehr bis zur Besinnungslosigkeit würgen ließen, bis sie irgendwann tot aufgefunden wurden, und am nächsten Tag gab es Berichte mit allen ekelhaften Details, und die Welt drehte sich weiter.

»Welches Gold?«, fragte die Besucherin, und Klara, die aus ihren Gedanken gerissen wurde, war es, als höre sie Herrn Santer noch einmal diese Worte sprechen. »Warum hat er das gesagt?«

»Tja, er wollte so tun, als sei dieser Goldzahn ein Einzelstück«, sagte Klara. »Dumm von ihm. Er hätte mich einweihen sollen. Hättest du an meiner Stelle etwa geglaubt, dass so einer das einzige Stück Gold verschenkt, das er besitzt?«

»Keine Sekunde«, sagte Lissie.

Klara Hochleitner nickte. »Eben. Da habe ich gemerkt, dass dieser Santer im Grunde ein Hohlkopf war. Er hätte mir den Zahn niemals geben dürfen, aber er hat gedacht, ich bin ja bloß ein dummes Mädel«, sagte sie mit Verachtung in der Stimme. »Er hat mich unterschätzt, genauso wie mein Vater.«

»Haben Sie sein Gepäck durchsucht?«

Klara Hochleitner grinste und entblößte ihre Zahnlücke. »Was glaubst du denn? Habe mir fast in die Hose gemacht dabei. Ich wusste ja, wozu er fähig war. Im Zimmer waren aber nur ein paar Hosen und Hemden. An seinen Rucksack kam ich nicht dran, weil er ihn immer bei sich trug. Er ließ niemanden in seine Nähe.«

»Was ist dann passiert?«

Klara Hochleitner schwieg ein paar Sekunden. »Nicht mehr viel. Ich versuchte, ihm aus dem Weg zu gehen, ohne dass er es merkte. Ein paar Tage später kam ein Mann in die Pension und fragte nach einem Herrn Santer.«

»War er auch Deutscher? Ein NS-Mann auf der Flucht? Wie sah er aus?«

»Meine Güte, du fragst aber viel. Muskulös, bisschen vierschrötig. Dunkle Haare. Nee, der Mann war kein Nazi. Ich hatte eine ziemlich gute Nase für die. Der hier sprach jedenfalls Südtiroler Dialekt.«

»Wie hieß er?«

»Herr Santer hat sich nicht die Mühe gemacht, ihn vorzustellen. Ich brachte ihn zu seinem Tisch und setzte ihnen Wein vor. Dann haben die beiden ihre Köpfe zusammengesteckt.«

»Und was –«

Mit einer ungeduldigen Geste schnitt Klara Hochleitner Lissie das Wort ab. »Lass mich ausreden, dann kriegst du schon zu hören, was ich weiß. Die beiden flüstern also eine ganze Weile miteinander, und als der Speisesaal sich geleert hat, sehe ich durch die Durchreiche aus der Küche, dass Santer dem Fremden etwas zusteckt. Gut, dass die Tischlampe eingeschaltet ist und das Ding kurz im Licht aufglänzt, sonst wäre es mir nicht aufgefallen«, sagte Klara Hochleitner.

Dramatische Pause.

»Ein Goldzahn«, sagte Lissie.

»Kluges Mädchen«, sagte Klara Hochleitner. »Mir war sofort klar, dass er den Kerl für irgendwas bezahlt. Oder ihm einen Vorschuss gibt.«

Lissie konnte ihre Aufregung nicht länger verbergen. Sie waren nahe dran.

»Und weiter?«

Klara Hochleitner schaute aus dem Fenster in die einbrechende Dunkelheit hinaus. Lissie streckte ihre Hand nach einem altmodischen Lichtschalter neben der Küchentür aus, doch Klara legte ihren knochigen Arm auf ihre Hand. »Nicht. Das Licht tut meinen Augen weh. Ich habe grauen Star, und ich hoffe, dass ich sterbe, bevor ich komplett blind werde.«

»Tut mir leid.«

»Muss es nicht, Mädchen«, sagte Klara Hochleitner. »Aber ich kann deine Frage nicht beantworten. An diesem Abend erlitt mein Vater einen leichten Herzinfarkt und wurde ins Krankenhaus eingeliefert. Meine Mutter war in totaler Panik und rief völlig aufgelöst an, ich solle sofort ins Krankenhaus kommen. Deswegen habe ich den Brief erst am nächsten Morgen gefunden.«

»Was für einen Brief?«

»Na ja, eigentlich war es bloß ein Zettel. Er lag auf seinem Tisch im Speisezimmer, und ich hab ihn gefunden, als ich am nächsten Morgen das Frühstück vorbereitet hab. Er war weg. Nach Argentinien. Ich soll auf ihn warten, schrieb er. Dass er mich nachkommen lässt, wenn er erst mal dort ist.«

Klara Hochleitner drehte sich weg. Lissie konnte ihr Gesicht nicht mehr sehen. »Das war natürlich alles Mumpitz. Vielleicht stimmte das mit Argentinien ja. Aber dass er mich nachkommen lässt, war gelogen. Er wollte bloß nicht, dass ich jemandem was über ihn erzähle, bevor er in Sicherheit ist.«

Die alte Frau drehte sich zu Lissie um. »So, jetzt kennst du die ganze Geschichte. Kein einziges Sterbenswörtchen hab ich von dem Herrn Santer mehr gehört, mein Leben lang. Keine Ahnung, wo er heute steckt. Unkraut vergeht nicht, dafür bin ich ja wohl das beste Beispiel.« Ihre Augen funkelten. »Wahrscheinlich lebt er in Südamerika mit Kindern und Enkelkindern in Saus und Braus.«

Oder er ist längst tot und begraben, dachte Lissie.

Eine Frage der Ehre

Montagabend, zehn Tage nach den Morden

Alte Häuser erinnern uns an glückliche Kindertage, an nicht enden wollende Sommer, an die Düfte eines verwilderten Gartens, die dich in den Schlaf wiegen. An den ersten Schneemann, den du je im Leben gebaut hast.

Das Nikolausstift in der Verdistraße war ein altes Haus mit einem Garten parkähnlichen Ausmaßes. Aber es war kein Ort, dessen Anblick Herzen wärmt.

Den unverheirateten Frauen, die dort vor langer Zeit gelebt hatten, waren der Schleier und das karge Klosterleben erspart geblieben, aber sie hatten keinen Menschen auf der Welt, dem sie etwas bedeuteten. Ihre Einsamkeit und die Verzweiflung über ihr unerfülltes Leben blieben für immer an dem Haus haften.

Pavarotti schaute zum Dachfirst hinauf.

Er wusste nicht mehr, wie die jüdische Familie hieß, die in den zwanziger und dreißiger Jahren hier gelebt und gelacht hatte. Das Schicksal hatte dem Glück ein jähes Ende bereitet.

Anschließend hatte Klara Hochleitner dort oben gewohnt, später ihre Tochter Elsbeth. Elsbeth, an deren Tod er nicht denken wollte. Dieses Haus brachte Unglück.

Er stieß die Gartenpforte auf und stieg die Treppen zur Eingangstür hinauf.

Im Haus roch es nach ungewaschener Wäsche und nach den Ausdünstungen von Jungs, die grundsätzlich nie lüfteten, das wäre – oh mein Gott – ein Zugeständnis an die Welt der Erwachsenen.

Pavarotti konnte spüren, wie das Haus auf ihm lastete, als er den langen Flur im Erdgeschoss durchquerte. Vielleicht würde einer von Justus' und Pauls zweifelhaften Freunden eine Drogenküche daraus machen. Crystal Meth, Heroin, Meran war voll davon. Er nahm sich vor, dem Jungen so lange zuzusetzen, bis er in den Verkauf einwilligte, sobald die Ferien anfingen und Justus aus Bozen zurückkam. Das Haus musste weg.

Die rhythmische Abfolge seiner Schritte, die auf dem Linoleumboden widerhallten, klang in seinen Ohren wie

SAN-TER
SAN-TER

Er blieb stehen.

Lex Santer musste von dem Gold gewusst haben, das sein Großvater beiseitegeschafft hatte. Wahrscheinlich war er sein ganzes Leben lang davon besessen gewesen, es zu finden.

Wer hatte eigentlich die Leichen von Lex und Anna Santer identifiziert? Er selber war an jenem Morgen wie gelähmt gewesen und hatte Emmenegger alles überlassen. Hatte die Identifizierung am Ende bloß der Hotelmanager vorgenommen?

Stand Lissie auf der Abschussliste, weil sie Lex Santer kannte und ausplaudern würde, dass der Tote neben Anna ein anderer gewesen war?

Scheiße. Scheiße!

Er griff nach seinem Mobiltelefon. Emmenegger war sofort dran. »Commissario! Leider habe ich –«

»Wo seid ihr?«, unterbrach ihn Pavarotti.

»Bei mir. Alles verrammelt und verriegelt.«

»Wer hat den Toten als Lex Santer identifiziert?«

Schritte, Papierrascheln. »Die Seniorchefin des Hotels. Sie kannte Anna gut, von zahlreichen Aufenthalten, und der Tote war als ihr Mann –«

Pavarotti stöhnte. »Wir haben den Fall ganz falsch angepackt. Lex Santer war hinter dem Gold her, die ganze Zeit. Mein Gott, wenn einer davon wissen konnte, dann doch wohl jemand aus der Familie!«

»Ich fordere einen DNS-Abgleich mit Proben aus dem Haus der Santers an«, sagte Emmenegger dumpf. »Morgen früh als Erstes.«

»Nein, jetzt sofort!« Pavarotti schrie beinahe, so wütend war er auf sich selbst. »Und geben Sie sofort die Fahndung nach dem Mann raus!«

Er griff sich an die Stirn. »Nein. Warten Sie noch damit. Treiben Sie die Landers auf und fahren Sie mit Frau von Spiegel in die Gerichtsmedizin. Sie soll sich den Toten anschauen.« Er hätte sich ohrfeigen können, dass er das nicht schon längst veranlasst hatte.

»Emmenegger, ich hoffe, wir haben keinen Fehler gemacht. Wir treffen uns in der Gerichtsmedizin. Bitte beeilen Sie sich. Frau von Spiegel soll sich hinter die Vordersitze ducken. Und wenn Sie da sind: Gehen Sie anschließend nicht mehr nach draußen! Schließen Sie sich im Sektionssaal ein. Bitte …« Er verstummte, wusste nicht, wie er es sagen sollte.

»Ich passe auf sie auf«, sagte Emmenegger ruhig. »Ihr wird nichts passieren, das verspreche ich.«

Pavarotti erklomm die steile Treppe ins oberste Stockwerk. Das Holz des Handlaufs fühlte sich weich und nachgiebig an, wie kaltes Fleisch. Das riesige Haus schien sich unter seinen Füßen zu bewegen, als stünde er auf einem Geflecht aus Schuppen und Knorpeln, das aufriss und ihn in sich einsaugte.

In alten Häusern existierten massenhaft Verstecke, und das Nikolausstift bildete keine Ausnahme. Es würde Tage dauern, es von oben bis unten zu durchkämmen.

Außerdem wusste er nicht genau, was er eigentlich suchte. Gottlob war über die Hälfte der Zimmer leer.

Nach einer Dreiviertelstunde stand er in der großen Küche über das Spülbecken gebeugt und trank direkt aus dem Hahn, schnell und gierig, auch wenn das Wasser abgestanden und muffig schmeckte. Sein Hals war trocken, der schwarze Anzug staubig, und sein Hemd klebte an Rücken und Brust.

Er hatte weder Gold gefunden noch etwas anderes, das einen Hinweis darauf gab, dass ein Mann namens Santer irgendwann einmal in diesem Haus gelebt hatte.

Was hatte er erwartet? Seither waren siebzig Jahre vergangen. Er beschloss, es für diesen Abend gut sein zu lassen.

Beim Hinausgehen fiel sein Blick auf die kostbaren Delfter Fliesen, mit denen die Wand oberhalb der Herdplatte und der Spüle gekachelt war. Pavarotti erinnerte sich, dass Elsbeths Vater, ein deutscher Feldarzt, der Klara Hochleitner Anfang der fünfziger Jahre geheiratet hatte, die Kacheln hatte einbauen lassen.

Klara hatte ihrem Mann (der dieser Welt bereits Anfang der Sechziger den Rücken kehrte) eine Menge mehr zu verdanken als gebrannten Ton. Er war ein unbeschriebenes Blatt, und seine pragmatische Art war sowohl in den amerikanischen Stützpunkten in Südtirol als auch beim italienischen Militär geschätzt. Man holte ihn, wenn ein Arzt gebraucht wurde und Staatsgeheimnisse auf dem Spiel standen. Als seine Geheimhaltungspflicht wieder einmal auf eine harte Probe gestellt wurde, gelang es ihm, Klaras geliebtes Nikolausstift zu retten, das die Italiener 1949 eigentlich hatten einkassieren wollen.

Die Delfter Kacheln waren wertvoll, und Klaras Mann hatte sie seinerzeit extra aus Holland kommen lassen. Mit ihren feinen blauen Malereien, die alle Arten von Segelschiffen zeigten, waren sie das Schmuckstück der Küche, und Pavarotti erinnerte sich, dass Elsbeth wegen ihrer ständigen Geldsorgen sehr oft nahe daran gewesen war, sie zu verkaufen.

Probeweise klopfte Pavarotti mit dem Fingerknöchel auf den von Hand gebrannten Ton. Es war eine mechanische Handlung, ein Befehl, den sein Gehirn automatisch an seine Hand aussandte, in dem seit dreißig Jahren verinnerlichten Bestreben, nichts dem Zufall zu überlassen.

Die letzte Fliese linker Hand, die an die Zimmerecke grenzte, klang sonderbar. Pavarotti strich mit der Hand über die Fläche. Die Kachel saß nicht ganz so plan an der Wand wie die anderen, und das Fugenweiß war zum großen Teil abgeblättert.

Vorsichtig löste Pavarotti die Kachel aus ihrer Verankerung.

Dahinter wurde ein kleiner Hohlraum sichtbar.

Lautlos pfiff Pavarotti durch die Zähne.

Er beugte sich vor, um in den Hohlraum zu greifen, und holte einen vergilbten Briefumschlag heraus. Behutsam öffnete er die Verschnürung. Drin lagen zwei alte Pässe. Einer von der Republik Italien und einer mit einem roten Kreuz.

Pavarotti schlug den ersten auf.

»Langsam umdrehen und Hände hoch«, sagte eine Stimme, die ihm bekannt vorkam.

***

Es war eiskalt in der Gerichtsmedizin, bis auf die Wellen des Zorns, die Frau Dr. Landers ausströmte.

Sie trug Jeans und einen unförmigen Pullover, die sonst so gepflegten Haare waren ungekämmt, und es war bemerkenswert, dass diese kleine abendliche Unannehmlichkeit genügte, sie aus der Bahn zu werfen und ihr sonst so makelloses Erscheinungsbild zu ruinieren.

Im Gehen warf sie sich einen weißen Kittel über, und etwas von der kühlen Gerichtsmedizinerin, einer bekannten Erscheinung in Meran und Nachfolgerin von Pavarottis Schwester Editha, kehrte zurück.

Emmeneggers und Lissies Fahrt vom Kornplatz zum Neubau der Gerichtsmedizin in der Galileo-Galilei-Straße war ohne Zwischenfälle verlaufen, genauso ereignisfrei wie ihre beharrliche Internetsuche. Noch Stunden nach Pavarottis Aufbruch hatten die beiden einschlägige Webseiten durchstöbert und waren zahllosen Querverweisen nachgegangen.

Es gab keinen Mann namens Santer in einer führenden Position innerhalb des nationalsozialistischen Regimes. Nicht in der Wehrmacht oder bei den Sturmtruppen der SA oder SS, nicht in den Ministerien oder innerhalb der NSDAP. Und auch nicht in der Verwaltung der Vernichtungslager.

Es schien, als habe ein Mann namens Santer in der Tötungsmaschinerie des Dritten Reichs nie existiert.

»Gehen wir die Sache andersherum an«, schlug Lissie vor.

»Was ist mit dem Zahngold? Man hat diese Menschen ausgeschlachtet wie Tiere. Darüber gibt es massenhaft Berichte.«

Lissie hatte recht. Das Material war viel zu umfangreich, um alles zu lesen, aber die beiden brauchten nicht lange, um die wichtigsten Fakten zusammenzutragen.

Es war eine Dokumentation des Schreckens.

Es fing damit an, dass die Nationalsozialisten dringend Geld für die Rüstung brauchten. Irgendwann beschloss man im Führerhauptquartier, dass das Vermögen der Juden von Rechts wegen dem deutschen Volk gehörte.

»Die Folge war einer der größten staatlich angeordneten Raubzüge der Geschichte«, sagte Lissie. »Mein Vater wusste alles über die Nazis. Er hat mir davon erzählt. Die SS hat die Drecksarbeit gemacht. Die haben in Auschwitz den Toten die Goldzähne direkt nach der Vergasung aus dem Kiefer gebrochen.«

»Hier steht, dass es nicht nur in Auschwitz so war, sondern auch in vielen anderen Vernichtungslagern, vor allem in Osteuropa«, sagte Emmenegger. »Die hatten sogar Juden dafür abgestellt, ihre Landsleute auszuweiden. Goldjuden wurden die armen Schweine genannt.«

Schweigend lasen sie, und ihre starre Konzentration auf den Bildschirm wurde nur durch ein gelegentliches Nicken unterbrochen, wenn Lissie Emmenegger bedeutete, er könne weiterscrollen.

Der Name Auschwitz stand für das Grauen eines geradezu fabrikmäßig organisierten Genozids. Direkt neben dem Krematorium gab es eine Goldgießerei, die das Zahngold an Ort und Stelle in Barrengold umschmolz. In anderen Lagern wurden die Zähne so wie sie waren verladen und weitertransportiert, meistens nach Berlin.

Zuerst ging es zur Reichshauptkasse, wo das Gold in Beutebüchern verzeichnet wurde, anschließend zur Reichsbank.

»Das Melmer-Gold«, sagte Lissie. »So genannt nach einem überaus gewissenhaften und emsigen SS-Sturmbannführer Melmer, der die meisten Transporte geleitet hat. Ich glaube, mein

Vater sagte, es waren über fünfzig. Ob Melmer auch geklaut hat? Ich wette.«

»Die haben ihre eigenen Leute bestohlen?«

»Oh ja, und zwar im großen Stil«, sagte Lissie. »Trotz der deutschen Gründlichkeit hat es nur ein Bruchteil des Zahngolds nach Berlin geschafft. Diebstahl und Unterschlagungen waren an der Tagesordnung. Hier.« Sie zeigte auf den Bildschirm. »Block. Ein SS-Mann. Der hat in seinem Büro in Galizien Opfergold und Zähne kistenweise in seinem Büro gehortet.«

Sie fanden noch mehr Namen. In Mariupol am Asowschen Meer wurden zwei Angehörige der Luftwaffe erwischt, die nach Erschießungen Goldkronen und Zahngoldbrücken eingesteckt hatten.

»1944 wurde es dem Rechnungshof zu bunt«, sagte Lissie. »Aber viel mehr als Empörung über Unregelmäßigkeiten und nicht registrierte Vermögen kam dabei nicht heraus.«

Auch nach Kriegsende gab der Verbleib des Melmer-Goldes den Siegermächten Rätsel auf. Einiges war im Auftrag der Reichsbank eingeschmolzen, verkauft oder verschoben worden, meist mit unbekanntem Ziel. Ein Teil, nach Schätzungen ungefähr die Hälfte, fiel den Amerikanern 1945 in einer Mine in der Nähe von Eisenach in Thüringen in die Hände.

Der Rest blieb für immer verschwunden.

Lissie und Emmenegger sahen sich an. Es war nicht schwer, sich vorzustellen, dass ein Mann namens Santer, der an einer Schaltstelle der Macht Zugriff auf Beutestücke hatte, mit einem Sack voller Zahngold nach Südtirol geflüchtet war. Aber wieder tauchte der Name nirgends auf. Und jetzt standen die beiden vor den Kühlfächern der Meraner Gerichtsmedizin und fragten sich, ob der Enkel des Phantoms, dem sie hinterherjagten, in einem dieser Fächer lag. Oder jemand ganz anderes.

Dr. Landers öffnete ein Fach. Mit der Trage, die auf ihren Schienen langsam und mit einem leisen Zischen auf sie zuglitt, kam eine Wolke eiskalter Luft heraus und hüllte sie ein. Lissie schlang die Arme um ihren Körper. Ihre Zähne klapperten.

»Da haben Sie Ihre Leiche. Ich weiß immer noch nicht, was so eilig ist, dass ich mitten in der Nacht herkommen muss.«

Dr. Landers wandte sich ab. Der stechende Geruch von Mundwasser stieg in Emmeneggers Nase. Da begriff er, dass Sara Landers auch in anderer Hinsicht die Nachfolge von Pavarottis Schwester Editha angetreten hatte, die in einer Entzugsklinik für Alkoholkranke gewesen war.

Seine Verblüffung darüber war der Grund, warum er zu spät reagierte.

Lissie starrte den Toten an, der mit blau gefrorenen Gliedern vor ihnen lag.

Ihre Wangen waren fast so wächsern wie die der Leiche.

Einen Moment lang schien sie zu schwanken und das Gleichgewicht zu verlieren. Dann fing sie sich und rannte zur Tür.

Jetzt erst merkte Emmenegger, was sich abspielte. Er schrie: »Nein! Kommen Sie zurück! Sofort!«

Aber es war zu spät, er hörte, wie die Tür knallte. Sie war draußen auf der Straße.

Emmenegger setzte ihr nach. Im Laufen stieß er gegen einen Eimer Wasser, den ein Sektionsassistent mitten im Weg hatte stehen lassen, rutschte aus und fiel der Länge nach hin.

Sein Kopf schlug gegen einen Metallschrank. »Scheiße!«, schrie die Landers. »Sie Trottel! Womit habe ich das verdient?«

Aber das hörte er nicht mehr.

✳✳✳

»Sie sind das also«, sagte Pavarotti. »Ich muss gestehen, dass ich überrascht bin.«

»Wo ist Ihre Dienstwaffe? In Ihrem Holster steckt sie nicht, das kann ich sehen.«

»Hab sie im obersten Stockwerk liegen lassen. Das Ding hat mich beim Suchen behindert«, sagte Pavarotti. Es war die erstbeste Lüge, die ihm einfiel, und keine sehr glaubwürdige. Ein Profi würde sich niemals so weit von seiner Waffe entfernen.

Er erntete Gelächter. »Sie schießen gut, doch Sie lügen wirklich jämmerlich, Commissario. Aber egal, wo das Ding auch sein mag, wichtig ist bloß, dass Sie nicht drankommen. Und jetzt ziehen Sie Ihr Jackett aus. Dann legen Sie es auf den Boden und stoßen es mit dem Fuß zu mir herüber. Gut so, danke.«

Die Überprüfung ergab, dass in der Jacke keine Waffe versteckt war.

»Da rüber. Hände flach an die Wand.«

Pavarotti blieb nichts anderes übrig, als zu gehorchen. Er hörte, wie es hinter ihm raschelte. »Scheiße. Was soll ich mit alten Pässen?« Dann resigniert: »Ich dachte, Sie hätten es endlich gefunden. Mittlerweile bezweifle ich, dass es wirklich existiert.«

»Darf ich mich umdrehen, während wir reden? Wenigstens kann ich jetzt dem italienischen Staat die Kosten für den DNA-Abgleich ersparen«, sagte Pavarotti.

»Langsam. Die Hände bleiben oben«, antwortete Julius Schaller. »Sie werden nicht lang genug leben, um dem Staat Ihre Erkenntnisse mitzuteilen. Wo ist Ihr Instinkt geblieben, Commissario?«

Pavarotti seufzte. »Bin eben aus der Übung.«

»Obwohl ich sagen muss, dass Sie sich neulich nicht schlecht geschlagen haben«, sagte Schaller. »Vier Jahre harter Drill in der NOCS, das formt einen fürs ganze Leben. Sie sehen, ich weiß über Sie Bescheid.«

»Hat das auch Alexander de Vlies recherchiert?«

Schaller hob in gespielter Überraschung die Augenbrauen. »Schau mal einer an, was Sie sich alles zusammenreimen. Der gute Alexander, ich konnte ihn leider nicht mitnehmen. Er hätte mich in Gefahr gebracht. Am Ende hat er mich ohnehin genervt, weil er merkte, dass das hier kein Computerspiel ist, bei dem man Reset drückt, und die Leichen stehen wieder auf. Früher oder später wäre er fällig gewesen.«

»Wo haben Sie eigentlich Ihre Ausbildung erhalten?«, fragte Pavarotti.

Schaller seufzte. »Bei den Feldjägern, anschließend im Irak. Die Deutschen haben mich unehrenhaft entlassen wegen einer

Angelegenheit, die hier nichts zur Sache tut. Die Briten fanden mich dann allerdings recht brauchbar für ihre Invasionspläne im Nahen Osten. Gegen den Schliff, den die Tommys mir in Basra verpassten, ist die Bundeswehr ein Ferienlager, das muss ich schon sagen.«

»Wollen Sie mir nicht erzählen, was passiert ist?«, fragte Pavarotti. »Immerhin haben wir viel gemeinsam, da könnten Sie mir die Ehre erweisen.«

»Wo ist der Holzklotz?«

»Wenn Sie meinen Kollegen Ispettore Emmenegger meinen, der ist in der Gerichtsmedizin. Er hat Anweisung, dort zu warten.«

Schaller nickte zustimmend. »Das stimmt vermutlich. Ich habe die beiden hineingehen sehen. Wahrscheinlich haben Sie ihm gesagt, er soll bei der Frau bleiben.«

Er überlegte kurz, ließ Pavarotti dabei aber keinen Moment aus den Augen. »Was soll's. Wahrscheinlich haben wir zehn Minuten, bis wir gestört werden. Andernfalls hat Ihr Ispettore eben Pech gehabt.«

Pavarotti drehte den Kopf in Richtung Küchentisch, der auf der anderen Seite des Raumes lag und von der Spüle aus nicht zu sehen war.

»Darf ich mich setzen? Mein Rücken bringt mich um«, sagte Pavarotti.

Auf einem der Stühle lag seine Dienstwaffe. Vielleicht …

»Sie bleiben, wo Sie sind«, sagte Schaller. »Die paar Minuten, die Sie noch zu leben haben, wird's schon auszuhalten sein. Es wird schnell gehen, das verspreche ich Ihnen. Sie sind ja schließlich ein Kollege.«

Pavarotti ließ sich seine Enttäuschung nicht anmerken.

»Warum haben Sie es nicht irgendwann aufgegeben?«, wollte er wissen.

Schaller zuckte mit den Schultern. »Ich glaubte immer, ich sei kurz davor. Zuerst dachte ich, Anna hat das Gold gefunden, ohne mir Bescheid zu sagen. Aber in dieser Hinsicht habe ich mich getäuscht. In ihrem Hotelzimmer war es nicht und auch nicht in dem Haus im Taunus. Aber im Tresor in dem Haus waren ihre Aufzeichnungen, und da habe ich eben damit weitergemacht.«

Pavarotti nickte. »Siegfried Schaller und Luis Santer. Mit den beiden Männern fing alles an. Siegfried Schaller war Ihr Großvater, nicht wahr?«

»Hab ihn nie kennengelernt«, sagte Julius Schaller. »Er verschwand irgendwann 1947, bevor er nach Argentinien abhauen konnte. Meine Großmutter hat auf heißen Kohlen gesessen, wartete auf einen Brief und auf das Reisegeld, damit sie mit meiner Mutter nachkommen konnte. Ich war noch ein Knirps, als mir meine Mutter das erste Mal den letzten Brief meines Großvaters gezeigt hat. Darin schreibt er, dass er einen ganzen Haufen Judengold hat, mit dem sie sich eine neue Existenz im Ausland aufbauen können.«

»Das Verschwinden Ihres Großvaters und dieses Gold hat wohl Ihre gesamte Kindheit und Jugend beherrscht«, sagte Pavarotti.

»Es war die verdammte Familienlegende«, sagte Schaller. »Natürlich nur unter uns. Schließlich konnten wir keinem erzählen, dass mein Großvater ein Nazi war, auch wenn er gar nicht bei der SS war, sondern bloß ein Wachmann, der im KZ Adlerwerke in Frankfurt die jüdischen Zwangsarbeiter beaufsichtigt hat. Die starben ja wie die Fliegen, und ein Haufen von ihnen verreckte durch die Bomben der Tommys, weil sie nicht in die Luftschutzbunker durften. Aber es verging kein Familienfest, an dem nicht irgendeiner mit einer neuen Theorie daherkam, was aus dem Opa und dem Gold geworden war.«

»Ich kann mir vorstellen, dass das Gold irgendwann bei Ihnen zur fixen Idee wurde«, sagte Pavarotti.

»Ach, können Sie das?« Abschätzig verzog Schaller den Mund. »Hören Sie auf, sich bei mir anzubiedern, das wird Sie nicht retten.« Er runzelte die Stirn. »Als ich älter wurde, musste ich immer daran denken, dass da jemand anderes war, irgendein Fremder, der sich mit unserem Gold ein schönes Leben machte. Ich glaubte nicht, so wie meine Mutter, dass der alte Schaller seine deutsche Familie vergessen hatte und irgendwo mit einer neuen Frau und neuen Kindern lebte.«

»Sie glaubten, dass er tot war. Ermordet und beraubt.«

»Yep«, sagte Schaller. »In seinem letzten Brief schrieb er, dass er hoffte, bald flüchten zu können. Er hatte einen Mann kennengelernt, einen Südtiroler namens Luis Santer, der ihm versprochen hatte, ihn über die Berge in die Freiheit zu bringen. Der gleiche Mann hat beim Roten Kreuz bezeugt, dass die beiden Brüder sind, sodass mein Großvater einen neuen Pass auf den Namen Santer bekam. Gegen Bezahlung, versteht sich.«

»Und Sie nahmen an, dass es Luis Santer war, der Ihren Großvater auf dem Gewissen hat.«

»Vermutlich war der Opa so dumm, den Mann mit ein paar von den Goldzähnen zu bezahlen. Und der andere hat sich gedacht, wo ein paar sind, da gibt's noch viel mehr, und dass es doch nett wäre, das ganze Gold zu haben.«

»Luis Santer hat Ihren Großvater nicht ermordet«, sagte Pavarotti.

Julius Schaller starrte ihn an. »Wer dann?«

»Alles zu seiner Zeit«, sagte Pavarotti. »Wenn Sie mich jetzt erschießen, werden Sie es nie erfahren.«

Pavarotti beobachtete, wie sich seine Worte in Schallers Gehirn bohrten und ihre Wirkung entfalteten.

Obwohl nach wie vor eine Pistole auf Pavarotti gerichtet war, hatte sich das Kräfteverhältnis im Raum unmerklich verschoben.

Schallers Gesicht rötete sich. Sein linkes Auge fing an zu zucken. Ein nervöser Tick, wie er bei großer Belastung auftrat. Der Mann stand kurz vor dem Zusammenbruch. Jetzt kam es darauf an, die Schraube anzuziehen.

»Luis Santer hatte das Gold nie. Er war ein ehrlicher Mann, soviel ich weiß«, sagte Pavarotti. »Es ist ein Jammer. So viele vergeudete Jahre, Kumpel. Es war bestimmt nicht einfach, Santers Enkel zu finden. Wie lange haben Sie gebraucht?«

»Fast zehn Jahre«, sagte Schaller, und sein Blick war so finster wie sein Herz. »Hab auf der ganzen Welt nach ihm gesucht.«

»Und dann fanden Sie ihn ganz in Ihrer Nähe und merkten,

dass es sich um einen Anzugträger handelt. Zu Ihrem Leidwesen hatte Lex Santer keine Hobbys, das Einzige, was ihn interessierte, war seine Arbeit. Schwierig, sich an so einen Kerl heranzumachen.« Pavarotti schnalzte mit der Zunge. »Angesichts Ihrer Kontakte dürfte es kein Problem für Sie gewesen sein, Zeugnisse fälschen zu lassen, mit getürkten Karrierestationen im Ausland natürlich, die Lex Santer nicht so leicht nachprüfen konnte. Aber welche Überwindung muss es Sie gekostet haben, einer derart blutarmen Beschäftigung nachzugehen, wie Santer sie betrieb? Ein Mann wie Sie, der jahrzehntelang jeden Tag dem Tod ins Auge gesehen hat.«

Pavarotti spitzte die Lippen. »Sie müssen gestorben sein vor Langeweile. Was zum Teufel haben Sie mit Ihrem Adrenalin gemacht?«

Schaller war weiß im Gesicht.

Pavarotti streckte sich und trat von einem Fuß auf den anderen, als ob ihm der Rücken zu schaffen machte, und bewegte sich dabei einen halben Meter nach rechts. Die Mündung der Pistole folgte ihm nicht. Schallers Gedanken waren woanders, er sah aus, als versuche er den Zeitpunkt zu finden, ab dem sein Leben in die falsche Richtung gelaufen war.

»Kommen Sie, Kollege. Erzählen Sie Ihre Geschichte zu Ende«, sagte Pavarotti. »An welchem Punkt trat Anna Santer auf den Plan?«

»Diese verfluchte Hexe«, knirschte Julius Schaller. »Sie sollte mir helfen herauszukriegen, wo das Gold war. Ohne sie kam ich mit Santer keinen Schritt weiter. Er vermied jedes Gespräch über persönliche Dinge. Wie sich herausstellte, hatte Anna ihren Mann satt. Sie beschloss, einen Krimi über die Nachkriegszeit in Südtirol zu schreiben: die perfekte Tarnung, um mit Lex über seinen Großvater zu sprechen und Nachforschungen anzustellen.«

»Sie wollten die Beute teilen? Schwer zu glauben angesichts dessen, wie viele Menschen Sie dafür umgebracht haben. Es sei denn …« Pavarotti machte eine Pause. Schallers rechte Hand zitterte, unmerklich, aber das Zittern war da. »Es sei denn, es ging Ihnen schon lange nicht mehr ums Geld«, sagte Pavarotti.

»Am Ende wollten Sie nur noch wissen, was passiert ist. Es ging um Ihren Großvater, die ganze Zeit, nicht wahr?«

Schallers Kiefermuskeln verhärteten sich.

Da war ein leises Geräusch, ein Klicken. »Was hat Anna Santer getan?«, fragte Pavarotti schnell.

»Sie behauptete, sie wolle sich mit der Hälfte der Beute die Unabhängigkeit von ihrem Mann erkaufen. Aber das war gelogen. Sie wollte einen Enthüllungsroman veröffentlichen, einen Knüller, der ihr zu Weltruhm verhelfen sollte. Und mein Großvater spielte in dem Bestseller die Hauptrolle, als Monster, das toten Juden die Zähne aus dem Kiefer bricht. Das Buch hätte meine ganze Familie in den Dreck gezogen.« Schaller blinzelte. »Meine Mutter hat ein schwaches Herz, sie mussten ihr letztes Jahr einen Herzschrittmacher einsetzen. Die Schande hätte sie umgebracht. Das konnte ich nicht zulassen. Und deshalb musste ich Anna erwischen und die andere auch. Verstehen Sie?«

Pavarotti starrte ihn an.

Julius Schaller lachte. »Das haben Sie nicht herausgefunden? Ich war nicht der Einzige. Diese Freundin von Anna, sie hat –«

Ein Schuss krachte. Schallers Kopf wurde nach hinten geschleudert. Sein Körper fiel gegen die Spüle. Er sank zusammen und blieb mit gespreizten Beinen liegen.

Zwischen Schallers Augenbrauen, direkt über der Nasenwurzel, war ein roter Kreis erschienen. Seine leeren Augen waren auf Pavarotti gerichtet.

Pavarotti fuhr herum.

Lissie stand unbeweglich da, seine Dienstwaffe in den ausgestreckten Händen.

»Du hast ihn erschossen«, sagte er. Sein Mund war komplett trocken. »Warum hast du das getan?«

Lissie senkte die Pistole. »Er hätte dich umgebracht. Sollte ich etwa dabei zusehen?«

Pavarotti holte ein Taschentuch aus seiner Hosentasche. »Gib mir die Waffe.«

Er umfasste die Beretta mit dem Tuch und legte sie auf die

Arbeitsplatte. Vorsichtig zog er sein Jackett unter dem Fuß des Toten hervor, um die Position der Leiche so wenig wie möglich zu verändern, und holte sein Mobiltelefon heraus.

Er sprach mit der Spurensicherung und mit einem Kollegen von der internen Ermittlung, und diese Routinehandlungen gaben ihm etwas von seiner Kraft zurück.

Er wandte sich ihr zu. Sie stand neben dem Toten und betrachtete ihn mit schief gelegtem Kopf, so wie man eine seltene Spezies betrachtet.

»Jetzt sind wir quitt«, sagte sie. »Du hast mich letztes Mal gerettet. Diesmal war ich dran.«

»Schaller hätte mich nicht erschossen. Der Mann war fertig. Er konnte die Waffe nicht mehr ruhig halten. Nicht lange, und ich hätte sie ihm aus der Hand schlagen können.«

»So?«, machte Lissie, aber es klang nicht sonderlich interessiert. »Da hatte ich aber einen ganz anderen Eindruck.«

»Wieso hast du ihm in den Kopf geschossen? Du hättest sein Bein treffen können. Das hätte gereicht, um ihn unschädlich zu machen. Und behaupte bitte nicht, es sei ein Versehen gewesen. Ich habe zwar keine Ahnung, wo du schießen gelernt hast, aber dieser Schuss war kein Zufallstreffer. Und das werde ich auch aussagen.«

»Meinetwegen.« Lissie gab sich gleichmütig. »Und ich werde aussagen, dass du in Lebensgefahr warst und dass ich in Notwehr gehandelt hab. Reichlich undankbar von dir, mir so in den Rücken zu fallen. Immerhin hat Julius Schaller vier Menschen auf dem Gewissen. Ich weiß gar nicht, warum du dich so aufregst.«

Pavarotti holte Luft. »Dass er tot ist, passt dir gut in den Kram, wie? Ich glaube, er wollte nämlich gerade etwas über dich erzählen. Über eine Freundin von Anna, die in der ganzen Sache mit drinsteckte. Das warst du, und deshalb war er hinter dir her!«

»Ich habe keine Ahnung, wovon du sprichst.«

Da hörten sie die Sirenen.

Sehnsucht nach Argentinien

Sechs Wochen nach den Morden

Sie war weg. Sang- und klanglos verschwunden. Emmenegger war natürlich im Bilde, wann sie abgereist war, denn sie hatte bis zuletzt bei ihm gewohnt. Aber Emmenegger schwieg, und Pavarotti fragte nicht.

Die Wochen zogen an ihm vorüber, als stünde er neben seinem Leben und betrachte emotionslos, begleitet von einer zunehmenden inneren Taubheit, was um ihn herum geschah. Wenn er gefragt wurde, antwortete er, ansonsten fiel er in seine Lethargie zurück. Der Juli war in einen ungewöhnlich kühlen Spätsommer übergegangen. Längst hatte Pavarotti sein renoviertes Büro wieder bezogen, aber er nahm dieses Ereignis zur Kenntnis, mehr nicht.

Als er merkte, dass er nicht mehr weiterkonnte, suchte er einen Kriminalpsychologen auf, den er kannte. Nach einigen Konsultationen stellte er die Besuche in der Praxis am Winkelweg ein. Die Gespräche mit dem Mann, so klug dieser auch war, erinnerten ihn zu sehr an einen Fall, den er gemeinsam mit Lissie gelöst hatte.

Von der Betriebsamkeit, die sich um den Tod von Julius Schaller und seine Taten entwickelt hatte, blieb Pavarotti vollständig ausgeschlossen. Er war innerlich sowieso zu wund, um die nötige Distanz aufzubringen. Offiziell galt er als befangen. Die Zuschauerrolle schmerzte ihn nicht.

Das erste Mal seit langer Zeit arbeiteten der Meraner Staatsanwalt, die Carabinieri und die deutsche Polizei gemeinsam an einem länderübergreifenden Fall, der hohe Wellen schlug. Man hatte sich auf das Gold als Motiv für die Morde geeinigt, was zu kurz gegriffen war, aber das interessierte niemanden. Italien war glücklich, solange Südtirol als Fluchtpunkt der SS sowie die Rolle des Croce Rossa außen vor blieben. Die Deutschen fügten sich ins Unvermeidliche. Der Fall hatte die Aufmerksamkeit der internationalen Medien erregt. Die Morde des Julius Schaller waren dabei nur eine Randnotiz der Geschichte; die Berichterstattung drehte sich um die Goldgier der Nazis und ihre unmenschlichen Praktiken – und um die Frage, wo das Zahngold geblieben war. Nichts regt die Sensationsgier der Leser so sehr an wie verschwundene Schätze, an denen Blut klebt.

Der Präsident des Zentralrats der Juden, eloquent wie immer, versäumte keine Gelegenheit, die jüdische Sache im Fernsehen zu vertreten. Die Informationsstätte »Katzbach« des Konzentrationslagers Adlerwerke, in dem eintausendsechshundert Zwangsarbeiter unter verheerenden Bedingungen Schützenpanzer für die Wehrmacht hergestellt hatten, erfuhr einen ungeahnten Zulauf von Besuchern aus dem In- und Ausland und eröffnete eine neue Abteilung mit der Überschrift: »Das Rätsel um das verschwundene Zahngold der Adlerwerke«.

Pavarotti wusste als Einziger ein wenig mehr, aber sein Wissen betraf Julius Schaller und war irrelevant für den Verlauf, den die Story in den Zeitungen nahm. Von der Polizei war er mehrfach vernommen worden, von verschiedenen Seiten, aber die Dienstaufsicht hatte keine Ermittlungen eingeleitet, weil er keine Schmauchspuren an den Fingern hatte.

Auch die Frau, die Schaller erschossen hatte, mitten in die Stirn wie einen kapitalen Hirsch, war schnell entlastet. Sie war immer schon zungenfertig gewesen und hatte den Staatsanwalt garantiert in Windeseile um den kleinen Finger gewickelt. Wer wollte ihrer Version widersprechen? Das hätte nur Pavarotti selbst tun können, aber er verzichtete.

Eines Tages, als Emmenegger nach Monaten des Haderns und nach einer durchwachten Nacht beschlossen hatte, das so beharrlich gemiedene Thema anzuschneiden, geschah etwas.

Wie immer, wenn er Prügel erwartete, stand der Ispettore mit hängenden Schultern und in leicht gebückter Haltung da, als bereue er den Frevel bereits, noch bevor er ausgesprochen war.

»Was wollen Sie, Emmenegger?« Pavarottis Stimme klang brüchig, zu kraftlos, um die Worte als Frage zu formulieren. Emmenegger wünschte, der zynische Unterton würde zurückkehren. Doch dieser starke, scharfe Klang hatte Pavarottis Kehlkopf verlassen – wie es schien, für immer.

»Chef.«

Emmenegger hatte vor dem Spiegel geübt, was er sagen wollte, und das begann mit dem Wort, das Pavarotti den größtmöglichen Respekt bezeugen sollte, auch wenn das, was danach kam, ein rüdes Eindringen in dessen privaten Kummer war.

Immerhin bewirkte das Wort, dass Pavarotti aufblickte. Emmenegger erschrak, als er die eingefallenen Wangen und den Schweißfilm auf Pavarottis Haut sah.

»Chef. Sie hat Ihnen doch nur das Leben retten wollen.«

Pavarottis Gesicht rötete sich vor Zorn, was Emmenegger zufrieden zur Kenntnis nahm. Da war noch Leben in den Ruinen.

»Seien Sie still, Emmenegger, oder ich vergesse mich.«

Aber Emmenegger gehorchte nicht. Er schilderte Pavarotti die Szene im Leichenschauhaus in allen Einzelheiten. Wie Lissie bleich wie der Tod geworden war, als sie Santers Leichnam gesehen hatte. »Nie und nimmer hat sie mit dieser Sache etwas zu tun, Chef. Sie hätten ihr Entsetzen sehen sollen.«

»Aufhören! Gehen Sie!«

Emmenegger redete unbeirrt weiter, und als Pavarotti an ihm vorbeiwollte, dem Gesprächsgegenstand entfliehen, der ihn peinigte, versperrte ihm Emmenegger den Weg. »Sie hat mir erzählt, was danach passiert ist, als ich bewusstlos war.«

»Ich will es nicht wissen! Merken Sie denn nicht –« Pavarottis Gesicht war schmerzverzerrt.

»Das ist mir egal. Ich werde es Ihnen trotzdem sagen. Sie ist raus und hat sich auf der Straße übergeben. Was stimmt, denn die Landers hat sich am nächsten Tag bei mir deshalb beschwert. Aber ich weiß es auch aus anderer Quelle, dazu komme ich gleich. Sie richtet sich auf, wischt sich den Mund ab und schaut dabei die Verdistraße hinunter. Das Nikolausstift ist ja ganz in der Nähe, vielleicht fünfzig Meter entfernt, und sie sieht, wie eine dunkle Gestalt das Haus betritt. Sie können es nicht sein, Chef, denn die Gestalt ist kleiner, massiger. Sie bekommt Angst um Sie und folgt der Gestalt. Die Haustür steht offen, sie schleicht ins Haus. Sie greift nach Ihrer Pistole, schaut um die Ecke und sieht, wie Schaller Sie bedroht, und in ihrer Angst –«

»Warum erzählen Sie mir das alles?«, schrie Pavarotti. »Kann schon sein, dass die Frau Angst hatte, aber nicht um mich!«

»Haben Sie ihr Gesicht gesehen?«

»Was?«

»Ihr Gesicht, als sie geschossen hat.«

»Ihr Gesicht? Nein …« Pavarotti starrte Emmenegger an.

»Wenn Sie ihr Gesicht gesehen hätten, dann wüssten Sie, dass sie keine Angst um sich selbst hatte, sondern um Sie. Ich weiß, was ich sage, Chef, denn ich habe ihr Gesicht gesehen.«

»Wovon reden Sie, Mann? Sie waren weggetreten zu dem Zeitpunkt!«

»Natürlich war ich nicht da, als der Schuss fiel. Doch über dem Eingang der Gerichtsmedizin ist eine Überwachungskamera angebracht«, sagte Emmenegger. »Ich habe mir die Aufnahmen angeschaut. Frau von Spiegel ist deutlich zu erkennen. Wie sie sich aufrichtet, wie ihre Augen groß werden, als sie die Straße hinunterblickt. Wie sie begreift, was sich abspielt. Wenn Sie wollen, können Sie sich die Aufnahme selbst ansehen, Commissario. Da war keine Panik wegen einer Enthüllung auf ihrem Gesicht, da fliegen die Augen hin und her, man überlegt fieberhaft, was man tun soll. Nein, sie starrt regungslos in Richtung Nikolausstift, man sieht sogar, dass ihre Lippen zittern in diesem Moment. Das ist die Angst, dass etwas Schreckliches geschehen wird, Commissario.«

»Sind Sie neuerdings Experte für Mikroausdrücke, Emmenegger?«

Da war er wieder, alive and kicking, der gute alte zynische Freund. Fast hätte Emmenegger gelächelt.

Plötzlich läutete das Telefon in die Stille des Kommissariats hinein, ein Geräusch, das dieser Tage nur selten zu vernehmen war. Emmeneggers Kopf fuhr herum, ärgerlich über die Störung.

Pavarotti, froh, seinem Peiniger zu entkommen, hob den Hörer ab.

»Vielen Dank für die Information«, sagte er. Er warf einen kurzen Blick zu Emmenegger hinüber, der sich bereits anschickte, einen neuen Anlauf zu nehmen, und fügte hinzu: »Ich weiß, dass ich in diesem Fall gar nicht zuständig bin. Aber ich würde trotzdem gern … Wirklich reizend von Ihnen.« Er legte den Hörer auf und griff nach seinem Jackett, das über der Stuhllehne hing.

Verwundert registrierte Emmenegger die schwungvolle Bewegung, mit der sein Chef das Jackett über die Schulter warf.

»Hören Sie auf, Reden zu schwingen, Ispettore, und folgen Sie mir«, sagte Pavarotti. »Vielleicht kommen wir doch wieder ins Spiel.«

»Ein Mord?«, fragte Emmenegger hoffnungsvoll.

Pavarotti warf ihm einen tadelnden Blick zu. »Haben Sie immer noch nicht genug, Emmenegger? Mord ist nicht das einzig Interessante auf der Welt.«

✳✳✳

Klara Hochleitner saß in einem Lehnsessel in ihrem Wohnzimmer und sah aus, als schliefe sie. Ihre Züge hatten sich im Tod geglättet, der harte Zug um den Mund war verschwunden. Auf ihren Lippen lag ein leises Lächeln, und sie sah wieder aus wie Zarah Leander, der gerade ein neues Liebeslied auf den Leib geschrieben wurde, eins für das Jenseits.

»Vielen Dank, dass Sie mich benachrichtigt haben«, sagte Pavarotti. »Aber was tun Sie eigentlich hier?«

Sigmund Frahm lächelte. Er war der Psychiater, bei dem Pavarotti kurzzeitig in Behandlung war. »Ich stelle den Totenschein aus, Commissario. Sie wissen doch, als Psychiater bin ich

Mediziner mit einer gültigen Approbation, wie meine Kollegen auch. Frau Hochleitner war eine Patientin von mir. Wegen ihres Alters habe ich eine Ausnahme gemacht und sie zu Hause besucht. Als sie nicht geöffnet hat, habe ich mir schon gedacht, dass etwas nicht in Ordnung ist. Der Verwesungsgeruch war zwar noch nicht stark, aber wenn man Erfahrung hat, ist er unverkennbar.«

»Anzeichen für Fremdeinwirkung? Oder hat sie es selbst getan?«, fragte Emmenegger.

»Sie hat gar nichts getan, Ispettore. Sie ist einfach gestorben. Sie wollte wohl ein Nickerchen machen, und im Schlaf erlitt sie einen Gehirnschlag. Sie hatte bereits im Frühjahr einen kleinen Schlaganfall.«

»Ich verstehe«, sagte Pavarotti.

»Zweifel über die Todesursache sind nicht der Grund, warum ich Sie angerufen habe, Commissario«, sagte Frahm. »In der Küche liegt eine Schuhschachtel auf dem Tisch, die mir auffiel, als ich mir die Hände gewaschen habe. Auf der Schachtel steht: ›Luciano Pavarotti von der Polizia di Stato zu übergeben im Falle meines Todes‹.«

In der Schachtel war ein dicker Packen alter Briefe, in Sütterlin-Handschrift verfasst und mit einer Kordel zusammengebunden.

Obendrauf lagen zwei lose Blätter, eng beschrieben, in der zittrigen Handschrift einer alten Frau. Auf der ersten Seite stand: »Für Luciano Pavarotti«. Der Text begann mit den Worten: »Herr Kommissar, wenn Sie das lesen, bin ich tot.«

Herr Kommissar,

wenn Sie das lesen, bin ich tot.
Es ist bald so weit, das kann ich spüren. Ich blicke in den Spiegel, in meine Augen, und sehe, wie das Licht in ihnen erlischt. Und ich frage mich, ob viele, die dem Tode nahe sind, sein Kommen fühlen können, so wie ich.

Geht es ihnen auch so wie mir, dass eine unbestimmte
Traurigkeit aufsteigt, eine Ahnung des Abschiednehmens,
eine herannahende Endgültigkeit? In meinem Fall ist alles
gut. Ich heiße den Tod willkommen, wie könnte ich auch
nicht, denn ich bin schon lange ein Teil von ihm. Genau
genommen seit jenem Tag vor siebzig Jahren.
Für diejenigen, die sich fürchten, wenn es so weit ist, habe
ich bloß Verachtung übrig. Sinnloses Unterfangen, die-
ser Versuch, noch ein paar Jahre herauszuschinden, dieses
Sichwehren und -winden, anstatt sich zusammenzureißen
und den Rest mit Würde und Anstand durchzustehen.
Am einfachsten haben es natürlich die Nichtsahnenden,
denen von einer Minute zur anderen klar wird, dass es
aus und vorbei ist. Sie haben es schnell überstanden, leiden
nur wenig Schmerzen und sind alles in allem zu beneiden.
Das sage ich mir immer wieder, aber es bleibt ein Gedan-
kenspiel in meinem Kopf, das nicht den Weg zu meinem
Herzen findet.

An dem Abend, an dem Herr Santer aus meiner Pension
verschwand, fuhr ich nicht zu meinem Vater ins Kranken-
haus. Dorthin bin ich erst am nächsten Morgen. Meine
hysterische Mutter war mir egal, mein Vater sowieso, der
würde auch ohne mich sterben.
Deshalb fand ich den Abschiedszettel – er hat sich nicht ein-
mal die Mühe gemacht, einen richtigen Brief zu schreiben –
am selben Abend, kurz nachdem Herr Santer weg war.
Auf dem Zettel stand nicht, dass er mich nachkommen
lassen würde nach Argentinien. Da stand:

DANKE FÜR DEINE DIENSTE. SANTER

Nicht einmal vielen Dank für alles und viel Glück, sondern
»Danke für Deine Dienste«.
Auf dem Papier lag noch so einer dieser Zähne, gewisser-
maßen als Briefbeschwerer. Es sollte wohl meine Entloh-

*nung sein. Als wäre ich eine billige kleine Hure, die mit
dem stinkenden Goldzahn von einem Juden bezahlt wird.*

*Ich bin in meine Kammer und habe meine Bergstiefel an-
gezogen. Dann holte ich das Gewehr aus der Speisekammer. Ich weiß bis heute nicht, warum. Ich wollte ihn bloß
zur Rede stellen, meine Wut aus mir herausschreien.*
*Doch je älter ich werde, desto klarer wird mir, dass ich
mir etwas vormache. Die meisten von uns hätten es gern,
dass sie besser sind als in Wahrheit, und ich bin da keine
Ausnahme.*

*Mir war ziemlich klar, welche Route die beiden nehmen
würden. Herr Santer war schließlich nicht der Erste, der
in meiner Pension unterschlüpfte, bevor er sich endgültig
ins Ausland absetzte. Die meisten flohen über Bozen nach
Verona und von dort weiter nach Genua oder nach Rom.
Aber das Ziel war egal. Wenn ich ihn nicht vor Bozen ein-
holte, war es zu spät.*
*Nicht die Strecke durch das Etschtal. Die war zu gefähr-
lich. Da standen überall Posten. Sie würden den Weg über
den Tschögglberg nehmen, dabei das Dorf Hafling und die
Almen, die Vöraner und Leadner Alm und den Möltner
Kaser, weiträumig umgehen. Anschließend über die Steinernen Mandln weiter gen Süden.*

*Drei Stunden nach meinem Aufbruch wusste ich, dass ich
auf dem richtigen Weg war. In einem Abfallkorb unter
einem hölzernen Wegweiser, der hoch zu den Mandln
zeigte, fand ich eine der beiden in Butterbrotpapier ein-
gewickelten Semmeln mit Kaminwurz und Käse, die ich
ihm am Morgen für den Mittag zubereitet hatte.*
*Jetzt schwoll mir der Kamm erst recht. Niemand, wirklich
niemand war berechtigt, Käse und Wurst wegzuschmei-
ßen, auch wenn der Käse nicht ganz frisch war, zugegeben.
Es kam mir vor wie Hohn, nachdem viele seiner Lands-*

leute erst vor ein paar Monaten während des Hungerwinters 1946/47 grausam umgekommen waren.

Außerdem ist es schiere Blödheit, einfach so auf Proviant zu verzichten, wenn man einen langen Weg vor sich hat. Ich wunderte mich, dass der andere Mann, der offenbar als Führer fungierte, eine solche Dummheit zugelassen hatte.

Oben auf dem Vöraner Joch fand ich einen Mann. Sein Hinterkopf war eine blutverkrustete Masse. Ein blutbeschmierter Stein lag direkt daneben.

Ich drehte den Toten vorsichtig um. Es war ein Fremder, mit ausgemergeltem Gesicht und spitzem Kinn, bekleidet mit einer dünnen, viel zu leichten Jacke und ausgetretenen Bergstiefeln, vielleicht ein anderer Flüchtling. Jedenfalls nicht der Mann, den ich in der Pension mit Santer hatte sprechen sehen. In den weit offen stehenden Augen des Toten stand noch die Überraschung, aber auch ein Hauch von Frieden.

Ich leerte seinen Rucksack aus, der neben der Leiche lag, fand aber keinen Pass. Auch Proviant und Wasser fehlten. Die beiden anderen hatten es wohl an sich genommen.

Ich stand da und begriff nichts. Ich kann es mir nur so erklären, dass dieser Mann, dessen Weg sich zufällig mit dem der beiden gekreuzt hatte, Santer erkannt hatte oder zumindest Verdacht geschöpft hatte.

Bis heute weiß ich nicht, warum dieser Fremde sterben musste.

Ich lief weiter, ließ ihn einfach liegen.

Eine halbe Stunde später, oben auf dem Kamm, hatte ich sie eingeholt. Ich hörte die beiden, bevor ich sie sah. Ein Wortwechsel, zornige Stimmen. Ich konnte mir gut vorstellen, worüber sie stritten.

Vorsichtig huschte ich von einem Gebüsch zum anderen. Sie standen an einer Weggabelung. Ein Weg führte weiter, den Kamm entlang, der andere hinunter ins Tal.

»Ich hab dich bezahlt! Du hast kein Recht, einfach abzu-

hauen«, hörte ich Herrn Santer sagen, mit dieser gefährlich leisen Stimme, die ich so gut kannte.

Ich muss wohl auf einen Zweig getreten sein, denn Santer drehte sich um und sah mich.

»Was willst du denn hier? Verschwinde! Und dein verschimmeltes Brot kannst du gleich mitnehmen.«

Er packte die zweite Semmel, die ich ihm gemacht hatte, und warf sie nach mir. Sie traf mich an der Brust.

»Ich will nach Argentinien«, sagte ich und erkannte plötzlich, dass es genau das war, was ich die ganze Zeit gewollt hatte. Weg aus Südtirol, weg von diesen Bergen, die dir ständig im Weg stehen. Die Welt sehen. Santers Goldzähne würden mich dorthin bringen.

»Wenn der hier partout nicht mehr mitkommen will, zeige ich dir den Weg«, sagte ich. »Gib mir die Goldzähne als Belohnung.«

Herr Santer lachte lautlos, ich merkte es nur daran, dass es ihn schüttelte. »Du Südtiroler Schlampe. Hast du den Verstand verloren?«

Ich hob das Gewehr und legte an.

Der andere Mann war bleich im Gesicht geworden und streckte die Hände aus, als könne er damit eine Kugel abwehren.

»Glaubst du, eine kleine Matratze wie du kann mich einschüchtern?«, sagte Santer. »Willst du mir etwa weismachen, dass du schießen kannst? Hau ab, bevor ich dir den Schädel einschlage.«

Ich schoss ziemlich gut, aber man wird ja immer unterschätzt, vor allem von Männern.

»Das werden wir ja sehen«, sagte ich und drückte ab. Herr Santer fasste sich an die Brust, dann fiel er hin und blieb liegen.

Der andere Mann stieß einen Schrei aus, drehte sich um und wollte den Weg hinunterrennen, Richtung Tal.

Gott helfe mir. Ich schoss ihm in den Rücken.

Danach war alles wie im Nebel.

Ich leerte die Rucksäcke aus.

*Das Gold war viel weniger, als ich gedacht hatte, bloß
zwei kleine Säckchen. Ich kenne mich da nicht so aus,
vielleicht insgesamt zehn Unzen, wenn man die Zähne
einschmolz.*

*Außerdem nahm ich Santers Pass und einen Packen Briefe.
Der andere hatte auch einen Pass dabei, und als ich ihn
aufschlug, war mir klar, dass mich Santer, oder wie immer
er hieß, von Anfang an belogen hatte.*

*Ich weiß noch, wie verzweifelt ich war, weil ich nicht
wusste, wie ich die beiden begraben sollte. Ich hatte ja
nichts dabei, keine Schaufel oder so etwas. Gottlob fand
ich eine Erdhöhle unter einem Baum. Dorthinein zerrte
ich die Leichen mitsamt ihren Rucksäcken und schüttete
den Eingang mit bloßen Händen zu. Noch heute brennen
meine Handflächen manchmal, an schlechten Tagen, wenn
mich die Erinnerung anspringt wie ein Wolf in der Nacht.*

*Sie denken vielleicht, dass die Schuldgefühle unmittelbar
danach am schlimmsten sind. Und dass es im Laufe der
Zeit besser wird. Das Gegenteil ist der Fall. Je älter ich
werde, desto mehr schrumpft die Entfernung zwischen mir
und dem, was ich getan habe. Es ist, als altere das, was mich
gegen meine Tat abschottet, genauso wie ich selbst. Jetzt,
nach all den Jahren, ist daraus eine brüchige Membran
geworden, und durch die Ritzen kriecht die Vergangenheit
unaufhaltsam auf mich zu.*

*Die Briefe aus Santers Rucksack lege ich in diesen Karton,
zum Beweis, dass es wirklich so war, wie ich hier schreibe.
Sie stammen von Santers Frau. Ich habe nur den ersten
gelesen und weiß jetzt immerhin, dass er Siegfried hieß.
Das andere, das Gold, kann ich Ihnen nicht geben. Obwohl
ich es all die Jahre behalten habe. Ich habe nie versucht, es
einzutauschen, um nach Argentinien zu kommen. Jetzt ist*

*es weg. Ich habe es jemandem geschenkt. Ich glaube, es ist
in den richtigen Händen.*
*Ich weiß, dass Sie Justus nicht von mir grüßen werden.
Geben Sie acht auf ihn.*
Leben Sie wohl.

Klara Hochleitner

***

Pavarotti ließ die Blätter sinken. Verwundert nahm er zur
Kenntnis, dass er Mitleid mit der alten Frau empfand, die ne-
benan tot im Sessel saß, sogar ein wenig Respekt. Sie war kein
guter Mensch gewesen, aber zu sich selbst – wenn auch nicht
zu anderen – war sie ehrlich gewesen.
Er war froh. Justus musste niemals etwas erfahren.

Schließlich schob er die Gedanken fort und rührte sich.
»Klara Hochleitner hat die beiden auf dem Gewissen, nicht
wahr?«, fragte Emmenegger.
Pavarotti nickte. »Haben Sie die Briefe gelesen?«
»Nur überflogen«, sagte Emmenegger. »Aber das genügt.«
Emmenegger hielt einen dünnen, gelb angelaufenen Papierbo-
gen hoch. »Dieser hier ist besonders interessant: ›Lieber Siegfried, dann adressiere ich also fortan meine Schreiben an S. Santer, c/o Nikolausstift, Verdistraße 33, Meran.‹ Und weiter: ›Ich
bereite mich auf die Ausreise aus Deutschland vor und werde
deinen Anweisungen genau Folge leisten.‹ Der entscheidende
Punkt ist der Umschlag, in dem der Brief steckt. Der Absender
ist noch lesbar. Es handelt sich um eine gewisse Martha Schaller
aus Frankfurt, Siegfried Schallers Ehefrau. In einem Brief, zwei
Monate später datiert, schreibt sie: ›Nun ist es also bald so weit.
Ich hoffe, dieser Luis Santer ist vertrauenswürdig und wird dich
gut und sicher führen.‹«
Emmenegger legte die Seiten so vorsichtig fort, als könnten
sie jeden Augenblick zu Staub zerfallen.

»Mit der Behauptung, Siegfried Schaller sei sein Bruder, hat Luis Santer ihm einen Rot-Kreuz-Pass verschafft. Glauben Sie, er wusste, wem er zur Flucht verhalf?«

»Vielleicht wollte er es nicht wahrhaben«, sagte Pavarotti.

»Das war der letzte Brief«, sagte Emmenegger. »Auf ihn hat Martha Schaller wohl nie eine Antwort erhalten.«

Sie schwiegen beide.

Nachdem Emmenegger seinerseits den Abschiedsbrief von Klara Hochleitner gelesen hatte, verabschiedeten sie sich von Dr. Frahm und gingen in einer Eintracht, die in letzter Zeit selten geworden war, durch die spätsommerlichen Straßen zurück zum Kommissariat.

Erst als die ersten Blätter des Kastanienbaums am Kornplatz unter ihren Schritten raschelten, ergriff Emmenegger wieder das Wort.

»Wem sie das Gold wohl gegeben hat?« Dann seufzte er. »Vielleicht werden wir das nie erfahren.«

Pavarotti schwieg.

Die Wahrheit über den Fall S.

Die Wochen zogen vorbei. Der Kastanienbaum am Kornplatz verlor im Herbstwind die letzten Blätter, und es duftete überall in Meran nach seinen gerösteten Früchten.

Das Leben und die Arbeit im Kommissariat verliefen scheinbar wieder in geordneten Bahnen.

Die norditalienischen Drogenbosse waren aus der Sommerfrische zurückgekehrt und hatten Meran mit schlechtem Stoff überschwemmt. Im Schlepptau der Drogenkuriere folgten zwei Herointote und ein Mord im Milieu.

Emmenegger war in angemessener Weise betrübt, wie er über jedes Drogenopfer traurig war, aber er war auch erleichtert, denn die neuen Fälle hielten seinen Chef vom Grübeln ab und zwangen ihn zur Routine eines geregelten Arbeitstags.

Er hatte eine besondere Methode entwickelt, Pavarottis früheres Selbst wieder herauszukitzeln, indem er ausgesucht dumme oder sinnlose Kommentare zu den Fällen von sich gab, worauf Pavarottis unbarmherzige Replik so sicher folgen musste wie der Donner auf den Blitz. Pavarotti, der das Spiel durchschaute, tat Emmenegger den Gefallen, und in letzter Zeit zwinkerte er Emmenegger zu, wenn der ungleiche Schlagabtausch zu Ende war. Und Emmenegger lächelte.

Die deutschen Zeitungen, denen die Berichterstattung über das Zahngold der Juden den Sommer versüßt hatte und die auch im Herbst noch immer neue Zeitzeugen aus dem Hut zauberten, räumte Emmenegger aus dem Weg. Den Kioskbesitzer am Kornplatz hatte er unter Strafandrohung angewiesen, Pavarotti keine Medienerzeugnisse aus Deutschland zu verkaufen.

Doch das Zauberwort »ausverkauft« brauchte kein einziges Mal benutzt zu werden. Emmenegger, der Pavarottis Ankunft und Heimweg genau überwachte, nahm zufrieden zur Kenntnis, dass dieser den Kiosk keines Blickes würdigte.

Lissie von Spiegels Name fiel zwischen ihnen kein einziges Mal.

Der Ispettore war im festen Glauben, die Gefahr sei gebannt.

Fast schien Pavarotti wieder der Alte zu sein, da ging der September zu Ende.

Eine seltsame Unruhe hatte den Commissario befallen, er wurde fahrig, unkonzentriert. Emmenegger ertappte ihn mehrmals, wie er grüblerisch auf seinen Computer starrte. Er schien sogar, was Emmenegger am meisten verstörte, eine fieberhafte Aktivität im Internet zu entwickeln, von der Emmenegger nur durch Zufall erfuhr.

Unaufhaltsam nahte der Oktober und mit ihm die Frankfurter Buchmesse.

Die Bombe platzte am 11. Oktober, gleich am ersten Tag.

Ein Verlag, dessen Namen Pavarotti und Emmenegger nur zu gut kannten, kündigte die Sensation der diesjährigen Buchmesse an, eine Mischung aus Sachbuch und Roman mit dem Titel: »Die Wahrheit über den Fall Siegfried Schaller«. Eine Erklärung, was es mit diesem Schaller auf sich hatte, war nicht notwendig. Mittlerweile kannte jedes Kind in Deutschland den Namen des Nazis mit dem Judengold.

Die Autorin des Buches war niemand anders als eine gewisse Liselotte von Spiegel.

Dieser Name, genauer gesagt der Vorname Liselotte, erzürnte Pavarotti am allermeisten. Lissie hasste ihren Vornamen; die allerwenigsten kannten ihn überhaupt. Und jetzt prangte er oben auf dem Schutzumschlag, und zwar nur deshalb (so mutmaßte er jedenfalls), weil Liselotte so herrlich altdeutsch klang, direkt den vierziger und fünfziger Jahren entstiegen, und es jedem Leser so vorkommen musste, als sei die Autorin damals tatsächlich dabei gewesen.

Das Gold hatte die Autorin selbstverständlich, wie es sich gehörte, den Behörden übergeben. Nur eine goldene Zahnbrücke hatte sie als Leihgabe für sich reklamiert, gewissermaßen als Finderlohn auf Zeit. Bei jeder Talkshow, in der Lissie (Liselotte) zu Gast war, in jeder Morgensendung und Reportage sowie dem Sonderbericht (ja, sogar den gab es) glänzte das Gold zwischen Lissies (Liselottes) Daumen und Zeigefinger im Scheinwerferlicht.

Sie erzählte ihre Geschichte gut, das musste Pavarotti ihr lassen, besser als die eitle, selbstverliebte Anna Santer es je gekonnt hätte. Bescheiden (»eigentlich war es am Ende Zufall, dass ich das Gold fand«), gut präpariert und mit viel Gefühl.

Sie bezeichnete Siegfried Schaller als kleines Licht in der Todesmaschinerie der SS, und das war die Wahrheit. »Doch was er anrichtete, steht stellvertretend für das Schlimmste, was die Nazis den Menschen antaten. Sie nahmen ihnen nicht nur ihr Leben, sondern beraubten sie ihrer Würde.« Das war ihre Botschaft.

Das Buch sprang auf Anhieb auf den ersten Platz der SPIEGEL-Bestsellerliste, Rubrik »Sachbuch«. Am zweiten Tag der Buchmesse vermeldete der Verlag, das Werk werde in fünf Sprachen übersetzt. Am dritten Tag hatte der Verkauf im deutschen Buchhandel die magische Hunderttausend-Grenze geknackt, die E-Books noch nicht mitgerechnet.

Pavarotti hatte sich krankgemeldet, das erste Mal in seinem Leben ohne zwingenden Grund. Während er zu Hause saß und zähneknirschend zwischen den Kanälen hin und her zappte, saß Emmenegger wie gelähmt an seinem Schreibtisch im Kommissariat.

Wie hatte sie das nur tun können? Er konnte diese neue Liselotte, die ihm ganz und gar unbekannt war, nicht verstehen.

Er versuchte, Pavarotti zu erreichen, aber der hatte sein Telefon ausgesteckt, und auf seinem Handy meldete sich die Mobilbox.

Am dritten Abend der Buchmesse, als der Sensationserfolg offenkundig wurde, stand Emmenegger vor der Tür des Burggrafen, doch dann besann er sich in letzter Minute.

Am selben Abend setzte er sich zu Hause hin, führte ein Telefonat mit einem Schriftsteller aus Brixen, den er flüchtig kannte, und rechnete nach.

Lissie (Liselotte) konnte das Buch unmöglich erst nach ihrer Abfahrt aus Meran, deren Termin er zufällig genau kannte, begonnen haben. Zweifellos stammte der größte Teil davon aus der Feder von Anna Santer, und L. (er beschloss, ein Buchstabe sei fortan ausreichend) hatte es redigiert und zu Ende gebracht.

L. hatte das Manuskript die ganze Zeit über gehabt. Wann sie in seinen Besitz gekommen war (ein USB-Stick?), war unklar, aber darauf kam es nicht an.

L. hatte eine Tote bestohlen.

Bisher hatte Emmenegger gedacht, Bücher seien dazu da, Menschen zu heilen. Jetzt wurde ihm auf einmal klar, dass er die Angelegenheit stets aus der Perspektive des Lesers betrachtet hatte. Bücher besaßen eine helle und eine dunkle Seite. Die helle war für die Leser reserviert. Aber die dunkle? Manchmal nisteten sich Bücher in ihren Wirten ein wie bösartige Würmer und fraßen ihnen die Seele aus dem Leib.

Am vierten Tag der Buchmesse, einem Samstag, wendete sich bei Emmenegger das Blatt. Aus L. wurde wieder Lissie. Oder alternativ: die Deutsche. Emmenegger hatte nach langem Zögern den Bestseller gekauft und in der Nacht zum Samstag durchgelesen. Den Vormittag verbrachte er damit, den letzten Südtirol-Kriminalroman von Anna Santer zu lesen. Lissies Buch hatte er verschlungen, hier gab er nach der Hälfte entnervt auf. Die beiden Bücher hatten nichts gemeinsam. Während Anna Santers Stil spröde und langatmig war, machte die Lektüre des anderen Buchs, obwohl es ein romanhaftes Sachbuch war, für ein paar Stunden einen anderen Menschen aus ihm. Die Gegenwart, das heutige Meran, verschwand einfach zwischen den Buchseiten, und siebzig Jahre verschmolzen zu ein paar Sekunden. Er konnte das Leid und die Angst der Menschen fühlen, und er hörte die Schreie, als die Bomben auf den Keller der Adlerwerke fielen, in dem die Menschen gefangen waren.

Das Buch »Die Wahrheit über den Fall Siegfried Schaller« stammte nicht von Anna Santer. Ein schlecht geschriebenes Buch ließ sich nicht einfach redigieren und mit ein paar Federstrichen zu dem machen, was er vor sich hatte. Dieses Buch war Lissies Buch. Folglich hatte sie es nicht gestohlen. Es war ihr Werk, ganz allein.

Als er sie das nächste Mal im Fernsehen sah, trat Emmenegger ganz nah an den Apparat heran. Trotz der dicken Schminke glaubte er sie zu sehen, die dunklen Augenringe und frische Falten um die Nase, die vorher nicht dagewesen waren. Zweifellos hatte sie über Monate hinweg jede Nacht durchgearbeitet.

Am fünften und letzten Tag der Buchmesse rief er bei Lissie von Spiegel an. Er erreichte sie nicht, aber das hatte er auch nicht erwartet. Er hinterließ Glückwünsche zu ihrem hervorragenden Buch auf ihrem Anrufbeantworter in ihrem Haus im Taunus.

Am Montag, als die Buchmesse zu Ende war, erschien Pavarotti im Büro. Seine Haare standen wirr vom Kopf ab, und seine Kleidung, der ganze Mann, roch durchdringend nach Rauch.

Kaum saß Pavarotti, zündete er sich auch schon eine Zigarette an.

»Hören Sie auf«, begehrte Emmenegger auf, kühner als ihm zumute war. »Sie fühlen sich bloß noch schlechter dadurch. Außerdem gibt es keinen Grund.«

»Keinen Grund?« Pavarottis Stimme war so rau, dass sie Emmenegger in den Ohren schmerzte. »Dieser Frau ging es von Anfang an nur um das vermaledeite Buch. Deswegen war Schaller junior die ganze Zeit hinter ihr her. Weil er wusste, dass sie das Manuskript gestohlen hat, und weil er verhindern wollte, dass sie es veröffentlicht.« Er stöhnte und vergrub seinen Kopf in den Händen. »Und sie hat Julius Schaller erschossen, bevor er mir das erzählen konnte. Wer weiß, vielleicht hat sie ihn zu dem Mord an Anna angestiftet? Sie ist besessen. Besessen von ihrem Erfolg. Und ich, ich dachte einmal …« Er verstummte.

»Sie würde sich niemals an einem Mordkomplott beteiligen«, sagte Emmenegger entschieden. »Nicht einmal für ein Buch.«

»Gott, sind Sie naiv, Emmenegger«, sagte Pavarotti. »Schließlich ist die Frau Schriftstellerin. Schriftsteller sind von Natur aus Psychopathen. Sie denken, alles was sie tun, auch die schlimmsten Dinge, spielt sich bloß in ihrer Phantasie ab.«

Emmenegger starrte Pavarotti an, dann zuckte er die Schultern.

»Und wenn schon. Schriftsteller mögen ja alle verrückt sein, aber so manchem von uns schenken sie mit ihren Büchern ein bisschen Leben.« Meine Martl, dachte Emmenegger. Ohne Bücher wärst du schon früher gegangen. Aber darüber sprach er nie.

Pavarotti hatte angefangen, Emmeneggers Exemplar von »Die Wahrheit über den Fall Siegfried Schaller« in kleine Fetzen zu zerreißen. »Ich gehe«, sagte er. »Ich nehme meinen Abschied. Und dann mache ich eine Reise, möglichst weit weg von ...« Unnötig, es auszusprechen. »Ich fahre nach Rom. Da bin ich noch nie gewesen. Muss schön sein.«

»Nein, Sie fahren nicht nach Rom«, entgegnete Emmenegger. »Und Sie nehmen auch nicht Ihren Abschied, sondern beantragen ein Sabbatical. Und dann fahren Sie nach Deutschland.«

»Einen Teufel werde ich tun!«

»Doch, tun Sie. Sonst werden Sie Ihren Frieden niemals finden«, beharrte Emmenegger. »Da gibt es lose Fäden, obwohl der Fall offiziell als abgeschlossen gilt. Die Wahrheit über Siegfried und Julius Schaller ist nur ein Teil der Geschichte. Dieser Fall kommt mir vor wie eine dieser russischen Puppen. Glaubt man, die Lösung zu kennen, kommt wieder eine neue Version der Wahrheit zum Vorschein.« Emmenegger lächelte schief. »Diesmal ist das echte Leben tatsächlich wie ein Kriminalroman. Hinter der nächsten Seite findet sich schon wieder eine neue Wendung.«

Dann tat er etwas, was er noch nie getan hatte. Er klopfte Pavarotti auf die Schulter. »Finden Sie die letzte Wendung. Machen Sie Ihre Pilgerfahrt, aber nicht nach Rom. Fahren Sie nach Deutschland.«

Und Pavarotti fuhr.

An einem kalten und regnerischen Abend im November wartete ein Mann im schwarzen Anzug auf den Nachtzug von Bozen nach Frankfurt am Main.

Anmerkungen zum zeitgeschichtlichen Hintergrund dieses Romans

Als das nationalsozialistische Regime in Deutschland und andere faschistische Regime in Europa mit Ende des Zweiten Weltkriegs zusammenbrachen, machten sich wichtige Funktionäre und Helfershelfer daran, sich abzusetzen. Jene Schreibtischtäter und Massenmörder, die mit Federstrich, Waffe oder Chemie Millionen Menschen in den Tod geschickt hatten, fürchteten nun um ihr eigenes Leben und trachteten nach neuen Identitäten und Fluchtmöglichkeiten. Die Route ins Ausland führte dabei sehr oft über Südtirol. Das vordergründig so idyllische Kurstädtchen Meran war ein zentraler Brennpunkt für Nazis auf der Flucht.

Die konkreten Ereignisse und Personen der Romanhandlung sind fiktiv; die gesellschaftlichen Strukturen und die Organisationen, die NS-Verbrechern halfen und in Südtirol unmittelbar nach dem Zweiten Weltkrieg eine aktive und teilweise äußerst unrühmliche Rolle spielten, sind hingegen real. Wer sich näher mit der Materie auseinandersetzt – erfreulicherweise steht mittlerweile recht umfangreiches Quellen- und Literaturmaterial zur Verfügung –, der mag in einzelnen Personen und Handlungsabläufen durchaus historische Vorbilder und Bezüge erkennen.

Beim Quellenstudium wird man beispielsweise auf die zwielichtige Pensionswirtin »Tante Anna« stoßen, die NS-Verbrechern in ihrer Herberge Unterschlupf gewährte. Man wird von heimischen Bergführern lesen, die gegen Entlohnung oder aus politischer Überzeugung Nazis auf ihrer Flucht über die Bergpässe halfen, von Pfarrern und Bürgermeistern, die aktiv daran mitwirkten, Nazis mit neuen Namen und Pässen auszustatten.

Viele Nazis flohen mit falschem Namen, andere ehemalige NS-Größen machten sich nur relativ wenig Mühe, ihre Identität zu verbergen, wie beispielsweise Gerda Bormann. Die Frau von Hitlers Privatsekretär und NSDAP-Reichsleiter Martin Bormann tauchte nach dem Krieg mit ihren acht Kindern unter dem Namen »Bergmann« in Meran auf, wo sie 1946 nach einem Lazarettaufenthalt im ehemaligen Grand-Hôtel Meraner Hof starb.

Das Südtirol der Nachkriegszeit war für NS-Verbrecher das ideale Sprungbrett in ein neues Leben. Die Bevölkerung war überwiegend deutschfreundlich, Sprachbarrieren gab es nicht, und die Alliierten hatten Ende 1945 ihre Militärregierung aufgelöst und waren abgezogen. Damit war Südtirol zu dem Zeitpunkt die einzige Region im deutschen Sprachraum, die nicht unter alliierter Kontrolle stand.

Schnell etablierte sich ein funktionierendes Helfernetz. Die riesigen Flüchtlingsströme, die nach Südtirol drängten, boten sich für die NS-Verbrecher nahezu perfekt an, um in einer anonymen Masse vielfach ohne Identifikationspapiere unterzutauchen.

Es drängten Kriegsflüchtlinge, Vertriebene, NS-Opfer, (illegal) zurückkehrende Südtiroler Optanten und fliehende Nazi-Verbrecher gleichermaßen nach und durch Südtirol.

Die Route, auf der sich die Verbrecher absetzten, führte aus dem untergegangenen »Dritten Reich« über Alpenpässe von Österreich nach Südtirol. Von dort ging es weiter zum Hafen von Genua oder nach Rom. Das Ziel der Flucht war meistens Südamerika: bevorzugt Argentinien, aber auch Bolivien, Brasilien, Chile oder Paraguay.

Die Fluchtroute wurde unter den Namen »Rattenlinie«, »Klosterroute« oder auch »Römischer Weg« bekannt und vor allem zwischen 1946 und 1951 genutzt.

Der österreichische Historiker Gerald Steinacher (unter anderem Verfasser des sehr lesenswerten Buchs »Nazis auf der Flucht: Wie Kriegsverbrecher über Italien nach Übersee entkamen«) bezeichnete die Route als »Strada del Sole für alle Kriegsverbrecher und NS-Flüchtlinge«. Diese »Strada del Sole« war dabei nicht nur einigen wenigen Eingeweihten vertraut, sondern in der frühen Nachkriegszeit ein offenes Geheimnis unter Nationalsozialisten, die Europa verlassen wollten. Die Südtiroler

Tageszeitung »Alto Adige« schrieb im Mai 1947: »Unsere Zeitung hat bis zum Überdruss wieder und wieder berichtet, dass Südtirol in der Nachkriegszeit das Eldorado der Nazi-Faschisten gewesen ist, die hier zu jeder Zeit großzügige und herzliche Gastfreundschaft und Aufnahme gefunden haben.«

Es mag zunächst kaum vorstellbar scheinen, dass sich eine Fluchtroute für NS-Verbrecher so offensichtlich etablieren konnte. Ein entscheidender Grund dafür war, dass die untertauchenden Nazis hochrangige Persönlichkeiten und international bekannte Organisationen auf ihrer Seite hatten: Geheimdienste, die katholische Kirche und das Rote Kreuz. Heimische Schlepper aus Österreich und Südtirol begleiteten den Übergang über den Brenner nach Italien und das weitere Fortkommen auf der Flucht.

In der katholischen Kirche reichte die aktive Fluchthilfe bis in höchste Kreise. Bis heute streiten Historiker darüber, ob selbst der damalige Papst Pius XII. unmittelbar über die Rattenlinie informiert war. Eine zentrale Rolle spielten auf jeden Fall der österreichische Bischof und Papst-Vertraute Alois Hudal, der Franziskanerpater Krunoslav Draganović sowie der Erzbischof von Genua, Giuseppe Kardinal Siri. Es gibt immer mehr Indizien, die darauf hinweisen, dass es sich bei diesen Personen um keine »schwarzen Schafe« als Einzeltäter handelte, sondern dass sie der breiteren Unterstützung kirchlicher Institutionen sicher sein konnten.

Es etablierte sich ein Netzwerk, das NS-Flüchtlingen mit Verstecken in italienischen Klöstern und kirchlichen Empfehlungsschreiben half. Ziel der Kirche war es, auf diese Weise später in Südamerika die Basis kirchentreuer Anti-Kommunisten durch Nazi-Flüchtlinge zu stärken. Uki Goñi, Autor des Buchs »Odessa: Die wahre Geschichte: Fluchthilfe für NS-Kriegsverbrecher«, zieht folgendes Fazit: »Für den Vatikan und die alliierten Geheimdienste war die Rettung von Nazi-Kollaborateuren und SS-Mördern Teil ihrer gemeinsamen antikommunistischen Agenda.«

Das kirchliche Empfehlungsschreiben war für einen NS-Verbrecher ein Freifahrtschein, um als angeblich staatenloser Südtiroler (staatenloser »Volksdeutscher«) einen Reisepass des Internationalen Komitees vom Roten Kreuz (IKRK) zu erhalten, mit dem die Ausreise aus Europa und die Einreise in die südamerikanischen Zielländer problemlos möglich war. Wer kein kirchliches Empfehlungsschreiben vorweisen konnte, benötigte zwei Zeugen, die seine Identität bestätigten. Überprüft wurden Aussagen und Dokumente in diesem Verfahren allenfalls höchst oberflächlich. So wurde beispielsweise 1949 auf diese Weise aus dem KZ-Arzt von Auschwitz, Josef Mengele, der Südtiroler Mechaniker Helmut Gregor, der sich mit einem IKRK-Pass unbehelligt von Genua nach Argentinien einschiffte.

Adolf Eichmann, einer der maßgeblichen Organisatoren des Holocausts, versteckte sich 1950, aus Deutschland kommend, erst einige Zeit im Franziskanerkloster in Bozen, gab sich dann als Südtiroler Optant Ricardo Klement aus und erhielt – unter Mithilfe eines Südtiroler Bürgermeisters – einen Reisepass des IKRK, mit dem er mit dem Dampfer »Giovanna C« von Genua nach Argentinien ausreiste. Eichmann beschreibt einen Teil seiner Flucht so: »Dann ging die Fahrt nach Meran. Dies war – so wollte es mein neuer Lebenslauf – mein Geburtsort, und hier erhielt ich auch meinen ›libro desembargo‹, die Landeerlaubnis für Argentinien.«

Die Liste der NS-Verbrecher, die über Südtirol nach Südamerika entkamen, ist lang, sehr lang. Klaus Barbie, Erich Priebke, Franz Stangl und Walter Rauff sind nur einige Namen ...

Manchmal allerdings funktionierte das Fluchtnetzwerk nicht. Im März 1947 wurde Gerhard Bast, ehemaliger SS-Sturmbannführer, als Führer des Sonderkommandos 11a der Einsatzgruppe D unmittelbar an der Erschießung von Juden beteiligt und später Leiter der Gestapo in Linz, von einem Schlepper am Brenner erschossen und ausgeraubt. Er war auf dem Rückweg von Südtirol zu seiner Familie nach Innsbruck. Der Schriftsteller Martin Pollack, Sohn von Bast, hat dazu das Buch »Der Tote im Bunker: Bericht über meinen Vater« geschrieben.

Rund hundertzwanzigtausend Reisepässe stellte das Internationale Komitee vom Roten Kreuz in den Jahren nach dem Zweiten Weltkrieg bis 1951 aus. Unklar ist, wie viele davon von Nazis genutzt wurden; es dürften Tausende gewesen sein. Es gibt Schätzungen, dass sich allein rund dreihundert bis achthundert hochrangige Nazi-Funktionäre auf diese Weise nach Argentinien absetzten; eine Liste des Schreckens, die sich aus ehemaligen KZ-Kommandanten, SS-Schergen und Schreibtischtätern aus der NS-Bürokratie zusammensetzt. Andere Quellen nennen rund zweitausend Nationalsozialisten, die Ende der vierziger Jahre nach Argentinien flohen.

Den Verantwortlichen beim Roten Kreuz war offenkundig bewusst, dass die Reisepässe des IKRK von flüchtenden Nazis missbraucht wurden. Eine mögliche Erklärung, weshalb dies toleriert wurde, ist, dass man vor allem die Mehrzahl der anderen Flüchtlinge im Blick hatte.

Erst einmal in Südamerika angekommen, konnten die Verbrecher auf ein unbehelligtes Leben hoffen. Dort empfingen Regime wie das von Juan Perón in Argentinien sie mit offenen Armen und stellten tausendfach Visa aus – zum Teil wieder vermittelt durch Würdenträger der katholischen Kirche. Als wohlhabende Männer kamen die wenigsten NS-Verbrecher, aber sie durften auf eine positive Zukunft in wirtschaftlicher Hinsicht hoffen. 1964 schrieb das deutschsprachige »Argentinische Tageblatt«: »Nazis waren nicht nur haufenweise geblieben, sondern dank gütiger Unterstützung durch den Diktator Perón auch massenhaft eingewandert. Sie fanden Stellungen bei der Polizei, beim Presseamt, bei der Luftwaffe und den vom Militär betriebenen Fabriken.«

Wie die Flucht und der Start ins neue Leben im Detail finanziert wurden, ist häufig unklar und von Fall zu Fall verschieden. Teilweise gab es finanzielle Zuwendungen von Gönnern.

Adolf Eichmann hatte in den Jahren, bevor er über Südtirol nach Argentinien floh, als Holzknecht und Hühnerzüchter Geld angespart, andere wie Josef Mengele konnten auf die Unterstützung der Familie, die ein großes, florierendes Landmaschinenunternehmen besaß, bauen. Und der eine oder andere NS-Verbrecher könnte auch jenes Gold, das er sich auf mörderische Weise zusammengeraubt hatte, als Basis für seine neue Existenz genutzt haben. Insofern ist der »Zahngold-Schatz«, mit dem der Nazi Siegfried Schaller im vorliegenden Roman auf der Flucht ist, zwar Fiktion, aber ganz und gar nicht unrealistisch.

Die massenhafte, systematische Beschlagnahmung von Gold und Wertgegenständen durch die Nationalsozialisten, vor allem von Juden, ist eine wohlbekannte Tatsache – dass den Leichen in den Konzentrationslagern das Zahngold aus dem Mund gebrochen wurde, ebenfalls. Ein Großteil davon wurde eingeschmolzen und an die Reichsbank geliefert, die es verkaufte oder – oftmals im Ausland, etwa in der Schweiz – einlagerte.

Von einem Teil dieses Goldes verlor sich in den Wirren der letzten Kriegstage und der Nachkriegszeit jede Spur. Ein anderer Teil fiel den alliierten Truppen in die Hände, wie beispielsweise der umfangreiche Goldschatz in einem Bergwerk im thüringischen Merkers im April 1945 mit einem heutigen Wert von mehr als zwei Milliarden Euro.

Als große Lagerstätte von Nazigold wurde auch die Südtiroler Festung Franzensfeste bei Brixen bekannt. 1943 gelangten 127,5 Tonnen Gold über Benito Mussolinis Republik von Salò in die Hände der deutschen Militärverwaltung, die das Gold, bewacht von der Waffen-SS, in die Franzensfeste bringen ließ und dort einlagerte. 1944 verließen drei Goldtransporte die Festung mit Ziel Berlin, die Spur des Goldes verliert sich in den letzten Tagen des Zweiten Weltkriegs.

Für das vorliegende Buch von Bedeutung ist jedoch jenes Gold, das nationalsozialistische Bürokraten und Offiziere jenseits der institutionalisierten, staatlichen Plünderung geraubt hatten. Im Vordergrund steht jenes (Zahn-)Gold, das selbst im

Verbrechensstaat des »Dritten Reichs« als durch ein Verbrechen erworben galt, nämlich durch Korruption und Unterschlagung. Dass die SS-Männer bei den Transporten in die Konzentrationslager teilweise auf eigene Rechnung Gold und Wertsachen der Deportierten an sich nahmen, ist bekannt.

Aktenkundig geworden ist der Fall eines Sanitäters im Konzentrationslager Auschwitz, der seiner Frau im Jahr 1943 ein Feldpostpaket mit Zahngold schickte, das er offenbar beim mörderischen Tötungsmechanismus abgezweigt hatte. Dieser Fall rief damals den in der heutigen Forschung umstrittenen SS-Richter Konrad Morgen auf den Plan. Der ermittelte später auch gegen den Lagerkommandanten von Buchenwald, Karl Otto Koch, wegen Korruption und Unterschlagung. Koch wurde deshalb im April 1945 hingerichtet.

Von Eduard Roschmann, dem »Schlächter von Riga«, ist überliefert, dass er sich während seiner Zeit als Kommandant des Ghettos und später des Konzentrationslagers in Riga persönlich massiv am Massenmord bereicherte. Der Schweizer Sachbuchautor Jean Ziegler beschreibt die Vorgänge in Riga in seinem Buch »Die Schweiz, das Gold und die Toten«: »Die zum Tode bestimmten Menschen wurden reihenweise am Rand der Massengräber aufgestellt. Die lettischen SS-Männer ermordeten sie mit Maschinengewehren. [...] Zuvor mussten auch sie alle ihre Habseligkeiten abgeben. Goldkronen wurden den Toten oder Sterbenden von Kapos aus dem Mund gebrochen. [...] Roschmann betrieb die Verwertung all dieser Wertsachen auf eigene Rechnung. Er häufte so ein ansehnliches Privatvermögen an ...« Ein Bericht des Ghetto-Überlebenden Max Kaufmann belegt zudem, dass Roschmann für Bestechungsgelder durchaus zugänglich war. Eduard Roschmann setzte sich 1948 über Südtirol mit einem falschen Pass unter dem Namen Federico Wegener nach Argentinien ab.

Der Historiker Frank Bajohr kommt in seinem Buch »Parvenüs und Profiteure. Korruption in der NS-Zeit« zu dem Schluss, dass Korruption im Rahmen der nationalsozialistischen Vernichtungspolitik kein Randphänomen, sondern eine Massenerscheinung war. Der staatlich legalisierte und der illegale (eine Unterscheidung, die ich nur mit starkem Widerwillen anwende) Goldraub der Nazis wird für Interessierte umfassend in dem Buch »Edelmetallmangel und Großraubwirtschaft« von Ralf Banken dargestellt.

Die Gedenkstätte für das KZ Adlerwerke (Deckname: Katzbach), die im Zusammenhang mit der Veröffentlichung von Lissies Buch am Ende des Falls erwähnt wird, gibt es nicht. Leider. Das Außenlager des KZ Natzweiler lag im Gallusviertel, mitten im Frankfurter Stadtgebiet. Unter unmenschlichen Bedingungen arbeiteten dort 1.600 Zwangsarbeiterinnen und Zwangsarbeiter im Zweiten Weltkrieg für die deutsche Rüstungsindustrie. Mord, Misshandlung, Hunger und Krankheiten waren an der Tagesordnung und kosteten die meisten das Leben. Es gibt Initiativen, die Erinnerung daran durch eine Gedenkstätte wachzuhalten – bislang erfolglos. Bedauerlicherweise hat man den Eindruck, dass die Stadt Frankfurt diesem Thema nicht aufgeschlossen gegenübersteht.

Nun ist »Commissario Pavarotti kam nie nach Rom« keine zeitgeschichtliche Abhandlung, sondern ein (hoffentlich) spannender Kriminalroman. Das Buch möchte allerdings begleitend einen kleinen Einblick in Zusammenhänge im Südtirol der späten vierziger Jahre bieten. Wem dies Anregung für eine vertiefende Beschäftigung mit der Materie ist, dem bietet sich ein umfassender Fundus an Fachliteratur.

Um in diesem Nachwort nicht nur erfahrene Historiker und ausgewiesene Kenner des Themas zu erwähnen, möchte ich auf die Arbeit von Lukas Forer hinweisen, die dieser 2013 an der Wirtschaftsfachoberschule »Heinrich Kunter« in Bozen geschrieben hat und die unter www.facharbeit.it/die-flucht-der-naziverbrecher öffentlich einsehbar ist. Ich empfinde sie als gelungenen komprimierten Einstieg ins Thema.

Danksagung

Auch das vierte Buch der »Pavarotti«-Reihe würde es ohne die Unterstützung vieler Menschen nicht geben. Ich bedanke mich zuallererst bei meinen Lesern, die nicht müde werden, Comissario Pavarotti, Lissie von Spiegel und Ispettore Emmenegger auf ihren abenteuerlichen Wegen zu folgen.

Ich weiß, dass zahlreiche Leser es lieben, meinen Schauplätzen in Meran nachzuspüren. Ja, auch diesmal gibt es viele Orte tatsächlich. Da ist unter anderem das Kommissariat am Kornplatz, aber auch die Kommandostelle der Carabinieri in der Petrarcastraße oder das Forstbräu (heute Forsterbräu) in der Freiheitsstraße. Auch besitzen das sichere Haus am Winkelweg und das Nikolausstift in der Verdistraße durchaus optische Anlehnungen an real existierende Gebäude. Die Gaststätte Burggraf oder die Pension Erika sind allerdings Produkte meiner Phantasie. Das alte Grand-Hôtel Meraner Hof existiert längst nicht mehr; ich habe mir die Freiheit genommen, es wiederauferstehen zu lassen.

Wie in den bisherigen »Pavarotti«-Romanen entspricht der zeitgeschichtliche Hintergrund des Buches vollkommen der Wahrheit.

Jeder Autor braucht kritisches Feedback. Bei meinem Mann bedanke ich mich für seine unermüdliche Lektüre der (vielen!) Überarbeitungsstufen des Manuskripts und für seine Anregungen. Er hilft mir immer wieder, meine Zweifel zu überwinden. Mein Dank gilt außerdem meinem Lektor Carlos Westerkamp, der alle Bücher der »Pavarotti«-Reihe mit viel Einfühlungsvermögen redigiert hat. Unsere Gespräche waren eine große Bereicherung für meine Arbeit.

Was Waffentechnik, Ortskunde am Berg und die Strukturen der Polizia di Stato sowie der Carabinieri in Südtirol anbelangt, hat sich Ispettore Alfio Capraro der Polizia di Stato Meran wieder einmal als exzellenter fachlicher Berater erwiesen. Alfio Capraro ist gemeinsam mit seinen Meraner Kollegen ein Garant dafür, dass die Verbrechensrate in Meran weitaus niedriger ist, als in meinen Büchern dargestellt. Als Alpinbergsteiger kennt er sich außerdem mit den Örtlichkeiten im Hochgebirge bestens aus, was sich insbesondere in diesem Band als unschätzbare Hilfe erwiesen hat. Ich danke ihm stellvertretend für viele andere, die mich in meiner Arbeit unterstützt haben.

Nicht fehlen darf hier natürlich der Emons Verlag, der großes Vertrauen in mich setzt und mir alle zeitlichen und inhaltlichen Freiräume gibt, die ich brauche. Der Vollständigkeit halber sei angemerkt (auch wenn es sich von selbst versteht): Die Arbeitsweise des Frankfurter Verlages, bei dem Lissie von Spiegel neuerdings ihre etwas obskure schriftstellerische Karriere vorantreibt, ähnelt selbstverständlich in keiner Weise den Gepflogenheiten im Hause Emons. Außerdem sitzt der Verlag, der den Roman »Die Wahrheit über den Fall Siegfried Schaller« herausbringt, ja auch in Frankfurt und nicht in Köln …

Lust auf mehr? Laden Sie sich die »LChoice«-App runter, scannen Sie den QR-Code und bestellen Sie weitere Bücher direkt in Ihrer Buchhandlung.

Elisabeth Florin
COMMISSARIO PAVAROTTI TRIFFT KEINEN TON
Broschur, 384 Seiten
ISBN 978-3-95451-122-8

»Ein beeindruckendes Debüt. Elisabeth Florin ist der Kunstgriff gelungen, den Roman nicht zu überfrachten, sondern Südtiroler Geschichte als spannenden und mitreißenden Kriminalfall zu verpacken. Das Ganze wird getragen vom sympathischen Ermittlerduo, das sich humorvoll-intelligente Schlagabtausche liefert.«   Dolomiten

»Hoffentlich ist das der Auftakt zu einer neuen Serie. Geschichte, Schreibweise und das ungleiche Ermittlerduo sind einfach spitze!«
Frankfurter Stadtzeitung

www.emons-verlag.de

Elisabeth Florin
COMMISSARIO PAVAROTTI KÜSST IM SCHLAF
Broschur, 400 Seiten
ISBN 978-3-95451-439-7

»Komplexe Handlungen und verschiedene Erzählebenen machen auch den Reiz des zweiten Kriminalromans von Elisabeth Florin aus.«
Frankfurter Neue Presse

»Atmosphärisch dicht.«   Die Presse

www.emons-verlag.de

Elisabeth Florin

COMMISSARIO PAVAROTTI SPIELT MIT DEM TOD

Broschur, 368 Seiten

ISBN 978-3-95451-808-1

»Elisabeth Florin könnte wohl auch ›Tatort‹-Drehbücher für Ulrich Tukur schreiben. Prädikat: lesenswert.« Stuttgarter Zeitung